Michael Göring

HOTEL DELLBRÜCK

Roman

Osburg Verlag

Zweite Auflage 2019

www.osburgverlag.de

Lektorat: Bernd Henninger, Heidelberg
Umschlaggestaltung: Judith Hilgenstöhler, Hamburg
Satz: Hans-Jürgen Paasch, Oeste
Druck und Bindung: CPI books GmbH, Leck
Printed in Germany
ISBN 978-3-95510-165-7

Für Miko Emanuel und Eleanor Marie

Kapitel 1

18. Juni 2018
Lippstadt
Frido

»Was suchen Sie?«

Frido antwortet nicht. Er lässt den jungen Araber stehen, geht die paar Schritte zur Saaltür und öffnet sie. Der Saal ist kleiner, als er ihn in Erinnerung hat. Acht Tische verteilen sich über den Raum, sind beladen mit Spielsachen, Bastelutensilien, Malstiften, Heften. Stühle stehen um die Tische herum. Vor zwei Fenstern hängen grüne Vorhänge, zum Teil aus den Vorhangschienen gerissen, mit bauchigen Falten; die vier anderen Fenster sind frei. Plastikautos parken auf dem Holzboden zwischen Puppen, Duplo-Steinen und Plüschtieren.

»Hier nicht weitergehen«, sagt der Araber, »hier nur Frauen und Kinder. Hier ist Kita. Jetzt nicht, jetzt alle beim Essen, vorne im Speiseraum.«

Er hat schon im Hineingehen den Krach aus dem früheren Restaurant gehört, das Scheppern von Stühlen und Besteck, laute Stimmen, Kreischen der Kinder. Der junge Araber lässt ihn nicht aus dem Blick, während Frido langsam einen kleinen Halbkreis im Saal abschreitet. »Was wollen Sie hier?«, fragt der Araber.

»Nichts«, sagt Frido, »nur schauen«, und fügt leise hinzu, »schauen und erinnern.«

Dann geht er wieder an ihm vorbei, dieses Mal aus der Tür hinaus nach rechts auf die Treppe zu, doch bevor er auf die erste Stufe tritt, hat der Araber ihn eingeholt und sich mitten auf die Treppe gestellt.

»Hier nicht, hier ist alles privat, hier ist Heim!«, sagt er und breitet die Arme aus, um ihn am Weitergehen zu hindern.

»Ich war als Kind oft hier«, sagt Frido. »Das Hotel gehörte meinem Großvater. Wenn wenig Gäste da waren, durften wir in den Zimmern im ersten Stock Verstecken spielen.«

»Nichts Hotel mehr«, sagt der Araber, »Wohnheim! Alles Flüchtlinge und Kinder. Asylanten!«

Frido nickt. »Ich weiß. Steht ja vorne dran. Aber der alte Name ist noch immer eingraviert über der Tür: ›Hotel Dellbrück‹.« Er schaut dem Araber direkt ins Gesicht. Der Junge weicht seinem Blick nicht aus.

»Woher kommen Sie?«

»Ich komme aus Aleppo.«

Frido schätzt ihn auf vielleicht zwanzig Jahre. Der Junge ist groß, schlank, hat einen hellen Teint, kurz geschnittenes schwarzes Haar. Er hat sich seit einigen Tagen nicht mehr rasiert, seine dunklen Augen schauen mit einer Mischung aus Neugierde und Unsicherheit auf ihn.

»Und seit wann sind Sie hier?«

Frido kann nicht behaupten, dass er sich für die Geschichte des Arabers wirklich interessiert. Er will nur freundlich sein, damit der Junge ihm seinen Rundgang nicht verleidet. Während er noch fragt, schaut er ihn schon gar nicht mehr an, sondern blickt zur Decke des Flurs, an der er den Stuck vermisst, der, da ist er sicher, den Flur früher verziert hat. Kalkweißer Stuck mit Blütenköpfen, einer geschwungenen Linie und einer weißen Zierleiste am Rand.

»In Lippstadt seit zwei Jahren, davor Passau, dann München.«

»Und Sie wohnen hier im Hotel Dellbrück?«

»Ja, dritter Stock.«

»Ich würde gern einmal nach oben gehen, mein Vater und meine Mutter sind hier in diesem Haus geboren!«

»Beide hier?«

»Ja«, Frido lacht und ist überrascht, dass der Araber so schnell diese Besonderheit erkannt hat, »ja, sie sind beide hier im selben Jahr in diesem Haus zur Welt gekommen.«

»Sie haben Erlaubnis für Heim? Herr Hildebrand ist nicht da heute.«

Der Araber zeigt mit dem Daumen auf eine Tür im Halbparterre, an der ein Schild angebracht ist: »Direktor«.

»Das war schon bei meinem Großvater das Büro.« Frido lacht. »Da saß Antonius Dellbrück, alle nannten ihn Tono, der ist gestorben, als ich in Hannover studierte.«

Er geht zur Tür des Büros und will sie öffnen. Der Araber erschrickt. »Nein, nein, Herr Hildebrand ist nicht da«, ruft er. Die Tür ist verschlossen. Frido dreht sich zu dem Araber hin.

»Ich heiße übrigens Friedemann Rosenbaum, Sie können mich aber ›Frido‹ nennen, alle nennen mich Frido. Da, wo ich lebe, in Australien, heiße ich ›Frido Ross‹. Ross ist einfacher in Australien als Rosenbaum. Und Sie?«

»Australien? Oh, weit weg.« Der Araber macht eine Pause. Australien hat ihn offenbar beeindruckt. »Ich heiße Djad und ich komme aus Syrien.« Frido lächelt, Djad hat diesen Satz, der völlig akzentfrei daherkam, sicher tausend Mal trainiert, denkt er. »Ich bin vor zwei Jahren gekommen.«

»Ohne Eltern?«

»Ja, ich war unbegleiteter minderjähriger Flüchtling, ohne Eltern.« Auch dieser Satz wirkt eintrainiert.

»Wie alt sind Sie, Djad?«

»Neunzehn, fast zwanzig.«

»Würden Sie mir Ihr Zimmer im dritten Stock zeigen?«

Djad ist überrascht, er zögert mit der Antwort. »Warum?«, fragt er nach einer Weile.

»Mein Vater und meine Mutter sind im dritten Stock groß geworden, genauer in dem Seitentrakt, der früher mal ein eigenes Haus war.« Frido stockt. So genau braucht er es dem Araber nicht zu erklären. Für die Baugeschichte des Hotels wird der sich nicht interessieren.

»Gut, Sie können kommen!«

Jetzt ist Frido überrascht. Sie gehen am Aufzug vorbei, »ist kaputt, schon lange«, und steigen die Treppe hinauf. Die war früher über die gesamten Stufen mit einem breiten dunkelroten Kokosläufer bespannt, denkt Frido, und für einen Moment spürt er wieder den Kokos unter seinen nackten Füßen. Irgendwann einmal musste er barfuß durchs Treppenhaus gegangen sein, aber wann und warum, kann er nicht erinnern. Jetzt laufen sie über dunkelblaue Auslegeware, mit einer Reihe brauner und schwarzer Kaffee- oder Colaflecken darin. Im dritten Stock stoppt Djad vor einer Tür, an der in metallenen Buchstaben »32« steht. »Mein Zimmer«, sagt er, »und von

Farid. Farid ist nicht da. Er ist in Gärtnerei, Gärtnerei Neuhoff. Wollen Sie es wirklich sehen?«

»Nein«, sagt Frido, »so wichtig ist es nicht. Mich interessiert mehr diese Tür.« Er zeigt auf eine Tür am Ende des Gangs, auf der »39a–39f« steht. »Es ist die Tür zur alten Wohnung meines Großvaters. Da hatten meine Mutter und mein Vater ihre Zimmer. Da habe ich geschlafen, wenn ich zu Besuch kam.« Er ist schon auf dem Weg zur Tür, als Djad ihn zurückhält. »Das sind Zimmer für Familien aus Afghanistan. Sind jetzt alle essen, unten. Alles ist zu, verschlossen!«

»Dann warte ich.«

Djad sieht ihn verdutzt an.

»Ich will fragen«, Djad zögert, »warum du aus Australien hier bist? Ich denke, Australien ist sehr reich.«

»Nein, nein, so reich ist es nicht. Ich bin zu Besuch in Deutschland, ich fliege Ende nächster Woche wieder zurück nach Sydney.«

Djad öffnet jetzt die Tür zu Zimmer 32.

»Komm«, sagt er und führt ihn in das Zimmer. An der linken und der rechten Wand stehen je ein Bett, vor dem Fenster ein Tisch mit zwei Stühlen, das Fenster ist gekippt, man hört die Geräusche eines in den Bahnhof einfahrenden Zuges. Es ist alles ordentlich, die Schuhe stehen zu Paaren nebeneinander vor jedem Bett, die Bettdecke ist gefaltet, auf dem Tisch ein geöffneter Laptop, oben auf den beiden Schränken jeweils ein Rucksack, auf einem Bord an der Wand ein Fernseher. Ordentlicher als bei Manuel, denkt Frido. Dann entdeckt er etwas, das er in diesem Zimmer nicht erwartet hatte. Ein kleines Kruzifix aus Metall am Kopfende des linken Bettes.

»Komm«, sagt Djad erneut, und führt ihn zum Tisch, holt von der Fensterbank ein Glas, eine Flasche Cola, ein Schälchen mit Nüssen und weist auf den Stuhl rechts vom Tisch. »Ich würde gern nach Australien fahren, dort leben, arbeiten, aber ich weiß nicht, wie.« Ach, daher weht der Wind, denkt Frido, und lächelt Djad an, der mit großen noch immer etwas ängstlichen Augen auf ihn blickt, während er langsam auf dem Stuhl ihm gegenüber Platz nimmt. »Wie bist du nach Australien gekommen? Viel Geld?« Djad sitzt jetzt sehr aufrecht auf seinem Stuhl, das Kreuz durchgedrückt.

»Nein«, sagt Frido, »mit Geld hatte das nichts zu tun. Aber es ist eine lange Geschichte.«

»Du warst Flüchtling in Australien, Asyl?«

»Nein, nein«, Frido lächelt, »ich war kein Flüchtling, auf jeden Fall kein echter Flüchtling. Ich wollte einfach nur weg.«

Frido nimmt einen Schluck Cola. Für einen Moment sieht er sich als jungen Kerl, so alt wie dieser Djad, aber nicht beim Aufbruch nach Australien, sondern viel früher, wie er den Bus besteigt, damals in Köln nach dem Abitur, den alten Rucksack mit dem hohen Gestell, Hesses *Siddhartha* in der Jackentasche, wie er sich im Bus umschaut, wer jetzt wie er wochenlang unterwegs sein wird, bis sie irgendwann in Kathmandu ankommen würden. Dabei hat er selbst Kathmandu nie erreicht.

»Warum weg aus Deutschland? Und warum Australien?«, fragt Djad nach. Frido hat keine Lust, seine Geschichte zu erzählen. Er möchte doch einfach nur eine Viertelstunde oder eine halbe in diesem alten Hotel sein, das auf ihn schon als Kind eine besondere Anziehungskraft hatte, die langen Gänge, die vielen Zimmer, die fremden Leute, dieser ganz eigene Hotelgeruch. Und dann Großvater Tono, bei dessen Anwesenheit immer alles leicht erschien.

»Ich wollte einfach weg, wollte mit einer Frau zusammenleben, in die ich mich verliebt hatte.« Er macht eine Pause, nimmt noch einen kleinen Schluck von der Cola. Djad richtet seine dunklen Augen direkt auf ihn. Frido spürt, dass Djad mit seiner Antwort nicht zufrieden ist. »Es hat«, Frido macht eine kurze Pause, als überlege er noch, wie viel er erzählen sollte, »es hat mit meinem Vater zu tun, der war ein richtiger Flüchtling, der war Jude, er musste aus dieser Stadt weg und hat das rechtzeitig geschafft. Er war fünfzehn, als er floh.«

Djad nickt. »Jünger wie ich«, sagt er, »und war er mit Eltern?«

Es war wohl doch nicht richtig, Vaters Geschichte anzusprechen, denkt Frido.

»Nein, mein Vater hatte keine Eltern mehr, er ist wie du als unbegleiteter Jugendlicher aus seinem Heimatland nach England geflohen. Juden sind damals hier verfolgt und ermordet worden.«

»Weiß ich«, sagt der Junge.

Die Ängstlichkeit ist aus Djads Augen verschwunden. Er schaut Frido offen und neugierig an, versucht gar ein Lächeln, während er Fridos Glas nachfüllt.

»Ist noch in England?«

»Mein Vater? Nein, der ist längst tot.« Djad zeigt einen mitfühlenden Blick und bleibt eine Zeit lang still, senkt den Blick auf den Boden.

»Ich würde auch gern nach Australien, schönes Land, und viel Arbeit.« Er hebt den Kopf. »Aber dann wieder nach Syrien, wieder Aleppo.«

»Warum wieder Syrien?«

»Hier ist nicht zu Hause. Hier ist«, Djad stockt, »hier ist Reise, weißt du, nicht meine Seele, nicht Heimat.« Der Junge macht eine Pause. »Ist deine Seele hier oder in Australien?«

Djad schaut ihn mit großen Augen an. Der Junge hat schöne Augen, denkt Frido, lange schwarze Wimpern und dichte feine Augenbrauen. Frido will dieses Gespräch nicht. Statt einer Antwort weist er mit dem Daumen auf das Kreuz über dem Bett.

»Das Kreuz gehört Farid«, sagt Djad, noch bevor Frido eine Frage stellt. »Farid ist kein Moslem, ist syrischer Christ. Du bist auch Christ?«

»Oh«, antwortet Frido, »nicht so ganz. So einfach ist das bei mir nicht.« Er senkt den Blick auf das Cola-Glas vor ihm. Er wird den Araber enttäuschen müssen, er hat keine Lust auf Bekenntnisse, schon die Frage nach der Heimat war überflüssig und jetzt kommt noch die Seele dran und der Glauben! Er wollte doch nur, noch einmal durchs Hotel gehen, ein paar alte Bilder in sich wachrufen, ein wenig in Nostalgie schwelgen. Frido drückt sich auf dem Stuhl gegen die Lehne.

»Ich bin so eine Mischung aus Christ und ein wenig Buddhist.« Der Junge blickt ihn unverwandt an, als wüsste er, dass das nicht alles ist. »Dann kommt von meinem Vater noch eine kleine Portion jüdisch hinzu«, Frido überlegt kurz, »von Bhagwan Osho die ein oder andere ganz brauchbare Lebensmaxime, und dann bin ich bei alledem wohl überwiegend Atheist.«

Der Junge nickt. Wahrscheinlich kommt ihm diese Mischung etwas albern vor, denkt Frido, die steckt er sicher in die Schublade ›Typischer Westler‹.

Eine Glocke schrillt im Zimmer. »Entschuldige«, sagt Djad und dreht sich zur Tür. »Ich habe Hausdienst, bin gleich wieder im Zimmer.« Damit läuft er schon auf den Flur hinaus. Frido ist erleichtert, spürt aber eine gewisse Unruhe, die Djads Fragen in ihm ausgelöst haben, und ärgert sich darüber. Er war doch nicht im Hotel, um religiöse Bekenntnisse abzugeben! Und das auch noch vor einem jungen, ihm völlig unbekannten Syrer, den es zufälligerweise in dieses Haus verschlagen hat.

In diesem Moment pfeift eine Lok. Das Hotel Dellbrück ist nun mal das Bahnhofshotel, denkt Frido und hört wieder die Stimme seines Großvaters: »Eine bessere Lage für ein Hotel gibt es einfach nicht«, sein Onkel und seine Tante halten laut dagegen, sie streiten, und erst später hat er verstanden, dass es bei diesen Streitigkeiten um Hotelpläne in Bad Waldliesborn ging, für die Tante und Onkel gern das Hotel Dellbrück am Bahnhof verkaufen wollten, Großvater aber nicht. »Tempi passati«, murmelt Frido und nimmt das Glas Cola in die Hand, ohne davon zu trinken. Er sieht deutlich das frühere Dellbrück, diesen strahlend weißen Bau mit drei Stockwerken über dem Hochparterre mit den hell erleuchteten Festräumen und einem vierten Stockwerk unter dem Dach, wo die Bediensteten ihre kleinen Zimmer hatten. Es wird für ihn immer Tonos Hotel bleiben. Er hat ihn gleich wieder vor Augen, diesen etwas untersetzten Mann mit den kurzen grauen Haaren und den leuchtend blauen Augen hinter der schwarzen Brille. Er sieht ihn lachen, sieht, wie er beim Sprechen die Arme bewegt, wie er den Kopf zu einer Grimasse erstarren lässt, ihn als Kind erschreckt und dann wieder laut lacht. »Ich bin das Ungeheuer, das dich jagt«, ruft Großvater, grunzt laut, läuft hinter ihm her und kitzelt ihn, sobald er ihn eingeholt hat. Tono hat er immer fröhlich erlebt, anders als Sigmund, seinen Vater. Er versucht, auch ein Bild seines Vaters im Hotel wachzurufen, schließlich war er oft genug mit ihm dort, aber es gelingt nicht. Jedes Mal ist es so, als würde Sigmund gleich aus dem Bild weggesogen, und schon erscheint Tono wieder, oder Rile, seine Mutter.

Frido horcht auf den Flur hinaus, keine Spur von Djad. Er fühlt sich jetzt unwohl in diesem fremden Zimmer, steht auf, schaut noch einmal kurz auf das Kreuz über dem Bett von Farid und tritt auf den Flur hinaus, als die Lok gerade ein zweites Mal pfeift, spitz und eindringlich wie alle E-Loks, und er einen weiteren Pfiff hört, einen hellen, sehr lauten Ton. Er ist acht oder neun Jahre alt und steht in eben diesem Flur im dritten Stock neben seinem Großvater, der beim Pfeifen der Lok die rechte Hand hebt und irgendetwas zu diesem Ton oder zu der Lok sagt. Dann zeigt Großvater auf die Treppe und sagt: »Komm!« Sie steigen die Stufen in den vierten Stock hoch. Die Holztreppe, die hier nicht mehr mit dem Kokosläufer bedeckt ist, knarzt unter Großvaters Gewicht und seinen festen Schritten. Oben betreten sie ein schmales Zimmer, in dem ein altmodisches blaues Bett und ein blauer Schrank stehen und an dessen Wänden ein paar Bilder in schwarzen und goldfarbenen Rahmen hängen. »Hier ist dein Vater geboren, der Sigmund!« Großvater geht mit ihm zuerst ans Fenster, und für einen kleinen Moment sehen sie noch die Dampfwolke hoch über den Gleisen, die sich auflöst, während sie aus der Ferne ein letztes Mal den Ton der Lokomotive hören, die den Bahnhof längst verlassen hat.

Auch jetzt knarzt die Treppe, als Frido zum vierten Stock hinaufsteigt. Er geht geradewegs auf eine bestimmte

Tür zu, ohne weiter zu überlegen, drückt die Klinke hinunter, und tatsächlich öffnet sich die Tür. Er sieht als Erstes sich selbst. Im großen Spiegel der Tür gegenüber steht ein langer, schlanker Mann, das blaukarierte Hemd oben offen, ein leichtes helles Sommersakko, schwarze enggeschnittene Jeans. Er sieht die hohe Stirn, das Haar, dessen Zurückweichen ihn seit Jahren bekümmert, noch immer ist es kraus, aber längst nicht mehr schwarz, sondern grau, nur die Augenbrauen und die Wimpern haben ihr Schwarz behalten. Die krausen Haare, ein Erbe seines Vaters, hat er als Kind und Jugendlicher überhaupt nicht gemocht, hasste es, wenn seine Mutter von »Naturkrause« sprach, »um die dich jede Frau beneiden würde«. Das war es ja, er wollte keine Krause wie junge Frauen. Erst mit weit über zwanzig konnte er sich mit seinen Haaren anfreunden. Jetzt, denkt er, verlassen sie ihn, ziehen sich immer weiter zurück, mögen ihn nicht mehr. Zwei schmale Falten gehen von der Stirn zur Nasenwurzel, zwei weitere, breitere von den Nasenflügeln zum Kinn, und unter den Augen ruhen Tränensäcke, nicht erst seit Cleos Tod, aber seitdem noch ausgeprägter. Rechts neben der Unterlippe ist die runde Warze, im Durchmesser etwas kleiner als eine Ein-Cent-Münze, manchmal färbt sie sich von innen rot, und wenn er beim Rasieren nicht aufpasst und sie verletzt, blutet sie für einige Zeit. Sie war plötzlich da, lange vor Cleos Tod, aber seltsamerweise empfindet er seit Jahren eine ebenso unerklärliche wie tiefsitzende Scheu, sich dieses Ding einfach wegschneiden zu lassen. Was macht es schon, wenn da eine Warze im Gesicht ist, solange sie sich nicht allzu oft rot färbt. Nein, das Gesicht spiegelt seine 63 Jahre, der Rest, denkt Frido, ist zum Glück jünger.

Ein letzter Blick in den Spiegel, dann tritt er ein. Es ist ein kleines Zimmer, an dessen rechter Wand ein blauer Schrank steht. Das Bett ist modern, eine Art Futon mit kaum sichtbarem Gestell, aber der Schrank ist der alte von damals. Er ist sich sicher: Er ist in dem Zimmer, in das ihn vor fünfzig Jahren sein Großvater geführt hat und in dem er ihm vor diesem blauen Schrank und dem damals blauen Bett von seiner anderen Großmutter erzählt hat, von Tilla, Vaters Mutter, die in diesem Zimmer gewohnt hat und hier seinen Vater zur Welt gebracht hat. Den Namen Tilla hat er behalten, obgleich Vater eigentlich nie von ihr gesprochen hat, außer dass sie Jüdin gewesen ist und Kaltmamsell. Er sieht sich in dem Zimmer um. Plötzlich kommt ihm der Gedanke, ob er hier noch irgendetwas finden könnte, was an seinen Vater erinnert.

Das Zimmer wird offenbar zurzeit nicht benutzt. Die Matratze ist zwar bezogen, aber es liegt kein Bettzeug bereit. Er öffnet die Tür des Schranks, als suche er etwas wie »Sigmund war hier«, eingeritzt in die Türinnenseite. Dabei fällt sein Blick auf ein Bild an der Wand, eine Heidelandschaft, in Öl gemalt, mit drei großen Birken am Rand eines sandigen Weges, auf dem ein einsamer Wanderer geht, eine dunkle Rückenansicht, das Ganze eingefasst in einen schlichten schwarzen Holzrahmen. Für einen Moment glaubt er, dass dieses Bild schon damals, als er mit seinem Großvater hier war, an derselben Stelle neben dem Schrank gehangen hat. Die Schranktüren quietschen in den Scharnieren, da ist nichts auf den Innenseiten geschrieben. In den Fächern links liegen alte Decken übereinandergestapelt, der rechte Schrankteil ist bis auf vier Holzbügel, die an der Messingstange hängen, leer. Er erinnert sich, wie Großvater gesagt hat, eine Hebamme und seine Schwester hätten bei der Geburt geholfen und dann habe man im ganzen Hotel einen Schrei gehört und Sigmund, sein Vater, sei dagewesen.

Fast hundert Jahre war das her, überlegt Frido, und mehr als fünfzig Jahre sind vergangen, seit er, der Sohn, durch die Flure rannte, sich versteckte, und Großvater so tat, als würde er verzweifeln, weil er ihn nicht fand. Onkel Hannes kommt ihm in den Sinn, er sieht ihn in der Soutane als Mönch auf Urlaub im Hotel und er sieht dessen Trauerfeier, einen Tag nach dem Begräbnis in Maria Laach. Dabei blickt er auf die Heideszene im schwarzen Rahmen, auf den sandigen Weg zwischen den Trauerbirken mit dem schwarz gekleideten einsamen Wanderer in der Mitte. Als könne gerade dieses Bild ihn aus der Rührung befreien! Aus einem plötzlichen Impuls heraus nimmt er es von der Wand. Es misst vielleicht fünfzig mal vierzig Zentimeter und auffallend ist, dass jetzt, wo er das Bild kippt, sich dessen Rückwand wölbt. Er fährt mit der Hand über die Hinterseite und fühlt deutlich: in dem schmalen Raum zwischen dem Leinen und der Rückwand aus festem Packpapier steckt etwas, wahrscheinlich sind es Papiere oder Fotos oder vielleicht sogar Dokumente. Vielleicht etwas über Sigmund, das noch keiner kennt. Frido horcht zur Tür hin, in diesem Augenblick kommen Geräusche aus dem Treppenhaus, da ist die Stimme von Djad, der mit einem anderen Mann spricht. Sie scheinen die Treppe hochzusteigen. Kann er das Bild nicht einfach mitnehmen? Oder noch schnell die Rückwand vorsichtig öffnen?

Kapitel 2

80 Jahre früher

18. Dezember 1938
Lippstadt
Sigmund, Rile, Tono, Tante Betty, Emmi

Bis zur Bahnhofstreppe waren es nur noch wenige Meter.

»Natürlich schreibe ich dir, Rile, gleich, wenn ich ankomme. Großes Ehrenwort.«

Seine Stimme war fest geblieben, immerhin. Vor ihnen gingen Tono, Emmi und Tante Betty. Tono trug den kleinen braunen Koffer, den sie letzte Woche für ihn gekauft hatten. Mit dem Weihnachtspäckchen von Rile darin und dem großen Lederanhänger am Griff, auf dem sein Name stand und die neue Adresse: Sigmund Rosenbaum, bei Leyland, 12 Castle Road, Wadebridge, Cornwall, England. Fast hätte der Platz nicht gereicht.

»Und schreib mir auf Deutsch, nicht auf Englisch.«

»Klar doch, was denn sonst.«

Rile nahm seine rechte Hand. Wenn der Abschied doch nur schon vorbei wäre! Ein kalter Wind war aufgekommen, im Radio hatten sie Schneeregen angekündigt, doch noch war es trocken. Betty drehte sich zu ihnen um, versuchte, ihren Mund zu einem Lächeln zu formen, was ihr misslang.

»Du hast wirklich alles dabei, Siggi?«, sagte sie und beinahe hätte ihre Stimme, die heftig schwankte, ganz versagt.

Sigmund nickte. »Alles im Rucksack, Tante Betty.«

Er merkte, dass auch seine Stimme jetzt brüchig klang und dass er schlucken musste. Er dürfte auf keinen Fall anfangen zu weinen, vor Rile, vor Tono, vor Tante Betty. Wenn es doch nur schon vorbei wäre!

»Auch den Brief von diesen Quäker-Leuten? Den musst du ja in Düsseldorf vorzeigen!« Sigmund nickte nur. Er wollte nicht sprechen, er wusste, was er zu tun hatte, Tono und er waren alles mehrmals durchgegangen: Bahnhofsmission in Düsseldorf, Hoek van Holland, die Quäker-Organisation, Harwich, das war nicht schwer. Und er lernte ja schon seit drei Jahren Englisch.

Vor drei Tagen hatte er sich im Bad vor den Spiegel gestellt und sein Spiegelbild befragt, ob er nicht vielleicht doch so etwas wie ein Entdecker sei, wie damals die Eroberer, die zu Reisen in unerforschte Länder aufgebrochen waren. Er hatte im Spiegel lange sein Gesicht betrachtet, das schwarze wuschelige Haar, das kaum ein Kamm beherrschen konnte, die Narbe an der rechten Stirn, die dunklen Augen, den Flaum über der Oberlippe, und hatte versucht, einen möglichst mutigen, männlichen Ausdruck einzunehmen. Den, so meinte er, würde er in Cornwall gebrauchen können, auch wenn Cornwall kein unerforschtes Land mehr war. Er hatte in den letzten beiden Jahren kräftig an Länge zugelegt, war mit seinen fünfzehn Jahren einer der größten in der Klasse und war jetzt nach einigen Versuchen vor dem Spiegel durchaus zufrieden: Er würde nichts erobern, aber er war sicher groß genug, um in diesem Wadebridge zu überleben und in Cornwall viel zu entdecken. Der Gedanke hatte ihm gutgetan. Doch jetzt auf dem kurzen Weg zum Bahnhof neben der weinenden Rile waren die Abenteuer-Phantasien dahin, und besonders groß fühlte er sich auch nicht mehr.

Als Tono ihm letzte Woche sagte, dass er Lippstadt verlassen müsste, war sofort Harry vor seinem inneren Auge erschienen. Harry war schon vor zwei Jahren mit seinen Eltern ausgewandert. Seitdem hatte er keinen Freund mehr in der Klasse. Sie waren noch zusammen in der kleinen alten Synagoge zur Bar-Mizwa gegangen, wobei Harry ihm geholfen hatte, als der Rabbi Fragen zu Geschichten aus der Thora stellte, die er nicht beantworten konnte, weil er doch immer mit den Dellbrücks in die katholische Nicolaikirche ging. Seit dem allerersten Tag auf dem Gymnasium hatten sie nebeneinandergesessen, hatten im gleichen Sommer in der Lippe am Großen Knick schwimmen gelernt und waren mit ihren Rädern oft stundenlang auf den Pfaden lippeaufwärts oder lippeabwärts unterwegs gewesen. Die kleine Fabrik, die Bürsten, Handfeger und Besen herstellte, hatte Harrys Vater im Sommer 1936 verkauft, und schon kurze Zeit danach waren die Rosenthals – Harry, seine Eltern, die drei Schwestern und Harrys Großvater – weg, »abgehauen«, wie Dr. Brauer, der Klassenlehrer, das Wort in die Länge ziehend und mit breitem Grinsen zwei Tage später in der Klasse verkündete.

Am Abend hatten sie noch gemeinsam Latein gelernt. Harry hatte plötzlich mit lautem Knall das Lateinbuch zugeschlagen, war ganz nah an ihn herangerutscht und hatte ihm ins Ohr geflüstert, dass sie nach Kolumbien zögen.

»Ich durfte es dir nicht eher sagen. Morgen fahren wir mit dem Zug nach Basel. Von der Schweiz dann nach Frankreich, Spanien, Portugal, von Lissabon mit dem Schiff nach Kolumbien. Du darfst es aber noch keinem weitererzählen.«

Sigmund starrte erschrocken auf das Buch vor ihm, sagte lange nichts und hob dann langsam den Kopf. »Nach Kolumbien! Was macht ihr denn in Kolumbien?«

»Papa hat dort einen Vetter, der will uns helfen. Papa meint, Bürsten und Besen bräuchten die auch in Kolumbien.« Sigmund war sich nicht sicher, ob er vielleicht träumte. Es war so unwirklich. Sie hatten gerade noch die e-Deklination geübt für die Klassenarbeit am Freitag, und plötzlich galt das alles nicht mehr!

»Und was ist mit mir, wenn du weg bist?«, fragte er Harry.

»Du bist hier sicher, sagt Vater, du bist ja viel mehr katholisch als jüdisch und du lebst bei den Dellbrücks, dir kann gar nichts passieren, aber für uns …« Harry ließ den Satz unvollendet.

Sie waren die beiden ›Judenlümmel‹ in der Klasse. Nicht jeder Lehrer hatte sie so genannt, nein, aber einige schon, Dr. Brauer zum Beispiel, der Klassenlehrer, Herr Bergmann, der Sportlehrer. Die Mitschüler sagten so etwas nicht, waren eher gleichgültig.

»Ich werde dir schreiben, Siggi, mindestens jede Woche«, sagte Harry mit leiser, fast versagender Stimme und stand langsam auf. Sigmund begleitete ihn zur Wohnungstür. Aus dem Zimmer von Rile kam Radiomusik, aus dem Zimmer ihres Bruders Hannes hörten sie Töne einer recht lieblos gestrichenen Geige, in der Küche klapperte Emmi, die das Abendessen vorbereitete, mit Geschirr und Besteck. Beim Gang über den Flur hatte Sigmund das Gefühl, er würde gar nicht richtig auftreten, als fänden seine Füße keinen festen Grund, als würde er eher schwimmen als gehen. Unzählige Male hatte er seinen Freund um diese Zeit zur Wohnungstür begleitet und ihn mit einem »tschüss, bis morgen« verabschiedet. Und das sollte jetzt vorbei sein?

An der Tür zog er Harry mit einer hastigen Bewegung zu sich heran, umarmte ihn still, dann lehnte Harry für einige Sekunden seinen Kopf an seine Schulter. »Mach's gut, Harry!«

Harry sagte nichts, nickte nur noch ein paar Mal kurz und drehte sich dann abrupt zur Treppe. Sigmund schlich zurück in sein Zimmer, sah auf den Bahnhofsplatz hinaus und beobachtete ein letztes Mal, wie sein Freund auf dem Fahrrad langsam den Platz überquerte. Kurz bevor er in die Wilhelmstraße einbog, drehte sich Harry noch einmal um und Sigmund sah, wie er auf das Hotel schaute, auf das Fenster im dritten Stock des Anbaus, hinter dem er stand. Sekunden später war Harry verschwunden. Er warf sich auf sein Bett. Er hatte doch so fest geglaubt, dass Harry und er die Jahre bis zum Abitur zusammenblieben. Zwei gegen den Rest der Klasse, deren Kinder jetzt weniger mit ihnen sprachen, sie oft nicht einluden, wenn Geburtstage gefeiert wurden. Das tat jedes Mal weh, doch sie waren ja zu zweit gewesen. Jetzt aber würde er allein in der Klasse sein, ein Außenseiter.

Er schlug mit beiden Fäusten auf sein Bett. Was sollte all das? Warum mussten Harry und seine Eltern gehen? Warum freuten sich Leute wie Dr. Brauer, wenn Juden

»abhauten«. Waren Juden denn wirklich von Natur aus schlecht? Er wusste, dass es nicht stimmte, wenn die Leute von den »reichen Juden« sprachen. Harrys Eltern hatten nur eine kleine Wohnung über der Bürstenfabrik, reich waren sie sicher nicht, trotz ihrer Fabrik. Bei den Löwensteins konnte es gestimmt haben. Die besaßen einen Pelz- und Teppichhandel. Jetzt waren nur der alte Löwenstein und seine Frau in der Stadt zurückgeblieben, und wenn er abends durchs Restaurant ging, saß der alte Herr immer allein da, nicht mehr am Stammtisch wie früher, sondern allein bei seinem Bier und murmelte etwas von Palästina, was doch nichts für alte Leute sei. »Der junge Löwenstein war mein bester Cognac-Kunde«, hatte Tono gesagt, »immer nur alter französischer Cognac. Der Löwenstein wird sogar unserer Betty fehlen, und zwar beim Jahresabschluss!« Tono hatte gelacht und da hatte auch er gelacht.

Aber es war nicht zum Lachen. Er hatte Harry verloren und verspürte Angst vor dem, was wohl als Nächstes kommen würde. Auch wenn er seit seiner Geburt bei den Dellbrücks lebte und sie ihn alle mochten, wusste er: er war ein anderer als sie. Er war – er sprach es jetzt halblaut aus – ein Waisenkind und ein Jude. Warum himmelten so viele diesen Adolf Hitler an, der seinen Freund vertrieben hatte? Aber dieser Hitler war es ja nicht allein. Sigmund hatte Bergmann vor Augen, ihren Sportlehrer, der drei Wochen zuvor so eine blöde Bemerkung gemacht hatte. Harry und er würden wohl besser nicht länger in der Klassenmannschaft spielen, hatte er gesagt, weil Judenlümmel in einer deutschen Knabenmannschaft nichts zu suchen hätten. Aber dann hatte er Harry doch in die Mannschaft geholt, als sie gegen die 8a spielten und zurücklagen, und

Harry hätte damals fast ein Tor geschossen, ganz knapp war der Ball über den Balken gegangen. Aber jetzt war Harry fort, für immer, auf dem Weg nach Kolumbien.

Er hatte Emmi gebeten, vom Abendessen befreit zu sein und im Zimmer bleiben zu dürfen, er habe Magenschmerzen, er wolle nicht zu Abend essen. Emmi brachte ihm Kamillentee, schaute ihm in die Augen, fragte aber nicht weiter. Erst am nächsten Abend erzählte er Tono und Emmi, dass Harry und seine Eltern die Stadt verlassen hätten. »Scheiß Hitler«, hatte Tono gesagt.

Seitdem waren mehr als zwei Jahre vergangen und jede Minute davon war in den letzten Tagen wieder hochgekommen, gleich nachdem Tono ihn ins Wohnzimmer geholt hatte. Es war am späten Abend, die anderen Kinder waren in ihren Zimmern oder schliefen bereits. Am Adventskranz auf dem Wohnzimmertisch brannten zwei Kerzen. Selten hatte er Tono so ernst erlebt wie an jenem Abend. »Nach der Kristallnacht ist es für alle Juden noch unsicherer geworden, auch für Kinder wie dich. Ich habe alles in die Wege geleitet, Siggi. Glaub mir, es ist das Beste, wenn wir dich in England in Sicherheit bringen.« Daraufhin hatte er ihm die Einzelheiten der Verschickung erläutert und geschlossen mit: »Irgendwann kommst du zurück!«

Nach England? Ohne Tono, ohne Rile? Jetzt war eingetreten, was er seit Harrys Flucht hatte kommen sehen: In wenigen Tagen würde er allein auf sich gestellt sein. Doch der Gedanke wollte nicht tiefer eindringen, blieb irgendwo stecken. Sigmund schaute auf die zwei Kerzen im Adventskranz, stellte ein paar Fragen zu wann und wie und wohin genau. Seine Stimme war leise, fast ausdruckslos. »Ich bin froh, dass du das so vernünftig aufnimmst«, sagte Tono, »du wirst sehen, es ist das Beste.« Sigmund nickte.

»Wirklich noch vor Weihnachten?«, fragte er zurück.

»Ja, gleich nächste Woche!« Da raste nur noch dieses »nächste Woche« durch seine Gedanken, blockierte alles Weitere. Er nickte noch einmal, murmelte ein »Gute Nacht«, ging schnell in sein Zimmer und flüsterte wieder »nächste Woche!«. Lange konnte er nicht einschlafen. Als er endlich eingenickt war, wachte er bald wieder auf, schreckte aus Träumen auf, in denen er lange Zeit in unbekannter Landschaft gewandert, aber niemals irgendwo angekommen war, nicht einmal wusste, wo er denn ankommen sollte, bis er wieder aufgewacht war und sich lange im Bett wälzte. Dann war Tono plötzlich in seinem Zimmer, setzte sich im Nachthemd auf die Bettkante, und Sigmund richtete sich auf, warf sich an seinen Hals und umarmte ihn, so fest er konnte. »Irgendwann kommst du zurück, Siggi, ganz bestimmt«, war Tonos Satz, den er beständig wiederholte.

Sie hatten die große Treppe zum Haupteingang des Bahnhofs erreicht. Plötzlich fegte eine Bö die Stufen herunter und Tono, der vor ihnen ging, hatte in letzter Sekunde nach seinem Hut gegriffen. Die hastige Bewegung ließ Sigmund kurz lächeln. Tono hatte in den letzten Jahren an Gewicht zugelegt, doch hatte die Drehung etwas tänzerisch Leichtes, eine Spur von Komik gehabt, bevor sie am Ende beinahe in ein Stürzen überging. Während er noch schmunzelte, schluckte Rile heftig und drückte seine Hand. Oben angekommen, wandte Betty sich zu ihnen hin. »Es tut so weh, euch beide so zu sehen, wie Schwester und Bruder, Hand in Hand! Es ist so unendlich traurig.«

Ihre Stimme versagte, und sie drehte sich wieder zur Tür. Sigmund wand schnell seine Hand aus der von Rile. Es würde komisch aussehen, wenn ihn irgendjemand, den er kannte, Hand in Hand mit Rile sah.

Kapitel 3

18. Dezember 1938
Lippstadt
Tono, Emmi, Tilla

Tono ging voran in die Bahnhofshalle, in der sich jetzt am Vormittag nicht sehr viele Menschen aufhielten. Es grauste ihm vor dem Gedanken, den Jungen in wenigen Minuten in den Zug nach England setzen zu müssen. Wann würde er ihn wieder abholen? Würde er ihn überhaupt jemals … Tono wagte nicht weiterzudenken. Vielleicht war das alles übertrieben, aber diese Nacht letzten Monat steckte ihm noch in den Knochen. Bartels Willi hatte geschworen, dass die Feuerwehr nicht gelöscht, sondern nur den Übergriff der Flammen auf das Nachbarhaus verhindert hätte, aber die Synagoge habe abbrennen lassen. Ohne einzugreifen! Am Tag danach war ihm klar geworden, dass auch Sigmund gefährdet war. Er ging zum Schalter, um die Bahnsteigkarten zu lösen.

Sechzehn Jahre waren vergangen, seit im Hotel Dellbrück erstmals das Gerücht umgegangen war, Tilla, die Kaltmamsell des Hauses, sei schwanger. Das Gerücht stimmte. Emmi hatte ihren Mann im Verdacht. Denn

Tono hatte anderthalb Jahre zuvor, kurz nachdem Hannes zur Welt gekommen war, eine Liaison mit Lore gehabt, die in der Hotelgaststätte bediente. Ein anderes Hausmädchen hatte Emmi einen Wink gegeben, Tono wusste, dass Abstreiten und Lügen keinen Sinn machen würde und gestand zerknirscht seinen Fehltritt. Emmi war außer sich. Sie machte ihrem Mann eine Riesenszene, drohte mit Bloßstellung und Scheidung und ließ ihn schmoren. Lore schickten sie zu ihren Eltern zurück, und erst als klar war, dass Tonos Seitensprung ohne Folgen geblieben war, lenkte Emmi ein, stellte aber unmissverständlich klar, dass sie beim nächsten Fehltritt die Scheidung einreichen würde.

Tono musste viel Geschick aufbringen und schwur bei allen Heiligen, dass er Tilla nicht angerührt hatte. Das entsprach nicht ganz der Wahrheit, denn berührt hatte er Tilla schon, war jedes Mal gern in der engen Tür zur Wäschekammer stehen geblieben, wenn sie hereinstürmte und sich an ihm vorbeizwängen musste. Ein einziges Mal hatte er sie sogar geküsst, lang und intensiv, aber das war im Februar 1916, als er Emmi noch gar nicht kannte. Er war damals achtzehn Jahre alt und hatte den Einberufungsbefehl für die Kaserne in Wesel erhalten. An diesen Kuss musste er wieder denken, als er neben seiner Frau im Ehebett lag und alle Eide schwor, dass er an Tillas Schwangerschaft unschuldig war.

Tilla war über Jahre hin die hübscheste Angestellte im Hotel Dellbrück. Ihr Vater, Pferdehändler in Rietberg, hatte Ende 1914 mit ihr an der Hand das Hotel betreten. Fünfzehn Jahre war Tilla damals, gerade fertig mit der Schule, noch ein Kind. Der Krieg war ausgebrochen, der zum Weltkrieg werden sollte; keine schlechte Zeit für einen Pferdehändler, aber man musste sehen, dass man die Töchter in Stellung bekam. Ihr Vater hatte die gute Jacke angezogen, war wie sie schweigend vom Bahnhof zum Hotel hinübergegangen, die vier breiten Stufen zum Hoteleingang hochgestiegen und hatte am Empfang ganz leise nach der Frau Direktor Elisabeth Dellbrück gefragt. Da war Betty schon die Treppe heruntergekommen, groß, sehr aufrecht gehend, in einem leuchtend blauen Kleid mit weißer Bluse, die einen breiten Rüschenkragen hatte. Tilla war sich sehr klein vorgekommen, als Betty sie und ihren Vater ins Bürozimmer bat, an dessen Tür »Direktor« stand. Erst als Betty ihnen gegenüber am Schreibtisch Platz genommen hatte, wagte Tilla, den Kopf zu heben und ihr direkt ins Gesicht zu schauen. Sie war überrascht, wie jung diese Frau Direktor Dellbrück war, die sie so freundlich anlächelte. Sie bekam die Stelle; Küchenhilfe mittags und abends und Zimmermädchen am Vormittag, freie Kost und Logis, 12 Mark im Monat und jedes zweite Wochenende entweder den Samstag oder den Sonntag frei. »Samstags, bitte«, hatte ihr Vater noch erbeten, »damit sie mal in die Synagoge gehen kann und auch zur Mikwe, zum Bad.«

Betty hatte dafür gesorgt, dass Werner sie in der Küche ordentlich anlernte. Schon nach wenigen Wochen hatte sie gesagt, sie wolle, dass Tilla die Kaltmamsell des Hotels würde. Werner hatte sie daraufhin scharf angeschaut. Er stand schließlich in der Küche des Hotels, seit Heinrich Dellbrück es 1897 eröffnet hatte. »Kaltmamsell, wozu? Das wäre Ihrem Vater nie eingefallen«, hatte er gebrummt, sich aber dann doch um Tilla gekümmert. Mit Mayonnaise-Schlagen fing es an, dann belegte Tilla die Brote mit Aufschnitt und Käse, verzierte sie mit geviertelten

Gurken, Radieschen, feingeschnittenen Tomatenscheiben, machte den Fleischsalat, den Heringssalat, den Eiersalat, lernte die Sülze einzulegen, bereitete den Matjes zu, und schon bald zeigte sich, dass sie für diese Arbeiten großes Talent besaß. Betty hielt sich mit Lob nicht zurück. Manchmal fügte sie ihren Worten fünfzig Pfennige bei, steckte ihr die Münze oben links in die Küchenbluse, während sie Tilla freundlich anlächelte und Tilla sich verlegen bedankte. Werner bemerkte die Anerkennung, die Tilla erhielt, schimpfte noch mehr mit ihr als sonst. Aber es entging ihm nicht, dass jetzt abends mehr kalte Speisen verlangt wurden als zuvor. Er tröstete sich: es waren schlechte Zeiten, die Gäste hatten nun mal nicht viel Geld, da ging dann eben mehr kalt als warm. Wenn er sich doch wieder darüber ärgerte, ließ er die Wut an Hans ab, dem Küchenjungen, der keine andere Wahl hatte, als Werners Backpfeifen zu ertragen.

1912 hatte Heinrich Dellbrück nach dem großen Rheumaschub seinem ältesten Kind, der Tochter Betty, das Hotel überschrieben. Sie führte das Haus zur Überraschung ihres Vaters sehr erfolgreich. Sogar in den Hungerwintern des Weltkriegs war die Speisekarte des Hotelrestaurants stets ordentlich bestückt. Das sprach sich in der Stadt herum. Auch die zehn Einzel- und acht Doppelzimmer waren gut belegt, da Betty mit den beiden Metallwerken in der Stadt gleich 1913 einen Rabattvertrag ausgemacht hatte. Mit dem häufigen Besuch von Beamten des Kriegsministeriums und von Ingenieuren anderer großer Fabriken sorgten die beiden Werke für eine gute Auslastung.

Als Tilla einen Tag vor Tonos Abmarsch nach Wesel 1916 in der Wäschekammer den ersten »richtigen« Kuss ihres

Lebens bekam, wusste sie nicht, wie ihr geschah. Dann rannte Tono aus der Tür und Betty kam in die Kammer. Sie sah Tilla weinen, fragte aber nicht. Tilla lehnte sich an ihre Brust, schlang die Arme um sie, und murmelte nur immer wieder: »Ich wollte das nicht.« Betty beruhigte Tilla, gab ihr einen kleinen sanften Kuss auf die Stirn und strich ihr zart über das Haar. Sie sprachen nicht wieder darüber. Tono kämpfte in Rumänien, wo er sich noch im gleichen Jahr eine geheimnisvolle Krankheit einfing, deren Namen nur seine Schwester erfuhr. Und als sie im Lexikon nachgeschlagen hatte, was der Name bedeutete, beschloss sie, ihn gleich wieder zu vergessen. Wenig später war bei ihrem Bruder eine schwere Ruhr dazu gekommen und er wurde auf Heimaturlaub geschickt. Dieser zog sich hin. Die Ruhr hatte Tonos Herz angegriffen und Dr. Singer, der Chefarzt des Inneren im katholischen Dreifaltigkeitskrankenhaus attestierte eine Herzinsuffizienz als Folgeerkrankung. Das Attest verhalf Dr. Singers Tochter Lisbeth 1917 zu einem außerordentlich üppigen und dennoch preiswerten Hochzeitsmahl für achtzig Gäste im großen Festsaal des Hotels, zu dessen Vorspeise Tilla all ihre Künste aufbieten musste. Für Tono bewirkte das Attest den Bescheid des Militärkommandos, dass er für den Feldeinsatz nicht länger in Frage komme. Tono wurde zum Dienst in der Schreibstube nach Aachen beordert. Als Betty ihn zum Bahnsteig begleitete, hatte Tono bei der Einfahrt des Zuges ein fröhliches Lied gepfiffen. Er hege nicht die geringsten Pläne, als Held zurückzukommen, hatte er ihr erklärt, diejenigen, die es zum Eisernen Kreuz dränge, könne er nur belächeln.

Als Tono 1918 mit einundzwanzig volljährig war und mit Kriegsende nach Lippstadt zurückkehrte, bestand sein Vater darauf, dass Betty nun Tono, dem Stammhalter, das Hotel überschrieb. Betty grollte ihrem Vater einige Tage lang, fügte sich dann aber doch seinem Willen. Tono wurde Chef und war klug genug, alle wichtigen Entscheidungen mit ihr abzusprechen oder gleich ihr zu überlassen.

In der Bahnhofshalle war es kalt. Eine Viertelstunde würde es bis zum Eintreffen des Zuges noch dauern. Tonos Blick traf auf Sigmund, blieb gleich an dessen Narbe an der Stirn hängen, die er sich mit fünf beim Sturz vom Geländer der großen Treppe im Hotel zugezogen hatte, als er, Tono, unaufmerksam gewesen war. Das hatten sie im Krankenhaus nähen müssen. Keine schöne Erinnerung! Wieder erschien in seinem Kopf Tilla. Als sie damals schwanger wurde, hatte er sich Gedanken gemacht, wer wohl mit ihr das Bett geteilt hatte. Ob es im Hotel geschehen war? In Tillas kleinem Zimmer oben unterm Dach? Das hätten die anderen Mädchen gehört und hätten nicht geschwiegen. Auch hatte er sich Sorgen gemacht, wie sie Tillas Arbeit am besten verteilten. Sie war die Fleißigste im Hotel gewesen, nicht nur die Hübscheste. Sie hatten es schließlich hinbekommen mit den Aushilfen aus der Nachbarschaft, und Tilla war ja auch bald wieder in der Küche gewesen. Die hatte sich nicht geschont, und um Siggi kümmerten sie sich einfach tagsüber mit in ihrer Wohnung im dritten Stock. Er spielte mit Hannes und mit Rile, das passte gut. Aber Sigmunds Vater blieb unbekannt. Nur dass auch er Jude war, das hatte Tilla ihm drei Jahre später verraten, als sie auf dem Krankenbett lag und ahnte, dass sie sterben würde.

Als er sich jetzt in der Bahnhofshalle umdrehte, sah er als Erstes seine Frau, die ihn mit ihren großen braunen

Augen anblickte. Er wusste, Emmi würde frieren, würde sich wahrscheinlich gleich bei ihm beschweren, dass sie doch wieder viel zu früh losgegangen waren. Diese Augen hatte er vor zwanzig Jahren das erste Mal gesehen und war ihnen gleich verfallen. Es waren nicht nur die Augen gewesen. Emmi hatte in ihm etwas bewegt, hatte ihn aufgefordert, sich zu fragen, was er denn vom Leben erhoffte. Und schon beim dritten oder vierten Treffen hatten sie von Familie gesprochen, von Kindern. Da wusste er, bei ihr würde er zu Hause sein, sie würden eine große Familie gründen, bei ihr wäre es gut. Er liebte seine Emmi noch immer, liebte sie wie damals, trotz ihrer nicht unbeträchtlichen Lust zu nörgeln, ihrer Eifersucht und ihrer leichten Reizbarkeit, Eigenheiten, die nun einmal zu ihr gehörten. Er war sich allerdings sicher, dass er sie die ganze Zeit genau so geliebt hätte, auch wenn er damals wirklich etwas mit Tilla gehabt hätte. Dass Frauen das partout nicht verstehen wollten!

Emmi machte ihm ein Zeichen, bewegte den Mund. »Kalt hier«, formte sie mit den Lippen. Als er gestern den Kindern erzählte, dass Sigmund sie verlassen müsste, weil er nicht mehr sicher war, hatten alle vier geweint. Vor allem seine kleine Rile, die mit ihren knapp fünfzehn Jahren gar nicht mehr so klein war. Vielleicht hatte sie schon mehr als kindliche Gefühle für Sigmund, wer konnte das wissen. Sie tat ihm leid, wie sie sich gar nicht wieder beruhigen wollte. Warum dieser Hitler so was mit den Juden machte, hatte sie ihn bestimmt zehn Mal gefragt!

Er müsste noch irgendetwas Kleines haben, das er Siggi mitgeben könnte, dachte Tono, Schokolade oder Pfefferminz, irgendetwas. Er spürte, dass sich eine Träne in sein rechtes Auge schlich. Ja, er hatte Siggi seit Tillas Tod wie einen Sohn gesehen, er liebte ihn wie seinen Hannes, vielleicht sogar etwas mehr als Hannes, aber das war eine eigene Geschichte, die hatte hier auf dem Bahnhof bei Siggis Abschied nichts zu suchen. Hoffentlich würden diese Leylands in England ihn gut behandeln. Siggi war ja ein eher stiller, zurückhaltender Junge, kein Draufgänger. Er schaute sich nach dem Kiosk um.

Kapitel 4

18. Dezember 1938
Lippstadt
Tilla, Betty

Sigmund war am 1. April 1923 auf die Welt gekommen. Oben, im vierten Stock, im kleinen Zimmer von Tilla hatten Betty und eine Hebamme alles hergerichtet, die Wehen kamen und man konnte die Schreie zwei Stockwerke tief hören und den erlösenden Schrei dann im ganzen Hotel. Ein Junge! Emmi hatte die Wiege zur Verfügung gestellt, in der zwei Jahre zuvor noch Hannes gelegen hatte. Es war die alte Dellbrück'sche Wiege, in der schon Betty und Tono als Säuglinge geschlafen hatten. Einige Tage später war Sigmund beschnitten worden. Tilla hätte gern Sigmunds Vater dabeigehabt, aber er hatte sich nicht mehr gemeldet. Zwei Briefe von ihr waren unbeantwortet geblieben. Auch ihr Vater war nicht gekommen. »Mutter schämt sich, weil du ja keinen Mann hast«, hatte er geschrieben.

Drei Tage nach der Beschneidung feierten sie in der Wohnung von Emmi und Tono Sigmunds Geburt. Sogar der alte Seniorchef war gekommen. Tono öffnete eine Flasche Sekt und ließ den Sektkorken aus dem offenen

Fenster in die Nacht hinein knallen, wie schon bei Hannes' Tauffeier drei Jahre zuvor. Als alle ein Glas in Händen hielten, sah er die Gelegenheit für eine kleine Ansprache.

»In deinem Sigmund, Tilla, zeigt sich Gottes große Liebe.« Alle waren still im Zimmer. Tono liebte solche Sätze, machte eine kurze Pause, schaute auf Tilla, dann auf die Wiege vor ihm. »Wer weiß, was alles auf den kleinen Sigmund zukommt? Wer weiß, was der liebe Gott mit ihm vorhat. Vielleicht wird er«, Tono zögerte ein wenig, »vielleicht wird er Koch in unserem Haus, vielleicht aber zieht er in die weite Welt und wird ein Entdecker. Auf jeden Fall wird er, da bin ich sicher, seinen eigenen Weg finden und ihn gehen. Und dabei wollen wir ihm alles Glück der Welt wünschen.«

Betty begann zu klatschen. »Wie schön, Tono!«, aber Tono machte ein Zeichen; er war noch nicht fertig.

»Wir sind hier im Hotel eine große Familie, in der jeder für jeden einsteht. Du weißt Tilla, du gehörst zu uns, du bist die beste Kraft in unserem Haus, und – du bist die beste Kaltmamsell in ganz Westfalen!«

Jetzt klatschten alle, leise, damit Sigmund nicht aufwachte, am leisesten klatschte Emmi. Tilla freute sich, dass Tono so schöne Worte für sie gefunden hatte. Sigmund lag – von allem unberührt – schlafend in seiner Wiege. Tono goss sich noch einmal Sekt nach, wobei er stur auf sein Glas starrte, um Emmis scharfem Blick auszuweichen. Jetzt schaute Emmi auf den kleinen Sigmund und strich sich dabei über den Bauch. In vier Monaten würde ihr zweites Kind da sein, und sie hoffte, es würde ein Mädchen.

»Was für ein wunderbares Kind, Tilla, du kannst so stolz auf deinen Sohn sein!« Betty strahlte Tilla an, ließ den Blick von ihr zu Sigmund wandern und zurück zu ihr. Betty meinte es ehrlich. Sie freute sich für Tilla, und es machte ihr gar nichts, dass da kein Vater für Sigmund war. Dieses Fehlen sollte Sigmund nicht schaden, das hatte sie sich vorgenommen. Sie hatte Tilla gleich am Wochenbett gesagt, dass Sigmund einer von ihnen wäre, wie sie. Tilla hatte dies gern gehört, war aber realistisch genug zu wissen, dass es nicht für alle stimmte. Sie musste nur auf Emmi schauen. In diesem Moment meldete sich der Seniorchef zu Wort.

»Komm, trink noch einen kleinen Schluck, Mädchen, es ist ein guter Tropfen!«

Heinrich Dellbrück lächelte ihr zu und hob unter Mühen das Glas. Sein schweres Rheuma plagte ihn mehr und mehr, und er kam nur noch selten die hundert Meter von seiner Wohnung ins Hotel. Tilla lächelte zurück, nippte an ihrem Glas und nickte dem Seniorchef zu. Sie war bei aller Freude unsicher. Sie war nicht oft im Wohnzimmer der Dellbrücks gewesen.

Tono und Emmi hatten zwei Jahre zuvor das Nachbargebäude des Hotels gekauft und in allen Stockwerken Durchbrüche geschaffen. Seitdem gab es im Hotel mehr Zimmer und am Ende des dritten Stocks eine Tür, die in Tonos und Emmis Wohnung im Nachbargebäude führte, in der sie gleich drei Kinderzimmer eingeplant hatten. Zu Recht: Auf Hannes war Maria gefolgt, mit der Emmi bei der Feier zu Sigmunds Geburt schwanger war und die in der Familie seit ihrem ersten Tag immer nur Rile genannt wurde. Drei Jahre später, nach Tillas frühem Tod, hatten sie Sigmund als weiteres Kind in ihre Wohnung aufgenommen, in der er ohnehin schon die meiste Zeit seiner ersten drei Jahre mit Hannes und Rile verbracht hatte.

Tono hatte sich zuerst gewundert, dass die Entscheidung, Sigmund als Pflegekind bei ihnen großzuziehen, für seine Frau so selbstverständlich war. Aber er verstand: Emmi hatte stets Distanz zu Tilla gehabt, nicht zu Sigmund. Und obgleich Emmi am Abend, als sie diese Entscheidung trafen, bereits mit Manfred, ihrem dritten Kind, schwanger war, hatten sie anschließend eine Nacht voller Leidenschaft miteinander verbracht wie kaum eine zuvor, und es war ihm der verrückte Gedanke gekommen, dass in dieser Nacht Sigmund wirklich ihr Kind geworden war.

Betty zog ein neues Taschentuch aus der kleinen Tasche. Es war eine blöde Idee von Tono, den Siggi in die Fremde zu schicken. Das war alles völlig übertrieben! Siggi war doch bei ihnen aufgewachsen. Der war trotz dieser Bar-Mizwa, oder wie das hieß, Katholik, ging mit ihnen in die Nikolaikirche, kannte all die schönen Kirchenlieder, der hätte Ministrant sein können. Und jetzt nach England! So weit weg. Vielleicht aber hatte Tono recht. Sie würden es ja sehen. Fast alle Cohns waren schon nach Amerika ausgewandert, die jungen Löwensteins waren fort, die Ostheimers, die Windmüllers, die jungen Salms, es war keine gute Zeit für die Juden unter diesem Führer, so tüchtig er war. Aber Siggi würde ihr fehlen. Und wie! Sie hatte doch Tilla auf dem Sterbebett versprochen, dass sie immer für Siggi da sein und immer auf ihn aufpassen würde! Vielleicht sollte sie mit nach England gehen? Aber das war ja nicht möglich. Tono brauchte sie im Hotel. Er konnte zwar zu jedem Gast stets freundlich sein, ›Womit kann ich dienen, mein Herr?‹ und sang bei jeder Feier, wenn die Gäste dies wollten, aber er war kein guter Kaufmann. Wenn Tono allein wäre mit dem Hotel, würde das nicht lange gut gehen. Das wussten alle. Nein, ihr Bruder hatte andere Qualitäten, aber nicht die eines Kaufmanns. Und was sollte sie mit einem Fünfzehnjährigen an der Hand in England?

Betty seufzte. Warum hatte Tilla nur so früh sterben müssen? Warum musste gerade sie diese fürchterliche Grippe bekommen? Siggi war doch erst drei Jahre alt gewesen. Sie hatten sie ins Krankenhaus gebracht und nicht gedacht, dass man sie zehn Tage später im Sarg hinaustragen würde. Betty griff noch einmal zum Taschentuch. Erst hatte sie Tilla verloren, jetzt würde sie auch noch Siggi verlieren, den sie doch wie einen eigenen Sohn liebte! Wer würde denn jetzt auf ihn aufpassen?

Jeder im Hotel wusste, dass Tono die Entscheidungen seiner Schwester überließ und dafür lieber hinter der Rezeption stand und Neuankömmlinge mit großer Geste empfing. Mittags und abends lief er im Restaurant von Tisch zu Tisch und fragte jeden mit ausgesuchter Höflichkeit, ob es denn auch geschmeckt habe. In seinem Büro notierte er auf kleinen Kärtchen, was die Hausgäste gegessen und was sie besonders gelobt hatten. Kam Regierungsrat Meyer aus Berlin nach einem Jahr wieder ins Hotel, wurde er schon am ersten Abend damit begrüßt, ob er nicht wieder gedächte, den rheinischen Sauerbraten zu essen mit extra viel Rosinen, er, Tono, erinnere sich gut, dass der Herr Regierungsrat gerade dieses Gericht bei seinem letzten Besuch so gelobt hätte. Am Gesicht des Gastes war abzulesen, wie sehr es ihm schmeichelte, dem Hotelier auf diese Weise im Gedächtnis geblieben zu sein. Und bestellte Herr Meyer als Vorspeise marinierten Matjes oder den feinen Hühnersalat, so holte Tono, als Tilla noch da war, diese aus der Küche, nicht ohne sich zu vergewissern, ob Tillas Schürze auch weiß und ohne Flecken war.

»Darf ich Ihnen, Herr Regierungsrat, die Kaltmamsell des Hauses vorstellen?« Tono wusste, dass Tilla mit ihrem hübschen Gesicht, den großen dunklen Augen und dem schwarzen vollen Haar auf jeden Mann Eindruck machte. Und Tilla wusste es ebenfalls. Es konnte vorkommen, dass der Regierungsrat nun jeden Abend zum Essen zusätzlich eine kalte Vorspeise bestellte und darum bat, dass die Kaltmamsell doch bitte selbst die Speise bringen möge. Tono vermerkte die Vorspeisenwünsche auf seinen Kärtchen und Tilla bekam von Herrn Meyer zwei Groschen oder gar ein Fünfzigpfennigstück in die Hand gedrückt. Tilla erwiderte diese Freundlichkeit ganz wie vom Gast erwartet mit einem langen, dankbaren Blick und Knicks. Und Tono war zufrieden. Regierungsrat Meyer würde in Lippstadt nie in einem anderen Hotel absteigen, und eine Lohnerhöhung war bei Tilla nicht nötig. Auch Tilla war zufrieden, in guten Wochen kamen ein bis zwei Mark zusätzlich in den Sparstrumpf. Manchmal blieb ein Blick eines Gastes länger bei ihr hängen, aber nach wenigen Tagen hatte sie ihn dann doch vergessen.

So mancher Gast hatte in den Jahren nach Tillas Tod nach ihr gefragt. Tono erzählte dann die tragische Geschichte. Hanna, Tillas Nachfolgerin in der Küche, bemühte sich bei den Speisen sehr, aber Tono merkte schnell, dass es sich nicht lohnte, Hanna in weißer Schürze aus der Küche zu holen, um dem Gast selbst die Schinkenplatte oder den Heringssalat zu servieren. Das machte er dann lieber selbst. Sein unangestrengtes, geradezu fröhliches Zugehen auf seine Gäste bereitete ihm und den Gästen immer wieder Vergnügen, er setzte es ganz bewusst ein. Feierte eine

Gesellschaft im Festsaal, genügte zu vorgerückter Stunde eine kleine Aufforderung und Tono setzte sich an das schwarze Klavier und spielte und sang drei, höchstens fünf Lieder; es waren immer dieselben, denn sein Repertoire war und blieb bescheiden, aber es reichte, um die Gäste zu erfreuen, die danach meist eine weitere Runde Wein oder Bier bestellten und den Sänger und Chef des Hauses daran großzügig teilnehmen ließen. Dies bereitete Emmi in den letzten Jahren zunehmend Kummer. Doch auch wenn Tono bis weit nach Mitternacht im Festsaal tätig war und dabei so manches Glas Bier oder Wein getrunken hatte, so ging er morgens doch frisch rasiert und noch vom Duft des Rasierwassers umgeben zu den Hotelgästen an die Frühstückstische und begleitete mit einem kurzen Diener seine Fragen, womit er helfen könne und ob sie, die werten Gäste, eventuell etwas vermissten. Es war nicht seine Schuld gewesen, dass in den Jahren nach Ende des Krieges die Zahl der Übernachtungen abgenommen hatte. Die Zeit nach 1918 war nicht günstig gewesen für Dienstreisen zu Unternehmen in der westfälischen Provinz. Zum Glück hatte Betty erneut vorgesorgt, indem sie gleich mit mehreren Bauern ausgemacht hatte, dass diese sich noch am Schlachttag aufmachten, um Werners Kühlraum im Hotel mit frischem Schweine- und Rinderfleisch, Geflügel und feinen Würsten zu füllen. Der Umsatz des Restaurants hatte in dieser Zeit das Hotel aufrechterhalten. Betty wusste, was sie tat.

Tono hatte den Kiosk erreicht. Er schaute auf die Auslage. »Geben Sie mir bitte Dr. Hillers Pfefferminz.« Tono zeigte auf die weiße Rolle mit den schwarzen Großbuchstaben. Er hatte doch alles versucht, damit Siggi katholisch wurde, damals mit Dechant Schlootmann. Das war 1932, da hätte er ihn taufen können und heute würde keine Gefahr für den Jungen bestehen. Aber was hatte Schlootmann gesagt? »Die Juden haben Christus ans Kreuz geschlagen, da sollten wir besser keine Juden zu Katholiken machen!« Was für ein Unsinn! Als ob der kleine Siggi den Herrgott ans Kreuz geschlagen hätte. Aber Schlootmann war stur geblieben, auch nach dem dritten Bier. Doch vor drei Wochen war er plötzlich im Hotel erschienen, mit einem kleinen Zettel in der Hand, auf dem die Adresse dieser Quäker stand. Hoffentlich würden die halten, was sie versprachen. Teuer genug war es ja, aber für Siggi hatte er das gern getan. Sobald die Nazis weg sind, kommt Siggi zurück, das war klar. Aber das konnte lange dauern. Alle liebten den Führer. Ja, er hatte für Arbeit gesorgt, auch dem Hotel ging es gut, die Metallwerke hatten wieder volle Auftragsbücher, da kamen mehr Dienstreisende als zuvor, da stimmte alles. Sogar im Restaurant lief es ordentlich. Viele Lippstädter leisteten sich Geburtstagsfeste im Lokal, Betty hatte auch jetzt wieder vorteilhafte Bedingungen mit den Bauern und den Schlachtern ausgemacht. Letzten Monat erst hatte die Brauerei den Fasspreis gesenkt, weil das Hotel so guten Umsatz machte. Sie konnten nicht klagen, konnten auch das Geld aufbringen für diese Quäker-Gesellschaft und für Siggis Überfahrt. Doch was mit den Juden geschah, war nicht richtig. Sie alle bloßzustellen, den Verkehr mit ihnen zu verbieten, dann die Sache mit den Synagogen. Nein, dass Siggi jetzt nach England aufbrach, war richtig. Er hörte wieder, wie sie das Segenslied für Sigmund gesungen hatten, damals bei der kleinen Feier nach Siggis Geburt, Emmi mit ihrer hohen zarten

Stimme, sein Vater mit dem brummelnden Bass und Betty mit ihrem Tremolo im Sopran voller Rührung:

Viel Glück und viel Segen
auf all deinen Wegen,
Gesundheit und Frohsinn
sei auch mit dabei.

Und er erinnerte sich, dass in diesem Moment erstmals die P 8 in den Bahnhof eingefahren war. Er hatte sie an dem hohen Ton erkannt. Diese Lok war der Stolz der Preußen. Als Inhaber eines Bahnhofshotels war es selbstverständlich, dass er Ahnung hatte von Loks und Fahrplänen. Er hatte das Wohnzimmerfenster geöffnet, damit alle, auch sein Vater, diesen besonderen neuen Ton hören würden. Als Tono jetzt wieder an die Lok dachte, wurde ihm gleich wohler zumute. Es war der erste leichte Moment auf diesem Weg zum Abschied. Emmi hatte damals darauf bestanden, dass das Fenster gleich wieder geschlossen würde, wegen Siggi in der Wiege und weil es ihr kalt war. Vielleicht würde ja auch heute die P 8 den Zug nach Düsseldorf ziehen.

Emmi fror. Sie schaute auf die Uhr. Wenn der Zug pünktlich wäre, dauerte es keine zehn Minuten mehr. Sie mochte nicht, dass Rile bei diesem Abschied dabei war. Rile war so zart, und sie litt so deutlich unter der Situation. Wahrscheinlich hatte sie ein paar Jungmädchen-Gefühle für Siggi entwickelt. Da war es vielleicht gar nicht so schlecht, dass Siggi jetzt … Sie zögerte. Das war nicht der richtige Gedanke. Nein, nach England müsste er deswegen sicher nicht gehen. War ohnehin übertrieben, ihn ins Ausland zu schicken, war eine von diesen Ideen von Tono, der ja schnell übertrieb, wenn seine Gefühle angesprochen waren. Immer musste Überschwang dabei sein!

Das hatte sich ja damals auch Tilla zunutze gemacht. Tilla wusste, wie sie mit Tono und Betty umgehen musste. Das liebe, brave Mädchen vom Lande. Sie hatte richtig gehandelt, dass sie zu Tilla ins Zimmer gegangen war, als jeder sehen konnte, dass Tilla ein Kind erwartete. Für das erste Hotel am Platze geziemte es sich nicht. Gut, sie waren nicht das erste Haus am Platze, eher das zweite, aber eine Kaltmamsell, die ein Kind erwartete und nicht verheiratet war, nicht einmal den Namen des Vaters preisgab, das war nicht richtig. Vielleicht durften Juden so was, aber in einem katholischen Hotel ging das eigentlich nicht. Tilla hatte geweint, als sie zu ihr in den vierten Stock hinaufgestiegen war und sie zur Rede stellte. Sie habe Angst um den guten Ruf des Hotels, hatte sie ihr gesagt und gefragt, ob sie denn überhaupt wisse, wer der Vater ihres Kindes sei. Da hatte Tilla sich lange nicht mehr vor Weinen beruhigen können. Natürlich wüsste sie, wer der Vater war, sie hätte doch nur diesen einen Freund. Tilla hatte wahrscheinlich geglaubt, man würde ihr kündigen. Aber das hätten Betty und Tono ja nie zugelassen. Zwölf Jahre waren jetzt vergangen, seit sie gestorben war. Es war richtig gewesen, dass sie sich nach ihrem Tod entschlossen hatten, Siggi bei sich großzuziehen, auch wenn viele in der Stadt glaubten, Siggi sei eben doch Tonos Sohn. Auf dem Gymnasium war Siggi klüger als Hannes. Und er hatte etwas ganz Eigenes, wenn er so nachmittags über Stunden an der Lippe entlangwanderte. Ja, sie mochte ihn, mochte ihn sogar sehr. War schade, dass er jetzt allein ins Ausland musste. Rile würde für lange Zeit traurig sein. Und bei dieser Politik, die der Hitler machte, konnte niemand vorhersagen, wann Sigmund zurückkommen könnte. Vielleicht gab es ja wieder Krieg. Sie würde Rile trösten müssen.

Es war einfach zu kalt in diesem Wartesaal. Dass man ihr aber auch solch einen Abschied zumuten musste! Und warum musste Tono jetzt stundenlang an diesem Kiosk stehen, statt bei ihr zu sein? Sicherlich machte er der jungen Bedienung den Hof. Sie kannte ihren Tono. Emmi schaute auf die Uhr und winkte ihrem Mann. Es war Zeit, auf den Bahnsteig zu gehen.

Kapitel 5

18. Dezember 1938
Lippstadt
Rile, Dr. Brauer

Wenn Papa und Mama nicht hinguckten, würde sie ihm einen kleinen Kuss geben. Auf dem Bahnsteig war es windig. Sie drückte wieder seine Hand. »Es ist so unfair, dass du gehen musst.« Sigmund nickte.

Mehr konnte sie nicht sagen. Sie konnte überhaupt keinen klaren Gedanken fassen. Es gingen alle möglichen Bilder durch ihren Kopf, wie sie in der Kirche nebeneinanderstehen, Tono hatte einen Witz gemacht, und sie können das Lachen nicht verbergen und lachen mitten in der Gabenvorbereitung, prusten laut los. Dann hört sie Emmi, wie sie ihr erklärt, dass sie nicht mehr zusammen in der Badewanne baden dürfen. Sie sei jetzt zu groß dafür. Und sie sieht Sigmund, wie er bedrückt ist, weil er Geschichte bei Dr. Brauer hat und sie ihn trösten muss. Gestern hat Papa nun gesagt, Siggi muss in Sicherheit gebracht werden. Sie spürt, dass ihre Beine wacklig sind. Sie muss sich zusammenreißen, das hat Mama ihr vor dem Weggehen mehr als einmal eingeschärft. Und sie wird sich zusammenreißen, wird ganz stark sein. Jetzt hört sie das sirrende Geräusch der Schienen, das die Einfahrt des Zuges ankündigt. In diesem Moment spürt sie, wie Siggis Hand ganz fest die ihre drückt und sie meint, Siggi zittere. »Wenigstens habe ich jetzt keine Stunden mehr bei Dr. Brauer«, sagt er, und sie sieht, dass er ein Lächeln versucht. Vielleicht ist es doch nicht richtig, wenn sie Siggi einen Kuss gibt?

Dr. Brauer liebte vor allem die Geschichtsstunden. Als er nach dem Referendariat 1933 zu Ostern die Stelle in Lippstadt am Magister Justinus Gymnasium erhielt, war er der glücklichste Mensch der Welt. Die neue Zeit war angebrochen, und schon in den ersten Stunden nach Schuljahresbeginn konnte er die historischen Umwälzungen kommentieren und sie seinen Schülern erklären. Seine Aufgabe sah er ganz klar darin, die Jungen auf die Ziele der Bewegung einzuschwören. Sie sollten alle glühende Nationalsozialisten werden und erkennen, in welch einer herrlichen Zeit sie lebten. Auch den Griechischunterricht baute er so auf, dass seine Schüler nicht nur Grammatik und Syntax beherrschten, sondern auch die politischen Bewegungen in Hellas richtig deuten konnten.

In der achten Klasse, der Untertertia, war er 1936 in Geschichte am Ende des Weltkriegs angelangt. Vor ihm saßen zwei Dutzend Dreizehn- und Vierzehnjährige, die er vor seinem geistigen Auge alle in HJ-Uniform sah. Aber das musste wohl ein Traum bleiben. Denn der Oberstudiendirektor hatte seinen Vorschlag, dass alle Jungen, die der Hitlerjugend angehörten, doch in Uniform zur Schule kommen sollten, mit dem Hinweis abgelehnt, es würden sich dann diejenigen, die nicht bei der HJ seien, ausgegrenzt fühlen. »Mit Verlaub, das würde diesem Judenbengel, diesem Sigmund Rosenbaum, durchaus geziemen«, hatte Brauer daraufhin geantwortet. »Lassen Sie den Rosenbaum mal in Ruhe, Kollege Brauer, der ist doch ein guter Schüler«, hatte Wagner erwidert. So war es nichts geworden mit diesem so weitsichtigen Vorschlag, und noch immer ärgerte es ihn, dass der Wagner nicht erkannt hatte, welch charakterbildende Bedeutung hinter seinem Ansinnen gestanden hatte.

»Das war eine Verschwörung, Jungs, ganz klar, eine einzige Verschwörung, angezettelt von – na, von wem wohl?« Dr. Brauers Blick fuhr über die gesamte Klasse, »von den Juden natürlich, von den Juden und den Bolschewisten! Die haben unsere Jungs bei der Marine aufgestachelt, haben sie belogen und verführt!« Brauer schlug mit der rechten Faust aufs Pult. Er war überzeugt, dass kräftige Gesten das Gesagte untermauern und den Lernprozess bei den Jungs fördern würde. Sigmund senkte die Augen auf sein Heft. »Den Weltkrieg hätten wir sonst nicht verloren, wir nicht, das sag' ich euch, dafür waren deutsche Soldaten immer viel zu tapfer und zu gut!« Brauer atmete tief ein und aus und fuhr dann mit leiser Stimme fort: »Unsere Marine hätte von alleine nie aufgegeben. Es war«, er machte eine Pause, holte Luft: »Es war – Verrat!« Er ließ den Blick erneut über die Klasse schweifen. Sigmund musste gar nicht hochschauen, er spürte, wie dieser Blick bei ihm anhielt. In der Tat sah Brauer ihn in diesem Moment intensiv an, wobei sein Mund noch etwas schmaler und seine Augen noch etwas ernster wurden. Jetzt, so meinte Sigmund, konzentrierten sich die Augen auf die Narbe an seiner Stirn, und es war ihm für einen Moment, als würde die Narbe brennen. »Aber mit solchen

Verschwörungen ist es nun vorbei. Das lässt sich Deutschland nie«, Brauers Stimme wurde lauter, »nie … wieder … bieten.« Jedes Wort wurde mit Handkantenschlag auf das Pult untermauert.

Sigmund schrieb »November 1918: Verschwörung bei der Marine« in sein Heft und schaute wieder hoch und auf seinen Geschichtslehrer, der nun von Scheidemann und Liebknecht erzählte, vom 9. November, als Scheidemann in Berlin das Kaiserreich beerdigte und die Republik ausrief, wobei Sigmund sich fragte, ob dieser Scheidemann tatsächlich einfach nur hinter einem offenen Fenster gestanden und aus voller Kehle »Republik« gerufen hatte. Das hätte doch letztlich jeder tun können, meinte Sigmund und sah für einen Moment Tono, wie er sich aus dem großen Hotelfenster lehnt und laut Republik auf den Bahnhofsplatz hinausruft. Sigmund lächelte. Da stand Dr. Brauer vom Pult auf, Sigmunds Lächeln erstarb. Brauer stellte sich aufrecht, zog die Ärmel seiner Anzugjacke gerade, fuhr mit der Hand zum Knoten seiner grauschwarz gestreiften Krawatte und sagte: »Das war der Anfang vom Ende, das war der Versuch einer Staatsform, die nicht zu Deutschland passt. Deutschland braucht eine starke Führung, wir Deutsche brauchen einen starken Führer, dann sind wir unschlagbar.« Dr. Brauer begann seinen Gang durch die Klasse. »Das haben zum Glück einige sehr bald begriffen und den Spuk beendet, der unser Land an den Rand des vollständigen Ruins geführt hat. Schreibt das auf!« Sigmund beugte sich wieder über sein Heft. Er hörte, wie Brauer nun langsam durch den linken Gang zwischen den Bankreihen zur Wand des Klassenraums schritt, von wo er in Kürze durch den rechten Gang an ihm vorbei wieder zum Pult zurückkehren würde.

Sigmund schrieb schnell »Scheidemann« und »Republik« in sein Heft und setzte einen Pfeil zwischen die beiden Worte. Dann setzte er neu an, schrieb »Keine deutsche Staatsform«, als er Dr. Brauer hinter sich spürte. Er roch Brauers Rasierwasser, er kannte diesen kräftig herben Geruch, und fühlte Brauers Atem, der von hinten über sein Haar strich. »Da fehlt etwas Wichtiges, Sigmund, in deinem Heft.« Brauer sprach leise, holte dann aber kräftig Atem und brüllte in voller Lautstärke: »Etwas ganz Wichtiges fehlt da: ›Judenverschwörung‹, das war's, was uns 1918 das Genick gebrochen hat, ›Judenverschwörung‹, und ›Jud‹, Sigmund, das Wort unterstreichst du!« Sigmund schrieb und unterstrich. Dr. Brauer ergriff mit seinem linken Daumen und Zeigefinger Sigmunds rechtes Ohrläppchen, drehte es jetzt mit aller Kraft. Sigmund zuckte, biss die Lippen zusammen, Dr. Brauer löste Daumen und Finger und ging langsam weiter, begann von Karl Liebknecht zu erzählen, dem »Bolschewistenschwein«, und dem Spartakusbund. Das Ohr brannte eine Weile, aber Sigmund wusste, das würde vergehen.

Brauer war in Schwung geraten. Verrat und Intrigen, die ein braves Volk und tapfere Soldaten bedrängten, machten sich als Geschichten immer gut. Die Jungs liebten so etwas. Bei seinem Gang durch die Klasse war er wieder bei Sigmund angelangt, dessen Heftseite noch immer recht weiß aussah.

»Na, Sigmund, träumst wohl?« Brauer hob das Lineal, das er in der rechten Hand hielt, und Sigmund erwartete schon, dass es in der nächsten Sekunde auf seine Finger niedersausen würde, aber Brauer schritt weiter. »Diese Rosa Luxemburg und ihr Bettgenosse Karl Liebknecht hatten uns allerdings gewaltig unterschätzt.« Brauers

Stimme fiel wieder in den typischen Lehrerton, die Jungen in der Klasse schrieben still mit. »Wir Deutsche fallen nun einmal auf Kommunistengesocks nicht herein. Auch wenn es sich«, und jetzt drehte sich Brauer doch noch einmal zu Sigmund um, »auch wenn es sich mit der jüdischen Hochfinanz zusammentut. Der Bolschewismus hat in unserem Deutschland keine Chance. Habt ihr das? Kein Wunder, dass Rosa Luxemburg vom Volke selbst die Quittung für ihre Dummheit erhalten hat. Alle werden diese Quittung bekommen, die sich gegen uns stellen, alle. Schreibt auf: Rosa Luxemburg und Karl Liebknecht, vom Volk liquidiert am 15. Januar 1919.« Während Sigmund schrieb, überlegte er, was wohl »liquidiert« bedeutete, das war doch ein lateinisches Wort und hatte etwas mit »flüssig« zu tun. Ob er Brauer fragen sollte? Da schellte die Glocke.

Zwanzig Minuten später bog er in die Bahnhofstraße ein, wo er schon von Weitem Rile sah, die aus der Marienschule heimkehrte und gerade die Treppe zum Hotel erreicht hatte, als sie Sigmund entdeckte und nun auf ihn wartete. Rile lächelte ihn an, er stieg vom Rad, sie schien ziemlich erschöpft, Sigmund wusste, dass bei Rile eine Mathearbeit angestanden hatte.

»Alles geklappt?«

Rile nickte. »Denke schon. Und bei dir?«

»Hatten zum Schluss Geschichte.« Sigmund überlegte einen Moment, ob er mehr erzählen sollte oder besser nicht. Er wusste, er würde sich schämen, wenn er wieder einmal berichten müsste, was Brauer gesagt hatte: dass die Juden alle schlecht seien, dass sie Deutschland ruinierten, dass sie den Sieg im Weltkrieg verhindert hatten, dass sie an allem Unglück schuld seien. Das Schlimme war, dass er nicht wusste, ob es vielleicht stimmte. Dr. Brauer hatte schließlich Geschichte studiert. Vielleicht hatte Brauer wirklich recht und die Juden hatten sich mit den Kommunisten 1918 verbrüdert. Aber was konnte er denn dazu? Er war doch nicht schlecht, und sein Freund Harry war auch kein schlechter Junge gewesen. »Brauer hat wieder ein paar von seinen Bemerkungen gemacht zu Juden und jüdischer Verschwörung«, sagte Sigmund schließlich. »Ich kann's nicht mehr hören, Rile, vielleicht stimmt ja alles, vielleicht bin ich auch schlecht und merke es nur nicht. Mir hängt das alles zum Halse raus.«

»Er meint ja nicht dich, Siggi.«

»Doch Rile, er meint auch mich.«

»Vergiss es!«

»Nein, manchmal denke ich, dass ich besser mit Harry nach Kolumbien gegangen wäre.«

Aus dem Restaurant klangen die typischen Essensgeräusche zu ihnen herüber. Im Gang roch es nach Bratkartoffeln. Aus der Küche lächelte der Küchenjunge ihnen zu und zeigte mit dem rechten Daumen auf das kleine Nebenzimmer, das heute frei war und in dem für die vier Dellbrück-Kinder und Sigmund gedeckt war. Hannes und die beiden jüngsten waren schon da und warteten ungeduldig. Rile und Sigmund hatten kaum Platz genommen, da machte Hannes schon das Kreuzzeichen und sprach das Tischgebet.

Am Nachmittag stand Fußball-Training bei der Borussia auf dem Plan, aber Sigmund entschied sich, nicht hinzugehen. Vor zwei Wochen hatte er beim Training einen schwachen Tag erwischt, beim Dribbeln oft den Ball verloren, und sogar einfache Stopper waren ihm nicht gelungen. Da kam noch ein Pass von Horst auf die linke Seite, der Pass war zu lang, Sigmund lief, den Ball einzuholen, und fast hätte er ihn erreicht, als er plötzlich Walter hörte, ihren Jugendtrainer, der laut über den ganzen Trainingsplatz schrie, dass die Zeit der Jüdenlümmel bei der Borussia wohl bald vorbei sei. »Jüdenlümmel«, warum Jüd und nicht Jud?, und da war Horsts Ball schon im Aus, er hatte ihn nicht mehr erreicht. »Einfach zu blöd«, hörte er noch Walter sagen. Die letzten zehn Trainingsminuten stand er mehr auf dem Platz, als dass er lief. »Jüdenlümmel«! Endlich war das Training vorbei.

Unter der Dusche in der Umkleide gab es das übliche Geschnatter der Jungen, die ihre Leistungen kommentierten. Sigmund blieb still. Er bemerkte, dass Walter zu ihm hinsah. Warum nur? Sigmund spürte, dass noch irgendetwas kommen würde, sonst würde Walter ihn nicht so anstarren. Er müsste auf der Hut sein. Eine Minute später kam Walter tatsächlich auf ihn zu, pfiff einmal laut, griff mit der Hand hinter ihn und schob ihn von der Dusche weg in die Mitte des Duschraums, wo er laut rief: »Schaut's, hier kann er's nicht verbergen, ein echtes Judenschwänzchen!« Er lachte dabei laut. Aber die anderen Jungen im Duschraum reagierten nicht, streiften Sigmund nur mit kurzem Blick und duschten einfach weiter. Walters Lachen war schnell verstummt.

Sigmund entschied sich für einen Gang an der Lippe entlang, wie er ihn zuletzt oft unternommen hatte. Hinter dem Zusammenfluss der nördlichen Umflut mit der Lippe ging ein Pfad am Flussufer entlang bis hinter Cappel, wo die Glenne in die Lippe mündete. Hier begegnete er nur selten einem anderen Menschen, dann und wann einmal einem Mann oder einer Frau, die ihrem Hund eine längere Wanderung gönnten, die er mit einem Nicken grüßte, überholte, und dann war er wieder allein. Er liebte es, auf den träge dahingleitenden Fluss zu schauen, die Entenfamilien zu beobachten, die Schwanenpaare, die sich mitunter erschreckt vor ihm zum Flug erhoben, wobei sie schwerfällig mit ihren weißen Flügeln auf das Wasser schlugen, bevor sie endlich ein wenig an Höhe gewannen. Er dachte an das Wasser, das von weit herkam, das beständig Richtung Westen, Richtung Rhein, floss und doch nie erschöpft war. Es war einfach immer da, scheinbar immer dasselbe Wasser und doch nicht dasselbe. Oft begegnete er einem der schwarzen Kähne von Erdmanns Sandbaggerei mit dem tuckernden Diesel, der das Schaufelrad drehte, mit dem am Ende des Bootes der nasse Lippesand in das Boot gehievt wurde. Dann schaute er ein paar Minuten zu, wie der nasse schwere Flusssand auf den Rumpf des Bootes klatschte und von dem alten Bootsmann, der stets in demselben langen schwarzen Ledermantel gekleidet war, mit der Schaufel gleichmäßig über den Rumpf verteilt wurde. Einmal hatte der Bootsmann ihm gewinkt, hatte auf den nächsten Anleger verwiesen und ihm zugerufen, er könne ihn gern übersetzen, wenn er wolle. Aber Sigmund hatte abgelehnt. Was sollte er auf der anderen Seite der Lippe, warum sollte er dort und nicht hier laufen?

Emmi hatte sich ein paar Mal ängstlich bei ihm erkundigt, was er denn da mache, wenn er so allein an der Lippe entlanglaufe, das sei doch ungewöhnlich für einen Jungen in seinem Alter. Hannes würde das nie einfallen, hatte sie noch gesagt, aber der säße ja ohnehin nur zu Hause herum. Und Rile hatte gefragt, ob sie ihn nicht mal begleiten dürfte. Zweimal waren sie dann zu zweit losgezogen, aber es war nicht dasselbe, und Sigmund hatte sie beim nächsten Mal gebeten, ihn doch lieber allein gehen zu lassen, es wäre einfach schöner für ihn.

In Gedanken war er noch bei der Geschichtsstunde und Dr. Brauer. Aus der Ferne hörte er den schrillen Pfiff einer Lok, dann folgte das Rauschen des Schnellzugs, der in Richtung Ruhrgebiet unterwegs war und von dem er in der Entfernung zwischen den Pappeln kleine Ausschnitte wahrnahm und in der Höhe die weißen Dampfwolken sehen konnte, die der Zug in den Himmel stieß und die dort nach einigen Sekunden verblassten. Er ging die Böschung hinunter. Er spürte, es war heute nicht der Tag, an dem er ruhig auf den Fluss und das Wasser blicken konnte. Er hob drei flache Kieselsteine auf und schleuderte sie mit großer Kraft ganz knapp über das Wasser, in der Erwartung, dass sie mehrfach flippen würden. Doch es gelang nicht. Vielleicht war die Lippe heute schneller und unruhiger im Fluss als sonst oder er hatte die falsche Wurftechnik. Die drei Kiesel versanken, ohne noch einmal auf der Wasseroberfläche zu springen. Es war in diesem Moment, als er dem versinkenden Kiesel nachsah, dass der Gedanke in ihm aufkam, dass jeder Mensch seinem Leben selbst ein Ende setzen konnte. Und seltsam, dieser Gedanke blieb, beschäftigte ihn. Er erinnerte sich, wie Tono vor einigen Wochen von der Frau eines Stammgastes erzählt hatte, sie sei in die Lippe gegangen. Selbstmord! Ein seltsam schweres Wort, das er nach Tonos Bericht schnell wieder beiseitegeschoben hatte, das jetzt aber lange Zeit bei ihm blieb. Doch er erinnerte sich auch, wie Rabbi Jacob in einer der Vorbereitungsstunden zur Bar-Mizwa sagte, Juden sei der Selbstmord verboten.

»Rile, ich komme wieder, ganz bestimmt!« Sigmund flüsterte mehr, als dass er sprach. Jetzt nur nicht losheulen, dachte er. Rile nickte. Emmi schaute auf ihre Tochter, deren ganzer Körper jetzt in Bewegung geriet.

»Ich habe dir gleich gesagt, Tono, so ein Abschied ist nichts für unsere Rile!«, zischte sie.

Tono nickte, sagte aber nichts, Betty kramte ein Taschentuch aus ihrer Handtasche und drehte sich zur Seite.

»Warum muss Siggi gehen, warum nur?« Rile stand kerzengerade vor ihren Eltern, hatte den Kopf in den Nacken geworfen und sprach mit scharfer Betonung. »Pscht!«, zischten Tono und Emmi gleichzeitig. »Das weißt du doch ganz genau«, antwortete Emmi, »weil dein Vater es so will. Ich halte es auch für übertrieben, aber sei jetzt ruhig!«

Tono ging auf Sigmund zu.

»Noch für die Fahrt, Siggi!«

Als Tono ihm die Rolle Pfefferminz in die Hand drückte, sah Sigmund Tränen in Tonos Augen.

»Du kommst zurück«, sagte Tono leise, »und deshalb fährst du jetzt fort.«

Der D-Zug nach Köln über Essen und Düsseldorf wurde aufgerufen. Sie gingen schweigend durch die Sperre zum Bahnsteig. Rile zog am rechten Ärmel von Sigmunds Mantel, und Sigmund wusste nicht, was er tun oder sagen sollte, lief hinter den drei Erwachsenen her, bis sie unter dem Stationsschild »Lippstadt« stoppten. Aus der Ferne drang ein hoher Pfeifton zu ihnen herüber. Tono hob den rechten Zeigefinger. »Die P 8«, doch er sagte es nicht laut, seine Lippen formten nur die Worte, die Sigmund aber gleich verstand. Sie war ja Tonos Liebling, diese Lokomotive mit ihrem hohen Ton. Jetzt fuhr sie mit ihren langen grünen D-Zug-Waggons in den Bahnhof ein, bremste laut und lang.

»Du weißt, wir meinen es nur gut!«, sagte Emmi, schaute ihn an und da brachen auch aus ihr Tränen heraus.

»Ich weiß, Mama Emmi«, sagte Sigmund schnell. Emmi umarmte jetzt Betty, sagte im Schluchzen noch »Ich halt das nicht aus! Dass ihr mir so etwas antun müsst!« Dabei drückte sie sich eng an die Brust ihrer Schwägerin, die ihrerseits den Mund zu stillen Küssen in Sigmunds Richtung formte.

Als der Zug mit knirschendem Schleifen der Räder endlich zum Stehen gekommen war, öffnete Tono die Waggontür und hob den braunen Koffer hinein. Sigmund löste sich von Rile, die ihn noch immer am Mantel festhielt, Tono drückte Siggi an sich, der sich jetzt schnell zum Wagen hindrehte. Doch als er schon mit einem Fuß auf dem Trittbrett stand, trat Tono noch einmal nahe an ihn heran, drehte Sigmunds Kopf zu sich und machte mit seinem rechten Daumen das Kreuzzeichen auf Sigmunds Stirn. »Der Herr segne und behüte dich, er sei mit dir alle Zeit«, sagte er mit versagender Stimme.

Dann bestieg Sigmund endgültig den Wagen, schnäuzte sich einmal, wandte sich ein letztes Mal zu den vier Weinenden hin und sagte mit einer Stimme, deren Festigkeit ihn erstaunte. »Ich komme zurück!«

Tono schloss die Tür. Sigmund schob das Fenster herunter. Rile trat plötzlich einen Schritt nach vorn, stieg auf das untere Trittbrett und sagte mit leiser, aber doch deutlicher Stimme: »Pass immer gut auf dich auf, Siggi, ich werde immer an dich denken! Immer!« Es war zu spät für einen Kuss. Der Bahnbeamte rief sein »Zurücktreten« und pfiff einmal scharf. Beim ersten Ruck des anfahrenden Zuges streckte Sigmund Kopf und Arm aus dem Fenster und winkte noch, als die kleine Gruppe auf dem Bahnsteig schon lange aus dem Blickfeld verschwunden war.

Kapitel 6

18. bis 26. Dezember 1938
Wadebridge
Sigmund, Robert, Mrs und Mr Leyland

Sigmund ging den Gang entlang und hatte Glück: Das vierte Abteil war leer. Er hievte den Koffer in das Gepäcknetz, doch als er den Rucksack von der Schulter nahm, spürte er, dass seine Beine nachgaben. Er fiel fast auf den Sitz. Dann ging gar nichts mehr. Er schloss die Augen und hörte wieder Tonos Worte, hörte: »Irgendwann kommst du zurück!«

Irgendwann! Vielleicht aber auch nie, dachte Sigmund, nie mehr. Er versuchte, den Gedanken des Abenteurers wieder zu beleben, der ihm vor dem Spiegel im Badezimmer so gutgetan hatte. Er, der Entdecker, der in ein fremdes Land aufbricht, mit dem Schiff übers Meer fahren wird. Aber es klappte nicht. Fremdes Land machte ihm nur Angst.

Er nahm den Pass aus dem Rucksack, sah noch einmal auf den Eintrag »Unveränderliche Kennzeichen« unter dem mit Maschinenschrift »Narbe an der rechten Stirnseite« eingetragen war. Unten im Rucksack lag Karl Mays

Schatz im Silbersee, das er jetzt gleichfalls hervorholte, nicht um darin zu lesen, sondern um die drei Fotos seiner Mutter zu betrachten, die er gemeinsam mit den drei Briefen, die sie ihm zu seinem ersten, zweiten und dritten Geburtstag geschrieben hatte, in das Buch gesteckt hatte. Er versuchte, ein Bild seiner Mutter vor seinem inneren Auge erscheinen zu lassen. Aber wie immer, wenn er dies versuchte, waren es nur vage Bilder, wie sie sich zu ihm hinunterbeugt und ihm einen Kuss gibt, wie sie vor dem Bügelbrett steht und ihm deutlich macht, dass er das Bügeleisen nie anfassen darf, dass es immer ganz heiß sei, ganz heiß. Es kamen vor allem die Ansichten hoch, die er von den drei Fotografien kannte. Tono hatte sie ihm bei seiner Bar-Mizwa übergeben: Seine Mutter vor dem Hoteleingang zusammen mit Tono und Emmi; seine Mutter mit Betty am Lippe-Ufer, eine Aufnahme, die die beiden Frauen in kurzärmligen leichten Sommerkleidern zeigt und auf der beide fröhlich in die Kamera lachen. Und dann war da ein drittes, leicht verwackelt, auf dem seine Mutter ihn auf dem Arm hat. Er ist vielleicht zwei Jahre alt, schaut etwas gequält, doch seine Mutter, das konnte man trotz der Unschärfe gut erkennen, strahlt ihn an und schaut so glücklich drein, dass er sie jedes Mal am liebsten gleich umarmen wollte, wann immer er das Foto betrachtete.

Sigmund war davon überzeugt, dass er in seiner Erinnerung mehr aufbewahrte als die drei Bilder, die auf den Fotos festgehalten waren. Irgendwann würde er diese verborgenen Bilder sehen. Jetzt im Abteil schien es ihm auf einmal, als würde sich das Gesicht bewegen, und plötzlich überkam ihn das Gefühl, er würde in diesem Moment, wo er Lippstadt verließ, auch seine Mutter verlassen. »Aber ich muss doch weg«, formulierten seine Gedanken, »ich muss doch!« Tono und er waren drei Tage zuvor zum Grab der Mutter auf den jüdischen Teil des Friedhofs gegangen, er hatte einen flachen Kiesel vom Lippeufer dabeigehabt und ihn oben auf den Grabstein gelegt. »Der wird dort liegen bleiben, bis du wieder hier bist«, hatte Tono leise gesagt und Sigmund war nicht entgangen, wie sehr sich Tono dabei um ein Lächeln bemühte, das ihm jedoch nur schwer gelang. Sigmund atmete jetzt tief ein, nahm den Blick vom Foto und schaute aus dem Zugfenster, sah aber nur noch Tono auf dem Friedhof, sah aus jeder Falte um Tonos Augen die Herzlichkeit und Wärme dieses Mannes, der die ganzen Jahre über wie ein Vater zu ihm gewesen war. Sigmund verbesserte sich: der sein Vater gewesen war, der der beste aller Väter gewesen war, der ihn wirklich liebte. Und er sehnte sich danach, dass Tono ihn in die Arme nehmen und fest an sich drücken würde. Hatte er Tono genügend gedankt?

Der Zug bremste, der Waggon ruckelte über einige Weichen, schüttelte Sigmund auf seinem Sitz. Vor ihm lag noch immer das Foto seiner Mutter mit ihm auf dem Arm. Ich bin ein Waisenkind! Seltsam, dieses Wort war ihm bisher nur ganz wenige Male in den Sinn gekommen, er war ja immer bei den Dellbrücks gewesen, hatte mit Hannes gespielt, mit Rile, mit Manfred über Jahre das Zimmer geteilt, hatte mit Rile gemeinsam auf die Jüngste, die kleine Karin aufgepasst, er war ein Geschwisterkind, er war es – gewesen! Für einen Moment dachte er, er müsste den Zug sofort verlassen, müsste unbedingt am nächsten Bahnhof aussteigen und zurückfahren und heute Nacht in seinem Zimmer schlafen, neben dem von Rile und Karin, deren Atemzüge er hörte, wenn er nachts leise durch den

Flur zum Badezimmer ging. Nein, er wusste, er konnte nicht wegfahren, auch nicht in Sicherheit fahren. Er stand auf und griff nach seinem Rucksack. Doch in dieser Bewegung verharrte er, rührte sich nicht, schaute wieder auf das Foto und bildete sich ein, dass seine Mutter zu ihm sagte, folge Tonos Rat, er weiß, was gut für dich ist, ich kann ja nichts für dich tun. Dieses »Nichts« blieb hängen, klang noch nach, als er den Tragegurt des Rucksacks wieder losgelassen hatte. Er würde Tono nicht enttäuschen, und seine Mutter auch nicht, aber er würde zurückkehren. »In Ordnung, Mama?«

Jetzt hatte der Zug die ersten Häuser von Soest erreicht. Sigmund legte die drei Fotos in das Buch zurück, schnäuzte sich und trocknete mit dem Taschentuch seine Augen. In Soest könnten Reisende in sein Abteil zusteigen und irgendwann würde der Schaffner kommen, da brauchte niemand die Tränen zu sehen. Tono hatte es ihm eingeschärft: »Kein Aufsehen erregen, du fährst zu einer Tante nach Düsseldorf und dort werden die das schon richtig machen. Wir haben schließlich viel für die Reise bezahlt.«

Einen Tag später saß Sigmund im Zug nach Wadebridge. Er saß am Fenster, direkt neben der Tür. Jedes Abteil hatte hier sechs gegenüberliegende Sitzplätze und zu jeder Seite eine Tür, die man nur öffnen konnte, wenn man zuvor das Fenster heruntergelassen hatte und dann auf die nur außen angebrachte Klinke drückte. Sigmund fragte sich, ob Tono das wohl wusste. Er würde es ihm als Erstes schreiben. Gleich nach seinem Dank, dem Dank für alles! Den würde er nicht vergessen! Neben ihm saß der kleine Robert, der seinen Kopf auf Sigmunds Schoß gelegt hatte und eingeschlafen war. Robert war zehn Jahre alt und hatte als Ziel ebenfalls Wadebridge. Sie waren insgesamt eine Gruppe von fünfzehn Kindern, die, begleitet von einer älteren Frau, von Düsseldorf aus die Reise nach England angetreten hatten. Robert hatte am Anfang viel geweint. Seine Mutter hatte ihn zur Bahnhofsmission nach Düsseldorf gebracht, wo sich alle fünfzehn Kinder einfinden sollten, und als sie erfuhr, dass Sigmund ebenfalls bei einer Familie in Wadebridge untergebracht würde, hatte sie ihm gleich einen Zettel mit ihrer Adresse in die Hand gedrückt und ihn mehrfach bedrängt, auf ihren Robert achtzugeben und ihr gleich zu schreiben, wenn sie in Wadebridge angekommen seien. »Schreib mir bitte ehrlich, was für eine Familie Robert aufgenommen hat und schreibe mir immer mal, wie es ihm geht.« Sie weinte. Nach einiger Zeit fügte sie hinzu: »Roberts Vater ist bereits in Palästina«, sie wischte sich die Tränen aus den Augen, »ich habe so schreckliche Angst um Robert hier in Deutschland.« Sigmund versprach, auf Robert aufzupassen. Dann musste Roberts Mutter wie die anderen Eltern das Wartezimmer der Bahnhofsmission verlassen; die Begleitung der Kinder bis zum Bahnsteig war untersagt.

Es war bereits dunkel, als sie Hoek van Holland erreichten. Auf dem Schiff hatten sie im Salon III. Klasse Decken und jeder eine Flasche Milch bekommen. Die Überfahrt verlief ruhig, keines der Kinder durfte den Salon verlassen, und Sigmund war vor Erschöpfung schnell eingeschlafen. Als das Schiff früh am nächsten Morgen in Harwich ankam, wurde die Gruppe geteilt. Sigmund und Robert gehörten zu den sechs Kindern, für die die Quäker-Gesellschaft bereits früh Gasteltern gefunden hatte. Sie gingen mit Mr Philpin, einem freundlichen älteren Herrn, gleich vom Anleger weiter zum Bahnhof, wo der Zug nach London bereits wartete. Mr Philpin erklärte, dass die anderen neun Kinder erst einmal ein paar Tage im Gemeindehaus verbringen müssten, bis auch ihr Ziel in England feststand. Sigmund war froh, zur ersten Gruppe zu gehören. Robert wich nicht von seiner Seite.

Mr Philpin sprach nur Englisch, er sprach aber langsam und Sigmund war überrascht, wie viel er verstand. Als sie in London im Liverpool Bahnhof aus dem Zug stiegen, schärfte Mr Philpin ihnen gleich drei Mal ein, dass sie ab sofort beim Überqueren einer Straße immer zuerst nach rechts blicken müssten, weil hier die Autos auf der linken Straßenseite führen, was für Kinder aus Deutschland sehr gefährlich sei. Da könne auch der Guardian Angel, den sie alle hätten, schnell überfordert sein. Sigmund wusste nicht, was Guardian Angel bedeutete, hatte aber das sichere Gefühl, dass dies jetzt auch nicht so wichtig war. Am meisten beeindruckten ihn die Menschenmassen, die durch diesen Bahnhof liefen. Auf dem Bahnsteig, an dem der Zug aus Harwich angekommen war, standen schwarze Autos in einer langen Reihe, »cabs« sagte Mr Philpin, »für diejenigen, die eilig zu einem anderen Bahnhof müssen, aber wir nehmen die ›tube‹«. Da war Sigmund wieder wie zuvor beim Guardian Angel überfordert. Erst als Mr Philpin Robert, ihn und die vier weiteren Kinder mit auf die Treppe zur »Underground« nahm, erriet Sigmund, was »tube« bedeutete. Robert drückte sich fest an ihn, als sie unten angekommen waren und ein U-Bahn-Zug mit einem heftigen Windstoß in die Station einfuhr. Sigmund staunte nur. Einmal war er mit Tono und Hannes im Zug von Lippstadt nach Winterberg gefahren und sie hatten zwei Tunnel durchfahren müssen, doch jetzt hier in

London, glitt die »tube« die ganze Zeit nur durch Tunnel, durch eine einzige Röhre, bis sie am Paddington Bahnhof ausstiegen. Mr Philpin erklärte ihm, dass sie sich hier trennen müssten, da er selbst die vier kleineren Kinder zu ihrem Ziel nach Oxford zu begleiten hätte. Er habe aber für ihn einen Zettel mit den Umsteige-Bahnhöfen und Anschlusszügen für den Zielort Wadebridge vorbereitet und wiederholte mehrfach, dass er Robert nur an Reverend Jordan übergeben dürfte, der sie beide am Bahnhof in Wadebridge in Empfang nehmen würde. »You are fifteen«, hatte er gesagt, »you are responsible for the boy.« Mit diesem Satz hatte er sie in den Schnellzug nach Exeter gesetzt. Als Mr Philpin das Abteil verließ, stand Sigmund noch einmal auf, reichte ihm die Hand und sagte: »Thank you, Sir!«

»You are a good boy«, antwortete Mr Philpin und lächelte.

Der Zug setzte sich in Bewegung, Sigmund war zufrieden mit sich und ein wenig stolz. Er würde sich um Robert kümmern, das war klar. Ihm hatte gefallen, dass Mr Philpin ihn fast wie einen Erwachsenen behandelt hatte. Wenn alle Männer in England so wären wie Mr Philpin, könne das ganz gut werden, dachte er und zeigte Robert einen roten Doppeldecker-Bus, der gerade vor der Schranke hielt, als ihr Zug durch die westlichen Vororte von London fuhr.

In Exeter stand der Zug nach Penzance gleich am Bahnsteig gegenüber, und dann mussten sie nur noch in Bodmin in den kurzen Zug nach Wadebridge umsteigen, der langsam dem Verlauf des Camel-Flusses folgte. Der Camel war schmaler als die Lippe, aber erinnerte Sigmund gleich an den Fluss daheim. Er entdeckte auch hier einen Pfad am Wasser entlang und war überrascht, wie diese Entdeckung seine Stimmung aufhellte. Robert hatte von seiner Angst gesprochen, er wüsste ja nicht einmal, wie dieser Reverend Jordan aussehe, ob der sehr streng sei, er wüsste nur, dass die zwei Kinder hätten, hoffentlich würden sie ihn mögen, und dann schmiegte er sich eng an Sigmund und fragte ihn wieder und wieder, ob Sigmund auch wirklich ab jetzt sein Freund sei, sein echter fester Freund! »Schwörst du das?« Sigmund schwor und versuchte, ihn zu beruhigen, aber er hatte ja ähnliche Gedanken wie Robert. Ob diese Familie Leyland ihn mögen würde? Wie müsste er sich benehmen, damit sie ihn auch gernhatten? Er sah sich jetzt schon an diesem Fluss entlanglaufen und dachte sich, dass er wahrscheinlich ganz glücklich sein könnte in einer Stadt mit einem Fluss. Allein ging es sicher gut, aber mit Mr and Mrs Leyland? »They love pets but they do not have any«, hatte in dem Brief der Quaker Society of Friends gestanden, und nichts darüber, ob die Leylands auch Kinder hatten. »Mr Leyland runs a local stationer's shop and helps in the Methodist church«, war alles, was er über die Familie wusste. Stationers seien »Verkaufsstellen (oft lediglich Kioske) von Zeitungen und Illustrierten, häufig mit Verkauf von Schreib- und Süßwaren«, hatte er im Großen Wörterbuch Englisch-Deutsch in der Schulbibliothek herausgefunden. Vielleicht würde es da schönes Briefpapier für seine Briefe an Rile geben. Aber wenn er ehrlich war, war Rile jetzt in seinen Gedanken weit weg.

Da pfiff die kleine Lok ein paar Mal und sie näherten sich der Stadt, über die er im Brockhaus der städtischen Bücherei keinen Eintrag gefunden hatte. Wieder pfiff die Lok, jetzt überquerte der Zug rumpelnd eine Stahlbrücke über den Camel. Robert richtete sich auf, da rollte der Zug schon in den Bahnhof. »Wadebridge, here Wadebridge!«

Mrs Leyland begrüßte ihn bei seiner Ankunft auf dem Bahnsteig mit einem Lächeln und einem freundlichen »Welcome Sigmund«, doch war er sich zunächst nicht sicher, ob sie Mr Leylands Frau oder dessen Mutter war. Sie wirkte auf ihn erheblich älter als Mr Leyland, trug an jenem späten Nachmittag einen dunklen schweren Mantel und unter ihrem Hut quoll feines Haar hervor, das einen seltsamen Stich ins Violette hatte. Ganz anders als bei ihrem Mann, den Sigmund auf gute vierzig schätzte, hatten sich schon mehrere Falten tief in ihr Gesicht gegraben, und Sigmund war erleichtert, als Mr Leyland von »my wife« sprach und damit seine Unsicherheit beseitigte. Beide waren sich einig, dass Sigmund »tired like a dog« sein müsste, aber das stimmte gar nicht. Sigmund war hellwach und war überrascht, dass der Ausdruck »hundemüde« auch genauso im Englischen existierte. »No, Sir, I am not tired like a dog, I am wake.«

Mrs Leyland lächelte, vielleicht war der Satz mit »wake« nicht ganz richtig gewesen. »You must be hungry«, sagte sie, »but there is some cake at home.« Sie trennten sich von Familie Jordan, die Robert in ihre Mitte nahm. Robert schaute sich noch einmal um. »Du bist mein Freund, Siggi, mein Freund.« Sigmund nickte. »Ganz bestimmt, Robert.« Die Jordans gingen Richtung Brücke, sie hingegen blieben auf dieser Seite des Flusses und liefen leicht bergan an mehreren Geschäften vorbei Richtung Castle Road. Mr Leyland erläuterte ein paar Ereignisse aus der Geschichte der Stadt, sprach von einer »historic battle«, die am Fluss stattgefunden habe, und erzählte von den Badegästen im Sommer, die vor allem nach Padstow, der Endstation der Bahnstrecke, fuhren, wo der Atlantik begänne. »Strange people come from London each summer«, sagte er, und wieder war Sigmund froh und erleichtert, dass er das alles verstand. Wie man auf solche Sätze allerdings am besten antwortete, wusste er nicht. So blieb es bei einem Nicken und einem wiederholten, »Oh yes, Sir«.

Die Abenddämmerung brach an, als sie die Castle Road erreichten. Number 12 war ein graues Reihenhaus, ein »terrace house«, wie Mr Leyland ihm erklärte, in einer Reihe von zwei Dutzend Häusern, die dicht an dicht der leicht bergan führenden Straße folgten. Er bekam das Zimmer über dem Living Room im ersten Stock mit zwei Fenstern, die zur Straße hin gingen und durch die er im faden Abendlicht auf ganz ähnliche graue Reihenhäuser an der gegenüberliegenden Straßenseite blickte. Sein Zimmer war hellblau gestrichen, an einer Seite stand ein altertümliches Bett aus dunklem Eichenholz, an der anderen Seite ein Schrank. Vor eines der Fenster hatten die Leylands einen kleinen Schreibtisch gestellt, vor dem anderen stand ein Sessel, der mit dunkelgrünem Stoff bespannt war. »Ich habe das Zimmer neu gestrichen«, sagte Mr Leyland, »ich dachte, blau sei die richtige Farbe.« Sigmund beeilte sich zu nicken und erwiderte schnell: »Ja, es ist sehr schön, vielen Dank!« Dabei erschien es ihm eigentlich zu bunt, war eher ein Kinderzimmer.

Er ging gleich nach dem Abendessen zu Bett, musste sich erst mit dem straff über die beiden Bettkanten gespannten Betttuch anfreunden, über dem zwei Wolldecken lagen, und schlief dann tief und lange. Am nächsten Tag hatte Mrs Leyland ihm einen Haferbrei vorbereitet, »porridge, good for your health«, hatte sie gesagt, der ihm jedoch etwas seltsam schmeckte, erst mit ein wenig Zucker ging es besser. Als sich die Dezembersonne kurz vor Mittag erstmals durch die Wolken mogelte, sah er, dass sein Zimmer nach Südwesten ausgerichtet war. Er würde jeden Sonnenstrahl in diesem Zimmer mitbekommen. Gleich versuchte er, eines der Fenster zu öffnen und lernte, dass es Schiebefenster waren, deren Gläser übereinander angeordnet und vertikal verschiebbar waren, er also entscheiden musste, ob er lieber oben oder unten öffnen wollte. Als die frische Winterluft in sein Zimmer wehte, die Sonne sich tatsächlich freie Bahn verschaffte, das Hellblau seines Zimmers die ganze Atmosphäre dieses Augenblicks durchdrang, er die Möwen hörte, die zwischen dem nur etwa zehn Meilen entfernten Atlantik und Wadebridge hin und her flogen, spürte er zum ersten Mal ganz deutlich: Er hatte Glück gehabt! Er griff in die Hosentasche nach der Rolle von Dr. Hillers Pfefferminz und nahm eines. Sechs Pfefferminztaler waren jetzt noch übrig, er hatte auf der Reise zwei Robert gegeben und drei selbst gelutscht. Er würde von nun an vorsichtig sein mit dem Verbrauch der letzten Bonbons, er spürte, sie gehörten zu seiner alten Welt. Und während der Pfefferminztaler in seinem Mund schmolz und sein Blick die hellblauen Zimmerwände entlangglitt, bis er wieder beim geöffneten Fenster ankam, schwor er, den Leylands stets ein angenehmer Gast sein zu wollen, ein guter »foster boy«, wie sie ihn gestern genannt hatten.

Zehn Tage später saß Sigmund zwischen Mr und Mrs Leyland in der kleinen Methodistenkirche in der Trevanion Street im Weihnachtsgottesdienst. Er achtete sorgsam darauf, stets rechtzeitig aufzustehen, sich nicht zu spät wieder zu setzen und auch das »Amen« immer richtig auszusprechen: »aymen«.

Mr Leyland hatte ihn vor zwei Tagen gefragt, ob er als Jude überhaupt Weihnachten feiere. »Aber sicher«, beeilte sich Sigmund mit der Antwort, »ich habe zu Hause immer Weihnachten gefeiert, ich glaube, alle Juden feiern in Deutschland Weihnachten und ich erst recht, ich bin doch in einer katholischen Familie groß geworden.«

»Oh yes, you told me, a catholic family.«

Die Art, wie Mr Leyland »catholic« aussprach, zeigte deutlich, dass »catholic« für ihn etwas Unanständiges sein musste.

Fast zwei Stunden verbrachten sie im Gottesdienst. Mr Leyland ging zwei Mal nach vorn zum Altar, trug mit kräftiger Bassstimme eine Passage aus dem Lukas-Evangelium vor und las später im Wechsel mit der Gemeinde einen Psalter. Dieser große Mann mit schwarzem Haar, in das sich ein paar erste graue Strähnen mischten, wirkte hinter dem Rednerpult am Altar noch viel ernster, als Sigmund ihn sonst erlebte, wenn Mr Leyland im Living Room saß, eine Zigarette rauchte, las und BBC hörte. Er war ein ruhiger Mann, den Sigmund bisher kein einziges Mal laut erlebt hatte. Er schimpfte nicht, er verbesserte freundlich Sigmunds Aussprache, übte vor allem das »th« mit ihm. Doch er lachte selten. Völlig undenkbar, dass er jemals in einem Gottesdienst einen Witz machen würde.

Der Pfarrer, Reverend Jordan, Roberts Pflegevater, schaute während seiner Predigt mehrfach auf ihn. Sigmund verstand nicht alles, ja, er musste sich am Ende der Predigt eingestehen, dass er nicht einmal die Hälfte von dem mitbekommen hatte, was der Reverend über Gottes Gnade, der Menschen schlechte Taten und ihre Rettung erzählt hatte. Zu viele Vokabeln waren ihm unbekannt, und wenn nicht Mrs Leyland am Ende ihrer Tischgebete stets das Wort »mercy« verwendet hätte, »God have mercy with us«, hätte er noch weniger von den gewaltigen Sätzen des Reverend verstanden, in denen es besonders oft um Gnade ging. Er war froh, als die Organistin wieder an der kleinen Orgel Platz nahm und das nächste Weihnachtslied erklang. Mrs Leyland hatte ihm das Book of Hymns in die Hand gedrückt, und obgleich seine Stimme noch nicht ganz gefestigt war, sang er kräftig mit. Bei »Hark! The Herald Angels Sing / Glory to the newborn King« hätte er gern noch weitere Strophen gesungen, aber es gab nur diese drei. Während er sang, war er ganz bei sich. Es war wie an dem Tag nach der Ankunft, als die Wintersonne in sein Zimmer schien. Ja, er hatte Glück gehabt, er würde es schaffen, auch wenn seine Aussprache noch holprig war, er vielleicht besser leiser singen sollte! Er nahm sich noch einmal vor, alles zu tun, um sich anzupassen, um perfekt Englisch zu sprechen, um all das zu erfüllen, was man von ihm erwartete. Er würde auch nicht mehr das Katholische in seinem bisherigen Leben erwähnen. Er würde beweisen, dass er es verdiente, von ihnen gemocht zu werden.

Am Ende des Gottesdienstes wurde er den Gemeindemitgliedern vorgestellt. »Our foster boy from Germany«, sagte Mr Leyland und unterließ es, ihn als »Jewish boy« einzuführen, worüber sich Sigmund freute. Reverend Jordan hingegen betonte gern, dass Robert ein Judenkind sei, »whom God the Almighty wanted to be saved«. Robert schaute dann still auf den Boden, als schämte er sich.

Mr Leyland stellte ihn auch der Organistin vor, Miss Thurple. Als sie jetzt kerzengerade vor Sigmund stand, hatte er Tante Betty vor Augen. Zu Hause hatte Tante Betty immer die Weihnachtslieder auf dem Klavier gespielt und er hörte jetzt ganz deutlich, wie sie »eia, eia, susani, susani, suu-sani« sang. Rile hatte recht gehabt, als sie in ihrem Brief schrieb, dass Weihnachten und zu Hause doch sehr eng zusammengehörten und dass sie sich gar nicht vorstellen könnte, Weihnachten einmal nicht in der Familie, sondern in der Fremde zu erleben. Rile hatte das einfach so geschrieben, aber sie hatte dabei wahrscheinlich nicht an ihn gedacht. »Susani, susani, suu-sani!« Er hörte jetzt Rile, wie sie mit aller Inbrunst sang, ernst, die Augen mitunter sekundenlang geschlossen. Unter ihrem Pullover hob sich ihre Brust und senkte sich wieder. Dann sah er Tono, der auch bei den Weihnachtsliedern den Operettensänger mimte, wie er höchst theatralisch »Maria durch ein' Dornwald ging« mit ausladender Gestik vortrug, statt es nur zu singen. Emmi, die mit ihrer zarten Stimme einen Sopranpart erfand, sodass sie plötzlich zweistimmig sangen, während Hannes feixte, sich weigerte, überhaupt mitzusingen wegen des Stimmbruchs, wie er sagte, doch den hatte er längst hinter sich. Und Sigmund schaute aus der Vogelperspektive auf diese Gruppe vor dem Weihnachtsbaum und sah sich in ihr aufgehoben, er, eines der fünf Kinder dieser Familie, er, dieses Kind, das jetzt ausgestoßen war. Er hoffte, dass Mrs Leyland seine Rührung nicht bemerkte, denn die Leylands mochten sicher keinen heimwehkranken Foster Boy.

Einen Tag später, am Boxing Day, tauschten sie die Geschenke aus. Robert hatte ihm schon nach dem Gottesdienst zugeflüstert, dass die Engländer gar keinen Weihnachtsbaum hätten, nur einen Zweig, den Mistle Toe, unter dem jeder hindurchkriechen müsste. Bei den Leylands hing der Mistle Toe allerdings oben am Türrahmen zum Living Room, sodass niemand zu kriechen brauchte.

Als sie vor der Wohnzimmertür standen, hatte Mrs Leyland die Idee, dass sie noch zwei Weihnachtslieder singen sollten. Sie und ihr Mann stimmten »Away in a Manger« an, und Sigmund gefiel der schöne Bass seines Foster Father. Er hatte das Gefühl, sich an diese Stimme anlehnen zu können, sie erschien ihm wie ein Schutzschild, und hätte Mr Leyland in diesem Augenblick seine Arme geöffnet, er wäre auf ihn zugegangen und hätte sich fest an ihn gedrückt. Aber Mr Leyland öffnete seine Arme nicht. Als die beiden ihr Lied beendet hatten, baten sie nun Sigmund, ein deutsches Weihnachtslied zu singen. Sigmund war verunsichert. In der Kirche hatte er mitsingen können, aber hier allein ein deutsches Lied zu singen? »Silent Night? That's German, isn't it?« fragte Mrs Leyland und sah ihn aufmunternd an. Vier Augen waren auf ihn gerichtet, zwei freundlich lächelnde Gesichter, das waren seine Gasteltern, die dürfte er nicht enttäuschen. Sigmund nickte. Aber nicht »Stille Nacht«, das ging nicht! Es müsste etwas weniger Getragenes sein. Er setzte zögernd ein: »O du fröhliche, o du selige«, er musste einmal schlucken, fuhr dann fort: »gnadenbringende Weihnachtszeit, Welt ging verloren, Christ ...« In diesem Augenblick brach er ab, die Stimme versagte. Er hatte nie zuvor bei diesem Lied überlegt, was gnadenbringend wohl bedeuten würde. Gnade! Mercy! Letztes Jahr Weihnachten hatte er ohne irgendeinen weiteren Gedanken »Welt ging verloren« gesungen, und jetzt plötzlich war das alles ganz anders, hatte »verloren« einen ganz anderen Inhalt. »Es tut mir so leid«, sagte Mrs Leyland, »wir haben nicht gedacht, dass ein deutsches Lied ...«

Sigmund brauchte eine Weile, bis er sich beruhigt hatte, entschuldigte sich, er sei doch eigentlich so froh, hier zu sein. Dann gingen sie ins Wohnzimmer. Auf dem Tisch lagen zwei Geschenke für ihn von den Leylands und drei kleine Päckchen, die er in seinem Koffer mitgebracht hatte. Er wollte als Erstes gleich das flache, rechteckige Päckchen öffnen, das Rile ihm in den Koffer gelegt hatte, aber gerade noch rechtzeitig fiel ihm ein, dass die Höflichkeit geböte, zuerst die Päckchen seiner Foster Parents auszupacken. Mrs Leyland hatte ihm einen Schal gestrickt, einen breiten, langen aus dunkelbrauner Wolle, gegen die Winterstürme vom Atlantik, wie sie sagte. Sigmund machte ihr die Freude und legte ihn gleich um Hals und Nacken und betonte, wie schön und warm der Schal sei. Doch er kratzte, kratzte sogar ganz schrecklich. Er legte ihn wieder zurück auf den Tisch. Mr Leylands Box enthielt ein Buch, Shakespeares *King Lear.* Es war eine besondere Ausgabe, in der die altertümlichen Begriffe, die Shakespeare verwendet hatte, im unteren Viertel oder Drittel der Seite erklärt waren. »Es geht um Macht, um Treue und um Liebe«, sagte er, »es wird dir gefallen.«

Erst dann öffnete er Riles Päckchen. Es enthielt einen Kunstdruck in einem quadratischen braunen Holzrahmen, vielleicht dreißig Zentimeter breit. Sigmund war erst ganz erstaunt, fast ein wenig enttäuscht, denn der Druck war recht dunkel. Er zeigte das Gesicht eines jungen Mannes mit einem dichten Haarschopf. Nur Teile der rechten Gesichtshälfte waren hell, Nase, Augen und die gesamte linke Seite waren dunkel, lagen im Schatten. Jetzt schaute er genauer hin, sah auf den hellen Nacken, die Wange und dann auf das Ohr, den Nasenrücken, erkannte allmählich mehr, das linke Auge, das Weiß des rechten Auges, das ihn anblickte, die schön geschwungenen Lippen. Dennoch blieb ihm das Bild fremd. In Riles Weihnachtsbrief fand Sigmund ein Foto von ihr, das er kannte, das sie im Sommer hatte machen lassen für den BDM-Ausweis. Ganz unten im Brief erklärte sie ihm, dass sie im November zufällig in der Auslage von Bilder-Müller den Druck entdeckt hätte, bei dem sie gleich an ihn habe denken müssen. *»Ich weiß selbst nicht«*, las er jetzt, *»warum ich immer wieder meine, daß es bei Dir eine helle und eine schattige Seite gibt. Ich glaube ganz sicher, daß Du ein Geheimnis hast. Vielleicht werde ich es eines Tages ergründen, aber ich mag auch Deinen Schatten, mag ihn sehr!«* Sie hätte das Bild gleich für ihn gekauft, fuhr sie fort, als niemand ahnte, dass er Weihnachten nicht bei ihnen sein würde, und jetzt sei sie sehr traurig, dass sie nicht sehen könne, ob es ihm gefalle.

»Rembrandt«, sagte Mr Leyland, als er über Sigmunds Schulter auf Riles Geschenk schaute. »Es ist ein Selbstbildnis, ein ganz frühes, er malte es, als er gerade zwanzig war. Man kann sein Gesicht nur zur Hälfte erkennen. Seltsam, wirklich seltsam.« Und nach einigen Sekunden fügte er hinzu: »Wir hatten das Bild als Geburtstagskarte in unserem Laden. Hat sich nicht gut verkauft.«

Sigmund fragte, ob er das Bild aufhängen dürfe, und schon am nächsten Tag hing Rembrandts Selbstbildnis genau in der Mitte zwischen den beiden Fenstern seines Zimmers.

Kapitel 7

18. Juni 2018
Lippstadt
Frido

»Darf ich Sie fragen, was Sie zu uns führt?«

Herr Hildebrand fragt höflich, aber mit der Autorität der Amtsperson. Die Deutschen haben so eine ganz bestimmte Art des Auftretens, denkt Frido. Nicht unfreundlich, sehr selbstbewusst, aber irgendwie unangenehm. Djad schaut auf Frido, wartet auf dessen Antwort. Frido hat noch immer das Bild mit der Heidelandschaft in der rechten Hand.

»Ich bin ein Nachfahre des damaligen Besitzers des Hotels. Antonius Dellbrück war mein Großvater. Ich habe als Kind und Jugendlicher oft hier gespielt.« Mal sehen, ob das reicht, denkt Frido. Herr Hildebrand nickt leicht mit dem Kopf. Frido schätzt ihn auf gut vierzig, sein braunes Haar lichtet sich schon ein wenig, er trägt ein blaues Hemd ohne Krawatte und lächelt jetzt ganz freundlich.

»Ich habe Ihren Großvater noch gekannt und seinen Sohn Manfred, der das Hotel hier zuletzt führte.«

»Der es runterbrachte, sagen Sie es nur.«

»Mein Vater und er waren im gleichen Tennisclub. Daher sind wir manchmal hier zum Essen gewesen. Ja, es war zuletzt nicht mehr ganz so …«, er ließ den Satz unvollendet. »Sie sind also der Sohn von …« Er überlegt.

»Ich bin der Sohn von Sigmund Rosenbaum, meine Mutter war eine geborene Dellbrück.«

»Dann sind Sie der, der nach Indien ging.«

»Woher wissen Sie das?«

»Oh«, Herr Hildebrand lächelt, »Lippstadt ist klein.«

Er macht eine kurze Pause.

»Sie waren doch damals, wie hieß das noch?«

»Sannyasin.«

»Das war dieser komische …«

»Bhagwan, ein Philosoph, eigentlich hieß er Osho.«

»Sind Sie noch immer ein Sannyasin?«

Frido zögert. Er kennt solche Unterhaltungen, die oft mühsam wurden, wenn man sie nicht abkürzte, wobei all diese Abkürzungen immer Unklarheiten und Unwahrheiten mit sich zogen.

»Wenn Sie einmal Sannyasin geworden sind, bleiben Sie es. Dann haben Sie einen zweiten Namen, zwar nicht im Pass, aber es ist wie eine weitere Identität.«

»Das ist ja interessant! Einen zweiten Namen! Wie heißen Sie denn da?«

»Swami Satya Surbhavan.«

»Swami … Und woran glauben Sannyasins?«

»Das mit dem Glauben ist eine andere Sache. Sannyas ist mehr Philosophie, Ethik, Lebenseinstellung. Alles ganz diesseitig.«

Frido ist zufrieden mit dieser Aussage, hoffentlich reicht sie auch Herrn Hildebrand.

»Djad hat mir gesagt, Sie seien aus Australien angereist, nicht aus Indien?«

»Ja, das stimmt, ich wohne seit 25 Jahren in Australien. Ich mache Urlaub in Deutschland, wollte noch mal ins Hotel Dellbrück und will jetzt zu meiner alten Tante nach Waldliesborn. Ich habe sie lange nicht mehr gesehen. Ich hoffe, das Kurhotel ist nicht auch mittlerweile ein Flüchtlingswohnheim wie dieses hier.«

»Nein, nein, da kann ich Sie beruhigen. Das Kurhotel ist weiterhin eines der besten, auch wenn die Krankenkassen nicht mehr viele Kurgäste schicken. Und Flüchtlinge bringt die Stadt nicht in Waldliesborn unter, da doch nicht, da sind Kurgäste, Touristen.«

»Ich hätte eine Bitte!«

Herr Hildebrand nickt ermunternd mit dem Kopf.

»In diesem Zimmer ist mein Vater geboren. Das war 1923. Könnte ich dieses Bild als Erinnerungsstück mitnehmen? Es würde mir etwas bedeuten.«

Frido reicht ihm die Heidelandschaft, die er noch immer in der Hand hält. Herr Hildebrand wiegt es in seinen Händen. Ob ihm auffällt, dass sich die Rückwand wölbt?

»Ich denke schon, Herr Rosenbaum, ich glaube nicht, dass dieses Bild inventarisiert wurde, als die Stadt das Hotel übernahm. Und besonders wertvoll scheint es mir nicht zu sein. Kein verkappter Rembrandt oder so.« Herr Hildebrand lacht. »Das kann ich Ihnen mitgeben. Lassen Sie uns nur unten im Büro ein kleines Übergabeprotokoll aufsetzen, dann sind wir auf der sicheren Seite.«

Übergabeprotokoll, denkt Frido. Nun ja, wir sind in Deutschland. Er nickt Herrn Hildebrand zu. In diesem Moment fährt ein Pfeifton durchs Zimmer, dessen Fenster noch immer geöffnet ist.

»Immer noch das Bahnhofshotel«, sagt Frido.

»Bahnhof ja, aber kein Hotel mehr«, antwortet Herr Hildebrand und geleitet mit einer ausladenden Handbewegung Frido zur Tür.

»Danke, Djad, für die Cola.«

»Bist du morgen noch in Lippstadt? Können wir uns treffen für Australien? Hier ist Zettel mit Handynummer für SMS.«

Djad reicht Frido einen Notizzettel. Herr Hildebrand lächelt.

»Okay, Djad, ich melde mich.«

Kapitel 8

1939
Wadebridge, Cornwall
Sigmund, Mrs und Mr Leyland, Nick, Lionel Hastings, Elsie

»Happy Birthday, Sigmund, and many happy returns!«

John Leyland hatte Sigmunds Glas mit braunem »Bitter« gefüllt. Er mochte dieses Bier nicht, das sein Gastvater ihm schon einmal angeboten hatte, aber er wollte Mr Leyland nicht enttäuschen. Es war »Newcastle Bitter«, Johns Lieblingsgetränk. »Du brauchst ja nicht zu erzählen, dass es bei uns schon mal Bier gibt«, Mr Leyland schaute ihm direkt ins Gesicht, »Alkohol ist bei Methodisten eigentlich verpönt.« Er machte eine Pause. »Mag es ein gutes Jahr für dich, für uns alle werden!«

Der erste Schluck schmeckte besonders bitter.

Sie saßen im Wohnzimmer. Aus dem Radio drang leise klassische Musik, doch in Sigmunds Kopf klang noch nach, was die BBC gerade in den Nachrichten gemeldet hatte. Er schaute auf Mrs Leyland, die es sich auf ihrem Lieblingsplatz bequem gemacht hatte, auf der grünen Couch unter dem großen Bild eines Löwen, der friedlich auf einem Sandboden lag, die Vorderpfoten vorgestreckt, den Kopf erhoben und die Augen gütig auf den Betrachter gerichtet. »Ob das die richtige Entscheidung ist, John?«, fragte sie.

Mr Leyland wiegte den Kopf hin und her. »Das wird sich zeigen, Linda.« Er schaute seiner Frau ein paar Sekunden lang fest in die Augen. »Aber jetzt wollen wir Sigmunds Geburtstag feiern, ist ja sein erster in England.«

Damit wandte er sich Sigmund zu und übergab ihm ihr Geschenk, einen weiteren Band Shakespeare. Dieses Mal war es *Richard III.*, »die Geschichte des Bösen als Herrscher«, erklärte Mr Leyland, während er sich auf den kleinen grünen Sessel setzte, seiner Frau gegenüber, »du wirst Ähnlichkeiten mit heute entdecken«. Sie hatten dem Buch eine große Tafel Cadbury mit Haselnüssen beigelegt, seine Lieblingsschokolade. Was Sigmund ihnen nicht erzählte, war, dass er schon am Morgen in der Schule zu seiner großen Überraschung eine kleine Tafel Cadbury Hazelnut als Geburtstagsgeschenk erhalten hatte: von Nicholas, den alle nur Nick nannten, seinem Mitschüler und neuen Freund. Sigmund dankte den Leylands, lächelte dabei, aber verbergen konnte er es nicht: Er war enttäuscht. Die Post hatte kein Paket aus Deutschland gebracht. Mrs Leyland war am Vormittag eigens zu Hause geblieben, doch als Sigmund aus der Schule kam, hatte sie nur mit dem Kopf geschüttelt. »Nicht einmal ein Brief?« Wieder das gleiche Kopfschütteln.

Oben in seinem Zimmer hatte er noch einmal Riles letzten Brief hervorgeholt. Er hatte ihn schon drei oder vier Mal gelesen, aber vielleicht hatte er etwas übersehen, was das Ausbleiben des Päckchens erklären könnte. Im Hotel gab es viel Arbeit, schrieb Rile, weil in den beiden Metallfabriken die Fertigung modernisiert wurde. Es folgte die detaillierte Schilderung von Tonos Grippe und von Tante Bettys ordentlichem Schwips, für den niemand einen Grund habe erraten können. Rile erzählte vom letzten Spaziergang an der Lippe, wo der alte Mann im Kahn der Sandbaggerei ihr zugewinkt hätte, als würde er sie schon lange kennen. Der Brief endete mit Emmi, die wieder einmal darauf bestanden hätte, dass Werner in der Küche endlich einen richtigen zweiten Koch bekäme, aber woher nehmen, wo doch jetzt auf einmal jeder Mann in Lippstadt beschäftigt war. Sigmund legte den Brief zurück in das Kästchen, in dem er alles Wichtige aufbewahrte. Für einen Moment hatte er noch einmal am Esszimmertisch in der Wohnung der Dellbrücks gesessen, hatte seine Familie um sich, die klagende Emmi, die fröhlichen Augen von Rile, Bettys fürsorgliche Blicke. Ohne weiter darüber nachzudenken, hatte er eines der sechs verbliebenen Hillers Pfefferminz aus der weißen Rolle genommen und es ganz langsam gelutscht. Warum in aller Welt war da kein Päckchen aus Lippstadt gekommen, nicht einmal eine Geburtstagskarte? Vielleicht, dachte er jetzt im Wohnzimmer der Leylands, hing es mit der Meldung zusammen, die er gerade im BBC gehört hatte.

Mr Leyland hob das Bierglas an und nickte ihm noch einmal zu: »Auf dein Wohl, Sigmund!«

»Danke«, antwortete er, setzte das Glas an die Lippen und versuchte, die Enttäuschung wegzuschieben. Der zweite Schluck schmeckte schon weniger bitter.

Seit drei Monaten war er jetzt in der Lower 5th Klasse, in die der Headmaster Mr Wright ihn eingestuft hatte, auch wenn er altersmäßig eher in die Upper 5th gehört hätte. Er hatte sprachlich nun einmal zu viel aufzuholen. Es machte ihm aber nichts, dass die anderen Klassenkameraden zumeist ein ganzes Jahr jünger waren als er. Auch Nick war schon 16. Er kam aus St Agnes, dreißig Meilen südwestlich von Wadebridge, und wohnte jetzt bei einer Tante, die ihn aufgenommen hatte, damit er die St George Grammar School for Boys besuchen konnte. Sigmund hatte gerade den zweiten Tag in der neuen Schule beendet, als Nick auf ihn zukam, an seinen Tisch trat, und sagte: »Ich bin auch nicht von hier!« Dann lachte er, fuhr mit seiner Hand durch das struppige dunkelblonde Haar und sah ihn aufmunternd an. Sie waren gemeinsam Richtung Innenstadt gegangen. Er erzählte von St Agnes, wo die Eltern einen Gasthof etwas außerhalb des Städtchens betrieben. »Ich vermisse meine Eltern, vor allem meine Mutter. Mit meiner Tante kann ich nicht gut, die ist zu fromm!« Sigmund war überrascht, dass Nick von Anfang an so ehrlich und offen mit ihm sprach. Er fragte Sigmund auch gleich beim ersten Gang, was es für ihn bedeute, Jude zu sein und was er denn glaube. Er selbst, sagte er, sei halber Atheist, weil seine Mutter nichts von Religion halte, sein Vater allerdings sehr viel. Er sei skeptisch gegenüber all den braven Anglikanern und Methodisten in der Schule, aber Sigmund solle besser nicht darüber reden. Sigmund war glücklich, jemanden in der Klasse zu wissen, der ihn ins Vertrauen zog, der ihm gegenüber seine Gefühle äußerte und der ihn zum Nachdenken zwang, denn über seinen Glauben hatte er lange nicht mehr nachgedacht und mit Atheismus hatte er sich bislang auch nicht beschäftigt. Er fragte die Leylands noch am gleichen Abend, ob er Nick zu sich in die Castle Road einladen dürfe, wenn sie nach der Schule noch gemeinsam lernen oder Hausarbeiten erledigen wollten. Seine Gasteltern willigten ein. Nick kam oft. Bei diesen

Treffen sprachen die beiden auch viel über Hitler und über Deutschland. »Das geht doch gar nicht«, meinte Nick, »die Deutschen haben vor 25 Jahren einen ganzen Weltkrieg angezettelt und haben ihn verloren. Und was machen sie jetzt: Sie zeigen wieder ihre Macht. Warum?« Da musste Sigmund dann an Dr. Brauer denken, und manchmal benutzte er in der Diskussion mit Nick die gleichen Sätze wie Brauer damals, sprach vom Verrat der kommunistisch unterwanderten Marine, argumentierte gegen Bolschewiken und beklagte deren Verschwörung gegen Deutschland, ließ aber die Juden bei all dem aus. Einmal fragte ihn Nick, wovor er denn am meisten Angst hätte, wenn Hitler tatsächlich einen Krieg beginnen würde. Sigmund dachte gar nicht weiter nach, sondern erwiderte gleich, dass er Angst hätte, dass Tono etwas passieren würde oder Rile und Hannes. »Und du denkst nicht an uns hier? Dass die Deutschen uns hier angreifen?«, fragte Nick.

Sigmund schüttelte den Kopf. »Die kommen doch nicht nach Cornwall!«

Doch für die beiden gab es noch viel mehr als Politik und das Geschehen in der Welt. Nick, der ein kräftiger Junge war, etwas kleiner als Sigmund, liebte Rugby über alles, trainierte auch bei Frost im Januar und Februar mindestens zwei Mal in der Woche bei den Wadebridge Scouts und versuchte, Sigmund zum Mitmachen zu überreden. Sigmund aber zögerte. Zwei Mal waren sie gemeinsam am Camel-Fluss entlanggelaufen. Es war Nicks Wunsch gewesen, Sigmund wäre lieber allein am Fluss gewesen, doch die neue Freundschaft war ihm wichtiger.

»Ich frage morgen bei der Post nach, Sigmund. Vielleicht gibt es jetzt Probleme bei der Zustellung von Päckchen aus Deutschland.« Mr Leyland zündete sich eine weitere Player's an, deren heller Tabak die Spitzen seines Zeigefingers und seines Mittelfingers längst gelb gefärbt hatte, und wandte sich erneut der *Times* zu, die er jeden Abend zusammen mit dem *Daily Telegraph* aus seinem Geschäft mit nach Hause brachte. Wenn sie dann zu dritt unter dem gütig dreinschauenden Löwen über die Begebenheiten des letzten Tages sprachen, während der Living Room immer mehr den würzigen Duft der Zigaretten annahm, merkte Sigmund, dass Mr Leyland die Zeitungen meist längst im Laden gelesen und über manche Kommentare der Journalisten bereits intensiv nachgedacht hatte. Er musste sich anstrengen, denn Mr Leyland fragte ihn oft nach seiner Meinung, und Sigmund war es wichtig, ihm gegenüber doch ein wenigstens halbwegs ernstzunehmender Gesprächspartner zu sein.

»Eines sage ich dir, John, mir passt dieser Beistandspakt mit den Polen nicht.« Mrs Leyland sprach langsam, der Klang ihrer Stimme wirkte traurig, dachte Sigmund, und ängstlich zugleich. »Ich spüre, John, dass das nicht gut endet, und du weißt, wie sehr ich mich auf mein Gespür verlassen kann. Denk an Clive.«

Sigmund hatte diesen Satz seit seiner Ankunft bereits mehrfach gehört. Er bezog sich auf Mrs Leylands Bruder Clive, der in kolonialen Diensten gestanden hatte, lange in Rhodesien stationiert gewesen war, dort auch, wie Mrs Leyland versicherte, den Löwen erschossen hatte, dessen Bild, von Clive selbst gemalt, seit über zwanzig Jahren im Wohnzimmer hing. Bruder Clive war 1919 in Indien auf höchst mysteriöse Weise, so hatte Linda betont, zu Tode gekommen, und nur drei Tage vor diesem schrecklichen Ereignis habe sie zu ihrem Mann gesagt, sie spüre ganz deutlich, dass es mit Clive in Indien kein gutes Ende nehme.

Sigmund nahm einen dritten Schluck Bitter. Der schmeckte richtig gut.

Fünf Monate später, Anfang September, saßen sie am Abend wieder im Living Room und lauschten mit angehaltenem Atem der Nachrichtensendung der BBC. »Ich hab es doch gewusst«, sagte Mrs Leyland, als der Sprecher die Nachricht verkündet hatte: »England ist im Krieg!« Mrs Leyland seufzte laut und griff zu ihrem Tee.

»Sie werden unser Land angreifen, Linda, vielleicht sogar schon bald, und sie werden von Frankreich her über den Ärmelkanal kommen, woher denn sonst!« Mrs Leyland saß unter dem Löwenbild, sah mit ängstlichem Gesicht auf ihren Mann, der wie sie eine Tasse Tee in der Hand hielt, und Sigmund meinte, ein Zittern der Hände zu sehen, als Mr Leyland die Tasse zum Mund führte.

»Diese fürchterlichen Deutschen! Glaubst du, dass ihre Flugzeuge so weit fliegen können, dass sie Wadebridge erreichen?« Mrs Leyland knetete ihre Hände, schaute zu ihrem Mann, der ihr die Antwort schuldig blieb. »Zum Glück liegen wir ja an der Atlantikseite, da kommen sie so schnell nicht hin.« Linda richtete sich jetzt im Sitzen auf, als wolle sie eine Ansprache halten, und legte ihre Hände auf die Knie. Ihr Kleid in zartem Rosé zeichnete sich scharf vor dem dunkelgrünen Bezug der Couch ab. Sie saß kerzengerade vor ihrer Tasse Tee, und Sigmund fragte sich, ob diese aufrechte Sitzhaltung ihre Verteidigung und ihren Widerstand ausdrücken sollte. Ihr längliches, etwas hageres Gesicht mit den schmalen Lippen verstärkte den Ausdruck von Wehrhaftigkeit und Trotz.

Nur ihr sorgsam gewelltes Haar passte nicht dazu, es hatte wieder den leicht violetten Schimmer; sie war erst vor zwei Tagen beim Friseur gewesen und hatte ihr Haar frisch in dieser zarten Farbe färben lassen. Welch blöde Gedanken, durchfuhr es Sigmund, da beginnt der Hitler einen Krieg mit Polen, England und Frankreich bestätigen den Polen ihren Beistand, und er denkt an nichts Dümmeres als an Mrs Leylands Haarfarbe. Nein, das war nicht ganz richtig, er dachte auch noch an etwas anderes als an Mrs Leylands Haare, nämlich an ein bestimmtes Gesicht, eine Hand, an einen Mund und an ein Versprechen »nächstes Jahr im August«.

Eines Juni-Tages war Mr Hastings, Eduard Lionel Hastings, im Laden von Mr Leyland gewesen und hatte gewartet, bis die beiden Kundinnen vor ihm das Geschäft verlassen hatten. Mr Hastings war Kunstmaler, Porträt und Landschaft waren seine Spezialität, und er war einer der besten Kunden der Leylands, da er über sie monatlich oder vierteljährlich auch einige außergewöhnliche und teure Kunstzeitschriften bezog, die sonst niemand in Wadebridge las. Irgendwann Ende Mai waren sie ihm auf dem Weg zur Concert Hall begegnet und Mr Leyland hatte Sigmund dem Maler als »our foster son« vorgestellt. Im Konzert hatte Sigmund bemerkt, dass der Maler, den er auf etwa fünfzig Jahre schätzte, sich noch ein oder zwei Mal nach ihnen umgedreht hatte, danach aber hatte Sigmund ihn völlig vergessen. Bis zu jenem Juniabend, als John ihm im Wohnzimmer vom Anliegen des Malers erzählt hatte. Mr Hastings suchte ein männliches Modell in Sigmunds Alter für Porträt-Studien und für die Sommerkurse, die er seit mehreren Jahren für Studierende, aber auch für begabte Laien in einem einige Meilen abseits gelegenen größeren Cottage veranstaltete, aus dem er die Nordostwand hatte herausbrechen und durch ein riesengroßes Fenster ersetzen lassen. Nun seien in diesem Sommer gleich vier Kurse angesetzt, hatte er Mr Leyland erklärt, und da suche er einen markanten jugendlichen Kopf, hätte einen solchen in Sigmund entdeckt, und fragte Mr Leyland nun, ob er etwas dagegen hätte, wenn Sigmund in den Sommerferien drei Mal in der Woche zu ihnen ins Cottage käme, um sich von den Studenten porträtieren zu lassen. Er hätte schlechte Erfahrungen damit gemacht, wenn die Teilnehmerinnen sich gegenseitig malen würden. Er hatte noch hinzugefügt, dass Sigmund schon mal ein oder zwei Stunden bewegungslos würde stehen müssen, wenn die Studenten beispielsweise als Übung das Motiv ›Jugendlicher Hirte, stehend‹ zeichnen müssten. Drei Shilling sei ihm das pro Tag wert.

Mr Leyland hatte Sigmund die Entscheidung überlassen, er sei schließlich sechzehn, es sei kein unanständiges Ansinnen und ihm erschiene das als billig verdientes Geld: Rumstehen oder rumsitzen für drei Shilling am Tag, das sei doch nicht schlecht. Sigmund fuhr mit dem Rad zu Mr Hastings, der ihn noch einmal mit Malerblick genau betrachtete: »Das schwarze Haar, etwas wild, lockig-kraus«, er lächelte, »dunkle Augen, lange Wimpern, das klare Kinn, ein fein geschnittenes Gesicht, irgendwie markant mit der kleinen Narbe an der rechten Stirn, eine geheimnisvolle Besonderheit, der schlanke, lange Körper, passt alles!« Sigmund war die Aufzählung unangenehm, sie kam ihm vor wie eine Katalogbeschreibung für etwas, das man kaufen konnte. »Nur stillhalten musst du können!« Dann erklärte er ihm noch die Technik des flachen Atems, das Verhältnis von Stand- und Spielbein, und Sigmund war engagiert.

Leicht fiel es ihm nicht, sechzig Minuten und länger einen Punkt im Studio anzuschauen und sich nicht weiter zu bewegen. Und nach der Pause ging es weiter: sechzig bis neunzig Minuten Stillstand. Und das drei, manchmal vier Tage in der Woche, je nachdem wie viele Tage Mr Hastings für Porträt und wie viele er für das zweite Thema, die Landschaftsmalerei festgesetzt hatte. Dann stand der vierte Kurs an und Lion, auch Sigmund durfte ihn jetzt so nennen, erklärte ihm, dass dieser Kurs für Fortgeschrittene zusätzlich Aktmalerei beinhalte. Nichts würde den Blick und die Fertigkeiten eines Malers besser schärfen als die Arbeit am menschlichen Körper, schon Leonardo, ja bereits die Griechen hätten das gewusst und in den Mittelpunkt aller Übung gestellt. Eigentlich sollte eine junge Schauspielerin aus Bristol diesen Part übernehmen, aber die hätte kurzfristig abgesagt. Ob er denn dazu bereit wäre?

»Nackt? – Ganz nackt?« Sigmund schaute Lion ungläubig an.

»Na ja, nicht immer ganz. Manchmal mit einer Schärpe um die Lenden oder einer Art Schleier. Je nach Motiv. Manchmal aber, zu reinen Übungszwecken für die Studenten, auch schon mal – ganz nackt.«

Sigmund schüttelte den Kopf.

»Geht nicht, Lion. Kann ich nicht.«

»In den Kunstakademien ist das völlig normal. Da muss jeder Student Aktzeichnen lernen. Das Modell ist nur Objekt, Sigmund. Du wirst sehen, du verlierst ganz schnell diese Scheu.«

Sigmund sah in Lions Augen. Sie waren ohne Arg.

»Ann hat abgesagt. Lässt mich hängen. Ich kann dein Tageshonorar für die Aktsitzungen auf vier Shilling sixpence erhöhen, es sind nur drei Tage, maximal vier! So schnell kriege ich keinen anderen Ersatz.«

»Nackt? Von vorn?«

Lion wand sich. »Schon auch mal von vorn. Aber muss nicht oft sein, wir können hauptsächlich Rückenansichten studieren, wenn dir das lieber ist. Bitte …«

Sigmund zögerte. Eine lange Minute war Stille im Raum, dann nickte er.

»Aber nur dieses Mal.«

Lion atmete kräftig durch und schüttelte Sigmunds Hand. »Abgemacht! Danke«, und nach ein paar Sekunden fügte er murmelnd hinzu: »John Leyland darf das allerdings nicht wissen, Aktmalerei ist nichts für Methodisten.« Er schaute Sigmund tief in die Augen. Sigmund nickte.

Die erste Sitzung war fürchterlich. Er musste anderthalb Stunden nackt in einem Türrahmen stehen, von links kam das Licht der Vormittagssonne Cornwalls durch das große Fenster, und rechts von ihm saßen acht bekleidete Personen vor ihren Staffeleien. Sechs Frauen unterschiedlichen Alters und ein älterer und ein junger Mann schauten auf ihn in halber Seitenansicht, dann wieder auf das Blatt vor ihnen, dann wieder auf ihn, wieder auf ihr Blatt, während Lion langsam durch das Studio schritt, von Blatt zu Blatt ging, bestätigte, korrigierte, dann zu ihm kam und an seinem Körper zeigte, welche Partien stets besondere Aufmerksamkeit des Malers erforderten, wo Schatten falle, wie sich die Plastizität des Körpers malerisch aufnehmen ließ. Ihm war elend. Warum hatte er sich darauf eingelassen? Er musste an den Tag in Lippstadt denken im Duschraum der Borussia, als Walter ihn unter der Dusche wegzog und in die Mitte stellte. Und noch viel schlimmer:

Plötzlich sah er in den acht still vor ihm sitzenden Malstudenten Richter in einem Gerichtssaal, die über ihn verhandelten. Und er wusste, dass sie ihn verurteilen würden, denn er war ein Fremder, eine Waise, er war nichts wert. Sigmund spürte jetzt eine grenzenlose Einsamkeit, ein Gefühl, das ihm den Magen zuschnürte, sodass er kaum atmen konnte. Er bat um eine Pause, schlüpfte als Erstes in den Bademantel, den Lion bereithielt, und zog sich in eines der kleinen Zimmer zurück, während die Teilnehmer im großen Garten des Cottage ihre neuesten Fortschritte austauschten. Er wusste, er würde aussteigen. Porträt war in Ordnung, aber Akt: nein, nicht mit ihm.

Es klopfte. Lion kam in sein Zimmer. Er hatte geahnt, was in Sigmunds Kopf vorging, redete jetzt mit seiner ruhigen, gleichbleibenden Stimme auf ihn ein, lobte ihn für seine Konzentration, für die Spannung, die sein Körper ausdrückte, sprach von Scham und falscher Scham, von künstlerischer Professionalität, die einen ganz anderen Blick auf ein Objekt erfordere, als der Betrachtete selbst meint, und bemühte in langen Ausführungen den Vergleich von Arzt und Patient. Dann schwieg Lion. Zu Sigmunds eigenem Erstaunen hörte er sich nach einiger Zeit sagen: »Okay, ich mache weiter. Aber nur diese drei Tage.«

Am zweiten Tag lag er vier Stunden auf einem dichtgewirkten Teppich, eher ein Fell, lag zwei Stunden davon in entspannter Bauchlage, dann allerdings auf dem Rücken. Am dritten Tag stand »junger Diskuswerfer aus Sparta« auf dem Programm und Sigmund hatte Mühe, in der von Lion gewünschten Drehbewegung mit der Diskusscheibe in der Hand zu verharren. Er bat mehrfach um Pausen. Als er sich zum dritten Mal zurückgezogen hatte, trat

Elsie plötzlich in sein kleines Zimmer. Völlig überraschend stand sie da, vor ihm, der in Lions Bademantel auf der Couch lag. Elsie war gut dreißig, hatte schwarze kurze Haare, einen Bubischnitt. Sie war ihm aufgefallen, weil sie ihre Lippen stets kräftig rot nachgezogen hatte, ein sattes, leuchtendes Rot in einem ansonsten dunklen Gesicht. Elsie hatte ein paar Mal während der Sitzungen einige freundliche Worte mit ihm gewechselt, »Ganz schön anstrengend, so lange zu stehen und sich nicht bewegen zu dürfen« und »Gut, wie du das schaffst«, das Übliche eben, das auch andere Teilnehmer zu ihm sagten. Jetzt aber war sie allein in seinem Zimmer, kniete sich neben die Couch, beugte sich zu ihm und – küsste ihn. Ohne jedes Wort, ohne irgendetwas von sich zu geben, beugte sie sich, küsste ihn auf die Stirn, dann auf den Mund, ein langer, dichter Kuss, Lippe auf Lippe, er war völlig verdutzt, aber irgendwie erwiderte er den Kuss, doch die Scheu legte sich nicht. Er richtete sich ein wenig auf, mit der linken Hand strich sie ihm über das Haar, hauchte »my boy, you're a beauty«, während ihre rechte Hand über den Bademantel fuhr. Für einen kurzen Moment, Sigmund hatte die Augen geschlossen, glitt die Hand sogar unter den Mantel, berührte seine Brust, seinen Bauch, bevor sie wieder auf dem Bademantel ruhte. Sigmund öffnete die Augen. Elsie schaute ihn an, er sah die Überlegenheit in ihrem Gesicht, das erfahrene Lächeln. Er selbst spürte eine nie zuvor gefühlte Mischung von Überraschung, Verlegenheit und Erregung.

»Was glaubst du, Sigmund: Werden die Deutschen bis Wadebridge kommen?« Sigmund raffte sich zusammen. Da waren gerade noch diese Lippen gewesen und auch die Hand, und jetzt hatte ihm Mrs Leyland eine Frage gestellt, auf die sie eine Antwort erwartete. Sigmund suchte noch, als ihr Mann für ihn einsprang.

»Wenn die Deutschen den Kanal überqueren und Cornwall erreichen, kommen sie auch bis Wadebridge, das ist mal klar!« Mr Leyland griff zur Packung Player's, die Hand zitterte. Er schaute erwartungsvoll auf Sigmund, wartete auf seine Antwort.

»Ich find's verrückt, Mrs Leyland, absolut verrückt! Dass Hitler Polen angreift. Er bringt alles in Gefahr!« Etwas anderes war Sigmund auf die Schnelle nicht eingefallen. Aber das letzte Wort seines Satzes setzte einen Gedankengang in ihm frei, der die Erinnerung an Elsies Hand sofort verscheuchte. Da stand plötzlich eine große Frage im Raum! Doch jetzt darüber zu sprechen, ging gar nicht. Er dürfte mit dieser Frage auf keinen Fall schlafende Hunde wecken und so überlegte er schnell einen weiteren Satz, um Mrs Leyland nicht zu enttäuschen und sich selbst nicht zu verraten.

»Ich glaube nicht, dass Hitler jetzt auch England angreifen wird«, sagte er, »Hitler kann sich doch keinen Krieg an zwei Fronten leisten. Er wird in Polen kämpfen, aber er wird nicht England …«

»Unterschätze ihn nicht«, fiel Mr Leyland ihm ins Wort, »den reitet der Teufel. Aber Frankreich und England zusammen: Der wird uns kennenlernen!«

»Und die Sowjets?«, fragte Mrs Leyland. »Lassen die den Hitler einfach Polen nehmen?«

»Die Sowjets, Linda, sind seit ein paar Tagen Hitlers Freunde!«

»Die ganze Welt ist aus den Fugen!«

Sigmund schwieg wieder. Er konnte seinen inneren Ängsten nicht länger Einhalt gebieten, sie tobten jetzt durch seinen Kopf. Ihm war heiß, er meinte, Schweißperlen auf seiner Stirn zu spüren. Deutschland mit England im Krieg: Was würde da aus ihm? Er schaute auf die beiden Leylands, die vor ihm auf Sessel und Sofa saßen, sah in John Leylands dunkelbraune Augen, die ein seltsam mattes Trauerlicht umgab und nicht wie sonst dunkel leuchteten. Er versuchte, diesen Blick zu deuten, fragte sich, ob diese Augen bereits irgendetwas zu seiner, Sigmunds eigenen Zukunft verrieten, fand aber nichts. Mr Leyland zog kräftig an seiner Zigarette, deren Spitze weißglühend aufleuchtete. »Die Deutschen«, sagte er nach einer Weile, »sind eine Pest für unseren Kontinent!«

Sigmund war, als würde Öl ins Feuer gegossen. Die Haltung aller hier zu ihm, dem Deutschen, würde sich ganz bestimmt schlagartig ändern. Vielleicht schickten die Engländer sogar alle Deutschen zurück? Gut, er war von Rechts wegen gar kein Deutscher mehr, war allerdings auch kein Engländer, denn adoptiert hatten ihn die Leylands nicht, er war staatenloser Jugendlicher mit Familienanschluss und Wohnsitz in England, so stand es in seinem Ausweis. Aber wenn England und Deutschland nun in einem Krieg gegeneinander kämpften, würden ihn dann nicht alle Engländer als Angehörigen des Feindes sehen? Könnte er dann noch hier bei den Leylands bleiben? Dürfte er noch in die Schule gehen? Würden nicht alle mit dem Finger auf ihn zeigen?

Seit fast einem Jahr lebte er in Wadebridge, hatte mit den Leylands Weihnachten gefeiert, besuchte jeden Sonntag mit ihnen die Methodist Church, sprach jetzt sehr gut Englisch, war in die Upper 5th Klasse versetzt worden, hatte mit Nick einen Freund gewonnen, liebte sein Zimmer, hatte vor wenigen Tagen erst einen richtigen Kuss, seinen ersten richtigen Kuss bekommen, hatte Elsies Hand auf seinem Körper gespürt, nein, da konnte es doch nicht sein, dass er nach Deutschland zurückkehren müsste, in ein Land, aus dem Rile erst im letzten Brief wieder geschrieben hatte, dass Tono ganz sicher sei, sie hätten damals richtig entschieden. In England sei er sicher. Aber stimmte das noch? Müsste er jetzt vielleicht nach Amerika? Dort gab es viele Juden, das wusste er. Würden die Quäker ihn nach Amerika schicken? Wen könnte er fragen? Er müsste Tono fragen, müsste ihm einen Brief schicken. Aber ob Rile oder Tono ihm überhaupt noch nach England schreiben dürften? Inmitten all dieser Fragen tauchte dann noch die nach dem nächsten Sommer auf, er hörte Elsies Flüstern »nächstes Jahr im August«. Würde es denn überhaupt ein nächstes Jahr geben?

Da meldete sich der Reporter der BBC und kurz darauf lauschten sie Premierminister Chamberlains Rede. Keiner der drei rührte sich. Während Chamberlain von der Brutalität Hitlers sprach, von Englands Pflicht gegenüber Polen, von den Mühen, die jetzt bei der zivilen Verteidigung des Landes auf jeden Einzelnen zukämen, realisierte Sigmund, wie dramatisch sich die Situation verändert hatte. Alle Zukunft war ungewiss. Sein Überleben war ungewiss. Wie gebannt hörte er Chamberlains letzte Sätze: »Nun möge Gott uns segnen, möge er die Rechtschaffenen verteidigen. Wir kämpfen gegen das Böse, gegen brutale Macht, Falschheit, Ungerechtigkeit, Unterdrückung und Verfolgung – und ich bin sicher, dass das Gute am Ende über das Böse obsiegen wird.« Sigmund zitterte.

In der Nacht wachte er immer wieder auf. Er hatte sich beim Zubettgehen eines der noch fünf verbliebenen Hillers Pfefferminz gegönnt, aber auch dies hatte ihn nicht beruhigt. Zuletzt hatte er geträumt, er sei in Lippstadt, er suchte Rile, es war immer das Gleiche, er lief an der Lippe entlang und dachte, sie hinter jeder Biegung, hinter jeder Pappel, hinter den Büschen endlich zu finden, aber sie war nie dort, und er rannte weiter und traf sie wieder nicht. Er begegnete stattdessen Menschen, die mit ihren Hunden an der Lippe entlang gingen, und fragte sie nach Rile, und alle schauten ihn an, lachten und sagten: ›Was machst denn du hier, du musst doch in England sein!‹ und er lief weiter und eine Frau drehte sich zu ihm um mit einem schwarzen Bubikopf und dunklen Augen und sagte, ›Du bist ja nackt, ganz nackt‹! Jetzt sah er, dass sie recht hatte, dass er tatsächlich splitternackt an der Lippe entlanglief und Rile suchte. Da wachte er auf. Sein Schlafanzug war nass geschwitzt, er stieg aus dem Bett, um sich ein trockenes Nachthemd überzuziehen, und spürte Druck auf der Blase. Leise öffnete er seine Zimmertür, das Bad befand sich zwischen seinem Zimmer und dem kleinen Flur, der zum Schlafzimmer der Leylands führte. Er hörte Stimmen aus dem Zimmer und war überrascht. Es war bestimmt ein Uhr oder zwei Uhr in der Nacht. Er wusste, es war nicht richtig, aber die Stimmen zogen ihn an, und statt zur Toilette zu gehen, überquerte er den schmalen Gang und stand nun einen Meter von der Schlafzimmertür der Leylands entfernt.

»Ich habe einfach Angst, John.«

»Bitte Linda, bleib vernünftig!«

»Deutschland ist so stark geworden mit diesem Hitler. Das liest du doch jeden Tag in deinen Zeitungen. Der wird das schaffen.«

»Weiß ich nicht! Vielleicht hat Sigmund recht, und Hitler ist klug genug, nicht noch eine weitere Front aufzumachen. Der hat im Osten schon genug zu tun.«

»Das hast du heute Abend selbst bestritten. Natürlich werden sie jetzt gegen uns kämpfen. Und wenn sie dann hier sind, und sehen, dass wir einen deutschen Juden aufgenommen haben, der in unserem Haus lebt, was meinst du, wie das bei den Deutschen ankommt?«

»Wir haben einen fünfzehnjährigen Jungen aufgenommen, Linda, ein Waisenkind, weil wir als Methodisten gesehen haben, dass deutsche jüdische Kinder in Gefahr sind und weil unser Glaube uns sagt, dass wir in solchen Situationen helfen müssen!«

»Und was glaubst du, was die tun werden, wenn sie ihn hier bei uns finden? Sollten wir uns nicht wenigstens erkundigen, was jetzt die anderen machen, die auch ein Judenkind aufgenommen haben? Vielleicht werden die jetzt alle interniert?«

»Hör auf damit, Linda!«

»Ich spüre einfach, dass da mit Sigmund etwas Schlimmes auf uns zukommt. Und wenn ich so etwas so genau spüre, das weißt du, John, denk nur an Clive!«

»Lass Clive aus dem Spiel.«

Linda sagte nichts mehr. Es war eine unheimliche Stille. Endlich hörte er ein Knarzen des Bettes und dann Mr Leylands Stimme.

»Wir verhalten uns so, wie es unser Glaube uns lehrt. Und da gibt es für mich keinen Zweifel: Sigmund gehört zu uns, als wäre er unser eigener Sohn. Sigmund bleibt bei uns, Linda!«

Die beiden begannen, laut das Vaterunser zu beten. Sigmund drehte sich langsam um. Er wagte jetzt nicht, die Toilette zu benutzen, die Leylands hätten stutzig werden können. Er ging zurück ins Bett und merkte erst jetzt, dass kalte Schweißtropfen auf seiner Stirn standen und auch das Nachthemd vorn über der Brust feucht geworden war. Eine übermächtige Sehnsucht kam in ihm auf, eine Sehnsucht nach Schutz, nach einer Hand, die ihn führt. Er schloss die Augen und sah Tono, wie er auf der Bahnhofstreppe ins Schwanken gerät, aber noch rechtzeitig seinen Hut festhält und sich zu ihm hinwendet. Und für einen Moment war es wie früher. Bei Tonos Anwesenheit war immer alles leichter geworden. Er sah Rile, wie sie sich noch einmal zu ihm ins Zugfenster beugt und dann kam ein Bild hoch, das er nie zuvor hatte, er ist ein kleiner Junge, er sitzt in einer Zinkwanne, das Wasser ist warm, eine Hand fährt mit dem Waschlappen über seinen Rücken, über seinen Bauch, er hört eine Stimme und blickt in das Gesicht einer Frau, noch ist es unscharf, die Frau singt, jetzt wird das Gesicht deutlicher. Er erkennt das Gesicht. Es ist das gleiche wie auf den Fotos. Es ist seine Mutter. Sie singt und strahlt ihn dabei an, wäscht jetzt mit der rechten Hand seine Schultern, während ihre linke seinen Rücken stützt. Er ist zwischen diesen Händen geborgen. Das Bild verschwand. Sigmund öffnete die Augen. »Das war meine Mutter«, murmelte er, »ich habe meine Mutter gesehen.« Und für einen Moment lag ein Lächeln auf seinem Gesicht. Sigmund schaute auf das Selbstbildnis Rembrandts zwischen den beiden Fenstern. Er ahnte das Bild mehr, als dass er es in der Dunkelheit der Nacht sehen konnte. Er wusste, er war allein.

Kapitel 9

1940
Wadebridge und St Agnes
Sigmund, Nick, Elsie, Franz

Lippstadt, den 12. Juli 1940

Lieber Siggi,

ich hoffe, es geht Dir gut. Ich bin so froh, daß ich Dir wieder schreiben kann. Papa hat heute im Restaurant gehört, daß der neue Pfarrer von St. Jacobi, Herr Baumann, sich nächste Woche in der Schweiz mit einem Kollegen von der Anglican Church treffen wird. Pfarrer Baumann hat zugestimmt, diesen Brief mitzunehmen und den Kollegen zu bitten, ihn in London auf die Post zu geben. Ich bin ihm so dankbar.

Ich habe mir gerade noch einmal im Erdkundeatlas angesehen, wo genau Wadebridge liegt. Wahrscheinlich hast Du Glück, was sollen deutsche Flugzeuge dort, wo schon gleich wieder der Atlantik anfängt.

Papa meint, Du sollst einmal mit dem Pfarrer in Wadebridge sprechen. Er sagt, daß es sehr viele Quäker und Methodisten in den USA gibt. Bitte, Siggi, wenn es für Dich in England gefährlich wird: Geh nach Amerika! Alle Cohns sind jetzt auch dort, hat Papa gesagt. Aber geh dahin – auch wenn Du dann noch weiter weg bist.

Hannes hat sein Abitur ganz ordentlich hinbekommen. Sie haben ihn gleich gemustert. Vor zwei Wochen mußte er antreten. Ausbildung in Osnabrück. Mama ist sehr beunruhigt. Gestern half sie abends in der Küche aus, ich machte beim Servieren mit, weil die Draht-Union im großen Festsaal mit 100 Leuten ein Siegerfest feierte, und plötzlich stand Mama in der Küche vor dem großen Waschbecken und heulte bestimmt zehn Minuten lang. Dabei ist Hannes ja nur in Osnabrück in der Kaserne und noch gar nicht richtig weg. Und Papa hat mit Doppes Sohn gesprochen, der will sehen, daß Hannes auf jeden Fall im Westen eingesetzt wird. Ich hoffe, das gelingt. Aber vielleicht ist der Krieg bis dahin ja schon zu Ende. Hannes selbst war gar nicht aufgeregt, als er losfuhr. Er wollte ja schon lange von zu Hause weg. Es ist so miefig hier, sagte er, und meinte damit Mama, weil die immer so ängstlich ist und er noch nicht einmal zur Hitler-Jugend durfte. Das hat er ihr nie verziehen.

In der Klasse haben wir jetzt eine neue Französisch-Lehrerin. Sie sagt, wir hätten ja jetzt die Möglichkeit, später einmal in Frankreich zu leben, also müßten wir uns sehr anstrengen mit der Sprache. Ansonsten besprechen wir in Bio viel Rassenkunde. Das war mir früher gar nicht so klar, wie viele Unterschiede es da gibt. Papa meint, wenn es den Typus des Juden gibt, müßte es auch die Rasse der Katholiken geben. Aber das ist ja Unsinn.

Manchmal gehe ich an der Lippe spazieren. Dann denke ich immer an Dich. Geht es Dir auch wirklich gut? Mama will, daß ich im Herbst in die Tanzstunde gehe. Ich möchte eigentlich auch, aber ich weiß nicht, wer mein Tanzpartner wird. Kannst Du dich noch an Günther Kruse erinnern?

Ich traf ihn letzte Woche in der Badeanstalt. Er hat mich gefragt, ob ich auch zur Tanzschule Stücker gehen werde und ob wir dann ein Tanzpaar bilden sollten. Ich weiß nicht. Der Günther erscheint mir noch so klein. Gehst Du auch in eine Tanzschule?

Ich mach jetzt Schluß. Ich bring den Brief gleich noch zu Pfarrer Baumann, damit er ihn auf jeden Fall bei sich hat, wenn er in die Schweiz fährt.

Sei ganz herzlich gegrüßt
Deine Rile

Sigmund lehnte bereits seit über einer Stunde an einem Baum im Garten des Cottage, es war »Jugendlicher sizilianischer Hirte« angesagt, vor ihm sieben Teilnehmer, Elsie, vier weitere Frauen und zwei Männer, alle mit ihren Zeichenblöcken. Aus der Ferne hörten sie, wie die Sirenen von Wadebridge und Padstow zu heulen begannen. Sigmund schaute auf die Mal-Studenten, eine kleine Pause würde ihm jetzt guttun, das rechte Bein begann zu schmerzen, doch jeder zeichnete einfach weiter. Keiner in Lions Cottage schien den Krieg ernst zu nehmen. Sie hatten zwar in der letzten Woche dann und wann einmal über den irrsinnigen deutschen Führer gesprochen, ansonsten aber den Krieg einfach aus ihren Gesprächen verbannt. »Zu hässlich!«, hatte Edith gesagt. Aber Derek hatte dann doch einen Abend über das große Zerstörerische gesprochen, über die alttestamentarische Wucht, dieses Arma-nochwas, Sigmund hatte das Wort wieder vergessen.

Er hatte erst gezögert, als Lion ihn Anfang Juni fragte, ob er in den Sommerferien wieder bei ihm arbeiten wollte. Aber dann hatte er gesehen, dass Elsie Brown auf der Liste der Teilnehmer stand und sagte zu. Die ersten Kurstage sollte es um Porträt und Landschaftsmalerei gehen, dann um »Die Landschaft und der menschliche Körper«.

»Ich hatte dir versprochen, dass wir uns wiedersehen«, raunte Elsie ihm gleich am ersten Kurstag zu und überreichte ihm vor allen anderen Teilnehmern ein schmales viereckiges Päckchen. Sigmund errötete, ahnte aber schon, dass darin ein von Elsie selbst gemaltes Bild sein könnte, nahm den Rahmen aus dem Packpapier und hatte sein Bildnis vor sich, ein Porträt seines Kopfes. Das dunkle Haar, die verschatteten Augen, Nase und Kinn schon deutlich erwachsen, der kleine Strich an der Stirn, viel Licht auf dem Mund, dessen Lippen ihm etwas zu groß erschienen, der lange Hals mit dem Ansatz des offenen Hemdkragens: das alles wie hinter einem Gazevorhang verschleiert, doch ganz eindeutig er auf diesem Bild. Die anderen Teilnehmer applaudierten, Derek, ein fünfundzwanzigjähriger Literaturstudent aus Oxford, der wie Elsie bereits im letzten Jahr den Kurs bei Lion belegt hatte, nickte bewundernd, äußerte sich aber etwas schmallippig, Lion fand anerkennende Worte, und Sigmund wusste nicht so recht, wie er sich zwischen Scham und Freude verhalten sollte. Lion stellte das Bild auf eine Staffelei. Sigmund stammelte einen Dank an Elsie, schaute aber eher verlegen auf sein Gegenüber auf dem Ständer. Erst als die Aufmerksamkeit der Gruppe sich wieder den üblichen Dingen an einem ersten Kurstag zuwandte, wagte er einen intensiveren längeren Blick. »So also sieht sie mich«, dachte er und empfand Stolz dabei.

Am nächsten Tag schon nahm er Elsies Geschenk mit in die Castle Road und hängte es in seinem Zimmer an die Wand über das Selbstbildnis von Rembrandt.

Sigmund wunderte sich, wie intensiv im Kurs über Kunst diskutiert wurde. Er war jetzt siebzehnjährig und bewegte sich mit der Erfahrung des letzten Jahres freier. Das Gefühl, bei den Aktsitzungen vor Richtern zu stehen, war nicht wieder aufgetaucht. Bei den abendlichen Gesprächen traute er sich jetzt sogar, unter den Teilnehmern nachzufragen, wenn sie über den Bloomsbury-Kreis debattierten, über die Fesseln der viktorianischen Prüderie, über Virginia Woolfs Vermächtnis, die Scheinheiligkeit der Gesellschaft, die Befreiung der Frau oder über Moral im Krieg. Manchmal war es Elsie, die einfach laut in den Kreis hinein fragte, was denn er, der Jüngste unter ihnen zu dieser oder jener Frage dachte, und wenn seine Antwort ausblieb oder allzu schlicht ausfiel, eher eine neue Frage als eine Antwort war, oder er einfach zugab, dass er noch nie über Emanzipation und ähnliche Begriffe nachgedacht hatte, dass er gar nicht so recht wusste, was das Wort bedeutete, so wurde nie gelacht, sondern man nahm ihn ernst und erläuterte ihm, was er nicht verstanden hatte. Vor allem Derek, der – anders als Lion – viel auf sein malerisches Talent hielt, nahm sich dann seiner mit großer Geduld und Freundlichkeit an. Elsie führte bei den Gesprächen durchweg das große Wort und wurde den anderen, wie Sigmund deutlich wahrnahm, wegen ihrer forcierten Art manchmal lästig.

Sigmund mochte die ständig leicht erregte Stimmung im Kurs. Er hatte das deutliche Gefühl, jeden Tag etwas Neues zu lernen, notierte sich Titel wie *Marius The Epicureen* oder einzelne dieser verrückten Aussprüche von Oscar Wilde, von dem er unbedingt im Herbst ein oder zwei Bücher lesen wollte. Wenn die abendlichen Diskussionen besonders lebhaft waren und sich lange hinzogen, übernachtete er jetzt manchmal in dem kleinen Zimmer, das Lion ihm für die Pausen zugewiesen hatte. Eine Sorge allerdings war gerade gestern wieder in ihm aufgestiegen, als Freilandmalerei angesagt war und er in einiger Entfernung vom Cottage fast zwei Stunden lang unbekleidet vor einem Bach kniete, weil die Teilnehmer »Narziss vor seinem Spiegelbild« übten. »Hoffentlich«, so dachte er, »kommt niemals ein Schulkamerad oder gar Nick hier vorbei.«

Am Ende des dritten Kurstags fragte Elsie ihn plötzlich, ob das Porträt, das sie von ihm gemalt hatte, nicht ein wenig mehr Dank verdient hätte. Sie wartete eine Reaktion von ihm erst gar nicht ab, sondern küsste ihn im großen Studio vor drei weiteren Kursteilnehmern. Sigmund wusste gar nicht, wie ihm geschah und erwiderte den Kuss zuerst mit großer Scheu, doch das ließ sie nicht zu. Sie küsste ihn auf eine Weise, bewegte ihre Lippen so geschickt, dass Sigmund meinte, seine Lippen würden lebendig. Er hatte seine Lippen nie zuvor so deutlich gespürt; es war ihm, als füllten sie sich mit Blut, als würden sie breiter und voller, als sauge die Berührung mit Elsies Lippen ganz ungewohnte Energie weit in seinen Körper hinein. Jetzt suchte Elsies Zunge die seinige, doch nach kurzer Berührung zog Sigmund seine Zunge erschrocken zurück. Da lösten sich ihre Münder voneinander. Aus Elsies Augen schien ein besonderes Licht.

»Ich weiß nicht«, sagte Derek, der daneben saß, »Sigmund ist doch noch sehr jung, Elsie, ist er nicht zu jung?« Derek hob den Kopf. Sein Blick war hart und kalt.

»Du, Derek, hättest doch am liebsten selbst …«, Elsie beendete den Satz nicht. Derek errötete.

Zwei Tage später übernachtete Sigmund wieder im Cottage, als er kurz vor dem Einschlafen ein Klopfen hörte.

Elsie trat in die kleine Kammer, legte ihren Zeigefinger auf seinen Mund, betrachtete lang sein Gesicht, strich sacht über sein Haar, über seinen Kopf, über Hals und Schultern, als modelliere sie weichen Gips oder Wachs. Dann streifte sie ihren Bademantel ab, legte sich neben ihn, streichelte ihn an Stellen, die ihn elektrisierten. Sie führte seine Hand, lenkte seinen Mund. Er überließ sich ihrer Führung. Als die Erregung immer stärker wurde, er sich dicht an sie presste und sich gerade auf sie legen wollte, sagte sie »das nicht, später vielleicht«, küsste ihn, streichelte ihn weiter und drückte ihren Zeigefinger sacht zwischen seine Lippen. Sie blieb bei ihm, während er bereits einschlummerte. Später in der Nacht wachte er auf, weil er meinte, sie gehört zu haben, aber er fand den Platz neben sich auf der Liege leer. Er schlief lange nicht wieder ein, sondern versuchte, all das noch einmal zu spüren, was er vor ein paar Stunden empfunden hatte. Als er die Augen schloss, war ihm, als könne er tatsächlich die Berührungen durch ihre Finger, ihre Hand, ihre Zunge noch einmal hervorrufen. Und tatsächlich spürte er erneut die Erregung. »Das ist Wahnsinn, das möcht ich immer haben!«, murmelte er. Doch da brach der Film in ihm ab und ging über in die Erinnerung an einen ganz anderen Film, den er zwei Wochen zuvor in der Wochenschau im Kino gesehen hatte, Bilder von einer Straße in London, in die laut pfeifend Fliegerbomben einschlugen und die Häuser in Brand setzten. Und er hörte wieder die Stimme des Reporters aus dem Off, der in gleichmäßigen ruhigen Worten von der unfassbaren Verwerflichkeit der Deutschen sprach, die ihre Luftwaffe anwiesen, über dichtbebaute Wohngebiete ihre tödliche Last abzuwerfen.

Sigmund blieb nun auch die weiteren Nächte im Cottage. Und schon zwei Tage später klopfte Elsie wieder an die Tür. Sigmund hätte sein Glück am liebsten laut in die Welt gerufen. Doch drei Tage vor Kursende reiste sie plötzlich ab. Keinem im Kurs, ihm nicht und auch Lion nicht, hatte sie einen Grund genannt. Während Sigmund auf dem Gras im Cottage-Garten lag und auf vier gelbblühende Ginstersträucher blickte, die für das Bild »Ruhender Jüngling« den Vordergrund abgaben, fragte er sich immer wieder, warum sie wohl so früh und plötzlich abgereist war. Er entschied, in Lions Kursbuch nachzusehen und die Adresse von Elsie herauszusuchen. Sie musste doch ahnen, wie sehr er sie vermisste, wie sehr das abrupte Ende ohne jeden Abschied ihn umtrieb.

Er hatte Nick zugesagt, die letzten zehn Tage der Ferien mit ihm im Miners' Arms, dem Gasthof seiner Eltern in Mithian, eine Meile vor St Agnes, einem kleinen Landstädtchen am Atlantik, zu verbringen. Der Malkurs war beendet, am übernächsten Tag sollten Nick und er fahren, doch die gerade jetzt gestarteten Angriffe der Deutschen und die Gegenangriffe der Engländer drohten die Ferienpläne in letzter Minute zunichtezumachen. Noch war allerdings in Wadebridge selbst kein deutsches Flugzeug aufgetaucht. Dabei war allen klar, dass der Fliegerhorst der RAF im nahen Newquay über kurz oder lang zu einem begehrten Angriffsziel für die Deutschen werden könnte.

In dem Moment, als er den Rucksack für die Reise packte, legten die Sirenen los. Er stellte den Rucksack zur Seite, schloss das Haus ab und lief die Castle Road hinunter bis zur Union Hall, unter der sich der Luftschutzkeller für die Anwohner befand. Der alte Mr Howe führte eine

Liste für alle in der Straße, und hakte gewissenhaft jeden ab, der in den Keller trat, wobei er den Namen des Eintretenden laut ausrief. Wie schon die letzten Male verdüsterte sich Mr Howes Miene, als er ihn sah, seinen Namen abhakte und dabei »Sigmund Rosenbaum, number 12« rief. Er war wieder allein im Luftschutzkeller erschienen, weil Mrs Leyland jetzt jeden Tag im Geschäft ihres Mannes verbrachte, nicht wegen der Arbeit, sondern um für alle Fälle stets bei ihrem John zu sein. Mrs Leyland hatte in den letzten Monaten eine besondere Art von stiller Disziplin entwickelt. Sie hatte sich in die Situation dieses Luftkriegs gefügt. Sigmund hatte nie wieder Ähnliches von ihr vernommen, wie er es vor einem Jahr vor ihrer Schlafzimmertür belauscht hatte. Aber so ganz trauen mochte er der Lage nicht. Der Luftkrieg zwischen England und Deutschland hatte ja auch erst jetzt im Sommer 1940 so richtig begonnen.

Als Sigmund und Nick am nächsten Tag in Mithian, der letzten Station vor St Agnes aus dem Zug stiegen, stand Nicks Mutter Rosalynn auf dem Bahnsteig. Es hatte seit gestern keinen weiteren Alarm gegeben, und John hatte am Frühstückstisch ein langes Gebet gesprochen, in dem er Gott um Schutz für Sigmund bat, der zum ersten Mal seit seiner Ankunft bei ihnen für zehn Tage außer Haus sein würde. Sigmund ließ Nick vorangehen und sah, wie Nicks Mutter ihn umarmte, wie sie ihre Arme um seinen Nacken schlang, ihn liebevoll an sich drückte und dabei irgendetwas flüsterte, das Nick zum Lachen brachte. Sigmund musste schlucken. Er konnte den Blick nicht von den beiden wenden, die so eng verbunden vor ihm standen. Nicks Mutter streckte sich jetzt ein wenig, um ihrem Sohn einen Kuss auf die Stirn zu geben. Sigmund stand wie geblendet auf dem Bahnsteig, bewegungslos. Er hatte gar nicht bemerkt, dass der Zug schon wieder weitergefahren war; nur sie drei waren noch auf dem Bahnsteig. Ein Stich fuhr durch seinen Körper, ging von seinem Herzen aus und erreichte Kopf und Zehen. Eine große unbestimmte Sehnsucht erfüllte ihn, während er mit seinem Blick den Händen von Nicks Mutter folgte, die Nicks Hals und Nacken streichelten.

Erst jetzt wendete Nick den Kopf und bemerkte Sigmunds verstörten Blick. Er machte seiner Mutter ein Zeichen. Sie drehte sich zu ihm hin, und Sigmund sah in ihre großen dunklen Augen, die freundlich, warm und offen ihm entgegenblickten.

»How do you do! I am Rosalynn, Nick's mother. How nice of you to come.«

Sigmund nickte, doch als er sprechen wollte, wurde es nur ein Stammeln. Nick merkte, dass etwas nicht stimmte, ließ sich aber nichts anmerken und ging mit seiner Mutter vor Nick den schmalen Pfad von der Station zur Straße hinauf. Dort liefen sie zu dritt nebeneinander weiter, Nick in der Mitte, im Gespräch mit seiner Mutter, die ihm alle Neuigkeiten von der Familie, vom Gasthof und von St Agnes gleich in diesen ersten Minuten erzählen wollte. Sigmund war froh, dass von ihm nichts verlangt wurde. Während er diesen Kloß im Hals fühlte, war ihm plötzlich, als spüre auch er eine Umarmung, wie er sie gerade bei Nick und seiner Mutter beobachtet hatte. Diese zarte Berührung von zwei Armen auf seinem Nacken, eine Hand, die seinen Rücken hinunterglitt, der weiche Ton einer Frauenstimme. Es war nicht die Hand von Elsie, es waren nicht ihre Arme, wie sie vor einer Woche seinen Körper berührt hatten, es war nicht ihre Stimme. Es waren Arme, Hand und Stimme einer viel früheren Zeit.

Als sie im Miners' Arms angekommen waren, ging Sigmund schnell in das ihnen zugewiesene Zimmer. Noch immer war da der Kloß im Hals. Er stand am Fenster, schaute auf den Garten des Wirtshauses, als Nick ins Zimmer kam und dicht hinter ihn trat.

»Was war los?«, fragte er.

Da drehte sich Sigmund zu ihm um, wusste erst nichts zu sagen, dann stammelte er drauf los, der Knoten im Hals löste sich und Tränen rannen ihm über die Wangen.

»Sie war plötzlich da, Nick, meine Mutter, ich spürte sie, wirklich, es war verrückt, ich spürte sie! Ich spürte ihre Haut, ihre Arme, ihren Atem, ihre Liebe, so wie du und deine Mutter vor mir …«

Nun schlang Nick seine Arme um seinen Freund, drückte ihn fest an sich. Sigmund stützte seinen Kopf auf Nicks Schulter, wusste nicht, wie ihm geschah, weinte, schüttelte sich, während Nick versuchte, ihn zu trösten und zu beruhigen.

Am nächsten Tag schämte sich Sigmund. Wie hatte er so sehr die Kontrolle über sich verlieren können? Nur weil Nicks Mutter ihren Sohn so zärtlich begrüßt hatte, war da irgendetwas in ihm ausgerastet. Er versuchte, Nick zu erklären, wie peinlich ihm das Ganze sei, aber Nick lachte nur. »Stop it«, sagte er, »das macht doch nichts, wenn du mal vor mir weinst. Ich würd's auch vor dir machen.«

»Nein, nein«, erwiderte Sigmund, »ich hab da fürchterlich übertrieben, du musst mich für 'ne Tussi halten!« Nick zuckte mit den Schultern.

Fünf Tage später saßen sie am Frühstückstisch im Garten. Die Sirenen heulten. Sigmund schaute Nick an. Es war kurz nach acht. Luftalarm! Schon in der Nacht hatten die Sirenen sie einmal geweckt. Die Deutschen versuchten offenbar, nun auch Newquay mit ihren Bombern zu erreichen. Kein Wunder, dachte Sigmund, und hatte wieder den Artikel in der Zeitung vor Augen, der über zwei Seiten von der Bombardierung Berlins durch die RAF am letzten Sonntag berichtete. Der erste Angriff der englischen Luftflotte auf die deutsche Hauptstadt! Sigmund hatte sich zunächst gefreut, war dann aber zusammengezuckt. Auf dem Weg von England nach Berlin würden sie auch über Westfalen fliegen. Gut, da gab es wichtigere Städte als Lippstadt, aber wenn sie jemals auf die Idee kämen, den Lippstädter Bahnhof zu bombardieren, würden sie auch das Hotel treffen, dann … Er hatte den Gedanken hier abgebrochen.

»Glaubst du, Sigmund, dass die Deutschen es bis Newquay schaffen?« Nicks Blick ging nach oben, wo sich gerade zwei Wolkenbänke übereinanderschoben. »Seit Berlin sind die ganz schön rachsüchtig.«

»Wahrscheinlich werden die Spitfires und Hawkers sie alle vor der Küste abfangen.«

Die fünf bisherigen Tage hatten sie genossen. Sie fuhren vom Miners' Arms morgens mit dem Rad über Land oder zum zwei Meilen entfernten Meer, schwammen, lagen im Sand, lasen oder wanderten stundenlang über die Felsen entlang der Küste. Auf den Klippen vergaß Sigmund, dass Krieg herrschte, dass er bald schon seit zwei Jahren von Tono, Rile und den anderen getrennt war, hier vergaß er auch Elsie, oder vergaß sie fast, fragte sich nur, ob er sie einmal wiedersehen würde. Nick brauchte eine Weile, bis er die Begeisterung seines Freundes für den Klippenpfad nachvollziehen konnte. Er war hier aufgewachsen, und die Klippen waren immer hier gewesen. Machtvoll trotzten sie dem Atlantik, der unten am Grund Welle für Welle gegen sie drückte und die Gischt hoch aufschlagen ließ, und da waren seit jeher die gelb blühenden Ginsterbüsche und die dunkelroten Heidepflanzen, die die Felsen bedeckten und in der Sommersonne leuchteten. All dies beschrieb Sigmund so wortreich, konnte sich manchmal vor Begeisterung kaum beherrschen, und er, Nick, fragte sich dann, ob er das jeden Sommer auch so gesehen oder eher jeden Sommer übersehen hatte.

Als der Alarm verklungen war, beschlossen sie, einige Kilometer Richtung Truro zu radeln, dort würden sie bei Tregavethan auf einen Höhenzug stoßen, von dem aus sie die Flugzeuge beobachten könnten, sollte es wirklich zu einem Luftkampf über Nord-Cornwall kommen. Nick hatte erst gestern Nacht, als der Alarm losging, gesagt, er würde eigentlich ganz gern einmal einen richtigen Luftkampf miterleben. Und Sigmund hatte genickt: »Ich auch!«

Anderthalb Stunden waren sie geradelt, hatten den Höhenzug bei Tregavethan erreicht, und konnten dort kilometerweit über das dünn besiedelte Acker- und Weideland mit den von Steinmauern und Hecken eingehegten Feldern schauen. Plötzlich war da ein Motorengeräusch. Zunächst nur ein tiefes Surren. Sigmund dachte, er würde es sich nur einbilden, aber nein, auch Nick spitzte jetzt die Ohren: »Ein Flugzeug!« Es war ein dumpfes, tiefes Geräusch, das auf einmal für einen Moment aussetzte, wieder einsetzte, und dann sahen sie tatsächlich ein grünes Kampfflugzeug mit dem Emblem der deutschen Luftwaffe, wie es unter der Wolkendecke hindurchstieß. Der Motor stotterte, sprang wieder an, die Maschine machte einen Ruck, sank nicht weiter, der Propeller drehte wieder in voller Stärke, das Flugzeug geriet in Schräglage nach links, da fiel der Motor wieder aus. Die Maschine glitt jetzt, drehte leicht nach rechts, hatte vielleicht noch zweihundert Meter Höhe, noch einmal knatterte kurz der Motor, dann Stille, und die Jungen sahen, wie das Flugzeug vielleicht fünfhundert Meter vor ihnen in ziemlich steilem Winkel dem Erdboden zuraste, dann aber in letzter Sekunde in einen schrägen Gleitflug überging, jetzt mit viel Fahrt auf dem Boden aufsetzte, wobei der rechte Flügel eine Steinmauer streifte, mit lautem Krach ein Teil abbrach, die Spitze zuerst noch weiter über den Wiesenboden schrammte, dann aber die ganze Maschine nach rechts drehte, bevor die Spitze mit dem Propeller sich in ein vorkragendes Mauerstück bohrte und das Flugzeug zum Stehen kam.

»Das gibt's doch gar nicht! Eine Messerschmitt!«, rief Nick in diesem Moment. Dann schauten sich die beiden kurz an, ließen die Räder fallen und rannten den Hügel herunter zu der Maschine, deren Wrack sie vor sich sahen. Sie mussten über einen Steinwall steigen, an dessen Mauer ihnen hohe Brombeersträucher und Stechginster die Beine zerstachen, und stoppten dann zehn Meter vor dem deutschen Flugzeug. Für einen Moment war sich Sigmund unsicher, ob die Maschine nicht vielleicht noch explodieren oder der Pilot plötzlich mit angeschlagenem MG vor ihnen stehen könnte. Aber da hörten sie schon ein Stöhnen, ein Wimmern, ein leises deutsches Wort: »Hilfe …«

Sigmund lief nach vorn zur Kanzel des Flugzeugs. Der Pilot war eingeklemmt, hatte die Augen offen, aus Wunden an der Schläfe quoll Blut. Er schaute durch das linke Fenster, dessen Glas zersprungen war, auf Sigmund, presste die Lippen zusammen und flüsterte nur: »Hilfe, hilf mir, bitte!«

Sigmund versuchte, von der Seite die Kanzel zu öffnen. Er fuhr mit der Hand durch die zerborstene Scheibe und öffnete die Verriegelung. Aber die Kanzel war so verbeult, dass Sigmund sie allein nicht anheben konnte. Durch das zerbrochene Fenster sah er, dass der rechte Arm und das rechte Bein des Piloten eingeklemmt waren. Ein Metallstück hatte die Uniformhose oberhalb des Knies durchschnitten und war offenbar tief in das Bein eingedrungen, das stark blutete. Er wusste, dass jetzt alles schnell gehen musste. Er stieg auf den Rumpf der Maschine, und gemeinsam mit Nick gelang es, den oberen Teil der Kanzel anzuheben und aus der verbeulten Verankerung zu lösen. Der Pilot, ein junger Mann von vielleicht 22 oder 23 Jahren, hatte jetzt die Augen geschlossen, war auch mal kurz ohne Bewusstsein, schrie dann plötzlich vor Schmerz auf, wimmerte »mein Bein, mein Bein«, blieb aber ansprechbar. Sigmund löste den Gurt vom Sitz, und erklärte dem Piloten, dass sie gemeinsam versuchen müssten, seinen Körper so zu drehen, dass das rechte Bein eine Chance bekäme, sich zu befreien. Noch immer blutete die Wunde. Der Pilot presste die Lippen zusammen und tat, was Sigmund ihm sagte, doch hatte er keine Gewalt mehr über sein rechtes Bein, das Nick jetzt für ihn so drehte, dass Sigmund von oben auf dem Rumpf kniend den Piloten tatsächlich langsam aus dem Sitz ziehen konnte. Doch nicht nur das Bein war verletzt, auch der rechte Arm des Piloten war gebrochen, lag da in einem seltsamen Winkel von Ellenbogen und Oberarm. »Wo ist der Sanitätskasten?«, fragte Sigmund. Der Pilot gab leise Antwort und wies mit dem Kopf unter den Pilotensitz. Sigmund durchschnitt die Uniformhose oben am Beinansatz, nahm das lange Dreieckstuch und band als Allererstes das rechte

Bein des Piloten knapp unterhalb der Hüfte ab. So hatte er es beim Sanitätskurs vor drei Monaten gelernt. Und tatsächlich, die Blutung hörte auf. Jetzt hoben die beiden den Piloten seitlich vom Wrack des Flugzeugs. Der junge Deutsche schrie laut auf. Sie legten ihn vorsichtig neben den Rumpf auf den Wiesenboden. Nick rannte zu seinem Rad, um vom nächsten Bauernhof Hilfe zu holen. Als Sigmund begann, die Wunde an der Schläfe zu verbinden, sah der Pilot ihn eindringlich an, sagte jedoch nichts. Die Verletzungen am Kopf waren nicht schwer, die Blutung ließ sich leicht stoppen, aber das Bein, das wusste Sigmund, war gefährdet. Er lockerte nach einigen Minuten den Knebel, zog ihn kurz danach aber wieder an, denn die Wunde blutete sogleich wieder stark. Lange konnte man so nicht verfahren, ohne das Bein in Gefahr zu bringen. Jetzt begann der Pilot zu reden, Sigmund erfuhr, dass er Franz hieß, »aus Reithofen, Landkreis Erding, in Bayern«, sagte er unter Stöhnen. Dann holte er tief Luft und fragte, wie es denn komme, dass er in England runterkomme, aber von einem deutschen Jungen gerettet werde.

»Ich lebe hier«, sagte Sigmund, »ich bin Jude. Meine Familie hat mich hierhin geschickt, weil es für Juden in Deutschland so unsicher wurde.«

»Ein Jud' also.« Dann war Franz erst einmal wieder still.

»Es pocht stark im Bein«, sagte er nach einiger Zeit. »Glaubst du, dass es hält?«

Er holte tief Luft, aus der Hüfte schien ein Schmerz aufzusteigen. Sigmund fühlte, wie seine Unruhe zunahm, lockerte noch einmal kurz den Knebel und presste dabei mit der Faust einen Ballen Verbandszeug fest gegen die Wunde. Das Bein konnte nicht über Stunden abgebunden bleiben. Franz würde es verlieren. Wo blieb nur Nick?

»Dann waren sie plötzlich ganz nah, Jud.« Franz sprach sehr leise, machte eine Pause. »Ich konnte den Tommy neben mir gut erkennen.« Er schrie laut auf, kurz nur, dann ließ er den Atem langsam und stöhnend entweichen. »Der Arm!« Nach einigen Sekunden fuhr er fort. »Da dreht der Tommy und ich höre die MGs. Meine Minna hatte was abbekommen. Das merkte ich gleich.« Wieder stöhnte er, wieder lockerte Sigmund kurz den Knebel.

»Versuchte gleich, nach Südost zu kommen. Vielleicht hätte ich ja Glück, dachte ich, würde den Kanal noch schaffen!« Franz lachte einmal kurz auf, trotz der Schmerzen. »Dann sah ich, dass wir Treibstoff verlieren. Die Tommys hatten mir irgendwo ein Leck in den Tank geschossen«, wieder ein tiefes Stöhnen bei geschlossenen Augen. »Wir haben zwölf kleine Kerben an der Nase, Jud! Zwölf saubere Abschüsse!« Wieder ein tiefes Stöhnen.

In diesem Augenblick hörte Sigmund Hufschläge, zwei Reiter näherten sich dem Wrack. Auch Franz hatte sie bemerkt. »Ich habe eine Bitte«, seine Stimme wurde etwas lauter, »schreibe meiner Mutter, dass ich lebe und dass es mir gut geht. Machst du das, Jud? Sie darf sich keine Sorgen machen. Hirzelsberger, Reithofen Nr 42.« Er hatte die Adresse gerade genannt, als die beiden Reiter ans Flugzeugwrack traten.

Einer der beiden kam von der Heimatwache. Als Erstes verbot er Sigmund, auch nur ein einziges weiteres deutsches Wort mit dem Piloten, dem Prisoner of War, zu sprechen. Der zweite Mann, ein Sanitäter des Roten Kreuzes, beugte sich zu Franz nieder und prüfte den Verband am rechten Beinansatz. Jetzt war auch Nick wieder da. Er war mit einem Bauern auf dessen Einspänner gekommen, auf den sie Franz jetzt behutsam lagerten.

»Wir haben telefonisch einen Krankenwagen aus Truro zu unserem Hof bestellt«, sagte der Bauer.

»Dann begleiten Sie«, der Herr von der Heimatwache zeigte auf den Rote-Kreuz-Mann, »den Prisoner of War nach Truro ins Krankenhaus. Sie sind für ihn verantwortlich. Ich nehme den deutschen Jungen hier noch zu Protokoll.« Als sich der Pferdewagen in Bewegung setzte, meinte Sigmund, dass Franz ihm mit der linken Hand zuwinkte. Der Rote-Kreuz-Mann, der neben Franz saß, schaute gleichfalls Sigmund an und sagte noch: »Gut gemacht, Junge! Wie ein richtiger Sanitäter.«

Der Mann von der Heimatwache nahm einen Block aus der Jackentasche, stellte eine Reihe Fragen zum Absturz der Maschine und zur Identität der beiden Zeugen und wurde erst weniger förmlich und weniger militärisch, als er erfuhr, dass Sigmund Jude war und schon seit Dezember 38 in Cornwall wohnte. »Dann haben wir das gleiche Interesse«, sagte er, »die bloody Germans besiegen wir.«

Kapitel 10

1941
Wadebridge
Sigmund, Robert

Lippstadt, den 21. Juni 1941

Lieber Siggi,

ich habe Dir lange nicht schreiben können, aber heute Mittag war Pfarrer Baumann bei uns. Er fährt morgen wieder nach Basel.

Wir haben uns Sorgen um Dich gemacht. Als die deutschen Flugzeuge Coventry zerstörten, dachte Papa, jetzt würden wir bald ganz England besetzen, und Betty betete laut, daß Du dann bitte schon in Amerika sein würdest. Wir hatten ja so lange nichts von Dir gehört, aber dann kam aus Basel Dein Weihnachtsbrief und wir wußten, Du warst weiterhin in Wadebridge. Jetzt sagt Papa, daß Du wohl richtig gehandelt hast, denn er meint, … aber das kannst Du Dir ja denken. Wir sind hin und hergerissen. Als die englischen Bomber letztes Jahr erstmals Berlin erreichten und dort ihre Bomben abwarfen, stell Dir vor mitten in die Wohngebiete!, war hier der Teufel los.

Wir hatten auch schon zwei Mal Luftalarm, aber nichts geschah: Fehlalarm. An der Marienschule haben die Schwestern ganz unten im Keller einen Luftschutzraum eingerichtet. Als wir Übungsalarm hatten, mußten wir alle da runter, 280 Mädchen und die Nonnen und die übrigen Lehrerinnen, das war schrecklich eng und dunkel und dann sollten wir die ganze Zeit nur beten, dabei war es ja nur Übungsalarm. Kurz vor Ostern hatten wir Abiturfeier. Schade, daß Du nicht dabei warst. Ich habe die Gesamtnote »gut«, in Französisch sogar ein »sehr gut« und in Englisch ein »gut«. Schwester Oberin meinte, es sei eines der besten Zeugnisse dieses Jahr, aber Mama hat schon gleich gesagt, ich solle mir bloß nichts einbilden.

Ich würde jetzt gern studieren, würde gern Französisch-Lehrerin, Französisch und Englisch vielleicht, oder Französisch und Deutsch, doch Mama meint, sie würden mich in dieser unsicheren Zeit nicht an die Universität nach Münster geben, ich soll in Lippstadt bleiben. Ich glaube nicht, daß Papa eine andere Meinung hat, und wenn, dann wird er sich nicht durchsetzen. Betty meint, ich solle im Hotel lernen, dann könne ich es später mal führen. Aber das glaubt sie ja selbst nicht. Wenn Hannes aus dem Krieg zurückkommt, will er sicher irgendwann von Papa das Hotel übernehmen. Er ist weiterhin an der Westfront. Er hat Mama Stoffe aus Paris geschickt. Sie war hin und weg, echte Seide und ganz schicke Muster. Sie will sich was schneidern lassen.

Übrigens Günther hat mir in der Tanzstunde erzählt, daß Dr. Brauer jetzt »im Felde« sei. Er habe sich freiwillig gemeldet und mache noch irgendeine Ausbildung zum Offizier durch. Günther fand das stark, ein echtes Vorbild, hat er gesagt. Ich hab ihm nicht erzählt, daß der Brauer Dich so oft geärgert hat, das muß er ja nicht wissen. Günther hat ja jetzt auch Abitur, sie haben ihn gleich zum 1. Mai eingezogen, ich weiß, es geht ihm schlecht. Er würde so gern Ingenieur.

Lieber Siggi, ich weiß so wenig, was in Dir vorgeht. In Deinem letzten Brief hast Du mir von Malern geschrieben, die Du kennengelernt hast. Ich wußte auch nicht, was Ästhetizismus bedeutet. Schwester Clothilde meinte, ich sollte das Wort schnell wieder vergessen, das sei was Unanständiges, weil es nur nach Schönheit ginge, nicht aber nach Anstand und Moral.

Mama meinte übrigens gestern, ich solle jetzt im Dreifaltigkeitshospital eine Ausbildung zur Krankenschwester beginnen, auch wenn sie mich im Hotel eigentlich bräuchten. Ich habe ihr dann doch noch mal von meinem Wunsch erzählt, sie war ganz aufgebracht, weinte gleich wieder, daß auch ich die Familie verlassen wollte, und sie hätten es doch immer nur gut gemeint. Und als Mädchen müßte ich ja nun wirklich nicht studieren, sagte sie. Du siehst, hier unterstützt mich keiner in meinem Wunsch. Dabei war ich die Beste in Französisch, und ich würde so gern einmal in Frankreich leben. Weißt Du schon, was Du machen wirst, wenn Du im nächsten Jahr mit Deiner Schule fertig bist?

Betty läßt Dich sehr lieb grüßen, und natürlich die ganze Familie.

Noch was: Manchmal, Siggi, weiß ich nicht, was ich beten soll. Wenn doch der Krieg jetzt einfach aufhören könnte! Immer öfter trifft sich Doppe jetzt mit seinen Parteimitgliedern im großen Saal. Dann müssen wir vorher beim Dekorieren helfen. Sieht gar nicht so schlecht aus, mit den großen Hakenkreuzfahnen. Ich glaube, dem Hotel tun diese Treffen ganz gut, da wird ordentlich gebechert. Bei uns übernachten jetzt immer mehr Männer aus der Partei aus Berlin, einige mit vielen Orden und in Uniform. Manchmal kommen sie mit großen schwarzen Dienstautos, Horch oder Mercedes. Da reicht der kleine Parkplatz gar nicht mehr aus. Es geht um die Metallwerke, sagt Papa. Übrigens hat Werner jetzt einen richtigen Jungkoch, Jochen, der war letztes Jahr drei Wochen im Krieg und da hat ihm gleich eine Granate das rechte Bein abgerissen. Er steht jetzt mit Holzbein am Herd, Werner ist nicht zufrieden, aber ich finde, Jochen kocht schon ganz gut. Er tut mir leid, manchmal sehe ich, daß er vor dem Herd steht und einfach nur weint.

Bitte schreibe bald zurück, schick den Brief wieder an die Adresse in Basel. Die leiten ihn an Pfarrer Baumann weiter. Ich hoffe, daß wir England nicht einnehmen, und wenn doch, daß Du dann in Sicherheit bist, und dann hoffe ich manchmal, daß wir England einnehmen und ich Dich wiedersehe …, aber es würde ja alles gar nicht gehen. Juden gibt es, glaube ich, keine mehr in Lippstadt.

Mit lieben Grüßen
Deine Rile

Sigmunds Blick fiel auf das Rembrandt-Porträt, blieb da lange hängen und wanderte erst nach einiger Zeit weiter zu Elsies Bild von ihm. Er versuchte, sich Rile vorzustellen, wie sie jetzt wohl mit 18 aussah, aber es blieb bei dem Bild von ihr auf dem Bahnsteig 1938, die Fünfzehnjährige, eine Schwester, und doch keine Schwester. Er legte den Brief in das kleine Kästchen zu den anderen und zu den vier verbliebenen Dr. Hillers Pfefferminztalern. Einige Sätze aus dem Brief gingen ihm weiterhin durch den Kopf, aber er musste sich jetzt beeilen, er hatte Robert etwas versprochen.

»Glaubst du wirklich, dass uns hier keiner entdeckt?« Robert war aufgeregt, seine Stimme kiekste, er hielt sich ganz dicht an Sigmund, als sie am schmucklosen Altar der Wadebridge Methodist Church die mitgebrachte Kerze anzündeten. Sigmund beruhigte den Jungen, doch Robert blieb angespannt. Reverend Jordan war ein strenger Foster Father, der Robert zwar nicht härter als seine eigenen zwei Söhne erzog, aber härter wäre auch kaum möglich gewesen. Schon für geringe Vergehen gab es Prügel, und davon nicht zu wenig. Adam und Jacob waren an die Schläge gewöhnt, aber Robert litt nach zweieinhalb Jahren noch immer an ihnen. Nicht auszudenken, wie der Reverend reagieren würde, wenn er sie hier in seiner Kirche anträfe. Aber Reverend Jordan hatte heute Dienst in der Post bis um vier, und die Kirchentür hatte Sigmund hinter ihnen wieder verschlossen.

Letzte Woche war Robert dreizehn geworden und hatte Sigmund auf dem Schulhof abgepasst. Bar-Mizwa war sein Schlagwort. »Ohne die ist ein jüdischer Junge nichts, hat Papa immer gesagt, ohne die ist ein Jude gar kein Jude!« Sigmund musste an Harry denken, der damals Bar-Mizwa ähnlich ernst genommen und ihm in der Synagoge geholfen hatte. »Ich musste Papa versprechen«, fuhr Robert fort, »dass ich, sobald ich dreizehn bin, zur Bar-Mizwa gehe, wie es sich für einen jüdischen Jungen gehört, der ein Mann werden will.«

»Und wie stellst du dir das vor, Robert? Es gibt in Wadebridge keine Synagoge, es gibt eine in Truro, aber wie wollen wir das anfangen? Hast du mal den Reverend gefragt?«

»Bloß nicht, Sigmund, der würde das als Undankbarkeit empfinden, der will mich sowieso zum Methodisten machen. Den frage ich nicht und du bitte auch nicht! Es muss einen anderen Weg geben!« Robert schaute Sigmund mit großen Augen an. »Papa wird mich nie zu sich nach Palästina holen, wenn ich nicht zur Bar-Mizwa gegangen bin, das weiß ich!«

Einen Tag später hatte Sigmund eine Idee. Sie würden selbst an einem Samstag, einem Sabbat, eine Bar-Mizwa für Robert feiern. Sigmund versuchte, sich an alles zu erinnern, was damals in der Synagoge in Lippstadt geschehen war, er sah den Rabbiner Jacob wieder vor sich und wusste noch, dass sie viel im Wechsel gesprochen hatten, dass er Fragen hatte beantworten müssen, dass es um Moses ging, den Auszug aus Ägypten, die Suche nach dem versprochenen Land, und dass er selbst einen längeren Absatz aus einer Stelle des Alten Testaments vorgelesen hatte. Robert war erst skeptisch. »Es ist eine ›*Not*-Bar-Mizwa‹«, erklärte Sigmund, »wegen des Krieges. Die Katholiken kennen so was, das heißt ›Not-Taufe‹ bei ihnen, ist aber voll gültig.« Sigmund hörte für einen Moment Betty daheim in Lippstadt, wie sie in der Nikolaikirche vor dem Taufbecken stehen. Er war vielleicht sieben oder acht, und Betty wurde ganz feierlich, dann spürte er Wasser an der Stirn und Betty sprach genau dieses Wort ›Nottaufe‹.

»Papa wird das verstehen, es ist wegen dem Krieg«, sagte Robert nach einer Weile und hatte genickt.

Jetzt standen die beiden vor dem schlichten hölzernen Altartisch, Sigmund schob eine schmale Kniebank an die linke Seite des Tisches, postierte die brennende Kerze auf dessen Mitte und ließ Robert auf der Bank knien. Sigmund hatte den Ablauf dieser Not-Bar-Mizwa genau geplant. Sie sprachen zunächst Psalm 54 im Wechsel miteinander. Diesen Psalm hatte er erst vor wenigen Sonntagen im Methodisten-Gottesdienst gebetet. Aus den

Fünf Büchern Mose hatte er drei Fragen zur Geschichte der Juden für Robert zusammengestellt. Die Antworten auf diese Fragen durfte Robert von einem Zettel ablesen, den Sigmund ihm gestern in der Schulpause in die Hand gedrückt hatte. Dann bat er ihn, aufzustehen und ließ ihn aus der Methodisten-Bibel das 14. Kapitel aus dem Zweiten Buch Mose laut lesen, wo Gott die Israeliten durchs trockene Meer ziehen lässt, damit sie sich retten konnten. Das hatte er auch damals in Lippstadt lesen müssen, und es hatte ihm gefallen, wie Gott die Ägypter hinterher im Meer ertrinken ließ. Danach stellte sich Sigmund vor Robert und sprach einen Segen: »Gott der Herr möge Dich behüten alle Zeit.« Er machte den Segen mit dem Kreuzzeichen, wie er es früher bei Dechant Schlootmann gesehen hatte, war sich aber nicht sicher, ob das Kreuzzeichen in dieser Situation wirklich richtig war. Er erinnerte sich, dass bei seiner Bar-Mizwa der alte Jacob ihm am Ende lange die Hand auf den Kopf gelegt hatte, das wollte er nun aber nicht wiederholen, es würde seltsam aussehen, er war doch nur fünf Jahre älter als Robert. Aus fester schwarzer Pappe, die er in Mr Leylands Stationer's Shop für den Kunstunterricht erstanden hatte, hatte Sigmund eine runde Kippa ausgeschnitten und geformt. Mit dieser bedeckte er nun Roberts Hinterkopf und befestigte sie mit einer kleinen Klammer an seinem Haar. Dann sprach er das Vaterunser, wobei er Robert unentwegt in die Augen schaute, und sang abschließend für ihn »Großer Gott, wir loben dich«. Das konnte er noch immer auswendig. In Roberts Augen standen Tränen.

Sie löschten die Kerze, verbeugten sich vor dem Altar, stellten die Kniebank an ihren Platz zurück und gingen zur Hintertür, deren Schlüssel Sigmund am Morgen vom

Schlüsselbord der Leylands genommen hatte. Niemand hatte sie bemerkt. Sigmund war mit sich zufrieden. Es hatte ihm sogar Spaß gemacht, und er war sich ganz sicher, dass er mit dieser Bar-Mizwa tatsächlich Gottes Segen auf Robert herabgerufen hatte. Wie seltsam, dachte er, dass Worte, die man auf besondere Art sprach und mit denen man etwas Besonderes meinte, so eine ganz eigene Bedeutung, eine ganz eigene Wirklichkeit bekamen. Robert kickte auf dem Bürgersteig mit aller Kraft einige Steine vor sich her, reckte dabei die Arme wie zum Triumph und rief laut: »Jetzt kann Papa mich nach Palästina holen.«

Drei Wochen später, die Ferien hatten begonnen, fuhr Sigmund wieder ins Cottage. Wegen des Luftkriegs hatten sich nur wenige Teilnehmer gemeldet und es waren nur zwei Malkurse zustande gekommen, »Cornish Beauty: Portrait, Landscape and the Human Body« für fortgeschrittene Studenten, immerhin 14 Kurstage und acht Teilnehmer, und ein Anfängerkurs, für den Lion die Schauspielerin Ann als Modell verpflichtet hatte.

Elsie kam einen Tag nach Kursbeginn, gab ihm einen Kuss, eher ein Küsschen, wie Frauen es kleinen Kindern auf die Stirn drücken, ansonsten beachtete sie ihn kaum. In ihrem engen schwarzen Kleid bewegte sie sich so, dass Sigmund nicht die Augen von ihr lassen konnte, und der rote Mund, die dunklen Augen, die langen schwarzen Wimpern, ihre dunkle Stimme, all das steigerte sein Begehren vom ersten Tag an.

Am Abend sprachen sie über die Bomben auf Coventry, London, Swindon und über Hitlers plötzlichen Angriff auf die Sowjetunion. Doch schon am nächsten Tag eröffnete Derek die abendliche Runde mit »Bloß nicht noch mehr über den Krieg. Es gibt schließlich Wichtigeres!« Dabei zündete er sich eine dicke Zigarette an, die er selbst gedreht hatte, ließ den Rauch langsam in Kreisen aus seinem Mund entweichen, reichte die Zigarette an Elsie weiter und schaute erwartungsvoll in die Runde.

Alwyn ergriff das Wort. »Ich glaube, dass uns in dieser Katastrophenzeit das letzte Jahrhundert eine Menge zu sagen hat. Wir sollten wieder die Romantiker lesen, Keats, Wordsworth, auch Baudelaire. Oder nehmen wir unsere Kollegen, die Maler, die Präraffaeliten, Dante Gabriel Rossetti, Burne-Jones, Millais, die hatten eine richtige Bruderschaft, eine spirituelle Bewegung.« Alwyn redete sich warm. »Da war eine geradezu religiöse Bindung in dieser Gruppe, einzigartig für unsere moderne Zeit. Ich war erst vor Kurzem im Victoria and Albert Museum und habe wieder die Arbeiten von William Morris gesehen. Die haben das Prinzip der Gotik neu entdeckt, das Streben des Menschen nach Bindung und Schönheit.« Alwyn hatte einen schwarzen Schnauzer, links und rechts mit etwas längeren Barthaaren, und trug einen dunkelvioletten Anzug, dessen Hose sehr weit geschnitten war. Derek hatte Alwyn als seinen neuen Freund vorgestellt, Oxford-Student wie er, der vor dem Abschluss seines Geschichtsstudiums stand und, wie Derek betonte, im Freundeskreis durch seine wundervollen Zeichnungen aufgefallen war. »Spirituelle Erweckung ist, was heute fehlt«, fuhr Alwyn fort, »in Zeiten dieses verwerflichen Maschinen-Krieges!« Alwyn erhob sich, hielt ein Glas Claret in seiner rechten Hand, richtete den Blick fest auf den Rotwein. »Wir sind verantwortlich für die Schönheit, und nur die Schönheit garantiert ein erträgliches Leben und vielleicht sogar eine erträgliche Gesellschaft. Ein Toast auf die Schönheit!« Wie Alwyn mit seiner viel zu weiten Hose vor ihm an der anderen Seite des Tisches stand, erinnerte er Sigmund an das Bild eines türkischen Emirs aus seinem Geographie-Schulbuch.

Elsie räusperte sich laut.

»Das ist ziemlich abgehoben, Alwyn. Fehlte noch, du würdest in dein Rotweinglas blicken und vom Blut des Herrn sprechen, für die Schönheit vergossen!«

Derek und Margaret lachten, aber Laura war nicht einverstanden. »Lass das bitte, Elsie, das ist Blasphemie, lass das aus dem Spiel. Alwyn hat doch recht. Künstler müssen das Humane retten!«

»Die Konfrontation mit unvergänglicher Schönheit führt zur Zwiesprache mit dem Göttlichen. Dies wird die Erweckung herbeiführen, wird den Krieg als atavistisch brandmarken, wird den Neuen Menschen gebären.« Alwyn hob die Augen zur Decke des Cottage. Sigmund merkte sich das Wort »atavistisch«; das hatte er zuvor noch nie gehört.

»Aber was verstehen wir unter Schönheit?« Jetzt war Derek dran. »Du, Alwyn, mit deinem Rückgriff auf das letzte Jahrhundert denkst an Schönheit gleich Natur, denkst romantisch, an Harmonie in der Natur, glaubst vielleicht noch an die alte Gleichung von Schönheit und Wahrheit. Das funktioniert längst nicht mehr.«

»Schönheit ist der Reiz der Sinne!«, warf Margaret ein. »›A thing of beauty is a joy forever‹, ich glaube, das war Keats oder Yeats. Auf jeden Fall hatte der recht. Schönheit ist das, was in mir etwas auslöst, etwas bewegt.«

»Keats, *Endymion*«, trug Alwyn bei und zog kräftig an seiner Zigarette. Sigmund roch den seltsam süßlichen Geruch, der sich um den Tisch verbreitete, ganz anders als der sonstige Tabakgeruch.

»Auch Trauer ist Schönheit!« Elsie hatte leise gesprochen. Für einen Moment waren alle still. Sigmund schaute erschrocken auf Elsie, die vor sich hinsah, jetzt bedächtig einen kleinen Schluck Wein trank. Was mochte sie mit Trauer meinen? Derek ergriff das Wort und sprach von der Verantwortung des Künstlers für die Erziehung der ganzen Gesellschaft, Erziehung durch Schönheit.

»Das glaubst du doch selbst nicht, Derek«, fiel ihm Alwyn gleich ins Wort, »du würdest damit einen jeden von uns schrecklich überfordern. Wir sind nicht Lehrmeister der Massen. Art for Art's Sake, Kunst um der Kunst willen, das ist die Maxime! Ein Künstler muss sich über die Gesellschaft, über alle Konventionen hinwegsetzen können. Er muss seinen eigenen Weg gehen, um der Kunst zu ihrem eigenen Recht zu verhelfen. Wie sagt Oscar Wilde so schön: ›Art never expresses anything but itself.‹«

Da war er wieder, der Hinweis auf diesen Oscar Wilde, über den die Malstudenten schon im letzten Jahr so oft gesprochen hatten. Sigmund hatte sich nach Ende des Kurses im Herbst *The Picture of Dorian Gray* gekauft und er hatte sich einen Satz aus dem Vorwort unterstrichen und gemerkt, der jetzt wie automatisch seinem Mund entwich:

»All art is quite useless.«

Alle um den Tisch schauten auf ihn. Es war das erste Mal, dass Sigmund sich an dem Gespräch beteiligte.

»Sag das noch mal«, sagte Margaret.

»Alle Kunst ist ganz nutzlos.«

»Gut, Sigmund«, fuhr Alwyn fort, »du hast deinen *Dorian* verinnerlicht. Das freut mich. Und ich darf noch einen Satz von Oscar hinzufügen: ›Alle Kunst ist ohne Moral‹. Das, lieber Derek, beißt sich ja wohl mit dem Anspruch, der Künstler solle gefälligst Lehrmeister sein.«

»Aber sich über alle Konventionen hinwegzusetzen, schaffen am Ende nur sehr wenige.« Elsie klang bedrückt. Was war mit ihr? Sie war doch letztes Jahr die Erste gewesen, die sich über alle Regeln erhaben fühlte.

»Ist es denn wirklich so nötig?«, fragte Laura. »Kann nicht ein Maler, ein Bildhauer, ein Schriftsteller aus der Mitte der Gesellschaft heraus arbeiten? Muss es immer vom Rand her sein?«

Margaret protestierte. »Aus der Mitte? Schau mal nach Deutschland, auf die Diktatur dieser fürchterlichen Nazis: Hat da der Künstler nicht eine gesellschaftliche Verantwortung? Aber aus der Mitte geht das schon lange nicht mehr, da kann der Künstler nur vom Rand her einwirken. Und einfach Kunst der Kunst willen zu machen verbietet sich da auch!«

»Ich kann gut verstehen, dass Thomas Mann nach Amerika geflohen ist. Was sollte er jetzt in Deutschland als Lehrmeister seines Volkes?« Derek zog an seiner Zigarette.

»Der Künstler ist kein Politiker, darf keiner sein. Er kann nur Verantwortung für sich selbst übernehmen!«

»Du bist ein ganz schöner Egoist, Alwyn!«, meldete sich Elsie zu Wort. Sie verneinte den Wert aller Selbstbespiegelung des Künstlers, und Sigmund war überrascht, dass sie jetzt Argumente gebrauchte, die im Gegensatz zu ihren früheren Überzeugungen von künstlerischer Freiheit und Unbeschwertheit standen. Lion versuchte zu vermitteln, Alwyn verteidigte sich, sprach von den hellenistischen Idealen, während Margaret zu einem langen Vortrag ausholte über die Unmöglichkeit, dass ein ernsthafter Maler im Angesicht des Krieges überhaupt Schönheit abbilden könne. Sigmund war froh, dass nach seinem plötzlichen Einwurf mit dem Oscar-Wilde-Zitat niemand auf die

Idee gekommen war, ihn, das greenhorn, nach weiteren Gedanken zu Kunst und Gesellschaft zu fragen. Auch wenn jetzt viel von dem, was angesprochen wurde, unverdaut durch seinen Kopf schwirrte, so wusste er doch, dass er keine der kommenden Diskussionen verpassen wollte. Und da die Gespräche oft bis weit in die Nacht gingen, war es selbstverständlich, dass er wie schon im Jahr zuvor wieder auf der Liege in der kleinen Kammer übernachtete.

Am nächsten Tag kurz vor dem Abendessen kam Elsie endlich zu ihm in das Zimmerchen. Er hatte sich von Lion ein Büchlein ausgeliehen, *Introduction into Western Art*, war jetzt gerade bei der Renaissance angelangt, als Elsie plötzlich vor ihm stand, die Tür hinter sich schloss und zwei Papierrollen in der Hand hielt. Sie habe ihm wie im letzten Jahr ein Geschenk mitgebracht, sagte sie. Sigmund legte das Buch zur Seite und schaute gespannt auf sie. Das Geschenk war eine Aktzeichnung, die sie vor einem Jahr von ihm in Vorderansicht in einer Tür stehend gemacht hatte, und ein Aquarell, das ihn von hinten vor Ginsterbüschen zeigte.

Sigmund schaute lange und still auf die beiden Bilder. Elsie sah auf ihn, sie hatte einen schnellen, freudigen Dank erwartet. Aber die Differenz zwischen ihr, der Malerin, und ihm, dem Objekt, erschien Sigmund auf einmal so deutlich, dass er unbewegt sitzen blieb und nur leise sagte: »Ja, das bin ich!« Er konnte sie jetzt unmöglich umarmen, auch wenn er sich noch vor wenigen Minuten genau dies sehnlichst gewünscht hatte. Enttäuscht nahm Elsie Zeichnung und Aquarell wieder an sich und verließ die Kammer.

In der nächsten Nacht kam sie wieder. Sie habe über letzten Abend nachgedacht, sagte sie, und habe erkannt, dass das mit den Bildern nicht richtig war. »Du bist halt ein Deutscher und ein Jude, ganz schön sensibel, diese beiden.« Sie legte sich zu ihm auf die schmale Liege, lenkte seine Hände wie schon im Jahr zuvor und erlaubte ihm, was sie ihm im Jahr zuvor noch verweigert hatte. Sie machte sich erst am frühen Morgen in ihr Zimmer auf, während Sigmund noch schlief.

Eine Woche später, am vorletzten Tag des Kurses schien die Sonne schon am Morgen besonders kräftig. »Komm mit mir zu den Klippen Richtung Padstow«, flüsterte Elsie ihm zu. Sigmund wusste, dass es ungehörig sein würde, wenn sie beide den Kurs zusammen verließen. Die Gruppe hatte ohnehin schon bemerkt, dass zwischen Elsie und ihm »etwas lief«. In zwei weiteren Nächten war Elsie zu ihm in die Kammer gekommen und hatte wahrscheinlich wenig Rücksicht darauf genommen, ob nicht der ein oder andere diesen nächtlichen Gang bemerkt hatte. Zudem waren sich ihre Blicke auch tagsüber allzu oft begegnet, war es zu kleinen kurzen Berührungen gekommen, scheinbar zufällig, aber eben nur scheinbar. Alwyn schnitt ihn jetzt, Derek fand abfällige Bemerkungen, Lion senkte väterliche Blicke auf Elsie und ihn, Margaret hielt ein abendliches viel zu langes Referat über die Liebe und die Leidenschaft als Ursprung künstlerischer Entfaltung. Die anderen Teilnehmer – schließlich war man ja eine Künstlergemeinschaft – sahen über alles Verräterische großzügig, aber mit dem Ausdruck des Wissens hinweg.

So log Sigmund an diesem hochsommerlichen Tag, als er Lion sagte, er würde zurück nach Wadebridge radeln, dort den Tag verbringen, allerdings abends wieder im Cottage sein, um die nächtliche Diskussion nicht zu verpassen. Zwei Stunden später traf er sich mit Elsie in einer von

Hecken und einer Steinmauer geschützten Mulde, die zur Westseite geöffnet war und den Blick auf das Meer freigab. Hier hatten sie im vergangenen Jahr schon einmal mit der ganzen Gruppe einen Freilandmalerei-Tag verbracht.

Elsie erzählte ihm von Richard, der Amerikaner sei und sie nach Amerika entführen wollte. Sie überlege, sein Angebot anzunehmen. London hätte ihr nicht mehr viel zu bieten und sie sei diese schrecklichen Angriffe der Deutschen mächtig leid. Ganz Europa würde draufgehen, das wolle sie nicht länger mitansehen. Richard wolle mit ihr in Los Angeles leben. Das sei doch etwas anderes.

»Kannst du mich nicht mitnehmen?«, fragte Sigmund lachend. »In den USA wäre ich jedenfalls sicher, falls die Deutschen doch noch England besiegen.«

»Es reicht, dass ich mich mitnehme, Sig«, antwortete Elsie. Sie schmiegte sich jetzt auf der Decke, auf der sie lagen, dicht an ihn. Beide blieben längere Zeit still, schauten auf die feinen zarten Cirruswolken, die hoch über ihnen heranschwebten und sich wieder verflüchtigten. »Ich habe in London ein ganz passables Leben geführt, habe mich wenig um gesellschaftliche Akzeptanz gekümmert, hatte Freundinnen und Freunde wie dich, hatte Liebhaber und Geliebte, schrieb für diese und jene Zeitschrift mehr oder weniger gewagte Artikel, hatte von meinem Vater eine kleine Hinterlassenschaft geerbt, die mich unabhängig machte. Doch seit einiger Zeit wird mir alles zur Last, und gleichzeitig wird das Erbe meines Vaters zunehmend schmaler. Auf dich habe ich mich gefreut, du bist jung, du hast etwas ganz Eigenes und du hast so viel vor dir!« Sie machte eine Pause, in der sie ihn auf eine Weise ansah, die in Sigmund sogleich ein kräftiges Verlangen hervorrief. Er hätte sie jetzt einfach gern in den Arm genommen, sie gespürt. »Ich dagegen werde 33 im nächsten Jahr. Richard ist schon 56. Er will mich ganz, er will mich allein, er will mich sogar heiraten, und ich frage mich, kann ich mich darauf einlassen? Will ich das? Soll ich das?«

Sigmund schwieg. Er wusste, sie würde von ihm, einem gerade achtzehnjährigen Schüler, auch gar keinen Rat erwarten. Er genoss es, sie schweigend anzuschauen, sah auf die glitzernden Sterne in ihrem Stirnband, sah in ihre dunklen Augen, auf ihren Mund mit den vollen Lippen, den leicht gebräunten Hals, sein Blick ging über das schwarze, oben rund geschlossene Kleid zu ihren Brüsten, die sich unter dem dünnen Stoff fein abzeichneten. Jetzt streckte sie sich auf der Decke aus, drängte ihn fast von der Decke weg und lachte ihn dabei an. »Ich habe einen Block mitgebracht, Sig, Bleistifte und Rötel. Ich habe etwas gutzumachen! Lions Hinweise und Tipps hast du ja oft genug gehört!« Damit stand sie auf, schlüpfte aus ihrem schwarzen Kleid, nahm den schwarzen BH ab, zog den Schlüpfer aus und stand nackt vor ihm.

»Wie möchtest du mich malen, Sig? Auf der Decke? Vor dem Ginster? Vor der Felskante mit dem Meer als Hintergrund? Oder machen wir es wie Lion? Das heutige Motiv heißt …« und dabei machte sie Lions Tonfall nach, »›Venus, aus der Muschel entschlüpft‹: Ich winde mich aus einer großen Muschel, und du verewigst mich für alle Zeit!« Da stand sie vor ihm, drehte ihren Körper aus der Hüfte heraus, hob den rechten Arm und verharrte in dieser Pose, wobei sie ihren Blick nicht von ihm nahm. Sigmund hatte sie nie zuvor so gesehen. Abends in seiner kleinen Kammer hatte es kaum Licht gegeben. Jetzt stand sie bis auf das Stirnband völlig nackt vor ihm, er sah jede Partie ihres Körpers, auch die, von denen er geträumt, die er allenfalls einmal ertastet hatte. Ihre in der Sonne strahlende Nacktheit vor der Weite des Horizonts, mit dem Meer in der Ferne, mit dem leichten Wind, der ihren Körper umspielte: der Anblick verschlug ihm die Sprache. Elsie wies mit dem Kopf zu ihrer Ledertasche, in der die Malutensilien steckten.

»Elsie, das geht nicht«, sagte Sigmund, »ich kann nicht malen, und ich möchte dich auch nicht malen.« Er stockte ein paar Sekunden und schaute ihr dabei direkt in die Augen. »Wenn ich dich nackt vor mir sehe, möchte ich dich nur spüren, überall!« Elsie lachte und reichte ihm beide Hände.

»Dann drück mich ganz fest, Sig. Wir wissen nicht, ob wir uns in Kalifornien wiedersehen.«

Zwei Stunden später lagen sie noch immer auf der Decke. Die Sonne hatte ihren höchsten Stand längst überschritten, sie hatten die Biscuits gegessen und die Limonade getrunken, die Sigmund aus Wadebridge mitgebracht hatte. Sie hatten sich gegenseitig ein paar Mal mit Elsies Sonnenöl eingeölt und glänzten nun. Sigmund wollte mehr über Richard wissen, und Elsie erzählte bereitwillig. Er wollte auch etwas über Elsies Partnerinnen erfahren, nahm allen Mut zusammen und fragte sie rundheraus, was denn freie Liebe tatsächlich bedeute, ob in einem Freundeskreis dann jeder mit jedem, und wie es da mit der Eifersucht sei, und ob dann auch zwei Frauen miteinander oder sogar zwei Männer, und was passiere, wenn ein Kind gezeugt würde und man gar nicht wisse, wer der Vater sei. Elsie antwortete klar und sachlich, wich keinem Thema, keiner Frage aus. Sigmund wollte nicht glauben, dass das Leben in einer Gruppe von Gleichaltrigen und Gleichgesinnten zu einer gleich starken Bindung führen könne wie die Gemeinschaft von Mann und Frau. Und erst recht, wenn in einer solchen Gruppe die Paare wechselten. Es war wie ein Experiment für ihn, sich bei diesem Gespräch als Mann einer Frau zu denken, die mehrere Beziehungen hat, oder sich als Vater vorzustellen, der ein Kind in einer Gruppe aufzieht und nicht wissen kann, ob er oder ein anderer der Vater des Kindes ist. Und auch sich selbst als jemanden vorzustellen, der mit mehreren Frauen schläft, oder auch mal von einem Mann begehrt wird. Das waren ungehörige Gedanken, aber hier mit Elsie auf der Decke, von der Sonne beschienen, war es eine Lust, solchen Vorstellungen nachzugehen und Elsie fragen zu können, ohne dass er sich schämen musste. Dann fragte Elsie ihn nach Freundschaften, und er erzählte, dass ihm Janet schon ganz gut gefallen habe, als er sie letztes Jahr im Luftschutzkeller kennengelernt hatte, aber mehr sei nicht daraus geworden, weil Janets Eltern ihr verboten hätten, sich mit einem deutschen Juden zu treffen. Man könne ja nie wissen, hätten Janets Eltern gesagt. »Armer Junge«, murmelte Elsie, gab ihm einen Kuss, den er intensiv erwiderte. In diesem Moment hörten sie das leise surrende Geräusch von Flugzeugmotoren, und während ihre Münder miteinander spielten, wurde das Surren zum Dröhnen. Es schien, als nähmen die Flugzeuge direkt Ziel auf ihre Felsenmulde, der Lärm der Motoren schwoll immer stärker an. Und dann sahen sie schon die Spitze des kleinen Geschwaders von sieben Spitfires. Sigmund bedeckte Elsie und sich mit seinem Hemd und Elsies schwarzem Kleid.

Auch in diesem Jahr baten Nicks Eltern Sigmund für die letzte Woche der Ferien zu sich und Nick in den Miners' Arms. Die beiden hatten sich für Englisch und Latein als Hauptfächer für das letzte Jahr entschieden und die Lektüreliste war lang. Sigmund wollte die Tage auch nutzen, um endlich Riles Brief zu beantworten. Die ersten Tage waren sie allerdings weniger zu ihrer Literaturliste gekommen als erwartet, und auch mit dem Brief hatte er noch nicht begonnen. Tagsüber hatte die Sonne die Küste Cornwalls in gleißendes Licht gehüllt und dann Farben hervorgezaubert, wie sie Lion in seinen Ausführungen zur Landschaftsmalerei immer als mediterrane, manchmal gar als tropische Farben beschrieben hatte, auch wenn sie sich nicht bei jedem Kurs in dieser Pracht hatten einstellen wollen. Da lagen Nick und er faul am Strand von St Agnes im Sand, hatten zwar die Bücher dabei, sprangen aber lieber in die Flut. Nick stellte mehrfach Fragen zu Lions Malkursen, irgendwie hatte sich in ihm die Vorstellung gebildet, im Cottage könnten Londoner Sitten eingekehrt sein, vielleicht, so flüsterte er Sigmund zu, würde da ja freie Liebe praktiziert, und noch Schlimmeres. Und gerade Letzteres beschäftigte Nick sehr, weil er nicht genau wusste, was »Schlimmeres« sei. »Du kannst es mir doch sagen, Sig, wenn du da nackte Frauen gesehen hast!« Aber Sigmund lachte nur.

Die Abende verliefen anders als in den Jahren zuvor. Da sie nun beide 18 Jahre alt waren, durften sie im Pub mit im Gastraum sitzen. Die Gäste des Miners' Arms kamen fast alle aus St Agnes, aber die vier Gästezimmer im ersten Stock waren an Ehepaare aus London vermietet. Jeden Abend, wenn das Essen abgeräumt war, begannen sie eine längere Unterhaltung, zumeist über den Kriegsverlauf, über ihre Hoffnungen und Ängste. Sigmund hatte sich am ersten Abend noch sehr zurückgehalten, aber als Mr Williams, einer der Londoner Gäste, am zweiten Abend allzu drastisch beschrieb, welche Rache England an Deutschland nehmen sollte und dass die RAF gut daran täte, alle deutschen Städte mitsamt der Bevölkerung auszuradieren, hielt es Sigmund nicht länger aus. Er musste jetzt reden, er musste für die Menschen werben, die in diesen Städten lebten. »Man kann sie doch nicht einfach alle umbringen, nur weil die Nazis in Berlin einen schrecklichen Krieg wollen.« Die Gäste waren überrascht, als sie erfuhren, dass dieser perfekt Englisch sprechende junge Mann ein deutscher Jude war. Mr Williams fragte ihn, ob er denn wisse, dass die Deutschen alle Juden aus dem Lande trieben, er habe Post von einem jüdischen Ehepaar erhalten, das jetzt in New York lebe und sich große Sorgen machte, weil sie gar nichts mehr von ihren Verwandten in Frankfurt hörten. Andere hätten berichtet, dass die Nazis die ganze jüdische Bevölkerung in Lagern irgendwo in Polen sammeln würden. Keiner wüsste, was da mit ihnen geschehe. »Und da können Sie, ein junger Jude, noch freundlich zu diesen Deutschen sein? Sie verraten Ihre Rasse, junger Mann! Die Deutschen haben alle den Tod verdient!«

»Nein«, sagte Sigmund, und war selbst überrascht, wie deutlich und laut, ja leidenschaftlich dieses »Nein« seinem Mund entschlüpft war. »Es gibt so viele, die diesen Hitler nicht ausstehen können!« Er erzählte von Tono und Emmi, die ihn nach dem Tod seiner Mutter aufgenommen hatten, erzählte vom Hotel in Lippstadt, von einem Ausflug mit Tono nach Münster, vom Rathaus dort, dem Friedenssaal, dem prächtigen Dom und erzählte von dem Foto, das er vor einigen Wochen in der *Times* seines Gastvaters entdeckt hatte und das eine brennende Straße in Münster nach dem Bombenangriff der Engländer zeigte. Die acht Gäste, die um den großen Tisch herum saßen, ließen

Sigmund reden, vor allem die Frauen unter ihnen empfanden Sympathie für diesen jungen Juden, der seine Freunde daheim in Deutschland liebte und sie jetzt verteidigte. Die Männer hingegen waren sich in der Verurteilung des ganzen Landes einig und malten sich die Vergeltung aus.

»Ich verstehe ja Ihre Liebe zu Ihren Stiefeltern in Deutschland«, sagte Mrs Williams, »aber Sie müssen doch jetzt vor allem große Dankbarkeit gegenüber England empfinden, dass wir Sie aufgenommen haben, denn hier sind Sie gerettet, hier kommt der Hitler nicht hin.« Sigmund senkte den Kopf.

»Ich bin sehr dankbar«, sagte er leise, aber zugleich fragte er sich, ob er den Leylands wirklich genügend Dankbarkeit zeigte, ob er nicht seit Langem schon sein Leben in Wadebridge viel zu selbstverständlich nahm. Wenn er wirklich sonst in ein Lager nach Polen geschickt worden wäre, statt hier seinen Schulabschluss zu machen, wie könnte er ihnen das jemals wiedergutmachen?

»Wenn Sie mit der Schule fertig sind, können Sie unserer Armee beitreten und selbst gegen die Deutschen kämpfen.«

Sigmund blieb still. Er wusste ganz sicher, dass er nicht gegen Deutsche und Deutschland kämpfen könnte. Für einen Moment sah er Hannes in einer deutschen Uniform, wie er sie aus der Wochenschau kannte, und Hannes hatte das Gewehr gegen ihn gerichtet und er selbst hielt sein Gewehr gegen Hannes. »Nein«, dachte Sigmund, und schaffte es in letzter Minute, dass dieses »Nein« ein stummer Gedanke blieb und nicht laut seinen Lippen entwich.

»Sie werden sehen«, sagte Mr Williams an Sigmund gewandt, »das geht jetzt noch eine ganze Weile ›tit for tat‹. Wie im Mai: erst versenkt ihr, unsere ›Hood‹, und nur zwei Tage später vernichtet unsere Marine eure ›Bismarck‹.« Sigmund ärgerte sich, dass Mr Williams »ihr« und »euch« gesagt hatte, doch war er nicht schnell genug, ihn zu verbessern. »Aber dann geht es ganz rasch und Deutschland geht die Puste aus«, fuhr Mr Williams fort. Von ihm erfuhren die Gäste auch, wie sehr die USA bereits England im Krieg gegen Deutschland unterstützten. Das beruhigte alle am Tisch.

Kapitel 11

1942
Wadebridge

Wieder kein Brief von Rile. Offenbar war der Weg über die Schweiz und die Anglikanische Kirche jetzt auch verstopft. In diesem Jahr würde es auch keinen Malkurs im Cottage geben. Irgendjemand hatte letzten Herbst in der Stadt das Gerücht verbreitet, dass dort Nacktmalerei betrieben würde, dass die Malschüler Londoner Verhältnisse nach Cornwall trügen und im Cottage Verwerfliches geschehe. Mr Leyland hatte daraufhin in dem kleinen Hinterzimmer seines Geschäftes die Kunstmagazine sehr sorgfältig durchgesehen, bevor er sie an seinen Stammkunden Lionel Hastings verkaufte, und er hatte in der Tat im Novemberheft von *New Art* einen Artikel über »Cornish Beauty – Portrait, Landscape and the Human Body« entdeckt. Der Artikel trieb ihm die Schamesröte ins Gesicht. Er wagte nicht, seiner Frau davon zu erzählen. Sie hatten Sigmund zu seinem achtzehnten Geburtstag die Anrede per Vornamen angeboten, ein Zeichen ihrer Freundschaft und ihres Vertrauens, und jetzt? John war sich allerdings nicht sicher, ob Sigmund tatsächlich an diesen Abartigkeiten beteiligt war. Denn im Heft war lediglich eine Schauspielerin aus Bristol erwähnt, die, so hieß es, in den Kursen »Modell für unverhüllte weibliche Schönheit stehen« würde. Ganz am Ende des Artikels fand sich allerdings der beunruhigende Hinweis, »auch die Eleganz des jungen Mannes gehört für die Malstudenten von Lionel Hastings zum Objekt künstlerischer Bildung«. Dieser Satz, den John gleich mehrfach laut las, konnte doch nur auf Sigmund gemünzt sein. Er stellte ihn zur Rede. Sigmund bestritt, sich jemals im Cottage ausgezogen zu haben. Wenn er überhaupt mit diesem allgemeinen Satz gemeint sei, sagte er, so könne sich die Eleganz nur auf sein Gesicht beziehen, das in der Tat immer wieder von den Studenten mal realistisch, mal impressionistisch, mal nur mit wenigen Strichen gezeichnet oder gemalt worden sei. John kenne ja das Bild, das über dem Rembrandt in seinem Zimmer hinge, ein Bildnis seines Kopfes.

»Solltest du lügen und dich dort im Cottage«, John zögerte, suchte nach dem passenden Wort, »hingegeben haben, sind wir geschiedene Leute. Dann kannst du dir eine neue Foster Family suchen. Linda und ich dulden keinen Sündenpfuhl unter unserem Dach!«

In der Nacht fand Sigmund wenig Schlaf. Er hatte gelogen, hatte lügen müssen. Er war es nicht wert, dass John und Linda ihn aufgenommen hatten. Er hatte die beiden verraten. Am nächsten Morgen versuchte er seine Unruhe zu verbergen und Lindas Haferporridge mit dem üblichen Gleichmut zu sich zu nehmen, aber sein Magen war verstopft und seine Hand zitterte. Noch vor der Schule fuhr er zu Lion und beschwor ihn, nichts und niemandem jemals von der Aktmalerei zu erzählen. Lion versprach es hoch und heilig und sagte ihm gleich, dass er im nächsten Sommer, falls überhaupt, nur die Schauspielerin als Modell engagieren würde. Er erwarte auch nicht, dass Derek und Alwyn sich noch einmal anmeldeten, und von Elsie Brown habe er gehört, sie sei in die USA gezogen. Ob Sigmund da Genaueres wisse? Sigmund verneinte. Er wusste in der Tat nichts Genaueres. Anfang Oktober hatte er ein Kuvert aus dem Briefkasten der Leylands geholt, es war an ihn gerichtet, ohne Absender und darin lag eine Karte, auf der »Wir sehen uns in Kalifornien, E.« stand.

Die folgenden Wochen verliefen ruhig. John hatte Linda offensichtlich nichts erzählt. Sie bat Sigmund wie immer abends zu sich ins Wohnzimmer, sie bereite gern für alle drei einen guten Tee. Wenn er dann auf dem Sofa sitzend las oder sie gemeinsam Radio hörten, streifte ihn mitunter ein forschender Blick, als suche John an ihm Zeichen, die seinen Verdacht bestätigen könnten. Aber es gab nichts zu erkennen und Sigmund bemühte sich, jedes Mal so unbefangen wie möglich zurückzublicken. Doch Johns Blick ließ ihn so manchen Abendtee bitter schmecken und er begann, sich für die Aktsitzungen zu schämen, ein Gedanke, der ihm im Cottage nach den allerersten Sitzungen nicht wieder gekommen war. Das jetzt erwachte Schamgefühl machte ihn unsicher. Er musste auf der Hut sein. Er beruhigte sich erst, als sie Anfang Dezember im Radio vom Überfall der Japaner auf Pearl Harbor hörten, John dazu aufsprang, ihn aus dem Sessel zog und ihn kräftig und lang an sich drückte. Es war das erste Mal überhaupt, dass John ihn umarmte, ihn körperlich berührte. »Nun werden die Amerikaner in den Krieg eintreten. Nun ist es endlich so weit«, rief er aus und zog ihn erneut an sich. »Deutschland ist im nächsten Jahr besiegt!« Sigmund pflichtete ihm bei, nicht nur um ihm zu gefallen, sondern weil die unerwartete Nähe ihm guttat und weil auch er fest daran glaubte, dass der Krieg beim Eintritt der Amerikaner im kommenden Jahr schnell zu Ende gehen würde.

Wenige Tage später erklärten jedoch die Deutschen ihrerseits den Amerikanern den Krieg. »Jetzt seid ihr ganz verrückt geworden«, sagte Mr Leyland leise und schüttelte dabei den Kopf.

»Ihr?«, fragte Sigmund spontan zurück, froh, dass er dieses Mal nicht wie im Sommer im Miners' Arm zu langsam war, und bange, dass er sich bei Johns Umarmung vielleicht doch getäuscht hatte. Da schaute John ihn an, suchte den direkten Kontakt ihrer Augen.

»Entschuldige, Sig, das habe ich nicht so gemeint. Du«, er zögerte noch einmal kurz, »du bist einer von uns!« Sigmund spürte, dass John in diesem Moment tatsächlich alle Vorbehalte abgelegt hatte, und er hoffte sehr, dass es dabei bliebe und die Gerüchte um das Cottage nicht wieder aufblühen würden.

Seit Frühjahr war er wieder häufiger am Flussufer des Camel unterwegs, auf dem schmalen Pfad zwischen Fluss und Gleis, blickte auf das Hellgrün der Weiden und Erlen, auf die ersten Büsche, die zart der Frühlingssonne entgegen blühten. Er dachte an die Lippe, an Rile oder hatte Elsie vor Augen und versuchte, sich ein Bild von Kalifornien zu machen. Als er jetzt auf einer der Brücken stand und den Fluss betrachtete, spürte er Wehmut über den nahenden Abschluss seiner Schulzeit an der St George School und war selbst überrascht, dass er so empfand. Eigentlich hatte er allen Grund, voller Freude auf das zu blicken, was jetzt vor ihm lag. Vor zwei Wochen erst, als sie abends wieder einmal gemeinsam im Wohnzimmer saßen, hatte John ihn völlig verblüfft. Er hatte sich plötzlich laut geräuspert, sodass Sigmund und Linda gleich erwartungsvoll zu ihm aufsahen. »Linda und ich wollen dich etwas fragen.« John machte eine Pause, schaute mit großen Augen auf ihn, nahm noch einen Zug von seiner Zigarette. Was hatte diese feierliche Eröffnung zu bedeuten? Was könnte es sein? Doch nicht etwa irgendwas Altes aus dem Cottage?

»Wir wollten dich fragen, ob du studieren möchtest. Headmaster Wright sagt, das Zeug dazu hättest du!«

Sigmund wollte seinen Ohren nicht trauen, war aufgesprungen, hätte den Sessel fast umgeworfen, ging die zwei Schritte auf John zu und erst als er ihn schon fast umarmte, hielt er kurz inne.

»Aber John, das wäre …!« Und an Johns Blick sah er, dass er ihn jetzt kräftig umarmen durfte. »Du bist das größte Geschenk«, stammelte Linda überwältigt, als Sigmund sie gleich anschließend an sich drückte.

Wenige Tage später reichte er gemeinsam mit Nick eine Bewerbung auf einen Studienplatz am Teachers College in Swansea ein. Nick bewarb sich für Englisch und Geschichte, er selbst für Englisch und Latein, beide für die Lehrtätigkeit an Grammar Schools. Es müsste neben der fachlichen Eignung noch die Frage seiner Staatsangehörigkeit geklärt werden, hatte die Universität ihm geschrieben, aber diese bürokratischen Finessen beunruhigten ihn nicht.

Jetzt, auf der Brücke über dem Camel River, fragte er sich wieder einmal, womit er sein Glück verdient habe. Wie gern würde er Tono und Rile schreiben. Er adressierte in Gedanken manchmal seine Mutter, manchmal auch den »lieben Gott«. Er hatte so sehr das Bedürfnis, danke zu sagen. Er würde studieren können, würde Lehrer werden!

Die Sorgen der Einwohner von Wadebridge, dass morgen die deutsche Wehrmacht in ihr Städtchen einmarschiere, waren nach dem Eintritt der Amerikaner in den Krieg sichtlich geringer geworden. Auch bei Fliegeralarm versammelten sich längst nicht mehr alle Anwohner der Castle Road bei Mr Howe im Luftschutzkeller, der weiterhin Sigmunds Namen mit deutlicher Verachtung ausrief, wenn er ihn auf der Namensliste abhakte. Die Deutschen bombardierten Exeter, Bath, Norwich und York, die Engländer steckten Lübeck in Brand, lenkten ihre Bomber in Hundertschaften nach Köln und warfen vier Tage lang Brandbomben auf Rostock. Die meisten in Wadebridge waren sich einig, dass Hitler bei seinen Eroberungen wohl auf England würde verzichten müssen. Es war eine erstaunliche Langmut und Ruhe in der Stadt zu spüren, die auch auf Sigmund abstrahlte.

Im Juni hatten Nick und er das Abschlusszeugnis der St George Grammar School und die Zulassung für Swansea in der Tasche, genau genommen war es bei Sigmund die vorläufige Zulassung, da noch Fragen mit der Einwanderungsbehörde zu klären waren. John und Linda luden die beiden gemeinsam mit Robert zur Feier des Schulabschlusses in den Black Swan zu einem Abendessen ein. Als der Kellner allen außer Robert Wein eingeschenkt und sich vom Tisch entfernt hatte, sah John in die kleine Runde. »Dies ist für Linda und für mich ein besonderer Moment«, sagte er. »Wir freuen uns mit euch beiden, aber wir freuen uns insbesondere für unseren Sigmund. Gott hat uns diese Chance gegeben. Lasst uns das Glas auf euren Erfolg und auf unsere Freundschaft erheben.«

Sigmund erhob sich. Alle tranken einen kleinen Schluck. »Danke, John und danke, Linda«, sagte Sigmund deutlich bewegt. »Ohne euch wäre ich nicht hier, wäre all das nicht möglich gewesen.« Sigmund nahm einen weiteren Schluck, schaute Linda an, schaute dann auf John.

»Ich habe ein Angebot für dich, Sig, das mir sehr wichtig ist.« Sigmund setzte sich wieder und schaute gespannt auf seinen Foster Father. »Ich bin ehrlich«, sagte dieser, »ich hatte mal Zweifel, aber jetzt bin ich überzeugt, dass du ein anständiger Mann bist, unserer Kirche würdig. Mit Reverend Jordan habe ich alles besprochen. Ich trage dir an, Mitglied der Methodist Church zu werden!« Sigmund geriet sogleich ins Schwitzen. Für John war das Angebot eine geradezu überfällige Angelegenheit, Sigmund fühlte sich jedoch überrumpelt. Er hatte nie daran gedacht, zur Methodist Church überzutreten. Dass er regelmäßig zu den Gottesdiensten gegangen war, hatte er John und Linda und seiner Schule zuliebe getan, ja auch das Singen der alten Kirchenlieder hatte ihm gefallen. Aber mit dem, was Reverend Jordan von seinem Stehpult verkündete, was John und andere Gemeindemitglieder vorlasen, was sie gemeinsam beteten, konnte er wenig anfangen. Das war nicht er! Nur wenn er still betete, irgendwo am Fluss oder in seinem Zimmer oder auf dem Küstenpfad mit Blick aufs Meer, wenn er Gott aus der Tiefe seines Herzens darum bat, diesen fürchterlichen Krieg zu beenden, einfach nur ein Ende herbeizuführen, ohne Sieger und Besiegte, dann war er bei sich und dann meinte er, auch ein Gegenüber, so etwas wie Gott zu spüren.

»Ich möchte euch bitten, diesen Antrag überdenken zu dürfen. Ich kann das jetzt nicht entscheiden!« Sigmund hatte mit leiser Stimme gesprochen, John war sichtlich enttäuscht, Nick fühlte sich unwohl, sie aßen eine Zeit lang schweigend.

»Es wäre ein Zeichen deines Dankes, Sig«, sagte Linda dann. »Wenn die Gerüchte über Deutschland und die Juden stimmen, hast du unglaubliches Glück gehabt.« Sie nahm einen Schluck von ihrem Apfelsaft, stellte das Glas anschließend betont behutsam neben ihren Teller. John blieb still. »Du hast bei uns unbehelligt leben können«, fuhr Linda fort, »John hat damals die fünfzig Pfund Kaution für dich bezahlt, damit du zu uns kommen konntest, wir haben bei Kriegsbeginn für dich gebürgt, damit du nicht interniert wurdest, und jetzt kannst du studieren!« Sigmund ließ den Rest des Roast Beef stehen, saß schweigend am Tisch, Schweißperlen liefen ihm am Rücken herunter. »Du bist für John ein Sohn!«

Sigmund blieb still, er spürte sein Herz, hörte es klopfen. Für lange Zeit war Stille am Tisch. Dann bestritt Robert das Gespräch. Er hatte endlich einen Brief von seiner Mutter erhalten, über eine Kirchenorganisation der Quäker, nachdem er über ein Jahr auf Post aus Deutschland gewartet hatte. Er redete ohne Ende.

Wieder in der Castle Road öffnete Sigmund das kleine Kästchen mit den Fotos, den Briefen von Rile und den alten Schreiben seiner Mutter. Drei Hillers Pfefferminz steckten noch in der weißen Rolle. Er las wieder einmal die Briefe der Mutter, wusste aber, dass sie zum Judentum nur wenig sagten. Im Brief zu seinem dritten Geburtstag hatte seine Mutter erwähnt, dass sie ihn jüdisch aufziehen wolle, weil – Sigmund fand die Stelle im Brief sofort –, *»Dein Vater und ich nun einmal Juden sind und weil mein Vati immer gesagt hat: Juden sind etwas ganz Besonderes. Sie sind Gottes auserwähltes Volk und daher immer auf der Suche nach ihrem Glück, immer auf dem Weg zu ihrer Heimat.«* Sigmund stutzte. Er hatte vergessen, dass seine Mutter hier das Wort Heimat verwendet hatte. Es war ihm nie zuvor so aufgefallen wie jetzt. »*… immer auf der Suche nach ihrem Glück, immer auf dem Weg zu ihrer Heimat.*« Das berührte ihn. Doch gleichzeitig überlegte er, wann er sich tatsächlich einmal jüdisch gefühlt hatte. Seit der Bar-Mizwa mit Harry in Lippstadt hatte er keine Synagoge mehr besucht, er hatte nie den Sabbat als besonderen Tag geehrt oder gar gefeiert, die Festtage Jom Kippur, Sukkot oder Chanukka waren leere Begriffe für ihn, Weihnachten und Ostern hingegen bedeuteten Inhalte, ließen gleich ganze Bilderfolgen der Liturgie in ihm aufsteigen, aber Jom Kippur oder Pessach? Er wusste gar nicht, wie man diese Feste feierte. Er war – noch zögerte er mit dem Eingeständnis, sah noch einmal auf den Brief seiner Mutter, der auf seinem Schoß lag –, er war nie jüdisch gewesen, sondern katholisch mit Tono und den Dellbrücks, und jetzt seit fast vier Jahren methodistisch, hatte also die ganzen Jahre über christlich gelebt, zumindest nach außen. Er sah auf das Rembrandt-Bild, auf die dunkle Seite des Kopfes. Das Jüdische in ihm war vielleicht das Dunkle, dachte er, die Seite von ihm, die er nicht kannte. Oder war das Atheistische das Dunkle?

Er überlegte, ob die gewaltige Entscheidung, die er jetzt zu treffen hätte, nicht ein weiteres Dr. Hillers Pfefferminz rechtfertigte. Aber dann hätte er nur noch zwei für weitere Geschehnisse, und er wusste nicht, wie wichtig die noch sein könnten. Er steckte die Pfefferminzrolle ungeöffnet zurück in das Kästchen. In der Nacht bekam er Angst, dass seine Weigerung das Ende seines Glücks herbeirufen könnte. Am nächsten Tag erklärte er John und Linda, er sei bereit, zur Methodist Church überzutreten.

In der darauffolgenden Woche erhielt Sigmund eine Vorladung zur Verwaltung von Nord-Cornwall in Truro.

Er möge mitteilen, ob er mit Erreichen der Volljährigkeit die Einbürgerung in das Vereinigte Königreich anstrebe, hieß es in dem Schreiben. Als er eine Woche später im Bus nach Truro saß, war er noch immer unentschieden. Er würde die Entscheidung davon abhängig machen, ob er vom Militäreinsatz befreit bliebe, da er sich nicht vorstellen konnte, jemals gegen Hannes im Feld zu stehen oder Lippstadt aus der Luft angreifen zu müssen.

Der Verwaltungsbeamte in Truro saß hinter einem großen schweren Schreibtisch. Er war ein freundlicher älterer Herr, der ihm erläuterte, dass er seinen jetzigen Status als staatenloser Minderjähriger durchaus noch aufrechterhalten könne. Er würde nicht »gezogen«, würde jedoch beim Home Office in Swansea mithelfen müssen, wann immer man ihn da brauche. In zwei Jahren, fuhr der Beamte fort, würde man jedoch eine Entscheidung von ihm benötigen, dann sei »staatenlos« die denkbar schlechteste Kategorie.

»Wenn Sie bereits jetzt sicher sind, mit 21 britischer Staatsbürger werden zu wollen, können Sie das auch heute schon schriftlich zu Protokoll geben, wir würden dann alles rechtzeitig vorbereiten.« Der Beamte sah mit großen freundlichen Augen zu Sigmund hoch, der vor dem Schreibtisch stand. Einen Stuhl gab es für die Besucher nicht. »Die Zulassung an der Universität von Swansea könnte in diesem Fall schon ab sofort von einer vorläufigen in eine endgültige umgewandelt werden.«

Damit hatte der Beamte einen Trumpf gezogen, dachte Sigmund, doch der freundliche Alte hinter dem Schreibtisch legte noch einmal nach. »Übrigens, das Ehepaar Leyland hat bereits jetzt schriftlich erklärt, für Sie erneut zu bürgen.«

Da schau an, dachte Sigmund. John und Linda hatten also wieder einmal die Weichen gestellt. Dass sie nicht verstanden, dass er für so eine Entscheidung einfach mehr Zeit brauchte! Er fragte nach den Konsequenzen der Einbürgerung.

»Auch danach, als britischer Staatsbürger, können Sie aufgrund ihrer Herkunft sicher sein, dass wir sie im Kriegsgebiet nur einsetzen, wenn Sie zustimmen, sollte dann überhaupt noch Krieg sein.« Der Beamte strahlte über sein ganzes Gesicht. Jetzt hatte er endgültig seine Trümpfe ausgespielt.

Sigmund blieb für ein paar Sekunden still, schaute auf das Bild von König George an der Wand und willigte ein.

»Wir werden alles in die Wege leiten«, sagte der Beamte, stand auf und schüttelte ihm die Hand.

Auf der Heimfahrt im Bus war Sigmund seltsam zumute. Er sagte sich ein paar Mal, dass er mit seiner Entscheidung keinen Verrat an Tono und Rile geübt habe.

Kapitel 12

18. Juni 2018
Lippstadt
Frido

»Double Cheeseburger, bitte, und 'ne große Cola.«

Frido steht vor der Theke des Schnellrestaurants im Lippstädter Bahnhof. Die Heidelandschaft steckt in einer C&A-Plastiktüte von Herrn Hildebrand. »Zum Schutz für das wertvolle Bild«, hatte er gesagt und dabei gelacht. Frido hat das Übergabeprotokoll unterzeichnet, das Bild gehört jetzt ihm. »War vielleicht ein Schnellschuss«, denkt Frido. »Will ich das wirklich im Flieger mit nach Sydney nehmen?«

Er schaut auf die Uhr: der Bus nach Bad Waldliesborn fährt erst in fünfzig Minuten. Sein Rucksack ist noch im Schließfach. Im McDonald's sind nur ein paar Jugendliche, er geht zu einem der leeren Tische. Als er das Bild aus der C&A-Tüte zieht, spürt er wieder, wie sich das als Rückwand dienende, dicke braune Packpapier wölbt. Er legt das Bild vorsichtig mit dem Motiv nach unten auf den Tisch. Mit dem weißen Plastikmesser ist ein sauberer Schnitt in die Rückwand kaum möglich. Mühsam schneidet er das Packpapier an der oberen Schmalseite gut zwei Handbreit auf. Als er das Bild umdreht, fallen nacheinander drei Briefe auf den Plastiktisch: Einer davon hat einen grauen länglichen Briefumschlag, auf dem links das Hakenkreuz prangt und rechts statt einer Briefmarke ein ovaler Stempel aufgedrückt ist. In dessen Mitte ist deutlich ein Datum zu sehen: 14. Sept. 1944. Der Brief ist an Frau Betty Dellbrück adressiert, Hotel Dellbrück, Bahnhofstr. 4, Lippstadt in Westfalen. Die beiden anderen Umschläge sind nicht frankiert, auf einem steht groß in geschwungener Schreibschrift »an Tilla«, auf dem anderen mit Bleistift geschrieben »Hannes 1959/61«. Er fühlt, dass noch weitere Umschläge oder Dokumente zwischen Leinwand und Packpapier verborgen sind.

Frido nimmt den grauen Umschlag in die Hand. Auf der Rückseite steht der Absender: Gefr. Anton Dellbrück, 6. Kompanie, 4. Sani-Zug, Charlesville/Fr. Es ist ein Feldpost-Brief seines Großvaters an dessen Schwester. Er hatte ganz vergessen, dass Tono im Zweiten Weltkrieg zum Schluss noch eingezogen worden war, letzte Reserve des Führers. Seine Mutter hatte das irgendwann erwähnt; auch war bei einer Geburtstagsfeier einmal das Gespräch darauf gekommen, als Manfred eine Rede auf seinen Vater hielt. Hatten nicht Tono und Manfred sich kurz nach Kriegsende in einem Gefangenenlager wieder getroffen? Warum hatte er sich eigentlich nie so recht dafür interessiert, was die beiden, immerhin der Vater seiner Mutter und ihr Bruder, im Dritten Reich erlebt hatten, zu was sie gezwungen waren oder was sie freiwillig taten? Nur über Hannes war im Familienkreis häufiger gesprochen worden, weil der im Krieg »einen Schlag weg« bekommen hatte, wie Mutter immer sagte. Aber über Großvater wurde kaum geredet.

Frido erinnert sich jetzt allerdings, was Tono selbst einmal von seiner Zeit im Ersten Weltkrieg berichtet hatte. Das war bei einem Fest gewesen. Während alle Männer kräftig becherten, begann Tono, von den hübschen schwarzhaarigen Mädchen in Rumänien zu erzählen und schwärmte von den wunderbaren Küssen, die diese Mädchen ihm, dem jungen deutschen Soldaten, gegönnt hatten. Frido hat diese Szene wieder vor Augen, er war damals vierzehn oder fünfzehn, die Situation hatte sich ihm eingeprägt, weil einer der anwesenden Männer seinen Großvater herausforderte, doch noch mehr zu erzählen, da sei doch sicher mehr gewesen für einen jungen Soldaten im ersten Krieg als nur Küsse, und alle lachten laut. Da flüsterte Tono, er habe es einem der Mädchen von hinten gemacht, und wieder lachten alle Männer, schlugen sich auf die Schenkel, während er darüber rätselte, was das wohl bedeutete, »von hinten«. Aber über seine Erlebnisse im Zweiten Weltkrieg hatte Tono nie geredet.

Er nimmt den Bogen aus dem Umschlag, entfaltet ihn, spürt Neugier und Spannung. Ganz kurz geht ihm das Wort »Briefgeheimnis« durch den Kopf, dann schaut er auf den mit Bleistift geschriebenen Brief und beginnt zu lesen. Da sind ein paar altmodische Buchstaben, dieses altertümliche große S und M und W am Beginn von Substantiven, was die Lesegeschwindigkeit mindert, aber er gewöhnt sich schnell daran.

14. September 1944

Meine liebe Betty,

ich bin im Lager, wir hatten jetzt zwei Tage Ruhe, Gott sei Dank. Ich habe gerade Emmi geschrieben, will aber auch Dir sagen, wie erleichtert ich bin, daß im Hotel alles gut weiter geht. Ich denke, daß Emmi wirklich alles tut, was in ihrer Kraft steht, du weißt, sie ist nicht sehr belastbar, und Rile hilft ja auch, wenn immer ihre Schicht im Krankenhaus das erlaubt. Ich hoffe sehr, daß Hannes wieder ganz genesen wird. Zum Glück kann er auf dem linken Auge ja weiterhin gut sehen, das müßte ihm doch Mut machen, statt daß er die ganze Zeit Trübsal bläst. Sicher ist es hart, als junger Mann auf einem Auge die Sehkraft zu verlieren und jetzt immer wieder Kopfschmerzen ertragen zu müssen, aber er ist ansonsten heil geblieben und zurück. Da kann er seinem Herrgott nur danken. Schreib mir bitte gleich, wenn ihr was von Manfred hört. Daß man ihn nach dem Abitur sofort eingezogen hat, ist schrecklich. Er erschien mir noch so unendlich jung, als er erstmals in Uniform vor mir stand. Gott schütze ihn!

Hier geht alles seinen Weg. Es fällt mir aber schwer, viel mehr möchte ich gar nicht schreiben. Ich bin nun mal 47. Wenn ich den vierten oder fünften Soldaten nach einer Attacke auf die Trage hebe, merke ich meinen Rücken. Wenn wir dann zurück zum Lazarettzelt laufen, halbgebückt, um die Trage nicht zu verlieren, spüre ich Kreuz und Beine und natürlich die Pumpe. Daß die bei der Untersuchung gesagt haben, mein Herz sei in Ordnung, glaube ich einfach nicht. Das war gelogen. Dr. Singer hatte damals ganz recht. Aber das ist lange her und heute haben wir andere Zeiten.

Ich hoffe natürlich, was alle hoffen. Daß ich schon bald wieder daheim bin. Ich will Dir nicht beschreiben, wie so mancher von uns nach einem Angriff ausschaut. Das ist nichts für Euch. Bernd hat vor drei Tagen dran glauben müssen. Er war unser bester beim Skat. Der hatte ein Gedächtnis für jeden Stich, unglaublich. Hat ihm nicht geholfen. Zum Glück war es ein glatter Kopfschuß, da hat er nicht viel gespürt. Wenn ich wieder zu Hause bin, muß ich zu seiner Hilde nach Dortmund. Das hatten wir so ausgemacht. Ich zu seiner, er zu meiner. Es ist alles eine … Wahrscheinlich wird man mich in den Norden versetzen. Wir müssen jetzt alles tun, um die Amis und die Briten zurückzuwerfen. Wir geben nicht auf.

Gib auch Du nicht auf! Nimm Jochen mal in den Arm. Er soll doch froh sein, daß er damals gleich ein Bein verloren hat. Es hätte soviel schlimmer für ihn kommen können. Ich mußte zuletzt viel an Siggi denken. Die V1 Raketen haben den Engländern mächtig zugesetzt, vor allem in London. Was Siggi wohl macht? Nimm Rile mal in den Arm, ich glaube, irgendwie mag sie ihn noch immer. So wie Du.

Gleich kommt der Kradfahrer für die Feldpost. Betet für mich mit, bitte.

Dein Bruder Tono

Frido nimmt einen Schluck von der Cola. Er schaut noch lange auf den Brief. Er hatte seinen Großvater immer gut gelaunt, charmant, etwas altmodisch fröhlich, ab und zu singend in Erinnerung. Nicht als jemanden, der im Krieg stand, der irgendeiner Hilde in Dortmund Kunde bringen musste, wie ihr Bernd gestorben ist, und dass es ein glatter Kopfschuss war, ein schneller Tod. Plötzlich tut sich etwas auf, was er gar nicht erwartet hatte, was er auch noch gar nicht fassen kann. Er faltet mechanisch den Brief, steckt ihn zurück in den Feldpostumschlag. Die beiden anderen Briefe schiebt er mit dem Feldpostbrief zurück in das Versteck zwischen Leinwand und Rückwand. In zehn Minuten fährt der Bus nach Waldliesborn, wo er den Abend bei seiner Tante verbringen und übernachten wird. Irgendwie gerät der Deutschlandbesuch auf eine schiefe Ebene.

Kapitel 13

1943
Swansea
Sigmund, Joan, Nick

»Du siehst großartig aus!« Sigmund gab Joan einen Kuss und öffnete die Tür des Wagens der Kleinbahn, die nach Mumbles fuhr, dem Vorort von Swansea an der Spitze der gleichnamigen Landzunge.

Die Bahn setzte sich in Bewegung. Sie nahmen gegenüber Nick und Ruth Platz, die ihm gleich zum Geburtstag gratulierten. Joan nestelte an ihrem Täschchen herum, aus dem sie ein schmales Päckchen hervorholte, eingewickelt in Geschenkpapier. »Happy birthday, Sig, and many happy returns!« Sie strahlte ihn mit einem breiten Lächeln an, Sigmund sah in ihre dunklen Augen, sah das schwarze Haar, das mit seinen Locken ihr Gesicht umspielte, sah auf den Mund, den er vor zwei Tagen im Schutze der Ulmen im Cwmdonkin Park geküsst hatte und hörte noch einmal ihr kaum wahrnehmbares Stöhnen, als er die Umarmung lockerte. Er hätte sie jetzt gern hier in der Bahn in die Arme genommen, aber er wusste, Umarmungen in der Öffentlichkeit galten als unschicklich. Die anderen Fahrgäste, die älteren zumal, würden Anstoß nehmen. Noch während der Fahrt öffnete er die Kordel und entnahm dem Papier einen schmalen Band mit Gedichten von Shelley. Joan war wie er im ersten Jahr des Englisch-Studiums. Bei Semesterbeginn Ende September letzten Jahres hatte sie zufällig in der Romantik-Vorlesung neben ihm gesessen, eine Woche später war es schon kein Zufall mehr. Seitdem trafen sie sich oft auch außerhalb des Seminars im Uplands Café oder – seit ein paar Wochen – auch im Haus von Mrs Brown, die allerdings streng darauf achtete, dass Damenbesuche nur nachmittags und nur in der Lounge im Erdgeschoss empfangen werden durften. Joan, die aus Carmarthen kam, wohnte im Mädchenwohnheim des College, in dem jeder Männerbesuch strikt verboten war.

Vor zwei Tagen hatte ein an ihn adressierter, dickerer Briefumschlag auf dem Schuhschrank von Mrs Brown gelegen. Er enthielt neben der Geburtstagskarte von John und Linda ein weiteres Couvert aus London mit der Church of England als Absender. Sigmund riss das Couvert sogleich auf und fand darin zwei Briefe.

19. Februar 1943

Mein lieber Sigmund,

wir haben gestern die Rede von Goebbels gehört, und auch wenn Pfarrer Baumann erst im März wieder in die Schweiz reist, will ich dir gleich heute schreiben. Denn es bedrückt uns nicht nur die Rede, nein wir wissen jetzt auch, daß Hannes an die Ostfront versetzt werden soll und sind darüber in heller Aufregung. Mama hat Angst, daß er aus dem Osten nicht zurückkehren wird, und betet jetzt jeden Abend laut für ihn, daß er bloß nicht versetzt wird. Doppes Sohn kann ihm nicht mehr helfen. Der hat selbst großes

Glück gehabt, er gehört zu denjenigen, die vor der Kapitulation noch aus Stalingrad ausgeflogen wurden. Doppes waren letzte Woche zum Essen bei uns. Man hat ihm den rechten Fuß abnehmen müssen, der war erfroren. Er hat kaum geredet. Sein Vater aber brummelte noch immer von Pflicht und Vaterland und Ehre und Dankbarkeit. Aber warum schreibe ich Dir das? Doppe und sein Sohn sind eigentlich gar nicht wichtig für uns. Aber wichtig ist, daß Papa an diesem Abend ganz fertig war und mir sagte, er habe immer Hannes vor sich gesehen. Es gibt jetzt viele in Lippstadt, die ganz fest glauben, daß das mit dem Krieg nicht gut ausgeht.

Wir hatten hier drei Tage Trauer für Stalingrad, jeden Morgen Messe für die Toten, ständig Glockengeläut. Doch im Radio sagen sie, daß sich jetzt im Frühjahr alles für uns zum Guten wenden wird und Rommel wieder alles zurückholt, was wir verloren haben. Nicht alle denken das.

Günther ist seit Januar in Italien eingesetzt, bei der Kommandantur in Rom, aber er fürchtet, daß er von da bald weggezogen wird. Ich denke, Du sollst wissen, daß er mir oft schreibt. Er sagt, er sei verliebt in mich. Aber ich bin nicht in ihn verliebt. Das spüre ich ganz genau. Nur manchmal weiß ich gar nicht, wie sich Liebe überhaupt anfühlt und wie sie sich spüren läßt. Wir sind jetzt so in Sorge wegen Hannes, und ich treffe so viele im Krankenhaus und an den Wochenenden im Restaurant, deren Söhne weg sind, in Gefangenschaft oder tot oder sie wissen nichts von ihnen. Es wäre für mich schrecklich, wenn Hannes …, aber auch, wenn Günther einmal nicht zurückkommen würde, auch wenn ich ihn nicht liebe, wir haben uns eben doch viel getroffen und viel erzählt, aber ich liebe ihn nicht.

Und Du? Du bist jetzt also in Wales, in Swansea bei einem Lehrer-College, aber Du schreibst nie etwas über die Menschen, die Du kennenlernst. Ich bin mir sicher, Du lernst sehr nette und kluge Studentinnen kennen, die genau das studieren, was auch ich so gern studiert hätte. Im Dreifaltigkeitshospital bin ich jetzt als Lernschwester auf der Chirurgie. Ich mußte am Anfang oft die Zähne zusammenbeißen, aber jetzt geht's. In der Inneren hat's mir besser gefallen.

Ich soll Dich von allen im Hotel lieb grüßen, besonders natürlich von Betty.

Ich selbst grüße Dich sehr herzlich. Wenn Du zurückschreibst, dann zitier bitte nichts aus diesem Brief. Man weiß ja nie. Aber schreibe bitte und sende den Brief über die Anglican Church. Bitte!

Deine Rile

Und dann lag da der zweite Brief, anderthalb Bögen, geschrieben drei Wochen später:

14. März 1943

Lieber Siggi,

gestern und vorgestern haben die Briten wieder Essen angegriffen. Es muß ganz fürchterlich gewesen sein. Mehrere tausend Menschen seien tot, heißt es, oder lägen noch verschüttet unter den eingestürzten Häusern. Im Radio haben sie heute nur von wenigen Toten und einigen Verletzten gesprochen, aber es stimmt sicher nicht. Heute Morgen kamen viele Mütter mit Kindern bei uns am Bahnhof an. Werner hat erzählt, daß ganz viele aus dem Ruhrgebiet fliehen und zu Freunden oder Verwandten fahren, die hier leben oder in den Dörfern auf dem

Land. Das kann ich gut verstehen, ich würd's genau so machen. Zwei Mütter haben fürs erste bei uns Quartier genommen, die eine mit zwei, die andere mit drei Kindern. Papa überlegt schon, bei uns in der Wohnung noch ein Zimmer freizumachen und zu vermieten. Ich soll dann zu Karin ins Zimmer, aber die will das genauso wenig wie ich und Mama will eigentlich auch keine Hotelgäste in der Wohnung, sagt sie.

Wegen Hannes haben wir noch nichts weiter gehört. Noch ist er im Westen, irgendwo bei Reims. Wir sollen uns nicht sorgen, schreibt er, ihm ginge es gut. Wie lange wird das noch alles weitergehen? Baumann hatte mit seiner Reise länger als gedacht warten müssen, aber morgen fährt er wieder nach Basel. Ich hoffe also, daß meine Briefe rechtzeitig zu Deinem Geburtstag bei Dir sind. Schon komisch, daß Du gerade in dem Land wohnst, aus dem soviel Zerstörung zu uns kommt. Sicherlich freuen sich alle in England über den Erfolg ihrer Bomber. Und Du? Lippstadt haben sie übrigens nicht angegriffen. Wir hier sind zu unwichtig.

Weißt Du, das schreibe ich nur Dir, das wage ich hier niemandem zu sagen: manchmal kann ich gar nicht mehr glauben. Ich spüre, wie mir dieses Fundament verloren geht. Es will mir alles wie Lüge erscheinen, wenn wir sonntags in der Kirche sitzen und Schlootmann vom liebenden, gnädigen Gott spricht. ›Im Leid sollen wir erkennen‹, sagt Schlootmann, aber was erkennen wir? Vielleicht nur eins: daß es Gott gar nicht gibt! Manchmal möchte ich das hinausschreien mitten in seinen Predigten. Und doch bete ich am Ende wieder wie Mama für Hannes … und ich bete auch für Günther … und natürlich bete ich für Dich in England.

Dir wünsche ich zu Deinem Geburtstag viel Glück. Ich wünschte mir, wir könnten gemeinsam an der Lippe entlanglaufen und alle Ängste würden wie in einer Wolke aufgesogen und langsam am Firmament verschwinden, einfach in Luft aufgehen.

Von allen hier liebe Glückwünsche

Deine Rile

Er las den letzten Absatz noch einmal. Ihm gefiel das Bild von der Wolke, die alles aufsaugen würde, und er sah Rile und sich selbst auf dem engen Trampelpfad am Lippeufer entlanglaufen. Dreizehn oder vierzehn waren sie da, Kinder also und nicht zwanzigjährige Erwachsene. Er legte die Briefe in das Kästchen zu den anderen Briefen und den Fotos. Drei Hillers Pfefferminz waren noch da, eingepackt in das weiße Rollenpapier mit den dicken schwarzen Lettern. Er nahm eines der drei. Er würde später antworten, blickte kurz auf zu dem Rembrandt-Bild, das jetzt weniger prominent als in seinem früheren Zimmer eingeklemmt zwischen Tür und Kleiderschrank hing.

In Swansea war der Krieg weit weg. Es gab die Stahlwerke in Neath und Port Talbot, aber man vertraute darauf, dass Churchills Hawkers und Spitfires schon dafür sorgten, dass die Deutschen so weit nicht kommen würden. Nick und er hatten bei Mrs Brown in der Cwmdonkin Street zwei kleine Zimmer im oberen Stockwerk bezogen, beide mit Blick auf die Bucht. Es war John gewesen, der Mrs Brown, eine Witwe in den frühen Sechzigern, über seine Methodisten-Kontakte ausfindig gemacht und sich mit ihr auf eine moderate Miete verständigt hatte. John sandte ihm nun alle zwei Wochen drei Pfund ans Postamt von Uplands, Nicks

Eltern taten das Gleiche und die beiden hatten sich darauf eingestellt, dass nicht viel übrigblieb, wenn sie die Miete beglichen und die Essensgutscheine für die kleine Mensa im Teachers College bezahlt hatten. Wenn Sigmund auch in Swansea sonntags in die Methodistenkirche ging, dann nur, weil er das Gefühl hatte, auf diese Weise seine Dankbarkeit zu beweisen, die er gegenüber John und Linda empfand und die von Monat zu Monat wuchs. Es beruhigte ihn jetzt, dass er sich vor einem Jahr hatte taufen lassen. Die Taufe war so etwas wie der Preis gewesen, den er hatte zahlen müssen. Sie bedeutete ihm darüber hinaus nichts.

Er hatte mit dem Wechsel nach Swansea doppeltes Glück gehabt: Nick, der auch für das renommiertere Exeter eine Zulassung bekommen hatte, hatte ohne Zögern den Studienplatz in Swansea vorgezogen. Er wollte mit Sigmund gemeinsam studieren und war überglücklich, als er von John erfuhr, dass Mrs Brown gleich zwei Zimmer in ihrem Haus zu vergeben hatte. Da er seit einem halben Jahr rauchte, waren seine drei Pfund allerdings immer etwas eher verbraucht als Sigmunds.

Sie beschlossen, von der kleinen Station in Mumbles nicht direkt in den Golden Globe zu gehen, sondern zunächst auf dem Pier an den kleinen Buden vorbei bis zu dessen Ende zu laufen und aufs Meer zu schauen. Die Flut hatte eingesetzt und vorn am Pier ging ein kräftiger Wind, der die Wellen an das Stahlgerüst klatschen ließ. Die Abenddämmerung war weit vorangeschritten, über dem Meer lag ein geheimnisvolles Grau. Ruth, eine gemeinsame Studienkollegin, die ihre Zuneigung zu Nick scheu zu verbergen suchte, auch weil diese nicht in gleicher Weise erwidert wurde, fröstelte. Nick machte Sigmund ein Zeichen, dass er und Ruth schon einmal zum Lokal vorgehen würden.

»Was singt man in Deutschland, wenn man Geburtstag feiert?«, fragte Joan, als sie allein waren und auf die graublauen Wellen schauten, die sich unter ihnen an den stählernen Trägern brachen.

»›Viel Glück und viel Segen‹, das war unser Geburtstagslied daheim, ein Kanon, den wir immer mehrstimmig sangen«, Sigmund übersetzte ihr das kurze Lied.

»Magst du es mir vorsingen?«

Sigmund lächelte sie von der Seite an und begann:

Viel Glück und viel Segen
auf all deinen Wegen
Gesundheit und Frohsinn
sei auch mit dabei.

Er hatte die letzte Zeile noch nicht ganz beendet, als er von hinten gerempelt und an das Geländer gedrückt wurde. Sigmund drehte sich um.

»Bloody German, hey?«

Drei Männer, Mitte zwanzig, standen vor ihnen, waren unbemerkt hinter sie getreten, als Sigmund sein Lied gesungen und sie beide dabei gedankenverloren aufs Meer geschaut hatten.

»Du bist deutsch, hey?«, sagte der Mann, der größte der drei, der jetzt direkt vor Sigmund stand, neben ihm seine beiden Kumpane, einer der beiden grinste, der andere ließ gelangweilt seine Zigarette in den rechten Mundwinkel wandern. »Ich sag dir was, Scheiß-Hunne, ich habe meinen Bruder beim Blitz in London verloren. Ihr habt ihn gekillt! Seitdem mögen meine Freunde und ich keine Krauts mehr, klar?«

Die drei rochen nach Bier. Sie machten noch einen kleinen Schritt nach vorn Richtung Geländer, obwohl gar kein Platz mehr war. Sigmund spürte die oberste Stahlstange in seinem Rücken.

»Und du Flittchen gehst mit so einem? Mit ’nem Deutschen! Dir sollten sie die Haare abschneiden.«

Sie drängten auch Joan an die Stange. Der Anführer streckte seine Hand nach Joans Haaren aus. Einer der drei rülpste und der Bierdunst erfüllte den schmalen Raum zwischen ihren Gesichtern.

»Lasst sie sofort in Ruhe! Ich bin kein Deutscher! Ich lebe hier in Swansea. Lassen Sie meine Freundin und mich in Ruhe, sofort!«

Sigmund hatte klar und deutlich gesprochen, und offenbar machte es Eindruck. Die drei wichen einige Zentimeter zurück, sodass Joan und er nicht mehr ganz so eingezwängt waren.

»Aber du singst deutsche Lieder, Hunne! Ich kann dir auch eins singen. Hör mal: Deutschland, Deutschland über alles!« Und der Anführer der drei begann tatsächlich mit starkem Akzent und in höhnisch-verzerrter Weise die deutsche Nationalhymne zu singen. Sigmund blieb ruhig, überlegte, wie er die Situation in den Griff bekommen könnte. Da meldete sich Joan.

»Mein Freund ist Brite, Brite wie Sie und ich.« Ihre Stimme schwankte vor Aufregung. »Er war mal Deutscher, deutscher Jude, er konnte fliehen!«

»Also doch! Deutscher Jude. Schau an: und jetzt machst du hier Propaganda für die Scheiß-Nazis und singst deutsche Lieder, du Arschloch.« Der Anführer holte aus und versetzte Sigmund eine kräftige Ohrfeige. »Deutscher Jude ist deutsch und bleibt deutsch. Und du, Flittchen, solltest das wissen und dich nicht mit einem Deutschen abgeben.«

Der Mann spuckte vor Joan aus. Die Spucke klatschte auf den metallenen Boden. »Die Scheiß-Hunnen haben William getötet. Meinen Bruder! Mit zwanzig!«

Damit wandte sich der Mann ab und ging einen Schritt zur Seite, aber sein Kumpan, der rechts neben ihm gestanden und bisher nur gegrinst und geschwiegen hatte, folgte nicht gleich, sondern stellte sich nun direkt vor Sigmund.

»Und du musst wissen, Hunne: Juden mögen wir auch nicht!« Er versetzte Sigmund eine weitere Ohrfeige, nicht so heftig wie die des Anführers, aber Sigmund spürte, wie ein Zucken durch sein Ohr-Inneres ging. Die drei Männer verschwanden, gingen durch das Dunkelgrau der Pierspitze, dann sah Sigmund ihre drei Körper von hinten wie Schatten, als sie an den beiden beleuchteten Buden vorbeiliefen, die an den Rändern der Pier standen.

Sigmund nahm Joan in seine Arme, die sofort zu weinen anfing. Jetzt, wo die Gefahr vorbei war, spürte Sigmund eine große Schwäche in den Beinen. Er hielt Joan an seine Brust gedrückt, und gleichzeitig stützte er sich auf sie. Es war ihm, als müsste er gleich fallen. Er merkte, wie er zu zittern begann, und dann war da der Schmerz im rechten Ohr, ein Stechen, das tief in seinen Kopf drang. Er küsste Joan und sie erwiderte den Kuss heftig.

»Es tut mir so leid«, sagte sie, als sich ihre Münder voneinander lösten, »das hast du nicht verdient!«

»Nie wieder deutsche Lieder«, sagte Sigmund. Durch seinen Körper ging ein Schütteln. Er stammelte mehr, als dass er sprach. »Ich schäme mich, dass du so beschimpft wurdest, meinetwegen. Tut mir wahnsinnig leid, Joan!«

Sie hakten sich unter und gingen eng aneinandergeschmiegt den Weg ins kleine Zentrum von Mumbles, wo Nick und Ruth im Golden Globe auf sie warteten.

»Was ist denn mit dir los?«, fragte Nick, noch bevor Joan und Sigmund sich setzen konnten. »Da kommt ja Blut aus deinem Ohr!«

Er nahm sein Taschentuch und tupfte das Blut von Sigmunds Ohrläppchen. »Was ist geschehen? Du zitterst!«

Drei Stunden später saßen die beiden in Sigmunds Zimmer in der Cwmdonkin Terrace vor dem Fenster, das zum Meer hinaussah. Sie hatten im Golden Globe eher schweigend gegessen, es wollte sich kein richtiges Gespräch mehr einstellen, stattdessen kamen sie immer wieder auf das Geschehen am Pier zurück. In der Bahn hielt Joan Sigmunds Hände auf ihrem Schoß. Auch wenn er jetzt nicht mehr zitterte, so fühlte er sich schwach, noch immer gedemütigt, verletzt. Die beiden Männer brachten Joan und Ruth zum Studentinnenwohnheim zurück. Sigmund hätte Joan gerade heute Nacht sehr gern bei sich gehabt. Er hätte sie die ganze Nacht nicht aus seinen Armen gelassen, so sehr sehnte er sich nach der Berührung mit ihrem Körper, nach dem Schlag ihres Herzens, den er auf seiner Brust spüren wollte. Doch statt mit ihr saß er mit Nick am Tisch, der sein Geburtstagsgeschenk für ihn bis zu diesem Zeitpunkt aufbewahrt hatte. Es war eine Halbliterflasche irischer Whiskey. Sigmund wusste, dass Nick auf viele Zigaretten verzichtet hatte, um diese Flasche zu kaufen. Es war das richtige Geschenk für diesen Abend. Sie prosteten sich zu. Sigmund genoss, wie der Whiskey sich langsam seinen Weg durch die Speiseröhre in den Magen bahnte.

»Eigentlich kaum zu glauben, wie schnell Menschen gewalttätig werden und losschlagen. Gut, dass dir nicht mehr passiert ist.«

»Krieg senkt die Scheu vor jeder Gewalt.« Sigmund nahm einen weiteren Schluck. »Die Menschen fühlen, sie sei gerechtfertigt!«

Sie hielten inne. Durch das Fenster vor ihnen schauten sie über die Dächer von Swansea hinweg auf das Meer, das nur ein klein wenig schwärzer war als die dunkle Nacht im Hintergrund. Auf der Schwärze bewegte sich langsam ein Schiff, dessen Positionslampen in der klaren Nacht gut zu sehen waren.

»Wenn es nicht die Frauen gäbe!« Sigmund blickte auf Nick, der das Whiskeyglas leerte.

»Du bist ganz schön in Joan verliebt!«

»Und wie!«

22. November 1943

Liebe Rile,

jetzt ist es nur noch einen Monat bis Weihnachten und Ihr feiert bald Advent. Aber mir ist so gar nicht nach Weihnachten zumute. Nick hat plötzlich einen Einberufungsbefehl bekommen. Er ist jetzt in einer Kaserne in Birmingham zur Ausbildung für den Kriegseinsatz. Er ist nicht bei der Air Force, sondern wird ausgebildet für den Bodenkrieg. Soweit sind wir also!

Nick und ich hatten in den Ferien nach dem ersten Studienjahr in einer kleinen Metallfabrik in Port Talbot eine Aushilfsarbeit bekommen, in der Hülsenfertigung. Ich habe also selbst einen eigenen kleinen Beitrag geleistet zu dem, was gerade in Berlin passiert. Ich bin mir sicher, es ist richtig so, auch wenn ich oft ein seltsames Gefühl dabei hatte,

Geschosse zu produzieren, die gegen Euch eingesetzt werden. Aber der Krieg muss jetzt so schnell wie möglich zu Ende gehen. Deutschland wird ihn nicht mehr gewinnen. Das sagt hier jeder. Ich hoffe, alle in Deutschland kapieren das endlich, vor allem Hitler. Hört auf! Und bitte, hört jetzt auf, bevor Nick oder Hannes dran glauben müssen!

Nick und ich hatten nach der Arbeit bei Fergus Steel noch zwei Wochen frei, bevor das Studienjahr wieder los ging. Ich war die erste Woche bei John und Linda in der Castle Road. John war sehr beeindruckt, als ich ihm meinen ganzen Lohn, den ich bei Fergus bekommen hatte, hinlegte und ihm vorrechnete, wann seine Zahlungen erst wieder einsetzen müßten.

Dann bin ich mit dem Zug nach St Agnes gefahren. Nicks Eltern hatten mich wieder eingeladen. An einem Tag sind wir Richtung St Ives geradelt und als wir auf der Straße einen Heuwagen überholten, rief plötzlich der Kutscher, der den Wagen von oben lenkte, auf Deutsch: »Hey, sind das nicht meine Retter von damals?« Ich bin fast vom Rad gefallen. Stell Dir vor, der Pilot, den wir damals nach dem Abschuß aus seinem Flieger befreiten, ist immer noch als Kriegsgefangener in Cornwall. Er muß einem Bauern als Knecht dienen, darf den Hof nicht verlassen, hinkt zwar etwas seit dem Absturz, aber sagt von sich selbst, er hätte kaum mehr Glück haben können. Am Ende hat er mich umarmt, weil ich ihm doch das Leben und das Bein gerettet hätte, als ich ihn aus dem Cockpit zog. Na ja, ein wenig stolz bin ich darauf schon. Nick und ich haben uns riesig gefreut, ihn wieder zu sehen.

Aber nun ist Nick fort. Wir hatten noch gemeinsam das neue Studienjahr begonnen, und dann war da plötzlich der Brief. Am 18. November mußte er sich in Birmingham einfinden. Jetzt ist das Zimmer neben mir leer und ich gehe morgens allein die Uplands Road entlang zum College. Ich werde mich daran gewöhnen, aber vielleicht kannst Du nachempfinden, wie sehr mich das trifft. Er ist mein bester Freund, seit meiner Ankunft in Wadebridge im Dezember 1938. Und was ganz blöd ist, absolut blöd, ist, daß ich in meinem Hinterkopf immer zwei Bilder habe. Einmal höre ich Linda, wie sie auf der Couch unter dem Löwenbild sitzt und sagt: »Ich muß jetzt immer an Clive denken.« Du kannst nicht wissen, Rile, was dieser Satz bedeutet, aber er steht bei Linda immer für Unheil! Und dann sehe ich Harry, wie er sich von mir bei Euch in der Wohnung verabschiedet, damals, 1936 als seine Familie nach Kolumbien auswanderte. Er hat sich auf dem Fahrrad noch einmal nach mir umgedreht und da wußte ich, daß ich ihn nie wiedersehen würde. Das ist das schrecklichste Bild.

Habt Ihr von Hannes gehört? Ich hoffe doch sehr, daß es ihm gut geht.

Ist Manfred schon in der Oberprima? Hast Du mir nicht mal geschrieben, daß er ein schlechter Schüler sei? Laßt ihn doch einfach sitzenbleiben, damit er nicht gezogen wird. Und schick mir bitte mal ein Foto von Euch vieren. Karin war sieben, als ich von ihr Abschied nahm. Und wir waren fünfzehn! Das ist jetzt fünf Jahre her!

Wenn Du doch noch immer betest, dann schließe bitte unbedingt auch Nick mit ein. Aber ich muß Dir bekennen, ich kann nicht beten.

Herzliche, liebe Grüße an Euch alle
Dein Sigmund

Der Brief würde lange unterwegs sein, nur mit viel Glück wäre er über Basel noch vor Weihnachten bei Rile.

Sigmund war unruhig. Er hatte zum Glück Joan, aber sie hatten keinen Raum für sich, wo sie wirklich ungestört gewesen wären. Das war im Winter besonders hart. Mrs Brown ging nicht einmal einkaufen, wenn Joan und er am Nachmittag in der Lounge zusammensaßen. Sie brachte ihnen Tee, war ausnehmend liebenswürdig zu seiner »lady friend«, wie sie Joan nannte, und ließ die Tür zur Lounge betont offen, während sie in der Küche hantierte. Sie wagten dann keine Zärtlichkeiten, und sprachen viel über die Gedichte und Bücher, die gerade in den Lektüre-Seminaren an der Reihe waren. Joan hatte eine besondere Vorliebe für Romane des 18. und 19. Jahrhunderts, die Sigmund nicht immer teilen wollte. Sprachen sie allerdings über die »social novels«, so rang Joan mit ihrer Empörung, und er tröstete sie mit der Gewissheit, dass es Fortschritt gäbe und die gröbsten Ungerechtigkeiten wahrscheinlich schon bald der Vergangenheit angehörten. Und Sigmund erzählte von der Gewerkschaftsbewegung, der Labour Party und der deutschen Sozialdemokratie, die sogar den Kaiser abgesetzt hatte und die sicherlich eines Tages, wenn Hitler endlich weg sei, wieder eine große Rolle spielen würde. Manchmal war er selbst von seiner Zuversicht überrascht.

Im Juli hatten sie an einem Wochenende eine lange Wanderung auf dem Küstenpfad der Gower Halbinsel unternommen. Es war ein besonders warmer Samstag und sie waren kurz vor Three Cliffs Bay vom Pfad abgewichen. Nach einer Viertelstunde hatten sie eine wind- und blickgeschützte Stelle erreicht, wo er die Badedecke vor einem großen Ginsterbusch ausbreitete und ihr leise sagte, dass er sie gern einmal nackt sehen würde.

»Ganz nackt, du meinst ohne etwas an?«

Sigmund nickte und schaute ihr geradewegs in die Augen.

»Das tut man nicht!«

»Es ist so natürlich wie das Meer hier, wie die Felsen. Der nackte Körper ist das Schönste überhaupt. Das wussten schon Michelangelo und Leonardo.«

Joans dunkle Augen schauten ihn fragend an. Sie überlegte.

»Du berührst mich aber nicht. Du schaust nur?«, sagte sie endlich.

»Ich tue nur das, was du willst.«

»Versprichst du mir das?«

Er nickte. »Du wirst sehen, es ist wunderschön, den nackten Körper der Sonne entgegenzustrecken und den Wind leicht über ihn hinweggleiten zu spüren.«

»Du sprichst, als hättest du das schon oft gemacht. Hast du?«

Oh Gott, dachte Sigmund.

»Nein, nein, natürlich nicht, ich stelle es mir nur so vor.«

Joan war sehr schön. Sie hatte ihm einmal zuvor in der Lounge einen Blick auf ihre runden, festen Brüste gewährt, und jetzt lag sie vor ihm auf der Decke, schaute ihn mit ängstlichen Augen an, als er seine Shorts abstreifte.

»Du hast mir versprochen, du berührst mich nicht, oder nur da, wo ich es dir erlaube. Versprichst du mir das?«

»Aber sicher, Joan. Ich liebe dich!«

Sie hörten das Meer, die Wellen, die unten vor die drei steil aufragenden Felsen stießen. Sie umarmten sich und Joan gestattete ihm, Hals, Schultern, Brust und Bauch zu küssen, aber keine Berührung unterhalb ihres Bauchnabels. Dann aber schob sie sich auf ihn. Es war das erste Mal seit den Malkursen bei Lion, dass er wieder eine nackte Frau auf seinem Körper spürte, eine vorsichtige, zurückhaltende und ängstliche Frau, die sich nach einigen Minuten aufrichtete, aber auf ihm sitzen blieb und sich erst langsam entspannte, als sie merkte, dass Sigmunds Küsse und seine streichelnden Hände keine Gefahr waren.

Im September, zum Ende der Semesterferien, hatten Joans Eltern ihn zu sich nach Carmarthen eingeladen. »Das ist ein Ritterschlag«, hatte Joan gesagt. Es war ein wunderschöner Spätsommertag, und sie machten eine lange Wanderung über Land. Joan hatte eine Hausarbeit zu Emily Brontës *Wuthering Heights* geschrieben, und Sigmunds Wünsche hatten keine Chance. Sie stritten über die symbolische Bedeutung so mancher sprachlichen Bilder im Roman. Joan warf ihm vor, dass er immer wieder Geschlechtliches in diesen Bildern entdecken wollte und nichts mehr harmlos sei. Sigmund lachte. Als er unter einer weit ausladenden Linde einen einsamen schattigen Lagerplatz ausgemacht hatte, winkte Joan gleich ab. Doch nicht hier im Umland von Carmarthen, nur wenige Meilen von den Eltern entfernt! Sie gönnte ihm unter der Linde nur einen intensiven Kuss und wirkte auch dabei angespannt.

Als das College Ende September wieder begann, war es an den Wochenenden schon zu kalt für ein weiteres Treffen oberhalb des Küstenpfads.

Kapitel 14

1944
Swansea
Sigmund, Joan

»Das kann nicht wahr sein!« Sigmund starrte in Joans Gesicht.

»Er meint, er würde spüren, dass es auf eine Verlobung hinausläuft und da wolle er mir frühzeitig sagen, dass das nicht ginge.«

Joan rührte mechanisch in ihrem Tee, sah auf Sigmund, der das Gesicht verzog, über sie hinweg ins Leere blickte, die Lippen zusammenpresste, den Kopf schüttelte und erst langsam den Blick auf sie zurücklenkte. »Weil ich Deutscher bin und Jude? Hat er das gesagt? Sag deinem Vater, ich bin beides nicht mehr, ich habe es sogar seit drei Tagen amtlich. Ich bin jetzt Brite! Brite wie er. Und Methodist bin ich schon seit zwei Jahren.«

»Papa sagt, ein Jude sei immer ein Jude. Da hätten die Deutschen ganz recht!«

Sigmund atmete tief ein. Das Uplands Café war zu dieser Vormittagsstunde nur schwach besucht. Sie hatten beide Tee vor sich stehen. Die Bedienung hatte bemerkt, dass die beiden an dem Zweiertisch etwas Wichtiges zu besprechen hatten, und störte sie nicht weiter.

»Joan, du weißt, wie sehr ich mich nach jeder Stunde mit dir sehne, da können wir uns doch jetzt nicht trennen?« Sigmund sprach leise und eindringlich. Joan streckte ihm ihre Hand entgegen und streichelte sacht den Rücken von Sigmunds Hand. »Ob wir uns mal verloben werden, das weiß keiner. Aber dass ich dich liebe, muss doch auch für deinen Vater mehr zählen als meine jüdische Vergangenheit.«

»Wir hätten ihm die Geschichte von deinem letzten Geburtstag nicht erzählen sollen!« Joan presste die Lippen zusammen und versuchte, das aufkommende Weinen zu unterdrücken. »Ich glaube, du hast ihm Angst gemacht.« Joan schnäuzte sich.

»Ich war mir so sicher, dass dein Vater und deine Mutter mich mögen.«

Sigmund sah auf seine Freundin, sah Tränen, die langsam über ihre Wangen rannen, sah auf ihre Lippen, die ungeschminkt waren, sah die Anspannung in ihrem ganzen Gesicht.

»Was erwartet dein Vater denn jetzt? Sollen wir uns einfach nicht mehr sehen, oder was meint er?«

»Er möchte nicht, dass es enger wird zwischen uns, er möchte, dass wir auf Distanz gehen.«

»Distanz?« Sigmund blieb einen Moment still. »Sag mir bitte, was das heißt?«

Joan zuckte mit den Schultern.

Sigmund hätte sich jetzt gern von Nick eine Zigarette geliehen, aber Nick war weit weg.

»Möchtest du denn, dass wir auf Distanz gehen? Weißt du, als der Krieg losging, musste ich immer in den

Luftschutzkeller am Ende unserer Straße. Und wenn der Alarm tagsüber war, saß ich neben einem Mädchen, das uns gegenüber wohnte. Sie hieß Janet und war wie ich nach der Schule allein, weil ihre Eltern beide arbeiteten. Und manchmal, während die Sirenen heulten und wir Angst hatten, die Deutschen würden tatsächlich Wadebridge anfliegen, lehnte sie auf der Bank im Luftschutzkeller ihren Kopf an meine Schulter. Ich mochte das. Wir sprachen viel miteinander und wenn der Alarm vorbei war, gingen wir gemeinsam auf der Castle Road zurück in unsere Häuser. Dann plötzlich sagte sie, das ginge nicht mehr. Ich sei ja Deutscher und Jude. Ich dürfe sie nicht mehr begleiten. Da war ich sechzehn. Jetzt bin ich einundzwanzig und …«

Joan lehnte sich vor, streckte ihre Hand aus, strich zart über Sigmunds Haar, berührte sein Ohr, die Wange und sah Sigmund geradewegs in die Augen. Sie hatte aufgehört zu weinen. »Wir müssen uns ja nicht daran halten, was mein Vater sagt!«

Sigmund war verblüfft.

»Du meinst …?«

»Wir machen weiter wie bisher. Ich liebe dich doch auch, Sigmund!« Sie machte mit dem Mund eine Kussbewegung und schaute Sigmund aufmunternd in die Augen, bevor sie den Blick abwandte und wieder auf die Teetasse vor ihr schaute.

Sigmund traute seinen Ohren nicht. Er sah auf seine Joan. Diesen Mut und Trotz hatte er ihr nicht zugetraut. ›Wir müssen uns ja nicht daran halten‹ klang noch einmal in Sigmund nach. Er wollte aufspringen und sie umarmen und hatte sich schon einige Zentimeter vom Stuhl erhoben, da schüttelte sie nur leicht den Kopf, formte mit den Lippen einen weiteren Kuss, und durch ihre langen schwarzen Wimpern hinweg sah er, wie ihre Augen ihn anstrahlten.

Als er ins Haus von Mrs Brown zurückkam, lag ein Brief für ihn auf dem kleinen Flurschränkchen. Es war kein Schreiben aus Lippstadt, offenbar funktionierte der Postverkehr über die Schweiz nicht mehr. Es war ein Brief von Nick. Er hatte ein Foto beigefügt, das ihn in Uniform zeigte. Unter dem Armee-Käppi kamen nur wenige Haare zum Vorschein, Nick lachte und seine Augen sahen wach und zuversichtlich aus. Er schrieb, dass die Ausbildung noch härter geworden sei. Sie würden regelrecht geschliffen. Alle warteten nur darauf, dass es endlich zur Sache ginge, sie nicht mehr im Schlamm der Midlands üben müssten, sondern sich im Land des Feindes bewähren dürften. Sollte es nicht im Verlauf des Sommers zum Einsatz kommen, hätte man ihm zugesagt, dass er Ende September sein Studium in Swansea fortsetzen könnte. Aber das sei unwahrscheinlich, schrieb er, wo doch jetzt schon englische Soldaten mit den Amerikanern zusammen in Italien gelandet seien und dort gen Norden vorrückten. Er erwarte, dass er bald in Europa eingesetzt würde. Vielleicht aber reiche noch die Zeit für einen kurzen Heimaturlaub bei den Eltern im Sommer, zu dem er ihn schon jetzt einlade. Er fragte, ob mit seiner Einbürgerung zum 21. Geburtstag alles geklappt hätte, und dass er hoffte, dass Sigmund nun nicht auch noch eingezogen würde.

Sigmund setzte sich gleich hin und schrieb ihm ausführlich von Joan und ihrem Vater. Die Einbürgerungsurkunde und seinen neuen Pass, schrieb er, habe er auf einer Polizeistation in der Innenstadt von Swansea abgeholt. Er stünde nicht auf der Liste der demnächst Einzuberufenden, habe ihm der Beamte erklärt.

Im Juli, Sigmund hatte die Lateinklausuren mit »sehr gut« beendet, begann er mit seiner Abschlussarbeit in englischer Literaturwissenschaft. Er hatte sich für William Morris entschieden, für dessen Roman *News from Nowhere*, auch wenn dieses Werk und Morris selbst nicht mehr sehr prominent waren. Er wollte endlich tiefer in die Welt von John Ruskin, Dante Gabriel Rossetti und Edward Burne-Jones eindringen, diese Oxforder Künstler in der zweiten Hälfte des 19. Jahrhunderts, von denen damals in Lions Cottage so oft die Rede gewesen war. »Das ist doch diese seltsam katholisch-romantische Künstlergilde, diese Präraffaeliten mit ihren langen schlanken Frauen; was willst du denn damit?«, hatte Joan ihn gefragt und die Augen aufgerissen. Er konnte Joan nicht die ganze Wahrheit sagen. Er sah sie alle wieder vor sich in Lions Cottage, hörte Derek und Margaret, Lion und Alwyn und vor allem Elsie, wie sie sich gegenseitig überboten und der Schönheit allen Vorrang geben wollten vor aller Moral und Vernunft und Normalität. Vielleicht war das tatsächlich alles Unsinn gewesen. Nick war im Juni in der Normandie gelandet, hatte ihm schon zwei Feldpostbriefe von der Front in Frankreich geschrieben. Im ersten stand, dass zwei seiner engsten Kameraden die Landung nicht überlebt hätten. Er hatte gezuckt, als er das las. Und von Hannes wusste er nichts, wahrscheinlich war der jetzt irgendwo an der deutschen Ostfront, vielleicht war er schon längst gefallen. Möglicherweise war sogar der kleine Manfred schon im Krieg. Das war der Alltag. Und da wollte er es mit dem Ästhetizismus des letzten

Jahrhunderts versuchen? Je häufiger er sich selbst diese Frage stellte, desto trotziger antwortete eine Stimme in ihm mit einem deutlichen »Ja«. Dann hatte er wieder Elsie vor sich, wie sie mit den anderen im Cottage stritt, wie sie sich selbst widersprach, wie sie ihn mit Blicken streifte, reizte und herausforderte. Doch er hatte als Siebzehnjähriger so gut wie nichts verstanden. Vielleicht war eben doch jetzt der richtige Augenblick, um herauszufinden, was es mit der Macht des Schönen wirklich auf sich hatte. Jetzt, wo sich das Schöne in einer Zeit beweisen musste, in der ganz Europa im Krieg lag, wo täglich Menschen gewaltsam starben, erschossen wurden, im Schützengraben krepierten, im Bombenhagel verbrannten, wo sein bester Freund irgendwo auf dem Marsch nach Deutschland im Schlamm lag und hoffte, heil aus diesem wieder herauszukommen. Verriet er Nick, wenn er sich solch einem Thema zuwandte? War dieser Krieg nicht längst der Beweis dafür, dass all das, was die Malschüler damals formulierten, eine Luftnummer gewesen war? Hirngespinste von Möchtegern-Künstlern, die vor ihren Kollegen in Lions Cottage brillieren wollten, mehr nicht. Der Glaube an die Macht der Schönheit hatte in den letzten Jahren niemanden vor den Kugeln feindlicher Soldaten gerettet.

Sigmunds Professor am College hatte allerdings wenig Sinn für abgehobene ästhetische Fragen. »Sie sollten sich auf den utopischen Gehalt des Romans von William Morris konzentrieren«, riet er Sigmund, »auf die Überwindung von Schrecken, Krieg und Gewalt in Morris' Entwurf einer Welt von morgen.« Er machte keinen Hehl daraus, dass sein Rat eher eine Anweisung war. Sigmund merkte, dass es ihm wohl auch dieses Mal nicht gelingen würde, der alten Frage aus Lionel Hastings' Tagen beizukommen.

Während die Erinnerungen an einzelne Diskussionen im Cottage blasser wurden, kehrte Elsie umso deutlicher in seiner Phantasie zurück. Wenn er abends allein war, malte er sich Szenen mit ihr aus, verband Erlebtes mit Erdachtem, litt unter der Sehnsucht und genoss die Erregung. Elsie hatte ihn damals überfordert, aber sie hatte ihn auch gelehrt. Wenn er doch nur ein wenig davon an Joan weitergeben dürfte! Joans Mut, sich über das Gebot ihres Vaters hinwegzusetzen, hatte sie ansonsten nicht mutiger gemacht. Zwei Mal hatte sie zugestimmt, mit ihm ihren Geheimplatz bei Three Cliffs Bay aufzusuchen, aber entspannt war sie dabei nicht gewesen. Zuletzt hatte sie nicht einmal die Bluse ausgezogen, und am Ende hatten sie miteinander gestritten. Doch da war auch er angespannt gewesen. Zwei Tage zuvor, am späten Abend des 20. Juli hatte Mrs Brown zu ihm hochgerufen, er solle schnell ins Wohnzimmer kommen zum Radio. Die Deutschen hätten ein Attentat auf Hitler unternommen. Er war im Schlafanzug die Treppe hinunter gerast und kam in dem Moment ins Wohnzimmer, als der BBC-Sprecher die jüngsten Nachrichten verlas und damit endete, dass Hitler aller Wahrscheinlichkeit nach unverletzt geblieben sei.

»Das ist nicht möglich, Mrs Brown, das kann doch kein Gott zulassen. Unverletzt?«

»Er hat den Teufel zum Schutzengel!«

Ab August war er dann allein in Swansea, Joan war bei ihren Eltern, schrieb dort an ihrer Abschlussarbeit über die Rhythmik bei Keats und Byron und hatte ihm letzte Woche einen langen Brief zugesandt, voll liebevoller Worte. Sie hatten ihn kaum berührt, und er wunderte sich selbst über diese Reaktion. Sie verunsicherte ihn tief. Einige Tage konnte er der Frage noch ausweichen, dann aber holte sie ihn ein: Liebte er Joan nicht mehr? Wartete er noch auf die nächste Nachricht von ihr? Gab es noch Sehnsucht nach ihr? Er hatte eine Fotografie von ihr in seinem Portemonnaie, aber es drängte ihn nicht mehr, sie hervorzuholen. Was war passiert? Hatte die Rückbesinnung auf die alten Themen aus Lions Cottage ihn plötzlich von Joan entfremdet? Er wartete mit seiner Antwort schon seit einer Woche, er wollte einen ehrlichen Brief schreiben, den er wie verabredet postlagernd würde senden müssen, da Joans Eltern ihn ja gar nicht mehr an der Seite ihrer Tochter wähnen durften. Er sah, wie Joan zum Postamt ging, nach den postlagernden Briefen fragte und enttäuscht von dannen zog. Jeder Tag, den er verstreichen ließ, vergrößerte seine Schuld und seine Unfähigkeit zu schreiben.

Vor zwei Tagen hatte ein Brief auf Mrs Browns Schränkchen gelegen und er hatte schon Angst bekommen, es sei ein Brief von Joan. Aber Robert hatte geschrieben, er habe die Schule in Wadebridge beendet und Reverend Jordan habe ihn bei der Midlands Bank als Lehrling untergebracht. Am Schluss teilte er mit, er sei ebenfalls mit Schulabschluss Methodist geworden. *»Ich hoffe nur, daß ich das auch schnell wieder ablegen kann«*, fügte er hinzu, *»denn Du weißt ja, ich glaube noch immer, daß Papa mich nach Palästina holt, sobald dieser Krieg zu Ende ist. Ich bin ganz sicher, er wird es tun.«*

Für den letzten Schliff an der Arbeit über Morris' Utopie mussten Sigmund jetzt die Abende genügen. Tagsüber war er wieder bei Fergus in Port Talbot, stand an der Stanze für die Geschosshülsen, erledigte mechanisch die Arbeit und wurde von den älteren Arbeitern mehr oder weniger geschnitten, weil er in ihren Augen als junger gesunder Mann doch ins Feld gehörte, gegen die Deutschen. Als Dick Evans, der Vorarbeiter, die anderen über Sigmunds Vergangenheit aufklärte, waren alle der Meinung, dass Sigmund gegen Hitler kämpfen müsste.

»Jetzt wo dieser Graf keinen Erfolg hatte, müsst ihr euch doch erst recht alle gegen Adolf Hitler zusammentun. So schwer kann das doch gar nicht sein«, rief ihm ein Veteran des Ersten Weltkriegs zu. Sigmund erschrak. Er meinte sogar, dass einige Arbeiter jetzt häufiger zu ihm hinschauten, als ob sie nicht sicher seien, dass er seine Arbeit auch richtig ausführen würde. Wenn Nick nur an seiner Seite gewesen wäre! Mehr und mehr vermied Sigmund den Kontakt zu den anderen im Werk. Als eines Tages Dick Evans nach Schichtende auf ihn zukam, meinte Sigmund schon, dass dies jetzt sein Ende bei Fergus wäre.

»Einige sind misstrauisch, aber das vergeht, Sig!«, sagte er und nahm ihn zur Seite. »Ich bin übrigens Halbjude, wie euer Hitler sagen würde.«

Sigmund zuckte.

»Er ist nicht mein Hitler!«

»Sorry, Sig, ich weiß, war ein Versehen, bitte entschuldige.« Mr Evans zögerte kurz. »Ich wollte es dir schon letztes Jahr sagen, meine Mutter hat Kontakt zu jüdischen Familien in New York. Dort wird ganz offen darüber gesprochen, dass Hitler die Juden vernichtet. Tötet. Er schickt sie nicht irgendwohin, wo sie dann in eigenen Lagern leben. Er lässt sie umbringen! Meine Mutter hat gerade wieder ein Schreiben von einer Freundin aus New Jersey bekommen. Die Deutschen verzweifeln dort! Es ist unvorstellbar, was Hitler macht!«

»Mein Stiefvater hat das früh geahnt und mich deshalb nach England geschickt. Was soll ich denn machen, Mr Evans? Mich freiwillig melden?«

Mr Evans beantwortete die Frage nicht. »Ich denke«, sagte er, »dass Churchill das von Anfang an wusste und deshalb vom ersten Tag an so einen Widerstand aufgebaut hat. Er ist ein großer Mann!«

Sigmund war am Abend sehr still nach Swansea zurückgekehrt. Er nahm nicht den Bus vom Bahnhof nach Uplands, sondern lief die zwei Kilometer zu Fuß. Was sollte er tun? All die Juden, die er in Lippstadt gekannt hatte und die die Stadt verlassen hatten, zogen an seinem inneren Auge vorbei. Und die, die geblieben waren? Was hatte Rile schon vor zwei oder drei Jahren geschrieben? Es seien keine Juden mehr in der Stadt. Vernichtet, getötet?

Als er die Tür in der Cwmdonkin Terrace aufschloss, lag ein weißes Briefkuvert auf der Anrichte. Dieses Mal war es ein Schreiben von Joan. Es war ein kurzer Brief: *»Ich mache mir große Sorgen! Was ist los? Warum schreibst Du nicht? In Liebe, Joan.«*

Kapitel 15

1945
Wadebridge und St Agnes

Der Regen hatte aufgehört. Sigmund schob die Kapuze herunter. Er überquerte den Bahndamm und bog auf den kleinen Trampelpfad ein, der dem Fluss folgte. Es war sein Lieblingsweg. Schon seit Tagen hatte er sich auf diese Wanderung gefreut. John hätte ihn gern begleitet. Heute am ersten Tag des neuen Jahres war sein Laden geschlossen, er hatte Zeit und war gut gestimmt, auch weil Sigmund für ein paar Tage wieder bei ihnen in Wadebridge war. Aber Sigmund hatte deutlich gezeigt, dass er wie früher allein am Camel unterwegs sein wollte.

Bevor er kurz vor Weihnachten zu John und Linda aufgebrochen war, hatte er sich noch einmal mit Joan im Uplands Café verabredet.

»Mein Vater hat es also am Ende doch geschafft«, sagte Joan. »Schade!« Sigmund sah in Joans schwarze Augen und fühlte sich machtlos. Wenn er ihr jetzt widersprach, würde sie ihn fragen, warum denn dann die Beziehung auseinandergegangen war. Er hatte ja selbst nicht verstanden, wie im Sommer plötzlich die Gefühle für Joan dahinschwanden, als wären sie Tautropfen, die verdunsteten. Es waren nicht die verunglückten Treffen oberhalb von Three Cliffs Bay gewesen. Es waren diese Tagträume, die mit Joan begannen und sich schon nach kurzer Zeit in Bilder von Elsie verwandelten, zu Szenen wurden und seine Sehnsucht steigerten. Nein, es war nicht Joans Vater gewesen, der Schuld hatte, es war Elsie, die er hörte, die er spürte, die er roch, nach der ihn verlangte. Da konnte er nicht zu Joan zurück, es wäre ihm unehrlich erschienen.

Doch jetzt am Camel-Fluss war er mit sich zufrieden. Das Wetter war besser geworden, am Himmel bewegten sich die Wolken vom Westwind getrieben, und schon sah er in Richtung Meer einen ersten Streifen Blau, dann einen zweiten gleich über sich. Er hörte den Fluss, und es schien ihm, als hätte auch der Fluss mit dem Ende des Regens eine fröhlichere Melodie angestimmt. Seine Schritte wurden länger, er würde heute bis Dunmere laufen, vielleicht gar bis Hellandbridge.

Die drei Tage nach Boxing Day bei Nicks Eltern in St Agnes zu verbringen, war allerdings ein Fehler gewesen. Warum hatte er sich darauf eingelassen? Sie wussten schon Anfang Dezember, dass Nick keinen Heimaturlaub bekommen würde. Dennoch hatte Nicks Mutter gedrängt und er hatte nachgegeben, hatte irgendwie gedacht, er sei es Nick schuldig, und hatte sich tatsächlich am Tag nach den Feiertagen in Wadebridge in den Bus nach Newquay gesetzt und dort in die Bahn nach St Agnes. Nicks Mutter hatte ihn an der kleinen Station abgeholt. Sigmund konnte ihr die Bedrückung gleich ansehen. Auf dem Weg zum Miners' Arms kam kein rechtes Gespräch auf. Nicks Vater verwickelte ihn am Abend in eine längere Diskussion über die V2, Hitlers Wunderwaffe. Nicks Mutter hatte ihn am nächsten Morgen gefragt, warum er eigentlich nicht eingezogen würde, jetzt, wo es ums Ganze ginge, warum er am College seinen Abschluss machen dürfte, statt endlich Deutschland zu schlagen.

»Sie hatten mir geschrieben, dass sie mich jederzeit zur Home Guard einberufen würden, sobald das notwendig wäre. Sie haben es bisher nicht getan.«

»Aber du bist doch jetzt Engländer, bist doch gar kein Deutscher mehr. Und dennoch brauchst du nicht ...« Sie ließ den Satz unvollendet. Dann schaute sie ihn an, begann zu weinen.

»Entschuldige Sig, ich will dich ja gar nicht in den Krieg schicken, ich will nur unseren Nick zurück! Ich habe solche Angst um ihn!« Damit war sie von ihrem Sessel aufgestanden und in die Küche geeilt, deren Tür sie hinter sich schloss. Sigmund hatte das Fahrrad aus dem Schuppen geholt, war zum St Agnes Beach geradelt, der jetzt Ende Dezember menschenleer war, und hatte zu Fuß den Coastal Path Richtung Süden eingeschlagen. Er lief gegen den Wind aus Südwest, der in der letzten Stunde kräftig aufgedreht hatte und nun immer mehr zum Sturm wurde. Er war froh, dass er vor dem Losfahren noch eine Mütze aus Nicks Schrank genommen hatte, ohne die er diesem kalten Dezembersturm nicht gewachsen gewesen wäre. Wo würde Nick wohl in dieser Stunde sein? Irgendwo auf dem Weg durch Holland oder Belgien Richtung Deutschland. Vielleicht hatte auch Nick gerade jetzt einen Sturm zu bestehen, würde sich wie er dieser unbändigen Energie aussetzen. Das Meer knallte unter Sigmund an die Felsen, die Gischt schäumte meterhoch auf. Er passierte die aufgelassene Zinnhütte hinter St Agnes Head mit dem mächtigen Schornstein und dachte an seine erste

Küstenwanderung mit Nick im Sommer vor drei Jahren, als diese Ruine für ihn zu einem besonderen Ort wurde, sodass sie hier auch bei den weiteren Touren immer Rast gemacht hatten. Doch an diesem Nachmittag war es kein gastlicher Ort. Der Wind pfiff und heulte um die zerfallenen Hütten und Schuppen herum. Der Schornstein, den er damals bei der ersten Wanderung von Weitem zunächst für einen Kirchturm gehalten hatte, trotzte dem Sturm. Er erschien ihm jetzt wie ein Zeigefinger, der riesig groß gen Himmel ragte. Sigmund schaute an ihm hoch in den wolkendichten Himmel, als erwarte er eine Nachricht, und lief weiter. Eine Viertelstunde später hatte er eine der höchsten Klippen erreicht. Er stoppte an einer Stelle, an der der Pfad direkt an der steilen Kante des Felsens entlanglief. Hier konnte er fünfzig Meter tief nach unten blicken, wo das Wasser nach dem Abprallen der letzten Welle für einige Sekunden in runden Trögen landete, die das Meer über die Jahrtausende im Kalkstein ausgewaschen hatte. Das Wasser kreiste darin, entwickelte einen mächtigen Sog, bevor mit der nächsten Welle neues Wasser die Tröge überschüttete. Wieder schoss das Wasser an der Felsenwand mehrere Meter in die Höhe, bäumte sich auf, fiel zurück, das alles in einer Lautstärke, die sich mit dem Tosen des Sturms zu einer gewaltigen Musik verband. Für einen Moment musste er an die Orgel in St. Nikolai denken, wenn der Organist bei einem festlichen Hochamt mit tiefen Bässen improvisiert hatte, aus denen er langsam harmonische Akkorde entwickelte. Aber es war hier kein Wohlklang, den Sigmund hörte, es war ein Pfeifen, ein Grollen, ein Zersplittern von Tonfolgen, als würden die aufgetürmten Wellen wie Tonleitern über mehrere Oktaven auf tiefe Basstöne zurückfallen, bevor der Klang der nächsten Sturmwelle in ein weiteres gewaltiges Splittern zerfiel. Sigmund stand wohl eine halbe Stunde oben auf der Felsenklippe, bewegte sich kaum, außer dass er mitunter den Oberkörper vorbeugte, um dem Sturm besser zu widerstehen. Er sah auf die Ginsterbüsche an der kargen Felswand, deren Zweige sich mit dem Wind bogen, deren Wurzeln aber dem Sturm trotzten und fest in der Wand verblieben. Die großen Sturmmöwen suchten Schutz hinter und unter kurzen Mauervorsprüngen, nur einige wenige ließen sich von Böen forttragen, schossen plötzlich schreiend zwanzig oder dreißig Meter hoch und fielen ebenso schreiend und klagend zurück auf die Höhe der Klippen oder segelten vor der Felsenwand, bis auch sie sich auf einem Mauervorsprung niederließen. Sigmund beobachtete all dies, doch was er am stärksten wahrnahm, war der Klang aus ungeheuer mächtigen Salven von Tönen, aus Anschwellen und Abschwellen und dann hörte er einen einzigen großen Ton, der alles umfasste, der ihn beben ließ, als käme er nicht nur von außen, sondern auch aus seinem Inneren. Als der Ton zu einem neuen Crescendo einsetzte, mächtiger noch als zuvor, voll von Rattern, Knirschen, Heulen, Pfeifen, waren seine Gedanken bei Nick. Was würde Nick in diesem Moment, an einem der letzten Tage des Jahres 1944 hören? War es auch eine Mischung von tiefem Brüllen, Kreischen, Grollen, Heulen, Böllern? Sigmund schloss die Augen, aber er spürte, dass es gefährlich war, sich diesem Ton im Dunkeln zu überlassen. Er machte zwei Schritte rückwärts, öffnete die Augen wieder, spürte den Wind an der Haut in seinem Gesicht. Trotz der Mütze fühlte er die Kälte an den Ohren und plötzlich wurde ihm überhaupt die Kälte in seinem ganzen Körper bewusst, plötzlich war er selbst die Kälte, und mit dieser Wahrnehmung wurde der Ton ein wenig leiser, wurde fast erträglich. Er drehte sich in Richtung St Agnes Head und begann langsam den Rückweg. Der Wind, der jetzt von hinten kam, unterstützte seinen Schritt. Wenn er die Arme spreizte, meinte er gar, fliegen zu können. Aber auch das ließ kein Gefühl der Leichtigkeit aufkommen. Der Klang des Sturms war noch immer dominant, beschwerte ihn weiterhin, vor allem das tiefe Grollen der Basstöne, die seinen Körper erfassten.

Ganz anders jetzt, nur drei Tage nach der Küstenwanderung, der Weg am Camel entlang. Das Rauschen des Flusses war eine leichte Melodie, hatte gar etwas Tänzelndes, Freundliches. Er kam schnell voran. Als er den Fluss auf einem der zahlreichen Stege überqueren wollte, blieb er in dessen Mitte stehen, lehnte sich über das hölzerne Geländer und sah in das Wasser, das hier nach Passieren einer Staustufe sehr viel schneller floss als der Camel sonst. Er wusste, dass er nur auf das dahinschießende Wasser unter ihm starren müsste, um dieses bestimmte Gefühl hervorzurufen: Und so stand er auf dem Steg, schaute intensiv auf das Wasser unter ihm und da bewegte er sich und nicht mehr das Wasser. Er wurde jetzt beständig nach hinten gezogen, während das Wasser unter ihm stand, und er fragte sich, wohin ihn diese Reise am Ende führen würde.

Ostern fiel in diesem Jahr mit seinem Geburtstag zusammen. Da er wusste, wie sehr Linda und John daran gelegen war, ihn zu den Feiertagen bei sich zu wissen, hatte er die Fahrt von Swansea nach Wadebridge auf sich genommen. John schenkte ihm an diesem 1. April, Ostersonntag, zu seinem 22. Geburtstag eine Flasche Claret und eine Flasche schottischen Whisky. Während Brot und Butter nur noch gegen Lebensmittelkarten ausgegeben wurden, hatte John tatsächlich Hochprozentiges erworben. John schwärmte den ganzen Abend vom unmittelbar bevorstehenden Sieg über Deutschland, vom totalen Sieg, wie er ihn nannte, von einem Fest für alle Rechtschaffenden, von der Feier aller Gerechten. Er legte einen Überschwang an den Tag, den Sigmund bei ihm gar nicht für möglich gehalten hatte. Linda war schon zu Bett gegangen, John schenkte beständig nach, auch wenn die Gläser noch gar nicht leer getrunken waren. »Dies ist Deutschlands Ende! Es wird keine V2 mehr auf London geben. Zum Wohl!«

Dann wiederholte er, was er zuvor in den Zeitungen gelesen hatte. Wie die Amerikaner Fallschirmspringer östlich des Rheins abgesetzt hatten und vor einer Woche, am 23. März, amerikanische Truppen unter Montgomery, diesem Devil, über den Rhein marschiert waren. »Über den Rhein«, John schrie fast, »über den Rhein nach Deutschland hinein, kannst du dir das vorstellen, welch ein Fest! Darauf erheben wir unser Glas.« Noch waren sie beim Wein, leerten jetzt den Rest der Flasche.

»Und wer besetzt dann diese Stadt am Rhein, dieses Wesel?« John machte eine Pause. »Das waren natürlich wir, unsere Soldaten. Die Amis fahren immer noch über den Rhein, da besetzen unsere Jungs schon die ganze Stadt. Auf unsere Armee!«

»Auf unsere Armee!«, antwortete Sigmund, und jetzt war der Whisky an der Reihe. John entzündete eine Player's.

»Und auf dich, auf dein Examen. Alles mit sehr gut, beide Fächer, Englisch und Latein! Ich bin so stolz auf dich.« Der Whisky war gut, viel milder, als Sigmund erwartet hatte.

»Was glaubst du, wie lange werden die brauchen, bis sie in Berlin sind?«

Er wartete Sigmunds Antwort erst gar nicht ab.

»Zunächst müssen wir jetzt das Ruhrgebiet einnehmen, dann können die Krauts nicht mehr aufmucken. Dann ist es endgültig zappenduster im kriegslüsternen Deutschland!« John schenkte nach und sah ihn plötzlich eindringlich an.

»Sig, darf ich dir heute an deinem Geburtstag einmal eine ganz persönliche Frage stellen? Ich meine, wir kennen uns jetzt so gut, fast sieben Jahre.« John machte eine Pause, als müsste er Anlauf nehmen. »Fühlst du dich noch als Deutscher? Ich mein, du bist jetzt Brite, thank God, aber vielleicht fühlst du dich ganz tief in deinem Herzen irgendwie doch noch …? Du verstehst schon, ich wollte dich schon immer fragen!«

Sigmund hielt inne. Die Frage hatte er von John nach so vielen Jahren nicht erwartet, aber er hatte sie sich selbst in den letzten Tagen wieder oft gestellt und war zu keiner klaren Antwort gekommen. Deutschland war jetzt von Woche zu Woche geschrumpft, in der *Swansea Evening Post* hatte es Fotos von der Auslöschung der Stadt Dresden, vom zerstörten Hildesheim, vom niedergebrannten Pforzheim gegeben und immer begleitet von der Nachricht, so zwingen wir dieses verbohrte Land in die Knie. Sigmund fühlte sich mit einem Mal wieder nüchtern.

»John, das ist nicht so leicht zu beantworten. Ich hoffe einfach sehr, dass der Krieg besser heute als morgen zu Ende ist. Du weißt, dass Nick jetzt an der Front kämpft, mein bester Freund. Aber du weißt auch, dass meine Brüder aus der Familie, die mich großgezogen hat, im gleichen Krieg stehen, nur auf der anderen Seite der Front. Ich bete jeden Tag, dass es endlich aufhört.«

»Auf dein Wohl, Sig, und auf das Wohl von Nick!« Sigmund nahm einen etwas größeren Schluck.

Als er am nächsten Morgen gegen acht noch im Nachthemd die Treppe hinunterkam, sah er im Briefkastenschlitz in der Haustür den *Cornish Chronicle.* Linda hantierte in der Küche, sie hatte den Ofen angeworfen, es würde gleich einen kräftigen Tee und buttered Toast geben, das würde den Kater verschwinden lassen.

Sigmund nahm den *Chronicle* aus dem Schlitz und sah gleich auf der ersten Seite eine Landkarte, die ihm sehr vertraut war. Es war eine Karte, die das Ruhrgebiet und die angrenzende westfälische Landschaft zeigte. Er glaubte seinen Augen nicht zu trauen, aber da war ein dicker Pfeil eingezeichnet, der von Wesel aus Richtung Osten wies und ein ebenso dicker Pfeil, der von Remagen aus nach Osten zeigte und dann nach Norden abbog und sich mit dem ersten Pfeil in Lippstadt traf. »Ruhrgebiet umzingelt. Ring in Lippstadt/Westfalen geschlossen«, lautete die Überschrift über der Karte und dem darunter platzierten Artikel. Aus ihm entnahm Sigmund, dass zwei amerikanische Einheiten, eine von Westen herkommend und die andere von Süden her das Sauerland durchstoßend sich am Ostersonntag im westfälischen Lippstadt vereinigt hätten. Mit dieser Vereinigung sei der Kessel um das Ruhrgebiet weiträumig, aber ein für alle Mal geschlossen, schrieb der *Chronicle.* Deutschland habe jetzt keine Chance mehr, der Krieg sei entschieden. Schnell fuhr Sigmund durch den Rest des Artikels, und da fand er, was er suchte: Die Stadt Lippstadt sei kampflos an die Amerikaner übergeben worden und sei unzerstört. Sigmund blickte hoch, faltete die Hände und murmelte ein leises »Danke«, bevor er die paar Schritte Richtung Küche ging.

»Linda, schau dir das mal an. Der Krieg geht tatsächlich zu Ende! Die Amis, ich kann es kaum glauben, haben sich in meiner Heimatstadt vereinigt und haben dort den Ring ums Ruhrgebiet geschlossen. Hier, hör!« Und Sigmund begann den ganzen Artikel vorzulesen, stand in der Tür zur Küche, auf dem Rost des Ofens lag schon eine dicke Scheibe Weißbrot, auf dem Küchentisch stand die Butterdose und die große Kanne mit Tee, und Linda hörte aufmerksam zu.

»Das ist wunderbar, Sigmund, dann kann der Krieg jetzt wirklich enden.« Linda strahlte ihn an, wendete noch einmal den Toast.

»Dass ich es nicht vergesse«, sagte sie auf einmal, »da war am Samstag noch ein Brief für dich in der Post. Eine Handschrift, die ich noch nie gesehen hatte. Sorry, ich hatte den Brief verlegt, wollte ihn dir eigentlich schon gestern geben.« Damit überreichte sie Sigmund einen weißen Briefumschlag. Sigmund erkannte die Schrift sogleich. Es war die Schrift von Nicks Mutter, er hatte ihre Briefe oft genug aus dem Briefkasten von Mrs Brown in Swansea genommen und Nick unter die Tür geschoben. Er riss den Brief sofort auf.

Lieber Sigmund,

wir haben gestern Nachricht bekommen, dass Nick am 23. März bei der Einnahme der Stadt Wesel gefallen ist. Er war am Ufer des Flusses Lippe, vor dessen Mündung in den Rhein, in einen Hinterhalt geraten. Der Colonel schrieb uns, dass Nick und seine drei Kameraden durch Kopfschüsse getötet worden seien. Wir sind untröstlich.

Rosalynn

»Nein, nein!« Sigmund schrie dieses Wort in den Flur, schrie es auf Deutsch, schrie es die Treppe hinauf, schrie es John entgegen, der aus dem Schlafzimmer stürzte, schrie es an die Decke der Diele, schrie es gen Himmel. »Warum jetzt noch Nick?«

Kapitel 16

1949
Die Rückkehr
Sigmund, Rile

4. Januar 1949

Lieber Siggi,

Ich kann es noch immer nicht so ganz glauben! Und Tono war wie ein Kind, als ich ihm erzählte, daß Deine Entscheidung jetzt feststeht. »Wirklich, wirklich?«, hat er gefragt und Betty und Emmi haben geweint. Dein Brief hat alle *hier glücklich gemacht! Papa ist sich sicher, daß sie Dich an der Schule gleich annehmen werden. Die brauchen jetzt so dringend Englisch-Lehrer. Du sollst Deine Bewerbung nicht nur ans Schulamt nach Münster, sondern auch direkt an die Schule schicken, meint er, es sei doch Dein altes Gymnasium.*

Papa versucht jetzt alles, um das Hotel nach vorne zu bringen. Betty muß da zurückstecken, das hast Du im Oktober ja schon bemerkt. Zum zweiten Mal, wie sie sagt. Aber sie wird ja auch im nächsten Jahr 65. Wir hatten jetzt zuletzt häufig Engländer und auch Amerikaner zu Gast. Tono hat dann immer die Sätze benutzt, die Du ihm aufgeschrieben hast: ›Is everything alright? What can we do to improve your stay?‹ Hört sich ganz lustig an, wenn er das sagt. Doch wenn sie dann schnell antworten, ruft er immer nach Manfred oder nach mir. Es heißt, daß Ford überlegt, in der Stadt ein Werk zu errichten. Dafür müßte aber der Lippe-Seitenkanal verlängert werden. Und ob es dafür Geld gibt? Na ja, wir werden's sehen.

Hannes hat mir geschrieben. Er fühlt sich im Kloster sehr wohl. Er wird wohl in zwei Jahren die Weihe empfangen und ist dann Pater. Warum sie ihm den Namen Lukas gegeben haben, weiß ich nicht. Johannes ist doch schon ein biblischer Name. Sein Kopfweh ist weniger geworden, schrieb er, der immer gleiche Tagesablauf im Kloster tue ihm gut. Mama ist glücklich, daß er im Kloster ist. Du hast es ja selbst erlebt: Sie ist stolz auf ihn.

Manfred hilft Tono und Betty weiterhin im Hotel. Aber er hat mir gesagt, daß er sich nun endgültig an einer Kunsthochschule bewerben möchte. Mama hält nichts davon. »Brotlose Kunst«, sagt sie. Für Tono und sie ist klar, daß Manfred eines Tages das Hotel übernimmt. Aber ich weiß, er hat eigentlich keine Lust dazu. Karin hat zu Weihnachten verkündet, daß sie nach dem Abitur Lehrerin werden will. Mir scheint, daß Mama bei ihr nichts dagegen einwenden wird wie bei mir. Als ich sie vorgestern darauf ansprach, sagte sie nur, es seien jetzt andere Zeiten.

Vielleicht interessieren Dich all diese Einzelheiten gar nicht so sehr, aber Du weißt ja, wie es ist, wenn ich einmal ins Schreiben komme.

Eigentlich wollte ich Dir nur sagen, wie sehr ich mich freue, daß Du Dich entschlossen hast, zurückzukommen. Ja, einige Gespräche zwischen uns im Oktober waren etwas seltsam, und ich wollte Dich wirklich nicht kränken. Aber gib mir noch ein wenig Zeit für alles Weitere.

Herzlichst

Deine Rile

Sigmund hatte die Bewerbung bereits aufgesetzt. Wie ihm das Schulamt geschrieben hatte, würde er vorsorglich eine Kopie in Englisch hinzufügen, falls die Besatzungs-Offiziere in Münster ein Auge darauf werfen wollten.

Sigmund war sich sicher, dass er richtig entschieden hatte. Und Riles Briefe waren die beste Bestätigung. Letztes Jahr war er in den Oktoberferien zum ersten Mal wieder nach Lippstadt gefahren. Er hatte Zeit gebraucht für diesen Schritt. Und zuletzt hatte es ihn gedrängt. Seit Kriegsende, seit Nicks Tod, war es nicht mehr dasselbe in England. Er hatte sich Ostern 1945 so lange wie möglich in Wadebridge aufgehalten, war die Tage bis Ferienende über Stunden am Fluss entlanggelaufen und erst kurz vor Schulbeginn wieder nach Swansea zurückgefahren. Ihm schien, als sei er ein mechanisches Ding, das sich bewegte, atmete, in das aber nichts eindrang. Manchmal kniff er sich in den Unterarm, kniff so fest er nur konnte, und war kaum überrascht, dass er nur wenig spürte, dass es so lange dauerte, bis es endlich schmerzte. Er spürte, er würde etwas verändern müssen. Vielleicht eine neue Stadt, vielleicht gar ein neues Land? Er gab als Erstes das Zimmer bei Mrs Brown auf, denn er konnte nicht länger in der Cwmdonkin Terrace wohnen, wo ihn alles an Nick erinnerte. Er fand ein kleines Apartment in der Sketty Road nicht weit von der Schule entfernt, in der er die letzte Phase seiner Lehrerausbildung absolvierte. Auch der Frühling mit den unzähligen Rhododendren entlang der Uplands Road und im Cwmdonkin Park hellte seine Stimmung nicht auf. Die Deutschen hatten Nick in letzter Minute gemordet. Wenige Tage vor Kriegsende. Für nichts und wieder nichts! Die Deutschen, – nein deutsche Soldaten, Soldaten im Krieg, nein: Deutsche! Landsleute! Er selbst aber hatte überlebt. Dieser Gedanke erschien ihm unerträglich, denn er verband sich mit einem zweiten: War Nick an seiner Stelle, war Nick für ihn gestorben? Natürlich wusste er, dass eine solche Verbindung nicht bestand und nicht bestehen konnte, sein Überleben hing mit Nicks Tod in keiner Weise zusammen. Er musste sich diesen Satz geradezu einhämmern, und dennoch blieb etwas zurück. Trauer allein, so mächtig sie auch war, reichte nicht, es kam immer das Gefühl von Schuld hinzu, die er nicht wegdenken, wegreden oder sonst wie unterdrücken konnte.

Im Sommer brachten die BBC und die Zeitungen viel über Nazi-Deutschland und die Juden. Er sah in der Wochenschau Bilder von den ausgemergelten Gesichtern der Lagerinsassen, die im Mai 1945 befreit worden waren, von den Kleiderhaufen und Schuhbergen in den Lagern, sie zeigten die Öfen, die Schornsteine. Er dachte, dass er sich würde übergeben müssen. Zweimal verließ er den Saal, flüchtete, lief durch die Straßen von Swansea, bis er völlig erschöpft war oder der Regen ihn vollkommen durchnässt hatte. Die Zeitungen berichteten ab November ausführlich von den Nürnberger Prozessen, und so mancher Kollege an seiner Schule, der von seiner Herkunft wusste, verwickelte ihn in das immer gleiche Gespräch: Wie konnte so etwas in Deutschland passieren? Und sie fragten nach seinem Hass, den er als Jude jetzt auf Deutschland empfände.

Aber es war nicht Hass, was er spürte, es war ein Grauen, die Empfindung von Kälte, die ihn oft tatsächlich körperlich frösteln ließ. Er sah vor sich eine Wand, die Mauer des Unbegreiflichen, sah, wie er seinen Kopf an diese Mauer schlug, immer wieder, und doch nichts verstand. Und schon kam die Frage zurück: Warum hatte gerade er überlebt? Gleich nach der Wochenschau mit den Aufnahmen aus Auschwitz und Treblinka hatte er Tono einen langen Brief geschrieben und sich überschwänglich für dessen Weitsicht bedankt. Er war vor den Gaskammern, vor der Tötungsmaschine seiner Landsleute gerettet worden. Wenn Tono nicht so einen wachen Instinkt gehabt hätte, wäre er nicht mehr. In den Herbstferien drängte es ihn, nach Wadebridge zu fahren. Er musste auch Linda und John persönlich danken! Er lud sie zum Abendessen ein und Linda erklärte ihm wieder einmal, dass sie beide von Anfang an gewusst hätten, er sollte gerettet werden, sie seien nur Gottes Erfüllungshelfer gewesen. Das Gespräch in der Nacht nach dem englischen Kriegseintritt hatte sie offenbar längst verdrängt und vergessen. Er wäre am liebsten vor den beiden auf die Knie gefallen. Er verdankte ihnen so unendlich viel. Erst danach, im Spätherbst des Jahres 1945, wich langsam, ganz langsam die Dumpfheit, die Schwere, die ihn seit der Nachricht über Nicks Tod befallen hatte.

Ein halbes Jahr später hatte Rile ihm einen auf Englisch geschriebenen Brief von Harry nach Swansea weitergesandt, den Harry Anfang 1946 ans Hotel Dellbrück geschickt hatte. Harry hatte darin mitgeteilt, dass die in Lippstadt gebliebenen Mitglieder seiner Familie alle 1941 und 1942 deportiert und in Auschwitz oder anderen Lagern vergast worden waren. Ähnlich sei es den Cohns, den Löwensteins und den Ostheimers ergangen. Sie hätten auch ganz Alte noch in Viehwaggons nach Theresienstadt oder gleich nach Auschwitz gefahren, um sie dort zu ermorden. Er hätte so einen Hass auf alles Deutsche, dass er keinen Deutschen mehr sehen möchte und niemals nach Deutschland zurückkehren würde, nicht einmal für einen Tag! Sie seien 1940 von Kolumbien in die USA weitergezogen nach Indianapolis, hätten ihren Namen von Rosenthal in Rosen geändert und keiner spräche mehr Deutsch in der Familie. ›Keiner‹ hatte Harry drei Mal unterstrichen. Er hoffte nur, dass ihm im Schutz der katholischen Dellbrücks nichts zugestoßen sei. Sigmund hatte Harry gleich zurückgeschrieben und ihm seine Geschichte erzählt. In diesem Brief hatte er ihm beigepflichtet, ebenfalls nie nach Deutschland zurückzukehren, er fühle sich an seiner Schule in Swansea wohl und würde schon seit Langem kein Wort Deutsch mehr sprechen. Es stimmte, dass er kein Deutsch mehr sprach, aber er hatte noch im Mai 1945 einen Brief nach Lippstadt geschickt, natürlich auf Deutsch, hatte Rile vom Tod Nicks erzählt und von der völligen Starrheit, die er seitdem in sich spürte. Zwei Wochen später kam Riles Antwort, voller Mitgefühl und voller Sorgen. Da hatte er dann mit ihnen gemeinsam gebangt, dass Tono und Manfred bald und gesund aus der englischen Kriegsgefangenschaft entlassen würden.

Und jetzt, vier Jahre später, wollte er für immer nach Deutschland zurückkehren? Zurück ins Hotel Dellbrück? Er fragte sich, ob er undankbar war, wenn er jetzt einfach ginge. Die St James Grammar School hatte ihn nach dem Probejahr gleich übernommen und als Fachlehrer eingestellt! Er unterrichtete die Abschlussklasse in Englisch und die Fifth Form in Latein. Da konnte er doch nicht einfach weg! Die kleine Wohnung in Sketty passte gut zu ihm, und Gina, seine Kollegin, nur ein wenig älter als er, nahm ihn immer wieder gern abends mit zu sich in die Wohnung, offenbar in der Hoffnung, dass sich eines Tages mehr daraus entwickeln würde. Das alles wollte er aufgeben?

Ja, und es war nicht nur der drängende Wunsch nach Vergessen, nach Ablegen der Schuldgefühle gegenüber Nick, nach Verdrängen und Veränderung, der wichtigste Grund hieß Rile. Ihretwegen hatte er sich letztes Jahr in den Herbstferien nach Lippstadt aufgemacht. Er war die letzte halbe Stunde im Zug immer wieder aufgestanden, war durch den Gang hin und her gelaufen, der Zug hatte Verspätung, hatte viel zu lange im Bahnhof in Hamm gewartet, um Wasser zu fassen. Vielleicht stünde Rile jetzt schon gar nicht mehr auf dem Bahnsteig. »Ich hole dich vom Bahnhof ab«, hatte sie ihm im letzten Brief geschrieben. Wie würde sie aussehen? Er hatte zwei Fotos von ihr bekommen, aber Fotos waren Fotos. Endlich näherten sie sich der Stadt. Er starrte aus dem Fenster, alles war da, die Lippewiesen, die Pappeln, die Weiden, dahinter der Weg, den er so oft gegangen war, da drüben der Turm der Marienkirche, dort der Turm der Nikolaikirche, Tonos Kirche. Dann pfiff der Zug, beschleunigte nicht länger, rollte nur noch aus und bremste langsam ab. Er nahm den Rucksack aus dem Gepäcknetz, ging zur Waggontür, während die Bremsen kreischend anzogen, dann schob er das kleine Fenster in der Tür nach unten. Da sah er sie! Eine große Frau, dunkelblonde Haare, in einen Zopf gebunden, eine dunkelgrüne Jacke über einer weißen Bluse, ein cremefarbener Rock. Auch sie hatte ihn entdeckt, winkte. Als der Zug endlich hielt und er auf den Bahnsteig trat, lief sie auf ihn zu, stoppte aber einen guten Meter vor ihm. Sigmund sah in ihre Augen, sah ihren Blick, da streckte sie ihm beinahe zögernd ihre Arme entgegen, er machte einen Schritt auf sie zu und erst jetzt öffnete sich ihr Mund: »Siggi!« Er wusste in diesem Moment, dass sie die Frau für ihn war, dass er mit ihr, mit keiner anderen leben wollte. Er machte einen letzten kleinen Schritt, dann umarmte und küsste er sie, und es war kein flüchtiger Begrüßungskuss. Er küsste sie, als ginge es um sein Leben. Rile war überrascht, mehr noch, sie war überrumpelt, aber sie ließ es zu, er spürte, wie sie ihre Lippen öffnete, ihre Arme sacht um seinen Hals legte, dann mit einer Hand zärtlich über sein Haar fuhr, über seinen Hals, sich jetzt aus seiner Umarmung löste, während sie kurz die alte Narbe an seiner rechten Stirnseite berührte, als wollte sie sich vergewissern, dass er tatsächlich Sigmund war. Nun schaute sie ihn mit ihren großen blauen Augen an und sagte als Erstes: »Das war jetzt ganz schön heftig!«

»Wir haben uns auch lange nicht gesehen!« Er hatte diesen Satz noch nicht ganz beendet, als er zu weinen begann. Es ging gar nicht anders, er konnte es nicht zurückhalten. Rile sagte nur: »Ist gut, Siggi, es ist alles gut.« Er wunderte sich plötzlich, wie er es ausgehalten hatte, bis 1948 mit seinem Besuch zu warten, und er wusste nun, er würde Rile nicht wieder loslassen.

Dann trat Tono hinzu, der einige Meter entfernt hinter einem Verschlag gewartet hatte, und schlang die Arme um ihn. »Schön, dass du kommst, Siggi!« Mehr konnte Tono nicht sagen.

Er blieb fünf Tage in Lippstadt, die Herbstferien in Wales waren nur kurz. Tono gab ihm das kleine Zimmer oben im Dachgeschoss. »Hier bist du geboren, Sigmund, das passt doch ideal zu deiner Rückkehr.« Tante Betty erwartete einen Kuss und wurde nicht enttäuscht. »Du bist ja richtig erwachsen!«, sagte sie und alle lachten. Es waren nur wenige Zimmer im Hotel belegt, aber die vier oder fünf Handlungsreisenden, die abends im Restaurant zusammensaßen, machten offenbar gute Geschäfte, zumindest ließen die Lautstärke ihrer Gespräche, die Witze und der Bierkonsum darauf schließen. Bei seinem ersten Gang allein durch die Flure hatte er plötzlich die Vorstellung, es müssten sich gleich alle Türen öffnen und überall würden Männer in Uniform aus den Zimmern treten. Er versuchte, sich zu erinnern, ob er als Junge einmal tatsächlich so etwas im Hotel erlebt hatte, aber er fand nur Bilder in seinem Kopf von Männern in Wehrmachts- oder SS-Uniformen, die an den Tischen unten im Restaurant saßen. Am zweiten Tag besuchte er das Grab seiner Mutter auf dem jüdischen Friedhof. Es war nahezu unverändert, nur der Kieselstein, den er vor seiner Abreise auf den Grabstein gelegt hatte, lag nicht mehr dort. Dann unternahm er eine lange Wanderung an der Lippe, lief flussabwärts bis zur Schleuse im übernächsten Dorf und kehrte auf der anderen Flussseite in die Stadt zurück. Zu seiner Überraschung hatte diese Wanderung keinerlei beruhigenden Effekt auf ihn, im Gegenteil: die Gedanken und Eindrücke jagten sich. Auf der Schleusenbrücke hatte er beim Blick nach unten wieder das Gefühl, er würde nach hinten gezogen, während das Wasser unter ihm, das im schnellen Fluss über die Schleusensperre lief, stillstand. Am vierten Tag bat er Rile, ihn zu begleiten. Sie gingen eine lange Zeit wortlos nebeneinander, dann unterbrach Sigmund die Stille.

»Ich könnte mir vorstellen, nach Deutschland zurückzukommen«, sagte er, »aber nur, wenn du es willst.« Es war das Wichtigste, ja das Einzige, das er mit ihr besprechen wollte, da brauchte es keinerlei Vorrede. Rile drückte seine Hand und antwortete erst nach längerer Stille.

»Wir sollten uns einige Monate Zeit lassen, Siggi.« Sie schwieg eine Weile. »Du musst wissen, was es für dich bedeuten würde, in dieses Land zurückzukehren.«

»Ich würde zu dir zurückkehren, Rile.«

Rile ging mehrere Minuten lang still neben ihm. Er spürte an ihrem Atem, an den Bewegungen ihrer Brust, wie sehr es in ihr arbeitete. »Das ist eine große Entscheidung«, sagte sie schließlich, »und bitte verstehe mich nicht falsch, ganz tief in meinem Herzen hatte ich mir wohl genau so etwas gewünscht, aber jetzt, wo du es sagst, brauche ich Zeit dafür.« Sigmund ergriff ihre Hand, drückte sie. Sie gingen schweigend am Ufer entlang. Plötzlich bekam er Angst, sie könnte doch noch irgendetwas Gewichtiges gegen ihn oder gegen seine Rückkehr vorbringen, irgendetwas, an das er nicht gedacht hatte, und das seine Pläne zunichtemachen könnte. Sie spürte seine Nervosität. »Du musst dir Zeit nehmen, Siggi, unbedingt, du würdest nicht nur zu mir, sondern auch nach Deutschland zurückkehren.« Wieder machte sie eine lange Pause. Sigmund überlegte, was er jetzt am besten tun sollte, ob er sie vielleicht küssen sollte, um zu zeigen, wie sicher er sich war. Er blieb stehen, wandte sich ihr zu, doch sie schüttelte den Kopf. »Lass uns bitte nüchtern bleiben und alles überdenken.« Sie gingen still weiter.

Wenig später überholte sie der Kahn der Erdmann'schen Sandbaggerei. Hinten am Ruder stand der alte Mann in seinem langen grauen Ledermantel. Sigmund lächelte. Ihm war, als wären keine zehn Jahre vergangen zwischen seinen letzten Wanderungen vor dem plötzlichen Aufbruch nach England. Vielleicht war es erst gestern, dachte er, und wir sind nur innerhalb eines Tages zehn Jahre älter geworden. Dann aber schüttelte er den Kopf. Was für ein Unsinn. Rile hatte ja recht. Es war so viel geschehen in diesen Jahren, und er sah im Zeitraffer den Camel-Fluss, John und Linda, sah Lionels Cottage, Elsie, den kleinen Robert am Altar der Methodistenkirche, sah Nick, Joan, dann wieder Rile am Bahnhof. Da drehte der Mann im Boot den Kopf zu ihnen hin, drosselte den Motor und lenkte den Kahn näher zum Uferweg heran. »Wenn Sie mögen, kann ich sie am nächsten Steg ein Stück mitnehmen und an der anderen Uferseite wieder absetzen«, rief er. Sigmund erschrak. Dieses Mal sagte er Ja.

Zwei Tage später war er wieder in Swansea. Schon eine Woche danach schrieb er an das Schulamt für Westfalen und stellte seinen Werdegang kurz vor. Ende November traf der Bewerbungsbogen bei ihm ein zusammen mit einem sehr freundlichen Schreiben: »Wir benötigen an unseren Gymnasien im Ruhrgebiet und in Westfalen jetzt dringend gute Englischlehrer und möchten Sie ausdrücklich ermuntern, sich zu bewerben.« Diese Ermunterung hätten sie sich sparen können, dachte Sigmund. Doch dann zögerte er. Auf dem Bewerbungsbogen gab es in der Rubrik ›Glaubensbekenntnis‹ nur die Wahl zwischen katholisch oder evangelisch/lutherisch. Er überlegte, wo er jetzt das Kreuz machen sollte, und schrieb dann neben eines der beiden Kästchen »methodistisch«, überlegte noch ein wenig und setzte dann einen Querstrich und »jüdisch« hinzu, fragte sich aber, ob es wirklich so klug war, auch »jüdisch« anzugeben. Sollte er jüdisch nicht besser wieder durchstreichen? War er denn wirklich beides? Und würde ihm »jüdisch« nicht vielleicht beim Schulamt schaden? Er bewarb sich schließlich in Deutschland und wer weiß, wer dort die Entscheidung traf? Am Ende beließ er die Doppelnennung und steckte den Bogen in den Umschlag. Es war der Moment für das vorletzte Pfefferminz.

Er beschloss, seinem Rektor an der St James School erst einmal nichts zu sagen und mit der Kündigung zu warten, bis er eine definitive Zusage aus Deutschland hätte. Gina erklärte er in langen, liebevollen Sätzen, dass er nicht mehr mit zu ihr in die Wohnung käme, er wusste, alles andere wäre ihr gegenüber nicht fair.

Rile schrieb ihm, dass sie zu Weihnachten einen besonderen Wunsch habe, den sie aber nicht verraten wolle, nur das Christkind solle ihn wissen. Das ließ Sigmund aufatmen, er war sich sicher, dass er Riles Wunsch kannte. Weihnachten selbst verbrachte er wie in den Jahren zuvor in Wadebridge. John und Linda standen am Bahnhof, um ihn abzuholen. Sie waren besonders feierlich gestimmt. »Es ist unser zehntes gemeinsames Weihnachtsfest, und wir freuen uns so, dass du gekommen bist.« Linda war wieder beim Friseur gewesen, der auch dieses Mal nicht mit der violetten Farbe gespart hatte. Sigmund merkte, dass er besser ein wenig warten sollte, bis er die beiden über seine Pläne ins Bild setzen würde. Nach dem Abendessen gab Linda ihm einen größeren braunen Briefumschlag. »Ist aus Israel gekommen. Vorgestern. Von Robert. Für dich.«

Sigmund riss den Umschlag auf.

Hof HaKarmel, 30. November 1948

Lieber Siggi,

ich schreibe Dir aus Israel, aus dem Kibbuz HaKarmel in der Nähe von Haifa. Ja, Papa hat Wort gehalten, er hat sein Versprechen wahrgemacht. Ich habe es immer gewußt. Er hat mich nach Israel geholt. Manchmal denke ich noch, ich träume, aber es ist wahr! Mama wollte erst nicht, daß ich gehe, wegen der Kriege hier, aber dann im Oktober hat sie zugestimmt. Ich bin mit dem Schiff nach Haifa, ohne Mama, die will erst später kommen, sagt sie, wenn der Krieg hier vorbei ist, und da stand mein Vater. Er ist Ingenieur in unserem Kibbuz, er ist für alle Maschinen zuständig. Ich helfe auf dem Feld, was mir ehrlich gesagt sehr schwerfällt. In Düsseldorf habe ich bis zu meiner Abreise als Dolmetscher gearbeitet, das war viel leichter. Noch im Dezember werden sie mich hier in einem Camp zum Soldaten ausbilden und anschließend werde ich in den Krieg gehen. Wir sind alle ganz sicher, daß wir den Krieg gewinnen. Jordanien, Ägypten, Irak und Syrien werden nicht lange im Krieg gegen uns verbunden bleiben, sagt mein Vater, das sei keine echte arabische Liga. Er ist ein großer Anhänger von Ben Gurion. Ich bin so froh, jetzt dabei sein zu können, wo Israel gerade erst gegründet wurde. Wir werden die Araber schlagen, Siggi, das steht fest! Israel bleibt bestehen, ein unabhängiger Staat! Und wenn der Krieg vorbei ist, mußt Du unbedingt kommen. Du bist doch Lehrer. Wir brauchen sehr viele Lehrer, denn es kommen schon jetzt Juden aus aller Welt mit ihren Kindern nach Israel und wir wollen hier die besten Schulen haben.

Ich lege Dir ein Foto bei. Der Junge in der Mitte mit dem Spaten in der Hand, das bin ich. Kennst Du noch die Hose, die ich auf dem Foto trage? Sie stammt noch vom Rugby von St George. Ich bin jetzt 20 geworden, aber sie hält immer noch. Wenn Du Weihnachten dort bist, grüße mir den alten Jordan. Übrigens hat Vater mich wirklich gefragt, ob ich auch die Bar-Mizwa gemacht hätte. Aber sicher, sagte ich ihm, in Wadebridge. Daß es mit Dir in Jordans Kirche war, habe ich ihm nicht gesagt.

Ich hoffe, daß es Dir gut geht. Überlege bitte ernsthaft, wie ich nach Israel zu gehen. Wir Juden haben jetzt einen eigenen Staat. Da müssen wir doch alle ran! Es wird das schönste Land auf Erden. Es ist Gottes eigenes Land. Ich sag' Dir, ich bin so froh, nicht länger in England und nicht mehr in Deutschland zu sein. Die zwei Jahre haben mir gereicht. Ob Mama wirklich nachkommt, ist übrigens ungewiß. Papa hat in unserem Kibbuz eine Frau, er nennt sie ›Partnerin‹.

Jetzt muß ich wieder ran. Wir arbeiten an einem weiteren Bewässerungsgraben. Ich bin jeden Abend richtig geschafft, schlafe immer sofort ein.

Shalom und Frohe Weihnachten, falls der Brief rechtzeitig ankommt.

Dein Robert

»Na, was schreibt er?«, fragte Linda.

»Er schreibt von Israel! Er scheint da sehr glücklich zu sein. Er möchte, dass ich auch dorthin komme und dort Lehrer werde.«

»Mach das nur nicht«, antwortete John, »das ist noch längst nicht entschieden, wie der Krieg da ausgeht. Hier hast du den Krieg überlebt, hier hast du deine Schule, hier hast du Freunde, hast uns, hier gehörst du hin.« Sigmund nickte.

»Ich kann schon verstehen, dass die Juden jetzt wollen, dass viele von ihnen kommen und das Land aufbauen«, warf Linda ein. »Dafür haben wir es ihnen ja auch gegeben. Aber du bist Methodist, du bist nicht mehr einer von ihnen.«

Sigmund musste an Ben Gurions Worte im Frühjahr denken, die sie im BBC übertragen hatten. Sie hatten ihn berührt, aber er hatte sich selbst nie ernsthaft gefragt, ob er nach Israel auswandern sollte. Auch Roberts Brief löste nichts dergleichen aus. War er denn wirklich jemals Jude gewesen? Er stellte die Frage gleich wieder hintan, wie so oft, wenn ihn jemand an seinen jüdischen Ursprung erinnerte. Jetzt aber hatten ihn vor allem die Reaktionen von John und Linda erschreckt, und er beschloss, bis nach dem Essen am Weihnachtstag zu warten, bevor er ihnen seine Deutschland-Pläne eröffnen würde.

Am nächsten Abend war es dann soweit. Die beiden blieben lange Zeit still.

»Ich hoffe, du hast dir das wirklich gut überlegt«, sagte John schließlich und griff zu seinen Player's. »Du gehst in ein Land zurück, das sehr viel Schuld auf sich geladen hat. Was hast du, gerade du als Jude dort verloren? Warum willst gerade du helfen, es wieder aufzubauen? Die haben Nick umgebracht! Was würde der dazu sagen?« John machte eine Pause. »Ich könnte noch eher verstehen, wenn du Robert folgtest, aber doch nicht nach Deutschland!« John sah ihm geradewegs in die Augen, nahm einen tiefen Zug von der Zigarette und blieb dann still.

Sigmund senkte den Kopf. Warum hatte John Nick erwähnen müssen? Er hatte so oft überlegt, was Nick wohl dazu sagen würde. Wäre seine Rückkehr nach Deutschland Verrat an Nick? Wenn er mit dieser Frage in der Nacht aufwachte, schlief er nicht wieder ein.

»Wir werden dich sehr vermissen, Sig, du bist doch für uns … «, Linda kämpfte mit den Tränen, konnte sie nicht mehr zurückhalten.

»Es tut mir so leid«, sagte Sigmund leise. Er hatte nicht erwartet, dass er die beiden mit seinem Weggang so sehr verletzen würde.

»Du warst für uns wie ein Sohn«, sagte John, »für eine Rückkehr nach Deutschland habe ich kein Verständnis!« Er stand auf und zog sich in die Küche zurück.

Sigmund fühlte sich elend. Dankbarkeit für die Rettung vor den Öfen der Nazis würde er John und Linda immer schulden, aber diese Dankbarkeit durfte doch nicht bedeuten, dass er sie nicht verlassen dürfte. Er kämpfte doch schon mit seiner Schuld gegenüber Nick. Jetzt auch noch Linda und John? Dann fasste er sich ein Herz.

»Ich werde nie vergessen, Linda, was ihr für mich getan habt. Aber ich kann nicht anders.«

Er sah, wie Lindas Hand zitterte, als sie die Teetasse griff.

»Ich kann ohne Rile nicht leben, Linda. Ich glaube, wir waren schon als Kinder füreinander bestimmt.« Dann beschrieb er ihr, wie schön Rile sei, steigerte sich von Satz zu Satz, während Linda still zuhörte. Nach einer Weile lächelte sie ihn an.

»Geh mein Sohn«, sagte sie, »du bist erwachsen, du weißt, was du tun musst. Es ist Gottes Wille.«

Zwei Tage nach Weihnachten saß er im Zug nach St Agnes. Er fürchtete nichts so sehr wie diese Fahrt, zu der er sich nach der Nachricht von Nicks Tod nicht getraut hatte. Er hatte Nicks Eltern damals einen Brief geschrieben, hatte sich über Stunden gequält, um jedes Wort gerungen. Aber er wusste, dass er England nicht würde verlassen können, ohne noch einmal in St Agnes gewesen zu sein. Niemandem hatte er von dieser Reise erzählt. Es war ein regnerischer

Nachmittag, als er aus dem kleinen Bahnhof trat und in die Straße nach St Agnes Beach einbog. Das kleine Hotel am Strand hatte geöffnet. Er bezog ein schlichtes Zimmer mit Blick aufs Meer. Am nächsten Morgen hatte der Nieselregen nachgelassen, doch es blieb wolkig und kühl. Er stieg den Klippenpfad hinauf Richtung Norden, Richtung Ponthyfred. Er hatte diese Wanderung ein paar Mal mit Nick gemacht, wusste, wie anstrengend es war, immer wieder auf Meeresniveau absteigen zu müssen, um an der anderen Seite der jeweiligen kleinen Bucht oder Bacheinmündung wieder auf sechzig oder achtzig Meter hochzuklettern. Es war ein ewiges Auf und Ab, doch dieses Mal ermüdete es ihn nicht. Er hatte sich vorbereitet für diesen Gang, wusste, dass es eine Art Abschiedswanderung sein würde, und war dann völlig überrascht, dass sich ein Gefühl von innerer Revolte in ihm breitmachte, gespickt von Trotz, angefüllt von einer mächtigen Kraft, die auf Abschied und Neuanfang drängte. Was sollte dieser innere Kampf? Nick war tot, war in dem Land gefallen, in das er zurückkehren würde. War es Auflehnung gegen das Schuldgefühl, das ihn hin und wieder immer noch überfiel? Er lief weiter und weiter, länger, als er mit Nick jemals gelaufen war. Der Abend war bereits angebrochen, als er St Agnes Beach wieder erreichte. Er fiel auf sein Bett und schlief hungrig und übermüdet innerhalb weniger Minuten ein.

Am nächsten Morgen machte er sich nach dem Frühstück gleich wieder auf, dieses Mal Richtung Süden. Die Anspannung des Vortags hatte nachgelassen. Der Tag war auch ungleich klarer als der Vortag, kurz vor Mittag hatte sich die Wintersonne aus den Wolken befreit. Er gelangte an die Stelle, an der er vor vier Jahren im heftigen Sturm gestanden hatte. Auch jetzt peitschten die Wellen heran, doch die Gischt hatte höchstens ein Viertel der Kraft, mit der sie damals an den Felsen hochgezischt war. An der aufgelassenen Zinnhütte machte Sigmund kehrt, schaute noch einmal am alten Turm hinauf und wusste, es würden viele Jahre vergehen, bevor er, wenn überhaupt, diese Ruinen wiedersehen würde.

Am späten Nachmittag lief er nach St Agnes hinein. Er wusste, dass hinter der kleinen Methodisten-Kapelle die Gräber lagen. Er sah sofort die vier neuen, gleichen Steine. Er ging langsam näher.

Nicholas Williams
Corporal
St Agnes, May 6th, 1923
Wesel, Germany, March 23rd, 1945

Er setzte sich auf eine Bank. Lange Zeit gingen die Gedanken wild durch seinen Kopf. Dann aber beruhigte sich der Gedankenstrom. Und seltsam, eine ganz schlichte Überlegung machte sich Platz. Er würde Rile fragen, ob sie ihren ersten Sohn nicht Nikolaus oder ihre erste Tochter Nicola nennen könnten. Dieser Gedanke half.

Im Februar kam die Zusage aus Münster mit der Bitte, möglichst mit Beginn des neuen Schuljahres, also zu Ostern, die Lehrtätigkeit am Magister Justinus Gymnasium in Lippstadt aufzunehmen. Es lag eine auf seinen Namen ausgestellte Aufenthalts- und Arbeitserlaubnis für den britischen Sektor bei, gültig ab sofort. Handschriftlich hatte der Leiter der Schulbehörde hinzugefügt, dass er sehr glücklich sei, einen jüdischen Mitbürger und

Heimkehrer als neuen Lehrer in Westfalen begrüßen zu können. Sigmund spürte, dass es nett gemeint war, aber gleichzeitig störte ihn dieser Zusatz.

Schon am nächsten Tag hatte er seinen Schulleiter an der St James Grammar School informiert. Mr Logan zeigte das gleiche Unverständnis wie John und Linda, war aber besonders verärgert über Sigmunds Bitte, ihn schon mit Beginn der Osterferien ziehen zu lassen, also zweieinhalb Monate vor Schuljahresende in Wales. »Die Upper 6th steckt dann voll im Examen, und wie soll ich die 5th Form in Latein zum Abschluss führen? Das ist unverantwortlich von Ihnen.« Doch es fand sich wenig später eine pensionierte Lehrerin, die bereit war, für Sigmund einzuspringen.

»Glückspilz«, sagte Mr Logan. »Das Kollegium ist einverstanden. Wir lassen Sie zu Ostern ziehen.« Sigmund wäre dem Schulleiter am liebsten um den Hals gefallen. Mr Logan zeigte nun auch ein Lächeln. »Ich wünsche Ihnen viel Erfolg in Deutschland. Sie sind ein guter Lehrer!« Als Sigmund aus dem Rektorzimmer ging, sah er die Rücken zweier Kollegen, die gerade die Tür des Vorzimmers hinter sich schlossen.

»So sind Juden nun mal. Undankbar. Wenn er wenigstens nach Israel gehen würde«, hörte er einen der beiden sagen.

Mit Beginn der Osterferien hatte er seine Sachen gepackt, hatte ein großes Paket mit Büchern und eines mit Kleidung per Schiffspost aufgegeben, Riles Rembrandt-Bild aber noch hängen gelassen. Das wollte er eigenhändig zurück nach Lippstadt tragen. Dann war er ein letztes Mal zu John und Linda gefahren, die beide offenbar die Zeit genutzt hatten, sich an das Unvermeidliche zu gewöhnen.

»Wirst du uns deine Rile einmal vorstellen?«, fragte John.

»Dann musst du aber auch mit deinen vielen Kindern kommen«, fügte Linda hinzu. »Du wirst sie doch methodistisch taufen lassen?«

Sigmund ließ Lindas Frage unbeantwortet.

Er hatte eine Schiffspassage von Dover nach Ostende für Karfreitag buchen können mit Anschluss an den Nachtzug nach Aachen. Als das Schiff ablegte, ging er trotz des Nieselregens hoch aufs Deck. Das Schiffshorn tönte mehrmals, als die Fähre aus der Hafeneinfahrt hinausfuhr und nun im Ärmelkanal langsam an Fahrt zulegte. Die Abenddämmerung brach herein, Sigmund stand am Heck und sah auf die noch immer hell sich abzeichnenden Klippen. Die passende Stimmung für einen Abschied, dachte er, doch bei dem Wort Abschied war es ihm, als müsste er eine Barriere überwinden, als spürte er erst jetzt, dass er tatsächlich England verließ. Er klammerte die Finger für eine Weile ans Holz der Reling und lockerte den Griff erst, als vor seinem inneren Auge Rile erschien, wie sie ihn im Herbst am Bahnsteig in Lippstadt in Empfang genommen hatte. Doch während er noch Rile vor Augen hatte, fiel ihm plötzlich das Rembrandt-Bild ein. Es war nicht mehr da. Er raste zurück in den Aufenthaltsraum am Bug des Schiffes, wo er zunächst gesessen hatte, ganz vorn rechts auf einer Zweierbank. Er durfte nicht ohne dieses Bild in Deutschland ankommen, das er gut verpackt in ein Netz getan und nicht wie den Koffer und Rucksack im Gepäckraum der Fähre abgestellt hatte. Der Aufenthaltsraum war nur schwach beleuchtet. Er hechtete an zwei spielenden Kindern vorbei nach vorn. Dort lag das Netz, auf dem rechten Bankplatz, unversehrt. Sigmund setzte sich, griff danach und atmete tief durch.

Vier Stunden später saß er im Zug von Ostende nach Aachen. Das Netz mit dem kleinen Paket war dem belgischen Zoll aufgefallen, er hatte es auspacken müssen. Der Zollbeamte schaute lange auf das Bildnis, murmelte »un peu trop sombre, seltsam dunkel«, blickte dann auf ihn, lächelte und sagte nur: »Va bien.« Der alte Liegewagen des Nachtzugs war bis auf den letzten Platz gefüllt. Das Netz mit dem eilig beim Zoll wieder eingepackten Bild machte ihm erneut Ärger, denn für Gepäck war in dem engen Abteil nicht viel Platz und Sigmund musste ja neben dem Koffer auch noch den Rucksack unterbringen. Er hätte den Rembrandt vielleicht doch mit in das große Schiffspost-Paket geben sollen, dachte er, darin hatte er ja auch Elsies Bilder und das Kistchen mit den Fotos, den drei Briefen seiner Mutter und den Rile-Briefen gelegt. Den kleinen allerletzten Rest von Dr. Hillers Pfefferminz hatte er allerdings in seinen Rucksack gesteckt, ganz vorn lag es, in der Seitentasche.

In Aachen hatte er am Morgen zwei Stunden Aufenthalt. In der Wechselstube tauschte er fünf englische Pfund in D-Mark und spürte, wie er auf dem zugigen Bahnhof immer mehr zu frösteln begann. Das Stationsgebäude war eine löchrige Ruine, in der in einer Ecke ein Kaffee-Ausschank untergebracht war. Der Kaffee war dünn und kalt, das Brötchen noch warm, ein Bäckersjunge hatte seine Lieferung gerade erst auf dem Fahrrad gebracht. Sigmund war froh, als er den gut geheizten Zug nach Köln besteigen konnte. Ein etwa gleichaltriger Mann, unrasiert und mit einem abgewetzten Wollsakko bekleidet, saß mit ihm im Abteil und blickte neugierig auf ihn.

»Gerade zurück? Vom Franzmann?«, fragte er und wies auf Koffer und Rucksack. Sigmund stutzte.

»Nein«, sagte er nach einer Weile, »nicht aus der Gefangenschaft, sondern«, er stockte kurz, »aus dem Exil.«

»Wo?«

»England.« Sigmund hatte keine Lust, seine Geschichte zu erzählen, war sich plötzlich auch unsicher, wie man in Deutschland reagieren würde, wenn er mitteilte, Jude zu sein und in England überlebt zu haben. Der Mann im Abteil fragte zum Glück nicht weiter nach, fuhr sich mit der Hand ein paar Mal durchs struppige Haar, zündete sich eine Zigarette an und schaute weiter aus dem Fenster.

»Ich war über vier Jahre bei den Russen«, fuhr er nach einigen Minuten unvermittelt fort, »hatte Glück, konnte im Sommer 47 zurück.« Sigmund nickte nur. »Sind noch immer viele von uns da beim Iwan, wissen Sie, die sind nicht so fair wie die Tommies.« Wieder stockte das Gespräch. Der Mann und Sigmund schauten jetzt beide still aus dem Fenster auf die Häuser einer Kleinstadt, durch die der Zug auffallend langsam fuhr. Jedes zweite oder dritte Haus war zerstört oder nur in Teilen bewohnbar, hier und da ragten die Reste eines verbrannten Dachstuhls in den Himmel, wie ein Mahnmal, dachte Sigmund, oder auch wie eine stumme Anklage.

»Dieses Land ist geschunden. Aber verdient haben wir das nicht!«

Sigmund zuckte kurz. Sollte er nicht dagegenhalten? Da fuhr der Mann schon fort: »Und Arbeit gibt es keine. Nichts da für uns. Habe mal Schneider gelernt, aber Schneider haben wir jetzt jede Menge. Aus'm Osten. Machen in Nullkommanichts aus'm Offiziersrock 'nen schicken Mantel!« Der Mann lachte, aber seine tiefe

Verbitterung drang in Sigmund ein, dem jetzt so deutlich vor Augen stand, wie verwundet dieses Land war, in dem er fortan leben würde. Hätte er nicht vielleicht versuchen sollen, Rile zu überzeugen, mit ihm eine gemeinsame Zukunft in Großbritannien aufzubauen?

In Köln gab es nur kurzen Aufenthalt zum Umsteigen in den Zug nach Kassel. Er wagte kaum noch aus dem Fenster zu schauen. Jeder Blick auf die Ruhrgebietsstädte zeigte erneut das Grauen des Krieges. Hatte er die Zeugen dieser Katastrophe bei seiner Fahrt letzten Oktober übersehen? Warum bedrückten ihn die vielen zerstörten Häuser und Fabriken jetzt so sehr? War es die übermächtige Aufgabe, dass all dies wieder aufgebaut werden musste? Erst als sie aus Hamm herausgefahren waren und der Zug nun die westfälisch-bäuerliche Landschaft mit ihren kleinen Städten durchfuhr, die kaum vom Krieg getroffen waren, lichtete sich seine bedrückte Stimmung. Hier hatte sich in den zehn Jahren nichts verändert, das hatte er schon im letzten Herbst gesehen. Dann erreichten sie Soest und er wusste, es dauerte nur noch zwanzig Minuten, bis der Zug in Lippstadt einfahren würde. Sigmund spürte seinen Herzschlag, er griff zum Rucksack, nahm das Päckchen mit dem Rembrandt-Bild aus dem Gepäcknetz, stand eine Weile, setzte sich wieder, legte das Bild zurück, ging zur Toilette. Die drei anderen Fahrgäste im Abteil schauten schon verärgert auf ihn, der so nervös war, jetzt zum Taschentuch griff und sich laut schnäuzte. Dann öffnete Sigmund die Seitentasche seines Rucksacks und entnahm ihr ganz vorsichtig den Rest der weißen Packung mit dem allerletzten Dr. Hillers Pfefferminz.

Auf dem Bahnsteig standen Tono und Rile. Tono ließ wie schon letzten Oktober seine Tochter vor und trat einen Schritt zurück. Sie begrüßte Sigmund mit einem langen Kuss, ohne Scheu. Er schloss die Augen, spürte die Wärme ihrer Lippen, meinte, durch seinen Mantel hindurch ihren Körper zu fühlen, den er eng an sich drückte. Als er die Augen öffnete, sah er ihren Blick, sah in ihren Augen Freude, ja Erregung, Wärme und Zuversicht.

Da schritt Tono auf ihn zu.

»Erinnerst du dich? Als du fuhrst, habe ich dir gesagt, wir schicken dich weg, damit du zurückkommst. Jetzt bist du wirklich zurück, für immer zurück!«

In diesem Moment pfiff die Lok. Tono hob nicht den Finger, hob nur kurz die Augenbrauen als Erkennungszeichen. Es war der Pfiff der P 8, die den Zug in Bewegung setzte. Tono trat dicht an Sigmund heran.

»Damals habe ich Gott um den Segen für dich gebeten. Ich würde gern …«, Tono sah ihn an, Sigmund nickte, beugte seinen Kopf nach vorn und ging ein wenig in die Knie, denn anders als vor zehn Jahren war er jetzt um einiges größer als sein Ziehvater. Tono machte das Zeichen des Kreuzes auf Sigmunds Stirn.

»Möge der Herr deine Rückkehr segnen. Dank sei Gott dem Herrn!«

In diesem Moment ließ der Zug weißen Dampf aus den Leitungen der Wagen entweichen und für einen Moment waren alle drei in einer weißen Wolke eingehüllt. »Jetzt kann es Ostern werden!«, sagte Tono.

Als sie die Bahnhofstreppe hinuntergingen, steckte Sigmund das letzte Dr. Hillers Pfefferminz in den Mund.

Kapitel 17

Weihnachten 1951
Lippstadt

Stille Nacht
Heilige Nacht
alles schläft
einsam wacht –

Rile schaute ihn erstaunt an. Warum singst du nicht mit?, fragte ihr Blick. Sigmund wich ihrem Blick aus und sah vor sich auf den Boden.

Nicola war auf dem Arm ihrer Oma, sie war am 3. November des vergangenen Jahres auf die Welt gekommen und schaute nun mit großen Augen auf ihren Opa, denn Tono sang wie immer laut und kräftig. Betty hatte den Dämpfer am Klavier heruntergedrückt, unter ihnen wohnten die Henselers, die beide kränklich waren. Sigmund wusste nicht, was ihn gerade so niederwarf, er sah wieder auf Rile, wie sie glücklich auf Nicola blickte, und auf ihre Mutter, die das Kind sacht im Arm wog. Wie hübsch Rile war, wie sehr sie als junge Mutter blühte! Und dennoch musste Sigmund aufpassen, dass er nicht plötzlich losheulte. Warum? Es war doch alles gut! Sie hatten im Januar letzten Jahres geheiratet, gut zehn Monate später war Nicola, ihre Nicki, auf die Welt gekommen, sie war gesund, sie hatte die blonden Haare von Rile, die auch die blonden Haare von Nicholas waren. Sie hatten die Wohnung bekommen, eine schöne Wohnung in einem Haus aus der Jahrhundertwende mit Blick auf die Lippe. Er hatte so viel Glück gehabt. Woher kam denn jetzt die Traurigkeit?

Das Lied war zu Ende. Betty spielte noch ein paar Akkorde zum Abschluss.

»Frohe Weihnacht, frohe Weihnacht!« Jeder umarmte jeden, auch Nicola bekam von allen ein Küsschen auf die kleine Stirn.

»Bei dir alles in Ordnung?«, flüsterte Rile, als er sie im Arm hielt. Er nickte, spürte ihre Zärtlichkeit und Wärme und musste schlucken.

»Ich glaube, unsere kleine Nicki ist müde«, sagte Emmi und legte sie zurück in die alte Dellbrück'sche Wiege, die seit Nickis Geburt bei ihnen stand.

»Das hätte Hannes auch gefallen«, sagte Karin.

»Dein Bruder ist glücklich, da, wo er ist. Im Kloster feiern die Weihnachten bestimmt besonders festlich«, antwortete Emmi.

»Da haben sie mit Sicherheit einen guten Wein. Maria Laach ist ja nicht weit entfernt von Rhein und Mosel.«

Sigmund hatte Tonos Anspielung verstanden und nahm schnell ein paar Gläser aus der Anrichte. Auf ihr stand die Weihnachtskarte von John und Linda. John hatte ein Krippenmotiv von Giotto ausgesucht.

»Wir haben zur Feier des Tages einen Silvaner aus Würzburg, der wird dir schmecken, Tono.«

Sie tauschten Geschenke aus. Karin hatte ihm einen Schal eingepackt, der nicht kratzte, von ihr selbst gehäkelt. Schon geriet ihm sein erstes Weihnachtsfest in Wadebridge in den Sinn. Vielleicht könnte er Karins Geschenk weitergeben, er hatte ja vor zwei Jahren schon von Rile einen Schal bekommen. Gleich fiel ihm Burkhard ein, der immer ohne Schal zur Schule kam, er war einer seiner Quintaner, ein dünner kleiner Junge von elf Jahren, der als Fünfjähriger mit seinen Eltern aus Ostpreußen geflohen war, ein stiller, aber kluger Kerl, dessen Familie es am Nötigsten mangelte.

Er war jetzt seit zweieinhalb Jahren Lehrer an seinem alten Gymnasium. Ostern hatte er eine Quinta als Klassenlehrer übernommen, weil der Kollege Relling endgültig ausgefallen war. Relling war nervlich ein Wrack gewesen, man hätte ihn gar nicht mehr in die Schule lassen dürfen. Vier Jahre in russischer Kriegsgefangenschaft, drei Jahre davon in Sibirien, hatten Relling gezeichnet. Der Kollege hatte selbst nie von der Zeit in Russland gesprochen, Dr. Laupersheim hatte es ihnen erklärt.

»Der Silvaner ist gut, Siggi, den sollten wir im Hotel in den Bestand nehmen.« Sigmund lächelte, aber er war mit den Gedanken nicht in diesem Zimmer mit dem kleinen Tannenbaum, an dem Rile zwölf Kerzen angezündet hatte und der das Rembrandt-Bild an der Wohnzimmerwand verdeckte. Er war mit dem Kopf in der Schule, und der Grund war Dr. Brauer.

Mit Schuljahresbeginn zu Ostern war Dr. Brauer in den Schuldienst zurückgekehrt. Er hatte fünf Jahre darauf warten müssen. Nach Entlassung aus der amerikanischen Kriegsgefangenschaft hatte er noch 1946 einen Antrag auf Weiterbeschäftigung in seinem früheren Beruf als

Studienrat für Geschichte und Griechisch gestellt, der in Münster abgelehnt worden war. Die englische Besatzungsregierung hatte bei Geschichtslehrern oft Widerspruch eingelegt und hatte auf Brauers Antrag vermerkt: Wiedervorlage nicht vor drei Jahren.

Brauer hatte daraufhin dennoch mehrfach und vor allem mit Hinweis auf seine schwere Kriegsverwundung und das erfolgreiche Ablegen der Umerziehungskurse im Prisoner of War Camp in Utah um Wiedereinstellung in den Schuldienst gebeten, aber weder der Verlust des linken Armes in der Schlacht von Smolensk noch die Kurse in Utah konnten die britische Besatzung erweichen. Aus der Akte Dr. Brauer ging nun einmal unmissverständlich hervor, dass er im Mai 1933 Mitglied der NSDAP geworden war und sich Anfang 1938 erfolgreich um Aufnahme in die SS beworben hatte. Nicht nur die Bescheinigungen über die Offizierslehrgänge bestätigten seine hervorragende Eignung für den Dienst an Volk und Führer, nein, in der Akte waren auch zwei Aufsätze abgeheftet, die Dr. Brauer 1938 und 1939 in einer wissenschaftlichen Vierteljahrsschrift veröffentlicht hatte. Die erste Schrift beschäftigte sich mit Dekadenzerscheinungen in der englischen Aristokratie, die der Historiker Brauer seit Mitte des 19. Jahrhunderts nachweisen konnte. Der zweite Artikel galt dem Beweis, dass England im 19. Jahrhundert erst durch das deutsche Blut in der englischen Königsfamilie zu solch einer bedeutenden Kolonialmacht hatte aufsteigen können. Die britische Besatzung in Westfalen hatte englische Übersetzungen von beiden Artikeln anfertigen lassen, die ebenfalls in der Akte abgeheftet waren und seitdem jeder Wiederaufnahme des Antrags von Dr. Brauer im Wege gestanden hatten. Dass Brauers soldatische Führung in den Zeugnissen von allen Vorgesetzten als stets vorbildlich bezeichnet worden war, wobei sein Pflichtbewusstsein, seine Unerschrockenheit und Härte ausdrücklich hervorgehoben wurden, war dagegen eher die übliche Kost, die die englischen Offiziere in solchen Akten fanden. Erst nach Gründung der Bundesrepublik hatte das Ministerium in Düsseldorf beschlossen, Dr. Brauer anzuhören und seine jetzige Gesinnung zu prüfen. Diese Prüfung zog sich schließlich über mehr als ein Jahr hin, sodass Dr. Brauer erst im Frühjahr 1951 den erlösenden Brief bekam und von der schmachvollen Arbeit als Hilfsbuchhalter in der Lippstädter Strumpffabrik befreit wurde. Da das Magister Justinus Gymnasium gerade im Jahr 1950 eine dringende Bitte um Zuweisung von Referendaren für Griechisch, Deutsch, Sport und Geschichte ans Ministerium gesandt hatte, lag es nahe, dass Dr. Brauer an seine frühere Wirkungsstätte zurückkehrte.

»Ich sehe, Sie sind auch hierhin zurückgekehrt, Rosenbaum«, war der erste Satz, den Dr. Brauer an ihn richtete, als sie sich am ersten Schultag im Lehrerzimmer begegneten. Noch jetzt, acht Monate später, ärgerte sich Sigmund darüber, dass er keine angemessene Antwort auf diesen Satz parat hatte. Seine Rückkehr war doch eine ganz andere gewesen als die Rückkehr Brauers. Das durfte man doch nicht in einen Topf werfen! Die Rückkehr eines Nazis und die Rückkehr eines von den Nazis vertriebenen Schülers? Warum hatte er keine scharfe klare Antwort auf den Lippen gehabt, um Brauer zurechtzuweisen? Wie konnte der es wagen, ihn so anzusprechen? Immer wieder hatte er in den Tagen danach in seinem Kopf passende Repliken auf Dr. Brauers Satz formuliert, hatte sie ständig weiter verfeinert, sie auswendig gelernt, um nur gewappnet zu sein, sollte Brauer noch einmal Ähnliches von sich geben. Aber Dr. Brauer sagte nichts dergleichen mehr, suchte meist im Lehrerzimmer einen Platz abseits von ihm, las in den Freistunden in einem Heft oder in der Tageszeitung, hatte aber nach einigen Wochen schon den Kreis der älteren Kollegen, die mit ihm bereits vor dem Krieg zusammen unterrichtet hatten, um sich versammelt und einen gewissen Stand im Kollegium erreicht, den Sigmund für sich vermisste. Sigmund war keineswegs unbeliebt, war mit den beiden Referendaren der jüngste Kollege, aber er war oder er fühlte sich nicht so recht als gleichberechtigt angenommen. Er führte es zunächst auf seine gerade 28 Jahre zurück und dann darauf, dass ihm die Erfahrung der Kriegsjahre in Deutschland fehlte. Die Kollegen »hatten im Feld gestanden«, wie sie selbst sagten, viele waren dort verwundet worden, oder sie waren als kriegsuntauglich zurückgestellt und hatten dann daheim Aufstieg und Niederlage erlebt. Nicht dass sie dauernd darüber sprachen, aber es war ihr gemeinsamer Hintergrund, der sie zusammenschweißte und der Sigmund außen vor ließ. Hans Schweikert, der eine schwere Kopfverletzung aus dem Krieg mitgebracht hatte, die bei ihm oft zu epileptischen Anfällen führte, hatte eines Tages ganz freundlich in einem Nebensatz zu ihm gesagt, er solle sich doch freuen, dass er all das in Cornwall nicht hätte mitmachen müssen. Da allerdings war Sigmund schnell genug: »Ich war in Cornwall nicht im Urlaub, Herr Kollege!« Worauf Schweikert nur erwiderte, »Ja, ja, weiß ich ja, Rosenbaum, war nicht so gemeint, nichts für ungut«, und dann weitersprach. Auch ärgerten ihn jene Kollegen, die sich plötzlich zu ihm beugten und ihn fragten, wie er denn »als Jude« dieses oder jenes beurteile. Und dann gab es immer wieder Eltern, die am Ende einer Elternsprechstunde wie als Verabschiedung sagten, »Und was Sie bitte wissen sollen, wir hatten in unserer Familie nie etwas gegen Juden; es tut uns so leid, was man den Juden angetan hat. Schön, dass Sie nicht nachtragend sind!«

Aber was ihn am meisten beschäftigte, war, dass ehemals voll und ganz überzeugte Nazis wie Brauer zurückkamen und so schnell wieder akzeptiert wurden. Manchmal griff er einzelne Fetzen ihrer Gespräche auf, Brauer erzählte von Smolensk und erobertem Wodka, Schweikert von seinen Jungs vor Leningrad, Borgmüller vom Cognac und den Damen in Paris, es waren Geschichten, wie Urlauber sie erzählten, von Momenten, in denen sie eine gute Figur gemacht hatten, in denen sie Tapferkeit oder Trinkfestigkeit gezeigt hatten. Solche Menschen wie Brauer würden doch niemals versuchen, das ans Licht zu holen, was man über zwölf Jahre Juden angetan hat. Manchmal hatte Sigmund Lust, einfach auf Brauer zuzugehen und ihn zu fragen, ob er sich noch an Harry erinnerte, der plötzlich nicht mehr da war, oder daran, dass Judenlümmel in der Klassenmannschaft von einem auf den anderen Tag nicht mehr geduldet waren. Aber er stand nicht auf, er schrie es nicht heraus, er sah jeden Tag, dass die Brauers dieser Welt alles daransetzten, dass dieses Unrecht für immer vergessen wurde. Und sie mussten sich dafür nicht einmal anstrengen. Niemand erinnerte an Harry oder an die Kinder der Cohns, der Ostheimers, oder der Lewys. Sie waren vergessen.

Vor gut vier Wochen, am Ersten Advent, hatte in St. Nikolai der bereits pensionierte Dechant Schlootmann die Messe gelesen. Tono und er hatten bei der Trauung im Januar darauf bestanden, dass Schlootmann nicht erscheinen möge. Der Dechant hatte sich daran gehalten, der junge Pfarrer Hoffmeister hatte sie getraut, der auch seine Konversion zum Katholizismus in den Wochen davor begleitet hatte. Aber als Schlootmann ihn am Ersten Advent in der sechsten Reihe vor sich sah, bemerkte Sigmund, wie eine leichte Verunsicherung über das Gesicht des Dechanten huschte. Sigmund war sich sicher, dass Schlootmann vom eigentlichen Predigttext abwich, als er statt weiterhin von der vorweihnachtlichen Erwartung der Geburt des Erlösers plötzlich von der Gnade der Vergebung sprach.

»Gott der Herr gewährt in seiner Güte einem ganzen Volk großzügig Gnade, wenn dieses Volk zuvor verführt worden war. Auf diese Erlösung, liebe Brüder und Schwester, kann ein jeder von uns, der an Christus glaubt, mit Sicherheit zählen.« Der Dechant schaute geradewegs auf Sigmund, als er fortfuhr: »Wir sind Sünder, ja, aber wir sind«, er machte eine kurze Pause, »ebenso Opfer! Wir haben uns in unserer menschlichen Beschränktheit täuschen lassen, wir haben den Teufel nicht erkannt, wir sind Opfer seiner Verführung und unserer Unkenntnis geworden. Aber wir wissen uns in Gott aufgehoben und in Christus gesühnt.«

Sigmund saß in der Bank und schämte sich. Er hätte nicht katholisch werden sollen. Dabei hatte er seinen Übertritt Ende letzten Jahres noch ganz selbstbewusst im Kollegium bekannt gegeben, als er beim Weihnachtskaffee die bevorstehende Eheschließung mit Maria Dellbrück ankündigte. Er war für Rile übergetreten und es war ihm wie selbstverständlich erschienen, war ja formal auch nur der Wechsel vom Methodisten zum Katholiken. Er hatte auch nicht vergessen, dass Tante Betty ihn damals, als er vielleicht sieben oder acht Jahre alt war, an einem stillen Abend in der menschenleeren Nikolai-Kirche mit Wasser aus dem Taufbecken besprengt und dabei wiederholt etwas von Nottaufe gesagt hatte. Darüber aber hatten weder Tante Betty noch er im letzten Jahr ein Wort verloren. Doch jetzt an diesem Weihnachtsfest 1951 in ihrer schönen Vierzimmerwohnung in der Friedrichstraße vor dem kerzenbestückten Tannenbaum spürte er es so deutlich: er würde in Schlootmanns katholischer Welt nicht heimisch werden. Ja, die Frage wühlte noch tiefer in ihm: Wo gehörte er überhaupt hin? Auch wenn er selbst nie ein richtiger Jude gewesen war, spürte er, dass ihn seine persönliche Geschichte immer wieder ausgrenzte. Nicht in seiner katholischen Dellbrück-Familie, die – das wusste er – ihn immer tragen würde, aber doch in der Schule, auch bei den Eltern seiner Schüler, auch, so fürchtete er, in der Stadt. War er vielleicht nur zu empfindlich? Aber das Gefühl war da, und er musste einen Weg suchen, damit umzugehen. Wo war er wirklich zu Hause?

Und noch etwas kam an diesem Heiligabend hoch, als er an Dr. Brauer dachte. Seine Quinta hatte Geschichte bei Brauer. Die Schüler waren in der Endphase der attischen Demokratie angelangt, wie er aus ihren Bemerkungen wahrnahm. Aber er hatte auch mitbekommen, dass Klaus, Burkhard, Volker, Norbert und noch zwei oder drei weitere im August mit dicken roten Striemen an den hinteren Oberschenkeln in den Pausenhof gelaufen waren. Er hatte Klaus gefragt: Dr. Brauer hatte sie mit dem Zeigestock bestraft, hatte auf sie eingedroschen. Ein Arm reichte Brauer dafür. Und plötzlich hatte Sigmund wieder sein rechtes Ohr gespürt, diesen fiesen Schmerz, wenn Brauer im Gang an seiner rechten Seite gestanden hatte und mit der Hand sein Ohr verdrehte.

Ihr Kinderlein kommet,
ach kommet doch all –

Betty spielte nur ein halbes Forte, Tono und Karin sangen laut, Emmis hoher leicht fiepsender Sopran fiel ein, Rile kam auf ihn zu.

»Alles in Ordnung, Siggi? Wirklich?«, flüsterte sie.

Sigmund nickte. Dann war da ein nicht zur Melodie passender hoher Ton, ein zarter Schrei. Sigmund sah auf Nicki, die ihren Mund geöffnet hatte und mit ihren dunklen Kinderaugen ihren Vater ansah.

Kapitel 18

1954
Herdecke

»Dr. Langenberger hat es bestätigt, Siggi. Anfang dritter Monat, meint er.«

Es war Ende November. Sigmund war zur Tür hereingekommen, hatte die prall gefüllte Tasche mit den Aufsätzen seiner Studenten noch in der Hand und hatte nur »Und?« in die Küche gerufen. Er wusste, dass Rile heute einen Termin beim Arzt hatte, und eigentlich konnte der nur noch bestätigen, was sie beide schon seit drei Wochen wussten. Auf dem Weg zur Küche kam Nicola auf ihn zu gerannt, hatte eine Puppe im Arm, der das rechte Bein fehlte, das Nicola in der anderen Hand hochhielt. »Mach es wieder heile, Papa!«

»Ich muss der Mama erst einmal einen Kuss geben, dann kommt deine Puppe an die Reihe.«

Nicki war gerade vier und würde ab Januar in den Kindergarten gehen, was Rile entlasten würde. Er nahm seine Frau in den Arm.

»Hat der Arzt sonst noch was gesagt?«

»Alles bestens, sagt er. Wir sollen uns drauf freuen!«

»Das tun wir auch, aber du musst auf dich aufpassen, darfst dich nicht noch einmal überfordern.« Sigmund gab seiner Frau einen Kuss und schaute ihr dann lange in die Augen. Er liebte sie, wie damals im Herbst, liebte sie, wie er sie immer geliebt hatte.

»Das Bein, Papa, du hast doch Mama jetzt geküsst!« Nicki zog ihren Vater von Rile fort ins Kinderzimmer hinein. Eva schlief in ihrem Bettchen. Während Sigmund vergeblich versuchte, das Bein der Puppe wieder in den Rumpf hinein zu drehen, rechnete er. Das dritte Kind würde Anfang Juni kommen, zum Ende des Semesters. Das war nicht so gut. Ende Juli wäre besser gewesen. Aber das hat man nun einmal nicht in der Hand, dachte er.

Kurz bevor Eva auf die Welt gekommen war, hatte der Umzug nach Herdecke angestanden. Bis Ostern 1952 hatte Sigmund am Magister Justinus Gymnasium unterrichtet und war dann der Anfrage aus Düsseldorf gefolgt. Sie bräuchten für die Ausbildung der Realschullehrer in Nordrhein-Westfalen dringend Dozenten, die Englisch wie ihre Muttersprache beherrschten und auf hohem Niveau lehren könnten. Ob er nicht Interesse hätte, an die Pädagogische Hochschule in Dortmund zu wechseln. Oberstudiendirektor Laupersheim habe ihn sehr empfohlen.

Der Wechsel war ein Glücksfall. Als Laupersheim im Lehrerzimmer bekanntgab, dass der hochgeschätzte junge Kollege Rosenbaum nun Dozent in Dortmund würde, war zunächst Schweigen im Raum, bis Dr. Brauer als Erster das Wort ergriff.

»Ohne Promotion Lehrer an einer Hochschule? Na ja«, er spitzte die Lippen, »Pädagogische Hochschule Dortmund. Nachkriegssitten!« Mit diesem Satz stand Brauer auf, klemmte mit der rechten Hand seinen linken leeren Sakko-Arm zwischen Gürtel und Hosenbund und verließ das Lehrerzimmer. Die anderen Kollegen gratulierten Sigmund.

»Da wird der Tono Dellbrück aber sauer werden, wenn Sie ihm die Lieblingstochter und die Enkeltochter ins Ruhrgebiet entführen«, sagte Werner Albersmüller und lachte Sigmund an. »Wollen Sie denn in Dortmund wohnen?«

»Eigentlich suche ich einen Ort, durch den ein Fluss fließt, an dessen Ufern man schöne Spaziergänge machen kann«, antwortete er dem Kollegen.

»Dann empfehle ich Ihnen Hattingen oder Wetter oder Herdecke. Da haben Sie die Ruhr als Fluss fast wie die Lippe und sind doch schnell in Dortmund.«

Sie hatten sich am Ende für Herdecke entschieden, wo sie eine große Wohnung zu einem günstigen Preis mieten konnten, und da er nur an vier Tagen in der Woche an der Hochschule in Dortmund sein musste, machte ihm die halbe Stunde Fahrtzeit mit der Bahn nichts aus. Rile hatte sich gefreut, dem Dunstkreis ihrer Eltern zu entfliehen, unterschätzte aber die Belastung, die Eva als zweites Kind mit sich brachte. Freunde, die ihr Nicola mal hätten abnehmen können, hatten sie in der neuen Stadt noch nicht gefunden. Sigmund versuchte, so viel Zeit wie möglich zu Hause zu verbringen, doch wenn er spät am Abend noch Klausuren korrigieren oder eine Unterrichtseinheit vorbereiten wollte, waren Eva oder Nicki meist gerade in dieser Nacht unruhig, weinten und erforderten Betreuung.

Zwei Jahre waren seither ins Land gezogen. Mittlerweile hatten sie in Herdecke Fuß gefasst. Wenn Sigmund seine

Spaziergänge an der Ruhr entlang machte, vermisste er die Lippe, auch den Camel Fluss, die beide viel stiller, viel geheimnisvoller waren, als die schnell vom Hengsteysee in den Harkortsee fließende Ruhr, eher eine Durchgangsstation zwischen den zwei Seen und nicht ein eigenständiger, nach eigenen Gesetzen strömender Fluss.

Die Arbeit an der PH empfand Sigmund schon bald als großes Glück. Auch hier fragte wieder mancher Kollege: »Rosenbaum? Das klingt doch …?«

»Jüdisch«, sagte Sigmund dann, weil er wusste, dass viele eine Scheu hatten, das Wort Jude oder jüdisch auszusprechen.

»Ja, so ist es, ich habe das Dritte Reich in England überlebt.« Meist reichte das und erforderte keine weitere Erklärung. Ihm war auch hier an der Hochschule, als würde man das Jüdische gern in einer Schublade lassen, die man nicht ohne Not öffnen wollte.

Er war zu Beginn des Sommersemesters nicht ohne Angst vor die Studenten getreten. Einige waren fast so alt wie er, und er fragte sich, ob er den respektheischenden Lehrer markieren sollte, oder welche Rolle sonst passen würde. Doch diese Sorge wich schnell. Schon in der dritten Seminarstunde »English Grammar« meldete sich gegen Ende Sonja Heller, eine dunkelhaarige, schlanke Studentin mit deutlich ostpreußischem Dialekt. »Bitte entschuldigen Sie«, sagte sie, »aber ich höre viel BBC und wenn Sie reden, Herr Rosenbaum, denke ich, Sie müssten englischer Muttersprachler sein.« Sigmund blieb nichts anderes übrig, als zu erklären, warum er so gut Englisch sprach. Zunächst war Stille im Seminarraum, nur unterbrochen durch die laute Schelle, die die Mittagspause ankündigte. Als die Studenten den Raum verließen, war

Sonja auf ihrem Platz sitzen geblieben, drei Studenten, Angelika Trumm, Volker Behrendt und Hartmut Rohn, blieben unschlüssig an der Tür stehen und schauten auf Sigmund, als erwarteten sie noch etwas von ihm. »Wenn Sie mögen«, sagte Sigmund, »können wir gemeinsam zur Pause gehen.« Was anderes war ihm in diesem Moment nicht eingefallen, und so saßen sie einige Minuten später zu fünft im Aufenthaltsraum vor ihren Thermoskannen und den mitgebrachten Broten.

»Ich hatte auch eine Art Exil«, sagte Hartmut, »längst nicht so einschneidend und lang wie Sie, aber bedeutet hat's mir viel.« Er nahm einen Schluck Kaffee, war offenbar unschlüssig, ob er weitererzählen sollte, aber Sonjas intensiver Blick ermutigte ihn. »Wir waren Ende 43 in Bochum ausgebombt, kamen nach St. Georgen im Schwarzwald, meine Mutter, meine beiden Schwestern und ich. Ich war vierzehn, wir waren etwas außerhalb bei Bauern untergebracht, hatten ein einziges Zimmer für uns vier, und meine Mutter musste auf dem Hof kräftig mitanpacken.« Er machte eine kurze Pause, niemand unterbrach ihn. »Was ich nie vergessen werde: Ich hatte in Bochum nie zuvor auf Skiern gestanden, und musste auf einmal, es war kurz vor Weihnachten, jeden Morgen auf Skiern zur Schule. Anders ging es gar nicht. Alle haben mich ausgelacht. Ich hör sie jetzt noch manchmal in meinen Träumen lachen. Anderthalb Jahre waren wir da, aber ich wurde nie einer von ihnen.«

»Uns ging's ganz ähnlich«, brachte Volker ein, »wir mussten nach Mittenwald, Anfang 44, tiefstes Bayern. Ich hab meine Mitschüler die ersten Wochen gar nicht verstanden, überhaupt nicht, auch die Lehrer kaum. Ich stand wie der Ochs vorm Berge. Verdroschen haben mich die anderen Jungen. Die wollten uns Preußen aus dem Ruhrgebiet nicht, überhaupt nicht.« Volker war einer der jüngsten im Seminar, Sigmund schätzte ihn auf gerade zwanzig, er war stark kurzsichtig und trug eine runde Nickelbrille. »Freundlich wurden die zu meinem Bruder und mir erst, als wir die Meldung bekamen, dass mein Vater gefallen war. Meine Mutter war tagelang nicht ansprechbar, sie ist damals durchgedreht.« Volker machte eine Pause; Sigmund und die anderen konnten spüren, wie die Erinnerung Volker aufwühlte, der vor sich auf den Tisch schaute, als er leise weitersprach: »Sie bekam eine schreckliche Lungenentzündung, wir dachten schon, sie müsste sterben und wir beide wären dann allein in Mittenwald. Sie hat's aber geschafft, und heute«, Volker schaute auf und wurde lauter, »heute studiert Konrad Medizin und ich will Lehrer werden.« Er lachte jetzt, und mit diesem Lachen schob er seine Geschichte weit weg, als sei sie eine Erzählung aus längst vergangener Zeit.

Unwillkürlich schauten jetzt alle auf Sonja.

»Ach Gott«, sagte sie, »worüber reden wir? Sind doch alles alte Geschichten!« Doch ihr Versuch, die Situation mit einem Lachen zu verändern, vielleicht ein ganz anderes Thema anzusprechen, misslang. Es folgte Stille, Sigmund und die beiden jungen Männer griffen unschlüssig zu ihren Broten. Da ergriff Angelika das Wort. »Wir haben Glück gehabt«, sagte sie, »mein Vater war Offizier auf dem Fliegerhorst in Werl. Da bin ich groß geworden, unter lauter Soldaten.« Sie lachte. »Die einzig schwierige Situation war ganz am Ende, da liefen belgische und englische Soldaten durch die bereits übergebene Kaserne, stürmten unser Haus, überall war ein schreckliches Durcheinander, das Gefängnis in Werl hatte man geöffnet, die Freigelassenen liefen durch die Kaserne, mein Vater war gefangen genommen, die Soldaten hatten Gewehre im Anschlag, standen in der Diele vor meinen beiden Brüdern, und da kamen die zwei Russen, die bei uns im Haus Dienst taten, unten im Kohlenkeller oder im Garten, Kriegsgefangene, die seit zwei Jahren in der Kaserne wohnten und für die untersten Dienste bei den Offizieren eingesetzt wurden, und die sagten: ›Gute Leute, gute Leute‹, zeigten auf meine Mutter, gingen auf sie zu und der eine nahm sie in den Arm, sagte ›Brot, immer Brot, gute Frau, danke, danke!‹ Das machte Eindruck auf den englischen Sergeant, der etwas Deutsch konnte, der jetzt nachfragte, und der Russe erzählte mit seinen wenigen Worten auf Deutsch, dass meine Mutter immer nachts Brot und Aufschnitt unter den Waschbottich gestellt hatte, wo die beiden sich bei ihren Diensten am nächsten Morgen hatten bedienen können. Sie hätten dank meiner Mutter nie Hunger gehabt. Keiner von uns drei Kindern hat das gewusst.« Angelika hielt für einen Moment inne. »Der Sergeant hat dann dafür gesorgt, dass es in unserem Haus auf dem Kasernengelände in den kommenden Tagen ruhig blieb, wir hatten besonderen Schutz.«

»Und dein Vater?«, fragte Hartmut.

»War ganze fünf Monate in englischer Kriegsgefangenschaft, das hat er gut geschafft. Der Pfarrer von Werl war sein Freund, der hat ihm geholfen. Wie gesagt, wir hatten Glück!«

Angelika griff zu ihrem Brot. Sigmund schwieg, bewegte sich kaum, trank nicht einmal von seinem Kaffee.

»Ich war vierzehn«, sagte Sonja schließlich in die Stille hinein, »als wir im Januar aus Königsberg loszogen. Meine beiden Brüder waren gefallen, ich war mit meiner Mutter allein. Es war der große Treck, doch«, sie zögerte, presste ihre Lippen zusammen, »bitte versteht, verstehen Sie, Herr Rosenbaum, ich kann darüber nicht sprechen, ich …«, sie machte wieder eine Pause. »Meine Mutter wartet noch immer auf meinen Vater. Es heißt, er ist in russischer Kriegsgefangenschaft.« Sonja senkte den Kopf, sodass keiner der anderen drei ihre Augen sehen konnte. Angelika, die neben ihr saß, legte ihren Arm um sie, drückte sie an sich.

Sigmund atmete tief durch und nahm einen Schluck Kaffee. Was, dachte er, würde zusammenkommen, wenn alle fünfzig oder sechzig Studenten, die in diesem Raum zur Mittagspause beisammensaßen, ihre Geschichte erzählen würden?

»Das tut mir sehr leid, Sonja«, sagte Volker nach einer Weile, »ich hoffe, dass dein Vater ganz bald zurückkommt.« Sigmund und Hartmut pflichteten Volker schnell bei, dann blieben alle still, auch Sonja aß ihr Brot, und Sigmund war der Erste, der den Tisch verließ.

Er hatte Hochachtung vor seinen Studenten, von denen so viele schon als Kinder und Jugendliche viel durchgemacht hatten. Noch oft hörte er in den folgenden Monaten, dass einige ihre Väter nie wiedergesehen und ihre Mütter alles auf sich genommen hatten, um ihnen den Besuch des Gymnasiums zu ermöglichen. Bei anderen war der Vater zurückgekehrt, 1950 oder noch später, aus russischer Kriegsgefangenschaft, gebrochen und betrogen um zehn und mehr seiner besten Jahre. Und oft waren diese Väter völlig unfähig zu ihrer plötzlich wiedererlangten und geforderten Vaterrolle. Sigmund merkte, dass diese Studenten sich viele Gedanken über ihre zukünftige Aufgabe machten, und er hatte die Gewissheit, dass sie viel weniger als Dr. Brauer den Stock oder das Ohrenverdrehen als pädagogisches Instrument einsetzen würden.

Im Sommer 1954 hatten Rile und er erstmals seit dem Umzug eine ganze Woche mit den Kindern in Lippstadt verbracht. Tono hatte ihnen das größte Zimmer im Hotel freigehalten, in dem zusätzlich zwei Kinderbetten Platz hatten. Die beiden Mädchen genossen es, mit ihren Eltern eine ganze Woche lang in einem einzigen Zimmer zusammenzusein und dort gemeinsam zu spielen und zu schlafen. Auch auf Sigmund übertrug sich das Gefühl seiner Kinder von Geborgenheit, und er war fast ein wenig überrascht, wie sehr er hier das Glück spürte, Familienvater zu sein. Er unternahm zwei lange Wanderungen an der Lippe entlang, eine allein, eine mit Rile. Wieder war ihnen der Kahn der Sandbaggerei entgegengekommen, auf den sie beide schon, ohne es auszusprechen, gewartet hatten. Aber der alte Mann stand nicht mehr darin. Jetzt lenkte ein junger Kerl im blauen Overall das schwere schwarze Boot und verteilte mit der Schaufel den aufgebaggerten nassen Lippesand.

Der Besuch war jedoch vor allem von Hannes' großem Plan geprägt. Hannes, nun seit Jahren schon Pater Lukas, hatte sich auf eine Missionsstelle beworben. Er hoffte auf die Zusage für Papua-Neuguinea.

»Warum gerade du auswandern willst, Hannes, ist mir schleierhaft. Das kannst du mir doch wirklich nicht antun, nein, das mache ich einfach nicht mit!«, war Emmis erster Satz gewesen, als Hannes in schwarzer Soutane das Hotel betrat. Er hatte sich absichtlich die gleiche Woche ausgesucht, in der auch Sigmund und Rile im Hotel Urlaub machten, weil er sein Vorhaben auch mit seiner Lieblingsschwester und mit Sigmund besprechen wollte.

»Ich muss oft an die Jahre im Krieg zurückdenken. Das steckt man nicht so einfach weg. Da bleibt immer was hängen.« Hannes schaute in die Runde, die sich in Tono und Emmis Wohnung versammelt hatte.

»Ich habe jeden Tag für dich gebetet! Wir hatten so viel Angst um dich«, warf Emmi ein.

»Ich weiß, und ich habe Glück gehabt, ich könnte jetzt auch blind sein!«

Emmi seufzte laut auf, alle anderen blieben ruhig.

»Bitte versteht, ich will jetzt etwas wirklich Gutes tun, und da ist mir das Beten in Maria Laach nicht genug.« Alle schauten ihn erwartungsvoll an.

»Ich habe die Genehmigung bekommen: Ich kann im nächsten Jahr mit den Herz-Jesu-Brüdern nach Papua-Neuguinea. Die sind da seit Jahrzehnten und sind bestens angesehen.« Hannes griff zur Flasche Cognac, die Tono in die Mitte des Tisches gestellt hatte, und schenkte sich nach. »Ich finde das ganz großartig! Ich hoffe, ihr versteht das.«

»Und wie steht es mit dem Auge, mit den Kopfschmerzen?«, fragte Rile.

»Der Kopf ist geheilt; zumindest so, dass ich ganz stabil bin, und das linke Auge reicht. Das ist kein Problem mehr. Ich gehe ja auch nur für ein paar Jahre, fünf oder vielleicht zehn.«

Hannes schaute von einem zum andern, sichtlich überrascht, dass sich niemand begeistert, ja nicht einmal zustimmend äußerte.

»Zehn Jahre!«, stöhnte Emmi.

»Es ist kein Auswandern, Mama, es ist«, und da zögerte Hannes, »für mich ist es die Suche nach Sinn, Sinn nach diesem sinnlosen Krieg.« Hannes schaute seinen Vater an, der aber blieb still.

»Wir haben so viel geschossen und zerstört«, fuhr Hannes fort, »jetzt«, er zögerte, »jetzt will ich Leben bringen, will Christus nachfolgen. Wenn ich Heiden bekehre, ist das ein gutes und vor allem sinnvolles Ziel.«

Sigmund spürte Widerwillen. Der Begriff »Heide« erschien ihm einfach lächerlich. Ob Hannes ihn, den Juden, damals, als sie gemeinsam heranwuchsen, auch als Heide betrachtet hatte? Vielleicht! Seit der Heirat war er jetzt katholisch. Aber war da eine Differenz? Er war kein anderer als früher.

Hannes entging nicht, wie verhalten Sigmund reagierte. »Ich meine echte Heiden, Siggi, wie die Einwohner dort, nicht den Unterschied von evangelisch oder katholisch oder so, sondern Heiden, die nichts von Gott, von Jesus und der Dreifaltigkeit wissen. Die bleiben unerlöst!«

»Unerlöst?«

»Aber das da unten sind Naturreligionen, Siggi, die glauben an Gespenster, irgendwelche Geister. Da ist es eine Pflicht, sie zu taufen und zu Christen zu machen. Die kommen doch sonst nie in den Himmel!«

»Bist du da so sicher? Ich glaube, dass Gott in diesen Dingen viel großzügiger ist als wir Menschen.«

»Ich bin mir sicher. Sonst würde ich nicht Missionar!«

Sigmund und Rile merkten schnell, dass Hannes längst entschlossen war, und fragten nicht weiter nach. Rile war ein wenig stolz auf ihren Bruder, der solche Mühen auf sich nehmen wollte, Sigmund wiederum war alles Missionarische völlig fremd. Er konnte nicht sagen, was ihm die wahre Religion sei, es war eine Frage, die ihn im Moment auch nicht sehr beschäftigte. Sein Ziel stand ihm deutlich vor Augen: Er musste die jungen angehenden Lehrer so unterrichten, dass diese über das Englisch-Lernen hinaus auf ihre eigentliche Erziehungsaufgabe vorbereitet wurden. An ihnen würde es liegen, ob sich das Unheil der zwölf braunen Jahre jemals wiederholen könnte oder nicht. Und ein weiteres Ziel hatte Sigmund in den letzten beiden Jahren für sich entwickelt. Er schaute nach Spuren jüdischen Lebens und Leidens in den dreißiger und vierziger Jahren in deutschen Städten, suchte nach Menschen, die ihm erzählten, wie sich in diesen Jahren das ganz alltägliche Leben für eine jüdische Familie verändert hatte, wie die nicht-jüdische Bevölkerung gehandelt, wie sie reagiert hatte. Bei diesen Begegnungen lenkte Sigmund am Ende das Gespräch zumeist noch auf die Gegenwart, meist in einem Nebensatz, wie unabsichtlich, und so gut wie nie hörte er den Gesprächspartner von Schuld sprechen. Schon das Eingeständnis von Trauer, die man über das Geschehene empfände, kam den Befragten selten über die Lippen. Dass es falsch war, was damals mit den Juden »geschah«, war allgemeiner Sprachgebrauch, aber zuallermeist war man sich sicher, dass die Erinnerung daran ja keinem nütze. Jetzt gäbe es ja Israel und da würden die Deutschen schon kräftig genug helfen. Sigmund hatte einiges von dem, was ihm die Leute erzählt hatten, aufgearbeitet und bereits drei Artikel dazu veröffentlicht, häufiger aber Absagen von Zeitungen erhalten, die dieses Thema nicht für wichtig genug hielten. »Wir glauben nicht, dass die Zeit günstig ist, um jetzt alte Wunden in unserer Stadt aufzureißen«, waren sich viele Lokalredakteure einig. Doch Sigmund fragte unerschrocken weiter. Rile war weniger erfreut über dieses »Hobby« ihres Mannes, denn es beanspruchte viel Zeit und auch einige Reisen, aber Sigmunds Drang war stark. Sie konnte ihn nicht stoppen.

Während der Woche im Hotel genoss Sigmund einmal mehr, Tono zu beobachten, der wie in den Jahren vor seinem Weggang die gute Seele des Hotels und daher bei allen Gästen beliebt war. Da sich in der Stadt das Metall- und Leuchtenwerk zu einem wichtigen Zulieferer für die Automobilindustrie entwickelte, war die Auslastung im Hotel gut. Er sah auch, wie Tono sich bemühte, Manfred auf seine Aufgabe als Nachfolger im Hotel vorzubereiten. Doch Manfred reagierte zurückhaltend auf Tonos »Unterricht«. Er traf sich lieber in der Stadt mit einem etwas älteren Kunstmaler, Herrn Kohlweg, der ein Studio am Ostwall hatte mit einem großen Fenster nach Norden.

Sigmund spürte bei Rile eine zunehmende Anspannung. Es war wohl unausgesprochener Neid auf Karin, der als jüngstem Mädchen der Familie gelungen war, was Emmi Rile verwehrt hatte: Karin studierte Deutsch und Französisch in Münster und wollte Gymnasiallehrerin werden. So war die Stimmung insgesamt etwas bedeckt, nur Nicki und Evi hellten sie bei allen immer wieder auf. »Nein, wie goldig«, sagte Betty, »wenn Tilla das doch nur hätte erleben können.« Und sogar Emmi strahlte, las Nicki aus dem alten Märchenbuch vor, badete Evi und bedeckte sie beim Trocknen mit vielen kleinen Küsschen.

Als sie auf der Rückfahrt nach Herdecke im Zug saßen und beide Mädchen eingeschlafen waren, sprach Sigmund seine Beobachtungen an, ließ aber Riles Neid auf ihre Schwester aus. »Die Familie geht auseinander«, sagte Rile, »das spüren wir alle, das kann auch Tono nicht verhindern. Wenn es nur mit Manfred keine Katastrophe gibt, er ist kein Hotelier.«

Zu Beginn des Semesters hatte Sigmund in der Seminar-Sprechstunde Besuch von Frau Kramer erhalten. Elisabeth Kramer vom Lagemann Verlag hatte ihren Besuch per Brief angekündigt, den Grund aber nicht genannt. Als sie zur Tür hereinkam, blieb Sigmund beinahe das Herz stehen. Die schwarzen Haare, der Bubischnitt, die dunklen Augen, die Art, wie sie ging, sogar die Stimme: All das erinnerte ihn an Elsie! Das war Elsie, lediglich um ein paar Jahre gealtert. Er stockte, als er sie bat, Platz zu nehmen, fingerte in ein paar Seiten auf dem Schreibtisch herum und konnte den Blick nicht von ihr abwenden. Er benahm sich wie ein Schüler. Sie musste denken, ein halber Idiot säße vor ihr. Elisabeth Kramer bot ihm an, englische Kurzgeschichten für ein deutschsprachiges Publikum mit einem erläuternden Vorwort und mit Vokabelhilfen zu edieren und fragte zugleich, ob er nicht auch kürzere Romane sprachlich vereinfachen und ebenfalls mit einer Erklärung und den wichtigsten Vokabeln versehen könnte. Ob er bereit wäre, es zu versuchen? Sie legte ihm ein Penguin-Bändchen mit einer Sammlung von englischen Kurzgeschichten vor. Hier möge er sechs Geschichten auswählen und die außergewöhnlichen Vokabeln sowie alle schwierigen Satzteile für ein deutschsprachiges Publikum erklären und Übersetzungshilfen anbieten. Der Verlag würde die Rechte einholen. Sigmund merkte sofort, dass Frau Kramer nichts anderes als eine Zusage erwartete. Sigmund sagte zu.

Rile war nicht begeistert. »Das geht von deiner Zeit für Nicola und Eva ab; auch von deiner Zeit für mich«, sagte sie und fügte »überleg' dir das gut« hinzu, »noch kannst du absagen.« Er hatte sechs Geschichten ausgewählt und sie schon Anfang November in der gewünschten Form mit Vokabeln und Erläuterungen an den Verlag geschickt, der ihm nur eine Woche später einen Vertrag zusandte. Sein Dekan hatte nichts gegen diese Nebentätigkeit, Rile fragte er nicht mehr. Er unterschrieb.

Kapitel 19

18. Juni 2018
Bad Waldliesborn
Frido

Der Bus hält am Kurhaus. Frido überlegt, wie viele Jahre vergangen sind, seit er seine Tante zuletzt in Waldliesborn besucht hat. Waren es acht oder zehn? Als er aus dem Bus steigt, erscheint ihm in dem kleinen Kurort alles unverändert. Vor dem Kurhaus stehen Tische und Stühle des Cafés, die an diesem warmen Junitag gut besetzt sind. Unter den aufgespannten Sonnenschirmen sitzen Rentner und ein paar Mütter mit ihren Kindern vor Kuchen oder Eis. Er sieht das Schild »Parkhotel Astoria«, schwarze geschwungene Schrift auf goldenem Grund, mit dem Pfeil nach rechts, lächelt und folgt langsamen Schritts der Straße, bis er an der Einfahrt zu dem großen, weiß gestrichenen Haus stehen bleibt. Die breiten Marmorstufen mit der Rampe rechts, die mächtige zweiflügelige Tür aus brauner Eiche, die weit nach unten gezogenen Fenster des Restaurants im rechten nach Westen gelegenen Gebäudeteil, die kleinen Balkone vor jedem Fenster im ersten und zweiten Stock: Für ihn das typische Bild eines kleinen europäischen Bäderhotels. Hinter dem Restaurantflügel sieht er die Spitze eines Baukrans. Er geht die Stufen hinauf und Vera, seine Cousine, öffnet die Tür. »Hättest mir doch 'ne SMS schicken können, wann du ankommst, dann hätte ich dich doch abgeholt!«, ist das Erste, was sie sagt, bevor sie ihn mit ihren langen Armen umschlingt und ihm einen dicken Kuss gibt! »Schön, dass du uns besuchst. Ist schon so lange her.« Veras Mann kommt aus der Tür hinter der Rezeption, umarmt ihn und erkundigt sich – mit leicht abfälligem Blick auf die C&A-Tüte – nach seinem Gepäck.

»Ich habe den Koffer bei einem Freund in Hamburg gelassen, nur das Wichtigste ist im Rucksack. Nehmt ihr noch Gäste, die nicht mit einem richtigen Koffer anreisen?«

»Manchmal nicht«, sagt Rainer und lacht.

Eine halbe Stunde später sitzen sie im Wohnzimmer von Karin. Seine Tante ist munter, doch ihre 88 Jahre haben Spuren im Gesicht hinterlassen, aber ihre Augen sind hellwach, sie ruhen nicht und richten sich immer wieder auf ihn.

Als Vera ausführlich von den Veränderungen bei den Kurgästen berichtet, unterbricht Karin sie plötzlich: »Du hast etwas von Hannes«, sagt sie und schaut Frido geradewegs ins Gesicht. »Die Partie um den Mund, wenn du lachst, genau wie Hannes früher, nur die Warze hatte Hannes nicht!«

Das Gespräch verstummt, er erinnert sich, das Thema Hannes hat in der Familie fast immer zu sofortiger Befangenheit geführt.

»Hannes ist seit dreißig Jahren tot, Mama.«

»Das widerspricht nicht meiner Feststellung, Vera.« Karin nimmt einen kleinen Schluck von ihrem Tee. Frido lächelt kurz, Karins Antwort hat ihn amüsiert. Sie hat den gleichen Scharfsinn wie seine Mutter, denkt er. »Ich sehe viel von meinem Bruder in Frido und das freut mich.«

»Die hätten im Kloster besser auf ihn aufpassen müssen, ich hab das nie verstanden.« Rainer schaut seine Frau an, als erwarte er von ihr Bestätigung.

»Bei einem Alkoholiker hast du kaum eine Chance«, sagt Vera.

»Dann muss man eben den Messwein einschließen«, Rainer lächelt.

»Was glaubt ihr, warum hat er zum Alkohol gegriffen?« Frido schaut in die Runde. Es gibt eine kurze Pause.

»Das begann gleich nach seiner Rückkehr aus Papua, 1966, da wart ihr alle noch ganz klein. Er hatte dieses Buch verfasst, diese Studie über die Dreifaltigkeit, ›mein opus magnum‹ hat er es immer genannt.« Karin verstummt für eine Weile, aber Frido sieht an ihren Augen, dass sie lang zurückliegende Szenen vor Augen hat. Er hofft, dass jetzt niemand seine Tante unterbricht, denn er sieht wieder den Briefumschlag, der heute Mittag aus dem Heidebild herausfiel: »Hannes 1959/61«. Karin räuspert sich. »Es war keine leichte Zeit für ihn, keiner wollte das Buch drucken. Auch sein Abt hat ihm nicht geholfen. Er war so verzweifelt auf der Suche nach einem Verlag, aber alle meinten, dass nach dem Zweiten Vatikanischen Konzil die Zeit für die Dreifaltigkeit nicht günstig sei. Armer Hannes!«

»Wer redet heute schon von Dreifaltigkeit«, sagt Vera, »außer es steht in einem Thriller von Dan Brown.«

Rainer steht auf. »Ich muss noch mal ins Büro.« Er zwinkert Frido zu, der nicht weiß, was die Geste bedeuten soll.

»Vielleicht hat er schon in Papua mit der Trinkerei begonnen, was wissen wir. So ein Leben im Zölibat! Da kommt man sicher schnell ans Trinken. Aber das ist ja jetzt auch egal.«

»Mir war's damals nicht egal. Er war der Erste von uns vier, der starb, 1981, da war er gerade mal sechzig.«

»Gibt es das Manuskript noch, Karin?«

»Sag mir nicht, dass du 500 Seiten über die Dreifaltigkeit lesen möchtest.«

Frido lächelt. »Nicht unbedingt, aber ich würde gern einen Blick hineinwerfen, wenn es noch existiert.«

»Wenn Vera nicht alles weggeworfen hat, müssten auf dem Boden noch zwei Koffer mit seinen persönlichen Sachen stehen. Die haben wir damals aus dem Kloster zurückbekommen. Da ist sein festliches Messgewand drin, ich konnte es nicht wegtun, und sein kleiner Reisealtar und auch das Manuskript und ein paar weitere Erinnerungen. So ein Mönchsleben passt in zwei kleine Koffer.«

»Ich hab die Sachen nicht weggetan, Mama!«

»Gut so«, Karin nickt.

»Ich habe ein paar Mal darüber nachgedacht, was es wohl bedeutet hat, 1955 als Missionar nach Papua-Neuguinea zu gehen und dann dort zehn Jahre zu missionieren. Das erscheint mir geradezu verrückt!«

»Verrückt? Du hast doch auch so was Verrücktes gemacht, hast deiner Mutter ganz schöne Sorgen bereitet. Erst nach Indien, gleich nach dem Abi, und dann zu diesem komischen Bhagwan und dann nach Australien.«

Frido schluckt. Auf Vorwürfe hat er keine Lust.

»Hat Onkel Hannes einmal ausführlich über seine Zeit in Papua erzählt?«

Karin schaut ihn an. Ihre Augen strahlen wirklich Wärme aus, denkt Frido. Wieder sieht er seine Mutter in der Tante, und schon keimt dann doch ein schlechtes Gefühl auf. Hat sie wirklich unter seiner Entscheidung gelitten? Damals in Lourdes hat sie nichts davon gesagt. Jede Mutter leidet, wenn ein Kind wegzieht, denkt Frido, aber das kann nicht Schuld des Kindes sein! Manuel will für seine Promotion auch weg aus Australien. Es passiert, es ist niemandes Schuld.

»Ja, er hatte Ende der Fünfziger einige Monate Heimaturlaub und war für ein paar Wochen daheim im Hotel.« Karin nippt noch einmal an ihrem Tee, dann fährt sie fort: »Tono hatte an einem Wochenende die ganze Familie und ein paar Freunde eingeladen. Wir saßen alle um Hannes herum und er sprach und sprach. Deine Eltern, Frido, waren auch dabei. Wir waren alle fasziniert, was er von den Menschen dort, den Kanaken, wie er sie nannte, berichtete.« Frido meint den Glanz der Ferne, der Erinnerung in Karins Augen zu sehen. Er ahnt, dass sie gerade in Gedanken 58 Jahre zurückgeht und an einem Tisch im Hotel Dellbrück Platz nimmt und ihrem Bruder lauscht, während Vera entrüstet fragt, wie man denn jemals einen Eingeborenen hätte als »Kanake« bezeichnen dürfen. Doch Karin antwortet nicht.

»Mama, hörst du überhaupt zu?« Vera starrt ihre Mutter an. »Sprach dein Bruder wirklich von Kanaken? Das ist ja nun mal kein freundliches Wort für Eingeborene.« Vera schüttelt den Kopf. »War er eigentlich als Missionar da unten glücklich?«

»Ich glaube«, Karin zögert kurz, als müsse sie sich sammeln, »er war ganz zufrieden auf seiner Insel. Er hat nach dem Vortrag bei uns am folgenden Sonntag noch die

Messe in St. Nikolai gelesen und über die Mission gepredigt. Er strahlte, erzählte viel über die Menschen dort.« Karin lächelt. »Nein, Hannes war bei diesem Besuch so ausgeglichen, wie wir ihn seit der Rückkehr aus dem Krieg nicht mehr erlebt hatten. Ganz anders dann, als er 1966 wieder für immer in Maria Laach einzog. Da war etwas vorgefallen, was er nie erzählte. Eins war klar: Er wollte nicht in die Eifel zurück.«

Kapitel 20

Mai 1961
an der Volme
Sigmund, Frido

»Such mich!«

»Hier sind so viele Bäume, Frido, unmöglich, ich kann dich gar nicht finden!«

»Doch Papa, kannst du!«

Sigmund ging an der dicken alten Eiche vorbei.

»Ja, wo bist du nur? Wo ist denn mein Frido?«

»Hier!«

Klang etwas dünn, dachte Sigmund. Er drehte sich nach hinten.

»Ja, da bist du ja!«

Er streckte die Arme aus und Frido lief in sie hinein. Er hob ihn hoch, Frido war schwer geworden, kein Wunder, dachte Sigmund, im nächsten Monat würde er sechs. Er gab ihm einen kleinen Kuss auf die Stirn, ließ ihn wieder runter und ergriff seine linke Hand. Sie gingen weiter. Als er Fridos warme Hand in seiner hielt, spürte er das in ihn gesetzte Vertrauen, dass der Vater den richtigen Weg kennt. Verdiente er dieses Vertrauen?

Was für eine blöde Frage, dachte er, natürlich verdiente er das!

Frido und er waren an diesem Samstag nach dem Frühstück losgefahren. Die Mädchen würden bis Mittag in der Schule sein. Zum Kaffee, so hatten sie ausgemacht, wären Frido und er zurück. Rile hatte ihnen Brote geschmiert für die Mittagszeit und zusammen mit der Thermoskanne in Sigmunds Rucksack gepackt. »Männerausflug« hatte sie gesagt, beide hatten gelacht, auch Frido stimmte in das Lachen ein, und Sigmund hatte diesen Stich gespürt. Es war nicht dasselbe, ob er allein oder ob er gemeinsam mit Frido oder gar mit allen vieren eine Wanderung unternahm, und er hatte manchmal ein schlechtes Gewissen, dass die Wanderung allein immer noch die schönste für ihn war. Aber der Stich beim Blick in das lachende Gesicht von Rile hatte noch eine andere Ursache.

Jetzt waren sie an einer Biegung des Flusses angelangt, an der an ihrer Seite kleine, flache Felsblöcke im Wasser lagen, eher größere Steine, die sie vom Ufer aus besteigen konnten und auf denen sie sich in kurzen Sprüngen gefahrlos weiter in den Fluss hinein würden bewegen können.

»Sollen wir?«

»Klar Papa!«

Auf dem letzten Felsen, einem flachen, aber sehr breiten Stein, der einen halben Meter über den Wasserspiegel hinausragte, war es, als wären sie in der Flussmitte angelangt und nur noch umgeben von Wasser. Sie setzten sich, winkelten die Beine an. Frido legte den Kopf auf die Knie und betrachtete seinen Vater von der Seite her.

»Geht es dir gut, Papa?«

Sigmund war überrascht. Solch eine Frage musste Frido von Rile aufgeschnappt haben, die ihn abends am Tisch manchmal so ansprach, wenn er erschöpft aus Dortmund zurückgekehrt war und schweigend am Abendbrottisch saß.

»Ja, Frido, klar. Es geht mir immer gut, wenn ich wandern kann, an der frischen Luft bin, wenn du bei mir bist.«

»Wirklich?«

»Ja, warum fragst du?«

»Nur so, Papa.«

Die Frage verunsicherte Sigmund. So ein kleiner Fünfjähriger konnte doch nichts ahnen! Was sollte dann dieses »wirklich«? Und es ging ihm ja gut. An der Hochschule lief alles ordentlich, die Studenten machten gut mit, nicht alle waren so intelligent, wie er sie sich gewünscht hätte, aber das war nicht zu ändern. Er hatte in vielen Dingen Routine, die Grammatikübungen hatte er verbessert, er war sich sicher, die waren jetzt besser als im Übungsbuch, er hatte sogar überlegt, seine hektographierten Blätter einem Lehrbuchverlag für ein neues Grammatikbuch anzubieten, und Elisabeth hatte ihn darin bestärkt, hatte schon Kontakt zu zwei einschlägigen Verlagen aufgenommen. Nein, auf diesem Gebiet lief alles gut.

»Papa, kann ich über die Felsen springen!«

»Ja, mach nur, aber pass auf!«

Sein kühnster Gedanke war, ob er nicht doch noch eine Promotion anstreben sollte. Die Literaturübungen mit den angehenden Realschullehrern machten ihm stets am meisten Spaß. Wie die jungen Studenten einzelne Werke interpretierten, verriet so viel über sie. Wäre er promoviert, könnte er sich ganz auf die Literaturseminare konzentrieren, bei denen der Dekan nun einmal vor allem die promovierten Dozenten einsetzte. Ob er noch einmal zu den englischen Ästhetizisten zurückkehren sollte, zu den Präraffaeliten, zum Fin de Siècle?

»Papa, schau mal!«

Er drehte sich um, sah Frido nicht, hatte gar nicht mitbekommen, dass Frido sich vom Stein entfernt hatte, doch da, ein Stück flussabwärts, stand er auf einem Felsbrocken und winkte.

»Geh nicht weiter. Ich muss dich stets sehen können. Setz' dich und horch, was dir der Fluss sagen will!«

Was will ihm der Fluss sagen? Eine Antwort auf seine Promotionsüberlegungen hat das Wasser nicht. Es ist unruhig, dachte Sigmund, es ist ein Sauerlandfluss, der hat eben mehr Gefälle als die Lippe und der Camel, hier springt das Wasser schon mal, ist ein wenig nervös, aufwühlend, vor allem hier zwischen den Felsblöcken. Er würde gleich noch mit Frido weiter flussabwärts laufen, wo die Volme wieder ruhiger wurde.

Bei Rile hatte er den Promotionswunsch einmal erwähnt, aber sie hatte gleich unwirsch reagiert. »Was willst du dir denn noch alles aufbürden?«, hatte sie gesagt, »du hast die Dozentur, du bereitest deine Stunden minutiös vor, du bringst die Simple-Reader-Bücher heraus mit diesen Anmerkungen, dann hast du dein Judenthema, hast drei Kinder, die auch mal mit dir etwas unternehmen wollen, und ich bin ja schließlich auch noch da!« Er hatte sich gewundert, wie deutlich sie seine Überlegung abgelehnt hatte, sodass er gar nicht mehr wagte, den Promotionsplan noch einmal anzusprechen. Elisabeth hatte letzten Samstag anders reagiert.

»Du kannst so viel!«, war ihre Antwort gewesen. »Trau dich, du schaffst das!«

Das hatte gutgetan, hatte eine viel größere Wirkung, als er in dem Moment, als sie das sagte, gedacht hatte.

Dennoch war es falsch gewesen. Rile wollte unbedingt das letzte Wochenende in Lippstadt verbringen, Emmi hatte in der Küche des Hotels einen Schwächeanfall erlitten, aber er hatte den Conan Doyle noch nicht fertig, die Ausgabe für Leser mit wenig Vorkenntnissen. Er hatte sie gebeten, doch bitte allein mit den Kindern zu fahren. Sie hatte wortlos genickt. Am Donnerstag vor dem Wochenende hatte dann Elisabeth im Institut angerufen.

»Lass uns doch die Schlussfassung am Samstag gemeinsam überarbeiten«, hatte sie vorgeschlagen. Da hätte er noch absagen können. Sie wartete am anderen Ende der Leitung. Sigmund meinte, er könne ihren Atem hören.

»Gern, wo sollen wir uns treffen?«

»In deinem Büro ist es zu«, sie zögerte, »zu dienstlich. Ich mach uns bei mir 'nen schönen Kaffee. Wär' das für dich in Ordnung?«

Jetzt wäre noch Gelegenheit gewesen, einen anderen Ort vorzuschlagen. Er wusste, dass Elisabeths Mann vor ein paar Monaten ausgezogen war. »War irgendwie abzusehen, wir hatten uns auseinandergelebt«, hatte Elisabeth gesagt und bei diesem Satz ein Flackern in ihren dunklen Augen gehabt, das ihn beunruhigte. Er hatte seitdem das Gefühl, dass sie sich anders verhielt als zuvor, dass sie ihre Lippen stärker nachzog, ihre Kleidung ausgewählter war, sie jetzt näher an ihn herantrat, wenn sie sich bei ihm im Büro oder bei ihr im Verlag trafen. Er reagierte auf die dunkelbraunen Augen, auf dieses warme Lächeln, auf die nicht mehr ganz so seltenen zufälligen Berührungen und kam sich dabei so unerfahren vor wie damals in Cornwall, aber jetzt war er doch ein erwachsener Mann! Bei ihren allerersten Treffen hatte ihn die Ähnlichkeit mit Elsie überrascht und verunsichert, doch längst hatte sich diese

Ähnlichkeit mit Elsie vermindert, denn Elisabeth hatte ihre schwarzen Haare wachsen lassen, die jetzt mittellang waren und sich zur Schulter hineindrehten. Er hätte ein Café vorschlagen können, einen neutralen Ort. Aber er war zu ihr in die Hörder Straße gefahren. Er wollte zu ihr. Und er war die Nacht über bei ihr geblieben.

Er blickte auf die Volme, meinte den Fluss zu riechen, spürte das Bedürfnis, seine Hand in das klare Wasser zu tauchen, sie ganz lang vom kalten Wasser umspülen zu lassen, bis sein ganzer Körper kalt würde. Es hatte sich in den letzten Jahren nichts Wesentliches geändert zwischen Rile und ihm. Er musste sich eingestehen, dass es für das letzte Wochenende keinen wirklich tieferen Grund gab. Rile und er führten, was man gemeinhin eine gute Ehe nannte. Die Geburt von Frido war problemlos verlaufen, Rile hatte erstmals im Krankenhaus entbunden und die Wochen danach anders als nach Evis Geburt schnell wieder an Kraft gewonnen. Karin war für eine Woche gekommen, um zu helfen, aber es war kaum nötig gewesen. Er war dankbar, dass er sich trotz dreier Kinder schnell wieder in die Arbeit stürzen konnte. Elisabeth brachte immer neue Wünsche des Lagemann Verlags vor, dessen Honorare ein willkommenes Zubrot wurden. Sie hatten den neuen Ford finanziert und halfen, Frau Tesche zu bezahlen, die einmal in der Woche kam, um Rile bei der großen Wäsche und im Haus zu unterstützen. Es ging alles ganz ruhig seinen Lauf, allerdings war Rile irgendwie unruhig geworden. Es begann vor einem Jahr, als Frido vier wurde und in den Kindergarten kam.

»Jetzt sind die Mädchen in der Schule, Frido ist auch morgens versorgt, da könnte ich doch eigentlich beruflich was machen! Was meinst du?«

Sigmund war verblüfft.

»Du bist doch Mutter und Hausfrau und hast genug zu tun! Willst du etwa als Frau eines Hochschuldozenten«, Sigmund suchte nach dem passenden Wort, »wirklich aushäusig arbeiten gehen?« Er machte eine Pause. »Es reicht doch mit dem, was wir haben.«

Rile war einen Moment lang still. »Es geht mir nicht ums Geld. Ich bin auch wirklich gern Mutter, aber manchmal denke ich, ich könnte mehr.«

»Möchtest du wieder im Krankenhaus arbeiten, wie früher? Irgendwelchen Leuten den Po abputzen und das mit drei Kindern daheim? Versteh' ich nicht.«

In seinem Kollegenkreis war nur ein Einziger, Dr. Schreiber, dessen Ehefrau als niedergelassene Ärztin eine Praxis in Dortmund hatte, und die Frau von Hochheimer war irgendwo Sekretärin, aber alle anderen Frauen waren, soweit er das wusste, Hausfrau und Mutter.

»Ach, weißt du, am liebsten würde ich immer noch studieren, aber ich bin jetzt 36, und da bin ich zu alt dafür.«

Sigmund stand auf und nahm seine Frau in den Arm. »Rile, wir vier brauchen dich hier im Haus!« Er drückte sie noch einmal kräftig an sich und hoffte sehr, dass er die richtigen Worte gefunden hatte. Damit hatten sie das Gespräch beendet, aber Sigmund spürte in den folgenden Wochen, dass das Thema noch immer in ihr gärte. Und wenn er ganz ehrlich zu sich selber war, hier am Ufer der Volme, mit der Hand im kalten Wasser, so wusste er, dass Rile noch einen weiteren Punkt hatte, der zwischen ihnen stand, der sie ärgerte, sie immer wieder beschäftigte und wahrscheinlich schwerer wog als ihr Berufswunsch. Das war, was sie »das Judenthema« nannte. Sie mochte nicht, dass er neben all der Arbeit Menschen befragte, Belege sammelte und dokumentierte, die sich mit der Verfolgung und Vertreibung der Juden im Dritten Reich beschäftigten. Ihn hingegen machte es noch immer fast wahnsinnig, wenn er wieder einmal herausfand, dass es in jeder Stadt solche Menschen wie Dr. Brauer gab und noch viel schlimmere, die damals Judenverstecke verraten hatten, die die Juden durch die Straßen zu den Güterbahnhöfen getrieben oder sich an ihren zurückgelassenen Möbeln und Haushaltssachen bereichert hatten, und die heute alle in guten Stellungen waren, ganz vergnügt durch die Straßen gingen, im Café saßen, grüßten und gegrüßt wurden. Er wusste es längst, aber er war dennoch immer wieder überrascht, wie gründlich die Menschen vergessen wollten. Vor zwei Monaten erst hatte er nach langem Abwägen einen Brief nach Lippstadt an seinen alten Oberstudiendirektor Laupersheim geschrieben und ihn gefragt, ob man nicht in der Schule eine Tafel anbringen könnte, auf der man an die seit 1933 vertriebenen jüdischen Schüler erinnerte. Drei Wochen später hatte ihn die Antwort erreicht. »*Wir haben im Kollegium über Ihre Anfrage beraten und sind zu dem Ergebnis gekommen, daß die Umsetzung Ihres Vorschlags aus zwei Gründen nicht förderlich wäre. Zum einen halten wir es in der jetzigen Zeit für besser, wenn wir unsere jungen Schüler nicht zu sehr mit der Erinnerung an die schwere Zeit belasten, sondern nach vorn schauen. Zweitens möchten wir festhalten, daß unsere Schule ja nicht selbst aktiv die jüdischen Kinder vertrieben hat. Sie sind vielmehr in aller Regel mit ihren Eltern ausgewandert, haben also die Schule regulär verlassen. Auch wenn die Gründe dafür uns heute leidtun müssen, so waren es keine Gründe, die von der Schule veranlaßt wurden. Die Schule trifft keine Schuld!*« Sigmund schäumte vor Wut, rief Rile zu sich, las ihr den Brief vor, gleich zwei Mal hintereinander, mit lauter Stimme, konnte sich lange nicht beherrschen. Seine alte Schule schrieb ihm eine solche Absage! Da waren doch noch genügend Lehrer, die wussten, dass er die Schule nicht mit seinen Eltern als Auswanderer verlassen hatte! Und Harry und die anderen waren alle gezwungen gewesen zu gehen, wenn sie überleben wollten. Rile hörte seinen Grimm und seinen Ärger den ganzen Abend mit an, aber er hatte auch gemerkt, dass Rile es leid war, ihn nach solchen Enttäuschungen immer wieder zu beruhigen.

Er zog die Hand endlich aus dem Wasser, sie war nun wirklich kalt, und drehte seinen Kopf, schaute flussabwärts.

»Frido?«

Frido war nicht mehr auf dem Felsen, auf dem er eben noch gestanden hatte, war auch nicht auf den anderen Steinen im Fluss zu sehen. Sigmund schnellte hoch.

»Frido!«

Seine Augen fuhren über das Wasser, über die Felsen, über den Uferrand. Irgendwo müsste doch der blaue Anorak auftauchen.

»Fri-do!«

Die dunklen Haare, das Köpfchen. Sigmund drehte sich um die eigene Achse. Das war doch unmöglich. Er war doch gerade noch da gewesen. Er suchte mit den Augen die Böschungen ab. War da irgendwo was Blaues?

»Fri-do! Frie-demann!«

War er in den Wald zurückgelaufen? Der hatte sie ja wohl nicht mehr alle! Sich einfach davonzumachen, ohne was zu sagen. Er hatte ihm doch deutlich genug gesagt, er dürfe sich nicht entfernen, müsse immer in Sichtweite bleiben.

»Fri-do!« Er formte die Hände vor seinem Mund zu einem Trichter.

»Wenn du dich versteckst, so komm hervor!«

Wieder nichts Blaues, das plötzlich hinter einem Stein oder einem Baum hervorlugte. »Das ist kein Spiel, Friedemann! Wo bist du?«

Sigmund ging von Stein zu Stein zurück ans Ufer, schaute zwischen den Steinen ängstlich ins Wasser. Das konnte nicht sein, nein, auf keinen Fall, das Wasser hier war ja gar nicht tief genug! Auch wenn er von einem Stein in den Fluss gefallen sein sollte, war er vielleicht nass, aber doch nicht mehr, hier konnte er doch überall stehen. Gut, Frido konnte noch nicht schwimmen, er war ja erst fünf. Doch zum Ertrinken war das Wasser zwischen den Felsen gar nicht tief genug. Bestimmt nicht! Vielleicht aber war er unglücklich gestürzt, mit dem Kopf aufgeschlagen, vielleicht lag er irgendwo bewusstlos, dann würde auch ganz wenig Wasser reichen. Sigmund spürte, wie sich Schweiß auf seinem Rücken sammelte.

»Fri-do! Frido!«

Er meinte, aus dem Wald ein Echo seines Rufes zu hören. Angstvoll schallte es zurück. Warum hatte er nicht die ganze Zeit den Jungen im Auge behalten? Warum hatte er aufs Wasser gestarrt, an Elisabeth gedacht und an Rile, statt auf Frido zu schauen? So ein fast Sechsjähriger bleibt nun einmal nicht einfach stehen, sondern bewegt sich, läuft. Das wusste er doch! Gott im Himmel, bestrafe mich nicht auf solche Weise, ich werde es nicht wieder tun, nie wieder, aber lass Frido heil sein! Lass ihn nicht ertrinken!

»Papa!«

Da stand er. Oben, auf einem Felsen am Flussrand, gut zwei Meter über dem Fluss und winkte fröhlich. Da war er, der blaue Anorak mit einem lächelnden Kind.

»Ich bin hier hochgeklettert, Papa, von hinten, ganz allein.« Sigmund hörte, wie stolz Frido auf sein Klettern war. »Von hier kann man den ganzen Fluss sehen. Komm Papa, komm auch!«

»Bleib ganz ruhig da oben stehen, Frido, das ist ziemlich hoch, ich komme.«

Von der Uferseite her war der Felsen wirklich leicht zu besteigen. Jetzt standen sie nebeneinander und er hielt Frido dicht an sich, hatte den rechten Arm um ihn gelegt, seine rechte Hand drückte leicht an Fridos Seite. Er wollte ihn spüren, er sollte ihm nicht noch einmal entschwinden.

»Ich hab dich gesucht, hast du mich nicht gehört?« Frido schüttelte den Kopf. Sie setzten sich an den Rand des Steines. Sigmund rückte dicht an seinen Sohn heran. Er spürte den kalten Schweiß auf seinem Rücken, atmete jetzt bewusst ganz ruhig ein und aus. Frido saß neben ihm. Er würde keinen Schritt mehr von ihm weichen, würde sich ganz auf ihn konzentrieren und an nichts anderes mehr denken! Ein paar Minuten verstrichen.

»Was erzählt dir der Fluss, Papa? Gibt es da Ungeheuer?«

»Keine Ungeheuer, Frido.«

»Wirklich nicht?«

»Wirklich nicht!«

»Wovon erzählt er dann?«

»Wenn ich mein Ohr spitze, höre ich zunächst, wie der Fluss murmelt. Er sagt, wie schön es ist, dass wir beide hier sitzen und ihm zuhören, nicht achtlos an ihm vorübergehen. Und dann spricht er von Ewigkeit, von den Millionen Wassertropfen, die alle in ihm ständig weiterreisen und die irgendwann da, wo der Fluss entspringt, wieder auftauchen.«

»Versteh' ich nicht. Ich seh' gar keine Tropfen.«

»Die Tropfen haben sich zusammengetan. Sie sind das Wasser, das du siehst.«

»Und wohin reisen die?«

»Du weißt doch, die Volme fließt in die Ruhr, dann kommen all die Tropfen bei uns in Herdecke vorbei, dann fließen sie in den großen Fluss, den Rhein, und von dort ins Meer.«

»Und im Meer gibt es Ungeheuer, die die Tropfen auffressen.«

»Es gibt Fische und Wale im Wasser, aber die Tropfen bleiben, das Wasser kann niemand auffressen.«

»Ich will auch ans Meer, Papa! Ich will mal ganz weit wegfahren, wie das Wasser!«

»Wir fahren mal ans Meer, vielleicht noch in diesem Jahr.«

»Und die Tropfen kommen wirklich zurück, dahin, wo der Fluss anfängt? Glaub ich nicht!«

»Sie kommen als Regen zurück!« Frido dreht den Kopf zu seinem Vater hin.

»Der Regen kommt doch vom Himmel.«

»Frag Mama. Sie wird dir das Gleiche erzählen. Jetzt aber hören wir beide noch ein paar Minuten lang ganz still dem Wasser zu. Vielleicht sagt uns der eine oder andere Tropfen, wie es ihm auf seiner Reise bislang ergangen ist, was er bereits erlebt hat. Vielleicht erzählt er auch von den Ängsten, die er hat, weil der kleine Tropfen gar nicht weiß, was ihm auf seiner Reise noch alles passiert.«

Als sie beide still waren, schickte Sigmund ein Dankgebet zum Himmel und drückte dabei Frido noch einmal an sich. Er würde es nicht wiederholen. Das nächste Treffen mit Elisabeth würde wieder in seinem Büro stattfinden, in der Hochschule, oder bei ihr im Verlag. Und er würde es

Rile niemals erzählen. Er schämte sich. Er sah sie wieder auf dem Bahnsteig stehen. Elf Jahre war das her. Jetzt hatten sie drei Kinder. Er würde es nie wiederholen.

Kapitel 21

1968
Herdecke

1968 hatten sie das neue Haus am Ahornweg bezogen, mehr als ein Jahr hatte der Bau gedauert. Der Bauplatz lag auf der Anhöhe Richtung Bahnhof, aber weit genug davon entfernt, sodass sie die Züge, die hier verkehrten, nur als Rauschen wahrnahmen, je nach Windrichtung schwächer oder kräftiger. Vom Garten des Hauses hatten sie in den ersten beiden Jahren einen schönen Blick auf das Ruhrtal, dann waren die Koniferen, die der Nachbar gepflanzt hatte, so hoch gewachsen, dass sie nur noch auf Tannengrün blickten. Der Bau des Hauses war nicht ohne Aufregung vonstatten gegangen, hatte aber auf Sigmund und Rile den bindenden Effekt, den sich beide davon erhofft hatten. Elisabeth hatte den Verlag gewechselt, war jetzt bei Beck in München. Eines Tages im Januar 1967 hatte Sigmund den Verlagsprospekt von Beck zu Hause aufgeschlagen auf den Wohnzimmertisch gelegt, sodass Rile ihn nicht übersehen konnte. Da stand es: Elisabeth Kramer, Cheflektorin Fremdsprachen. Rile hatte den Prospekt ohne Kommentar zurück auf Sigmunds Schreibtisch gelegt. In jenem Jahr hatte sie sich besonders viel vorgenommen. Neben dem Hin und Her mit der Baustelle unterrichtete sie erstmals an der Grundschule Ruhrufer. Im Sommer 1966, nur einige Wochen nach der verunglückten Promotionsfeier für Sigmund, hatte sie sich für das Lehrermangelprogramm von Minister Mikat beworben und ein Jahr lang Grundschulpädagogik mit Deutsch, Rechnen, Religion und Musik gebüffelt. Ende 1967 war sie Lehrerin; sie hasste es, wenn die Kollegen sie heimlich »Mikätzchen« nannten.

Sigmund war in den letzten Jahren stiller geworden. Das lag vor allem, aber nicht nur an Elisabeth. Die Hochschule hatte Universitätsrang erhalten, und nachdem er im Frühjahr 1966 promoviert war, hoffte er insgeheim noch auf mehr und arbeitete an einer ganzen Reihe von Publikationen zur Fremdsprachenpädagogik. Dazu kam der erste Auschwitz-Prozess, den er genau verfolgt hatte und der 1965 in Frankfurt abgeschlossen wurde. Im Oktober 1965 war er nach Düsseldorf gefahren, um *Die Ermittlung*, das Theaterstück von Peter Weiss, zu sehen. Er war nach Schluss der Aufführung wie benommen aus dem Theater gegangen.

Seit diesem Abend ließ ihn die Diskussion über die Ergebnisse und Wirkung des Frankfurter Prozesses nicht los, er las, was immer dazu veröffentlicht wurde. Der kleine Buchhandel in Herdecke profitierte von Sigmunds Interesse an Romanen und Sachbüchern, in denen es um Judenverfolgung, Judenrettung oder Leben und Überleben in Konzentrationslagern ging. Im März 1966, fuhr er nach Bochum, um *Die Ermittlung* noch einmal zu sehen, noch einmal die Auschwitz-Protokolle in dramatischer Form zu erleben. Rile hatte abgewinkt, sie habe als Mädchen in Lippstadt genug unter der Nazi-Zeit gelitten. Er hatte sich dann mit Elisabeth im Bochumer Schauspielhaus verabredet. Elisabeth hatte an seiner Schulter gelehnt und geweint. Als in den *Ruhr-Nachrichten* wenige Tage später ein äußerst hässlicher Artikel gegen den ermittelnden Staatsanwalt Fritz Bauer erschien, setzte sich Sigmund noch am gleichen Abend hin und schrieb einen geradezu feurigen Beitrag gegen alle Arten von Beschwichtigung, lobte Fritz Bauer, dankte ihm für den Anstoß und die Vorbereitung zum Auschwitz-Prozess und verurteilte scharf die seit Jahren herrschende Bequemlichkeit im Umgang mit der Nazi-Zeit. In diesem Artikel verleugnete er seine Vergangenheit, sein Überleben in England nicht und mahnte, dass niemand jemals Zeichen von neuem Antisemitismus in Deutschland übersehen dürfe. Die *Ruhr-Nachrichten* veröffentlichten Sigmunds Artikel am übernächsten Tag ungekürzt. Danach wurde er über Wochen auf den Beitrag angesprochen. Meist ging es dabei nicht um Staatsanwalt Bauer, sondern darum, dass Sigmund sein ursprüngliches Judentum offengelegt hatte. »Also doch! Rosenbaum: ein jüdischer Name. Ich habe es doch gleich gewusst.« Einige Kollegen in der Hochschule vermuteten, dass Sigmund mit seiner jüdischen Vergangenheit für sich werben wollte. Warum hätte er es denn sonst preisgegeben? »Wiedergutmachung kann in seinem Fall am Ende noch zu einer Professur führen, ehrgeizig wie der Rosenbaum mit seiner Grammatik nun mal ist. Juden sind eben so.« Zum Glück hörte Sigmund dies nicht in dieser Deutlichkeit, es drang nur in Halbsätzen zu ihm durch, aber er konnte sich den Rest des Satzes jeweils denken.

Die Feier zum Abschluss seiner Promotion im Mai 1966 wurde zur Katastrophe. Fast alle Kollegen waren im

Institut zusammengekommen. Das Treffen begann harmonisch, das Dekanat hatte Sekt spendiert, und die Stimmung unter den gut dreißig Gästen im Senatssaal war aufgeräumt.

»Wir sind stolz auf Sie, sehr geehrter, lieber Dr. Rosenbaum«, begann Dekan Huber seine Ansprache. »Es zeugt von Wille und Kraft, dass Sie bei all Ihrer Belastung mit dem Unterricht und trotz Ihres zunehmenden Engagements bei der Aufarbeitung eines so traurigen Abschnitts der deutschen Geschichte die Zeit für die Dissertation gefunden haben. Eine Promotion ist eine Belastung, und daher gratulieren wir heute nicht nur Ihnen, sondern auch Ihrer lieben, so verständnisvollen Frau, die wir hier im Institut besonders herzlich begrüßen.« Alle klatschten, doch Sigmund fühlte sich unwohl bei dieser Bemerkung und schaute unsicher auf Rile. »Aber wir wissen, lieber Kollege, Sie sind ein Mann mit einer besonderen Bestimmung und – wir haben es ja alle erst vor Kurzem in der Zeitung lesen können – mit einer besonderen Vergangenheit.« Sigmund spürte, wie sein Rücken eine Gänsehaut bekam und wie die Freude über diese kleine Feier zu schwinden begann. Er sah auf Elisabeth, die seinem Blick schnell auswich. Sigmund hatte drei Tage zuvor versucht, Elisabeth vom Besuch der Feier abzubringen, aber sie hatte nur mit der Schulter gezuckt. »Ich bin eingeladen und vertrete bei der Feier den Verlag, in dem deine Grammatik und deine Dissertationsschrift erschienen ist, Sigmund, das ist doch völlig üblich, ich komme in beruflichem Auftrag und keiner weiß doch von uns beiden.«

»Da bin ich mir nicht so sicher, es könnte sein, dass der eine oder andere im Institut was ahnt.«

Der Dekan endete mit gewichtigen Worten von der großen Bedeutung der Lehrerausbildung und gratulierte Sigmund mit Handschlag. Da ging Elisabeth nach vorn. Sigmund stockte der Atem. »Ich möchte die herzlichen Glückwünsche des Lagemann Verlags überbringen, mit dem Dr. Rosenbaum nun schon seit so vielen Jahren zusammenarbeitet.« Alle nickten freundlich. »Ich habe kein Geschenk für den Frisch-Promovierten, aber«, Sigmund nahm den Blick von ihr, schaute vor sich auf den Boden, als würde er sich schämen, »ich kann heute ankündigen, dass wir gerade die sechste Auflage der neuen Englisch-Grammatik drucken, was ganz außergewöhnlich ist.« Die Kollegen begannen zu klatschen, Sigmund schaute auf, und er hatte das Gefühl, dass er jetzt mindestens bei der Hälfte der anwesenden Kollegen und Kolleginnen puren Neid in den Gesichtern sah. »Wir im Verlag freuen uns auf jeden Fall sehr auf die weitere enge Zusammenarbeit mit Dr. Rosenbaum und wünschen ihm für die Zukunft allen Erfolg!«

Nachdem auch noch Kollege Grossmann ein paar Worte geäußert hatte, wurden Brötchen gereicht und der Sekt wich dem Bier. Man stand in kleinen Gruppen beieinander, lachte viel, wobei Sigmund fast ein wenig überrascht war, wie freundlich die Kollegen Rile ins Gespräch zogen. Er sprach seiner Frau ein stilles Kompliment aus, wie geschickt sie sich mal dieser Kollegin, mal jenem Kollegen zuwandte. Einige Kollegen scharwenzelten eng um Elisabeth herum, und Sigmund wusste, dass diese Kollegen schon lange auf der Suche nach einem Verlag waren, der mehr als eine Auflage eines Buches verkaufte. Ein Student füllte die Biergläser neu, bevor sie schon ganz geleert waren, die eine oder andere Runde lachte bereits etwas lauter, alles schien ganz unbeschwert, und dennoch spürte Sigmund, dass etwas nicht stimmte. War es, weil Rile und Elisabeth im gleichen Raum waren? War es, weil er so manche Blicke, die auf ihn fielen, nicht so richtig deuten konnte? Er hatte ein paar Mal das Wort »Tantieme« oder »Vergütung« aufgeschnappt, und gerade jetzt hörte er, wie die Kollegin Aufderbrügge dem Kollegen Kern zuraunte: »Zwanzig Prozent vom Verkaufspreis kriegt er sicherlich, wenn nicht gar mehr!«

»Ja«, erwiderte Kern, »kein Wunder, wir wissen ja, wie Menschen aus dem Schlage des verehrten Kollegen Rosenbaum …«

Da stoppte Kern abrupt, weil er in diesem Moment bemerkte, dass Sigmund ihn ansah. Er ging nun geradewegs auf Sigmund zu. »Rosenbaum, wir sind alle sprachlos über Ihre Ausdauer und Ihre Energie. Ambitioniert sind Sie, das muss man Ihnen lassen. Und Sie haben«, sein Blick schweifte über die anderen Gäste, bis er auf Elisabeth fiel, »mit Ihrer Verlagsvertreterin auch eine äußerst«, er zögerte einen Moment, »zielstrebige Begleitung an Ihrer Seite. Mal sehen, wohin Ihr Geschick Sie noch führt!« Damit wollte er mit ihm anstoßen, aber Sigmund schaffte es irgendwie nicht, sein Glas an den Mund zu heben. Da war etwas in der Sprache von Kern, das ihm signalisierte, dass er auf der Hut sein müsste. Er lächelte nur mühsam und wandte sich der nächsten Gruppe zu.

Eine Viertelstunde später, als Sigmund gerade von der Toilette zurück in den Senatssaal gehen wollte, stand Rile plötzlich im Gang vor der Saaltür. Ihr Gesicht war wie versteinert. Er meinte, Tränen in ihren Augen zu sehen. »Lass uns bitte sofort nach Hause fahren.« Eine Viertelstunde später saßen sie im Wagen. »Ist es wahr, Siggi?« Er hörte ihre Stimme wie von fern und hätte am liebsten die Augen geschlossen. Er wusste, was jetzt kommen würde.

»Ist es wahr, dass du seit Jahren mit dieser Elisabeth Kramer …?«

Sigmund schaute nicht nach rechts zu seiner Frau, schaute starr nach vorn, als konzentriere er sich ganz auf den nächtlichen Verkehr.

»Das kann doch nicht sein, Siggi, doch nicht du! Und ich habe nichts bemerkt, nichts, bis mir heute einer deiner Kollegen einen dicken Hinweis gibt. Ich fasse es nicht.«

Mit diesem Satz hatte für Sigmund und Rile eine lange Leidenszeit begonnen, die erst mit dem Hausbau am Ahornweg abebbte und die auch Nicki, Evi und Frido erfasst hatte. Fast ein Jahr lang plagte sich Frido mit seinen Ängsten vor einer möglichen Scheidung der Eltern. Müsste er dann zu seinem Vater und die Mädchen blieben bei der Mutter? Zu diesen Sorgen kamen seltsame Fragen seiner Mitschüler hinzu, denn der Artikel seines Vaters zu den Auschwitz-Prozessen hatte schnell auch auf dem Herdecker Gymnasium die Runde gemacht.

»Biste jetzt eigentlich auch 'n Jude, wenn dein Vater früher Jude war?«, fragte Horst in der Pause. Frido wusste nicht, was er erwidern sollte, stotterte schließlich nur, dass er doch katholisch getauft sei und immer katholisch gewesen war.

»Meine Mutter sagt, dass dein Vater eigentlich gar nicht zur Kommunion gehen dürfe«, fuhr Bernd fort.

»Warum nicht?«

»Weil er eben kein ganzer Katholik ist!«

»Ich denke, die Juden hätten sie alle vergast«, wandte Wolfgang ein. »Wenn dein Alter wirklich einer war, hat er ziemliches Glück gehabt.«

Da hatte Frido seinen Vater eines Abends gefragt. Der nahm sich Zeit und erzählte ausführlich von Cornwall, von John und Linda, von Nick, von Swansea. Es war eine lange Geschichte, während der Frido spürte, wie sie sich Schicht für Schicht in sein Gedächtnis legte und von nun an unzerstörbar dort lagern würde. Er war erst elf Jahre alt, aber Vaters Geschichte wurde an diesem Abend auch Teil von ihm, oder besser: Er wurde Teil dieser Geschichte.

Kapitel 22

1971
Herdecke
Frido, Julia

Julia drückte ihn von sich weg. Dabei war es ein Schwof, da durfte man doch eng aneinandergeschmiegt tanzen. So richtig mit Berührung. Den Busen spüren. Er malte sich aus, sie würde kein T-Shirt tragen. »Es ist so warm, Frido, nicht so eng!«

Damit hatte sie recht. Im Partykeller war es warm. Sie waren zu zwanzig, es war sein sechzehnter Geburtstag und zugleich das Ende des Schuljahrs. Mutter hatte die Stirn gerunzelt. »Die passen doch gar nicht alle bei uns in den Keller!« Aber dann hatte sie doch zugestimmt. Evi hatte beim Nudelsalat geholfen. Und jetzt tanzten zehn Paare zu ›A Whiter Shade of Pale‹, Fridos Lieblingsplatte.

Er suchte den Kontakt mit ihren Augen. Was müsste er jetzt sagen, wenn er sie küssen wollte, richtig küssen, so wie in den Filmen oder wie die Oberstufenschüler ihre Freundinnen küssten, lang und ausdauernd. Julia schüttelte den Kopf. Konnte sie Gedanken lesen?

»Lass uns ein bisschen in euren Garten gehen. Hier ist es mir zu warm.« Frido nickte.

Auf dem Rasen standen ein paar Gartenstühle. Sie setzten sich und Frido war sich unsicher, womit er das Gespräch beginnen könnte.

»Schau mal, die Sterne«, sagte Julia.

»Da oben, das ist die Venus. Die leuchtet richtig stark! Und da, der große Wagen, siehst du?«

»Wo?«

»Da, die Deichsel und die vier Räder!«

Frido zeigte mit der rechten Hand nach oben. Julia berührte seinen Arm.

»So viele Sterne, und wir sind so klein!«

Dann blieb Julia still. Sollte er noch mehr über die Sterne reden? Übers Weltall? Würde sie das interessieren? Er war sich unsicher.

»Stimmt das, dass dein Vater mit diesem amerikanischen Historiker zusammen einen Vortrag halten wird?« Julia schaute nicht mehr in den Himmel.

»Weiß ich nicht!«

»Stand vorgestern in den *Ruhr-Nachrichten*; hat mir meine Mutter vorgelesen.«

»Weiß von nichts. Kann aber schon stimmen!«

»Der soll ziemlich berühmt sein, heißt Hillmann oder so ähnlich, muss ein dickes Buch geschrieben haben.«

»Wir sprechen nicht so oft darüber.«

Julia betrachtete ihn ungläubig von der Seite.

»Ehrlich gesagt, mir geht mein Vater ziemlich auf den Geist mit all diesen Geschichten, die er so zusammenträgt, Deutschlands ungesühnte Vergangenheit, wie er das nennt.«

Sie blieben eine Zeit lang still.

»Also meine Eltern finden das auch nicht gut, dass er so wühlt, was die Leute damals gemacht haben. Aber meine Mutter meint, dass jetzt nach den Unruhen mit den Studenten die Nazi-Zeit sowieso stärker in den Blick genommen wird, dass die da ganz schön bohren.«

»Wer?«

»Ja, die Studenten, und eben auch dein Vater!«

»Ich glaube, mein Vater kann einfach nicht anders.« Wieder eine Pause.

»Was liest du gerade so? Was Spannendes?« Julia schaute ihn fragend von der Seite an.

»In der Schule lesen wir *Die Judenbuche* von der Droste. Für mich lese ich ein Buch von Hesse, *Siddhartha*.«

»Worum geht es?«

»Hm«, Frido zögerte, »sehr viel. Siddhartha ist ein junger Mann in Indien. Erst denkt man, er wird Mönch, aber dann wird er es doch nicht, sondern wird alles Mögliche, wird Kaufmann, wird reich, hat eine Geliebte. Aber dann kommt er zu dem Fluss zurück, ein Fährmann bringt ihn auf die andere Seite und er trifft dort seinen alten Freund, der tatsächlich Mönch geworden ist.« Ob sie das interessiert? Ob das für sie spannend ist?

»Und dann?«, fragte Julia.

»Dann wird er eine Art Einsiedler, lebt bei dem Fährmann in einer Hütte, alles ganz ärmlich, aber er ist jetzt ein weiser Mann, der ganz mit sich zufrieden ist.«

»Hm«, machte Julia, »klingt nicht so schrecklich spannend, ich meine, so wie du es erzählst! Was, glaubst du, will Hesse sagen?«

»Ich glaube, das Wichtigste ist, dass Siddhartha einfach sein eigenes Leben gelebt hat. Er hätte auch wie sein Freund gleich Mönch werden können, aber das ist es nicht. Er muss mal ganz, ganz arm sein und mal ganz reich. Er muss viel ausprobieren, das ist ihm wichtig. Am Ende hat er sogar einen Sohn von seiner Geliebten, die gestorben ist.«

»Klingt schon spannender!«

Ob er es noch einmal versuchen sollte mit dem Kuss? Hier im Garten würde es niemand sehen. Aber ob Julia es wirklich möchte? Sie hatte ihren Kopf in den Nacken gelegt und schaute wieder in den Abendhimmel. Ihr blondes Haar fiel jetzt weit über die Schultern hinab auf ihr T-Shirt. Wenn sie sich streckte, spannte sich ihr T-Shirt über ihrer Brust.

»Eigentlich unvorstellbar, dass da wirklich jemand auf dem Mond spazieren gegangen ist.« Sie hatte langsam gesprochen und Frido hatte jede Bewegung ihrer Lippen von der Seite beobachtet.

»Ich find's toll, dass Menschen zu so was in der Lage sind, ich meine technisch und überhaupt.«

»Vielleicht hat das ja alles nur in einem Studio in Hollywood stattgefunden!«

»Das glaubst du doch selber nicht, Julia!«

»Weiß nicht«, Julia lachte, »komm, lass uns reingehen zu den andern, sonst wundern die sich, wo wir stecken.«

Lass sie sich doch wundern, dachte Frido, sagte es aber nicht.

Eine Woche später saßen sie im Auto. Dieses Jahr hatte Vater den Urlaubsort auswählen dürfen und hatte sich für den Chiemsee entschieden. Es war eine weite Fahrt, aber da Nicki mit Freundinnen nach Italien gefahren war, saß nur Eva neben ihm auf der Rückbank. Er hatte wieder das Heftchen mit den Autokennzeichen dabei und notierte die Kennzeichen, deren Bedeutung er noch nicht kannte, und schlug sie dann in einer Broschüre nach, die er einmal in der Tankstelle in Herdecke entdeckt hatte. Er war in den letzten Jahren sehr gut geworden. Manchmal überholten sie mehr als zehn Autos oder wurden von so vielen überholt und er hatte alle Kennzeichen im Kopf parat, wusste immer, aus welcher Stadt die Autos kamen. Je weiter sie in den Süden gelangten, desto häufiger musste er allerdings nachschlagen. NEA, Neustadt an der Aisch, das musste man erst einmal wissen. Die Eltern wechselten sich mit dem Fahren ab. Sie hatten ein großes Thema. Es ging um Karin. Mamas Schwester wollte in Waldliesborn groß bauen, sie würde die kleine Pension, die sie dort übernommen hatten, aufgeben und in ein großes Hotel verwandeln. »Parkhotel Astoria« sollte es heißen. Aber Großvater war dagegen, er wollte kein Geld rausrücken, wollte lieber noch einmal kräftig ins Hotel Dellbrück investieren, wovon Manfred dringend abriet. Mama hing auch am Hotel Dellbrück, das sagte sie zigmal während der Fahrt. Vater war es egal, sagte aber, sie sollten Tono nicht überstimmen. Gut, das waren die Probleme der Erwachsenen. PAN: Pfarrkirchen, wieder so ein Kennzeichen, das er sich neu merken musste. Er hatte letzten Samstag keinen Kuss von Julia bekommen, nicht einmal, als sie sich um Mitternacht verabschiedeten. Da hätte er es versuchen sollen, und dann einfach dranbleiben. »Frido ist mit allem etwas spät«, hatte seine Mutter mal Tono gegenüber erwähnt, das war vor zwei Jahren, als er mit Ende dreizehn noch immer Sopran im Chor sang. Aber dann war er ganz schnell gewachsen und Mutter hatte es nie wieder gesagt.

»Mögt ihr mit nach Dachau kommen?« Sie waren seit fünf Tagen in ihrer Ferienwohnung in Chieming und saßen jetzt am Frühstückstisch. »Im Radio haben sie unbeständiges Wetter angesagt.« Vater sah jetzt ihn an, er warb um ihn, das spürte Frido.

»Was gibt es denn in Dachau?«

»Dort hat man vor einigen Jahren im ehemaligen Konzentrationslager eine Gedenkstätte eingerichtet. Die würde ich mir gern ansehen.«

Ein typisches Papa-Projekt, dachte Frido, hätte ich mir doch gleich denken können.

Vater wartete.

»Ich komm mit«, sagte Frido.

»Evi und ich bleiben hier«, antwortete Mutter, »vielleicht wird das Wetter gar nicht so schlecht.«

Auf der Fahrt nach Dachau fragte Frido seinen Vater nach dem Vortrag, von dessen Ankündigung ihm Julia erzählt hatte.

»Ja, da kommt Raul Hilberg«, antwortete er, »wir machen das in Hagen im Museum. Du bist herzlich eingeladen.«

»Warum sprichst du mit ihm?«

»Hilberg hat vor vielen Jahren ein fundamentales Werk über die Vernichtung der Juden geschrieben. Auf Englisch. Es ist noch immer nicht ins Deutsche übersetzt. Dabei müsste es Pflichtlektüre für alle Deutschen sein!« Vater erzählte weiter über einzelne Recherchen von Hilberg, aber Frido hatte auf Durchzug gestaltet. Sie begegneten hier im Süden Bayerns einer ganzen Reihe von Autokennzeichen, die alle noch nicht zu Fridos gespeichertem Bestand gehörten, und er hatte keine Lust zuzuhören. Sein Vater blieb eine Zeit lang still, setzte aber dann doch noch einmal an und berichtete von einem Roman, der ihn sehr beeindruckt hatte: *Die große Reise* von einem spanischen Schriftsteller. »Der Autor ist tatsächlich als ganz junger Mann nach langer Irrfahrt im KZ Buchenwald gelandet.« Frido nickte, notierte den Namen des Autors, Jorge Semprun, unter WS für Wasserburg und versprach, das Buch zu lesen, wenn sie wieder zu Hause wären. Aber eigentlich wusste er, dass er es wahrscheinlich nicht lesen würde.

»Arbeit macht frei« – Frido sagte die Worte langsam, als er sie über dem Eingangstor entdeckte. Er hatte das Schild schon einmal gesehen, auf einem Foto in seinem Geschichtsbuch. Vater wollte gerade anfangen, irgendetwas über diesen Spruch zu erklären, als Frido ihn deutlich bat, doch bitte zu schweigen, er wolle alles still erleben, sie hätten ja schon oft zu Hause über die Nazis gesprochen.

Sie gingen zum Informationspavillon, dann weiter zu den Baracken, lasen die dort aufgestellten Schrifttafeln, gingen weiter. Er sah die Fotos, die amerikanische Soldaten Ende April 1945 gemacht hatten, als sie das Lager befreiten. Sie überquerten den Platz in der Mitte auf dem Weg zu den nächsten Baracken, als sie an ein turmähnliches Gebäude aus Feldsteinen gelangten. Erst jetzt unterbrach Sigmund das Schweigen.

»Siehst du die Dornenkrone da oben? Da haben sie doch wirklich Jesus mitten ins KZ gesteckt.«

»Warum?«

»Wahrscheinlich wollen sie jedem braven Christen sagen: ›Macht euch nichts draus. Schaut: Christus hat euch ja mit seinem Tod erlöst!‹ So einfach kann man es sich machen, Frido. Ich könnte sie alle ohrfeigen!«

»Alle?«

»Alle, die da reingehen und knien und sich bekreuzigen. Ich möchte sie fragen, was sie gedacht haben, oder besser noch, was sie gemacht haben, als der jüdische Arzt plötzlich weg war, als der jüdische Lehrer nicht mehr unterrichten durfte, als das Schild in der Badeanstalt angebracht wurde, auf dem stand: Baden nur für Arier!«

»Was hätten sie denn machen können, Papa?«

»Das, mein Sohn, ist genau ihre Antwort. ›Was hätten wir denn schon tun können?‹ Und eigentlich wollen sie mir antworten: ›Warum erinnern Sie uns überhaupt daran?‹ Ja, weil man eben auch Täter werden kann, wenn man nichts tut, wenn man alles laufen lässt, aber wer will das schon hören!« Sie gingen am Stacheldrahtzaun entlang zu den Öfen. Auf einer Tafel wurde erklärt, dass hier die Lagerinsassen verbrannt wurden, die durch Erschießungen, Gewaltanwendung oder durch Krankheiten, durch Unterernährung oder misslungene Fluchtversuche umgekommen waren. Frido wurde übel. Dann las er auf der Tafel von dem Geruch, der bei Ostwind oft tagelang über dem Lager geschwebt habe, und Frido war sich sicher, vollkommen sicher, dass auch jetzt ein ganz seltsamer Geruch über dem Ort lag, ein Geruch von Verbranntem. »Papa, tut mir leid, ich muss hier raus, ganz schnell!«

»Es hat natürlich in Dachau niemand gewusst, was in diesem Lager geschah«, sagte Sigmund, als sie einige Minuten später zu Fuß von der Gedenkstätte in die Innenstadt gingen, »da wird die Stadt sicher sehr weit weg sein.«

Eine gute halbe Stunde später saßen sie an einem der Tische eines Gasthauses auf dem Marktplatz von Dachau. Der Kellner war in Sigmunds Alter, sprach ein freundliches Bayerisch und bediente sie und die Gäste an den fünf weiteren Tischen mit Aufmerksamkeit und kleinen lustigen Bemerkungen. Als er auf dem Bierdeckel addierte, was sie gegessen und getrunken hatten, räusperte sich Vater, als mache er sich Mut und fragte ihn:

»Haben Sie auch damals schon serviert, ich meine, zur Zeit vom Hitler?«

»Ja, freilich, da hab ich mit der Arbeit hier als ganz junger Kerl begonnen, bis sie mich gezogen haben. Das ist jetzt«, er überlegte kurz, »gut dreißig Jahr her.«

»Haben Sie eigentlich gewusst, was da im Lager war?«

Der Mann schaute Sigmund eindringlich an.

»Sind Sie von der Zeitung?«

»Nein, warum meinen Sie?«

»Weil Sie so komische Fragen stellen, wie dieser Reporter, der mal hier war. Nein, wir haben ehrlich nichts gewusst. Mein Vater hat mal gesagt, da seien alles Schwerverbrecher in dem Lager, da sollten wir bloß nicht hingehen, und wenn die zur Arbeit aufs Feld geführt wurden, immer so mit Bewachung und mit Schäferhunden und so, da bin ich immer schnell auf mei'm Radl vorbeigefahren.«

Er schob ihnen den Bierdeckel hin.

»Sie, wenn ich ganz ehrlich bin: Von mir aus könnten's das Ganze ruhig platt machen. Und wissen S': mit dieser Meinung bin ich hier nicht allein. Jetzt haben wir 1971, nächstes Jahr kommt die Olympiade. Das bringt doch alles nichts mit dem alten Lager. Wer soll das denn alles erhalten und wofür? Das schadet dem Ruf unserer Stadt. Wir brauchen solch eine Erinnerung nicht.« Er sprach »Erinnerung« aus, als sei sie etwas Fremdes, etwas, das ihm von anderen aufgedrückt würde.

Zwei Wochen später, die Sommerferien neigten sich dem Ende zu, saß Frido bei Onkel Hannes im Besucherzimmer von Maria Laach und erzählte ihm von dem Tag in Dachau. Hannes hörte aufmerksam zu. Er hatte Frido eingeladen, ihn für ein paar Tage im Kloster zu besuchen.

Frido war zuvor schon zwei oder drei Mal mit den Eltern im Auto zu Hannes in die Eifel gefahren, jetzt aber war er allein, hatte Zug und Bus genommen und sich plötzlich ganz glücklich gefühlt, als der Bus am Laacher See hielt, er nach dem Rucksack griff und dann langsam die kleine Straße zum Kloster hochging. Es war ein strahlender Tag im August, die alten Eichen, die den Weg säumten, gaben Schatten. Als der Weg ein wenig anstieg, sah Frido zu seiner Linken wieder den See, auf dem zwei Segelboote kreuzten, und rechts vom See ein großes Getreidefeld, das sattgelb da lag, als würde es sich wonnevoll der Sonne und vor allem ihm, seinem Blick entgegenstrecken. Der Rucksack war schwer, denn sein Onkel hatte ihn um einen kleinen Gefallen gebeten: Er möge in seinem Gepäck bitte zwei Flaschen Doppelkorn mit ins Kloster bringen, aber so, dass die Flaschen nicht schepperten, wenn er die Klosterpforte durchschreiten würde. Es könnten auch drei Flaschen sein, dann wäre sein kranker Magen bis Weihnachten versorgt. Frido hatte ein Unterhemd und ein Handtuch um die drei Flaschen gewickelt, sie würden nicht scheppern.

Onkel Hannes hatte ihn mit herzlicher Umarmung begrüßt: »Mensch, du bist aber groß geworden!« Das Nächste war eine stille Frage, er deutete mit dem Finger auf den Rucksack und hob die Augenbrauen. »Drei«, sagte Frido nur, und Hannes antwortete: »Gut!« Dann nahm er den Rucksack vom Boden auf und lachte. »Ich bin gleich zurück, bring das nur eben in Sicherheit.« Wenige Minuten später war er wieder da. »Ich hab da von früher ein paar leere Flaschen reingetan, wenn du die bitte wegwerfen könntest. Die müssen mich damit hier nicht sehen. Und in deinen Rucksack gucken die nicht.« Als Frido jetzt von Dachau erzählte, kam ihm plötzlich eine Idee. Ob sein Onkel ähnlich dachte wie sein Vater? Schon stellte er ihm die erste Frage nach seiner Erinnerung an die Zeit des Dritten Reiches. Aber er spürte, Hannes hatte wenig Lust, darüber zu sprechen.

»Das mit den Juden war natürlich unmöglich, ganz klar, auch völlig unchristlich, aber ansonsten blieben wir in Westfalen ja ziemlich verschont.« Hannes nestelte an seinem Taschentuch herum, das er aus einer Tasche des Chormantels gezogen hatte.

»Bist du eigentlich gern in den Krieg gezogen?«

»Also ganz ehrlich, gern nicht, aber ich wollte damals unbedingt weg von Emmi und Tono. Emmi war eine ziemliche Glucke.« Hannes lachte.

»Warst du im Osten, hast du auch Juden aus ihren Häusern getrieben? Hast du geschossen?«

»Oh, Frido, du stellst Fragen! Ich war ja zunächst lange im Westen, in Frankreich, dann erst Polen, Warschau. Nach meiner Augenverletzung haben sie mich ganz am Schluss noch im Volkssturm eingesetzt, da sollten wir Lippstadt verteidigen, als Ostern die Amis kamen. Wir haben die Stadt aber kampflos übergeben, zum Glück.«

»Und? Hast du geschossen, ich mein' auf Menschen geschossen?«

»Im Krieg darfst du dir diese Frage nicht stellen. Natürlich habe ich auf feindliche Soldaten geschossen, das geht gar nicht anders. Kannst schon glücklich sein, wenn du nicht auch auf Zivilisten schießen musst.« Hannes machte eine Pause. »Auch das hatte man von mir gefordert, ganz am Anfang, eine Vergeltungs- und Abschreckungsaktion in einem belgischen Dorf.«

»Und hast du mitgemacht?«

Hannes schwieg. Die Antwort blieb er Frido schuldig, denn in diesem Moment betrat der Gastpater den Raum, begrüßte den Verwandten seines Mitbruders und nahm Frido gleich mit in den Gästetrakt des Klosters, gleich neben der Klausur, in der die Patres wohnten. Frido gab acht, dass die leeren Flaschen im Rucksack nicht schepperten, aber Onkel Hannes hatte sie offenbar sorgfältig in Wäsche gewickelt.

Am nächsten Tag – Hannes hatte ihm freigestellt, ob er zu den Stundengebeten in die Klosterkirche kommen wolle oder nicht; nur zu den Mahlzeiten müsse er sich pünktlich vor dem Refektorium einfinden – ging Frido zu allen Gebetszeiten und auch zur Vesper in die Kirche, setzte sich in die erste Reihe, war also den Brüdern recht nahe und war erstaunt, welche Wirkung der lateinische Wechselgesang der Mönche auf ihn hatte. Bei der dritten Gebetsstunde, der Mittagshore, begann er ganz zaghaft und leise mitzusingen. Er war durch die Jahre im Schulchor gut im Training und schon bald sicher in der Stimmführung. Hannes hatte ihm den Text der Stundengebete beim Frühstück in die Hand gedrückt. Es war mehr ein leises stimmliches Gleiten mit Text als ein Singen, und was Frido am meisten faszinierte, waren die Pausen zwischen jeder Zeile. Er lernte, ohne darüber nachzudenken, sein Atmen dem Rhythmus der Pausen zu überlassen und war überrascht, wie sehr ihn das beruhigte, wie es ihn in eine Art Gleichmut versetzte, wie ihn dieses Gleichmaß, das von vierzig Mönchen geteilt wurde, umfing. Er war wirklich der Meinung, getragen und gestärkt zu werden, ein Gefühl, das ihn allerdings gleich wieder verließ, als er aus der Kirche trat und über den Klosterhof in den Gästetrakt ging. In den letzten Jahren war er nachlässig geworden, was den sonntäglichen Kirchgang anging, auch seine Mutter nahm es mit der Sonntagsmesse nicht mehr so genau. Das hatte, so fiel Frido jetzt ein, seltsamerweise nach der großen Krise der Eltern vor fünf Jahren begonnen. Ob es da einen Zusammenhang gab?

Am nächsten Tag, Frido hätte ihn am liebsten genauso verbracht wie den vorherigen, hatte Hannes nach dem Mittagessen beim Prior um Dispens für den Nachmittag gebeten. Er wolle mit seinem Neffen einmal um den See wandern. Frido war erleichtert, als sein Onkel ihn nicht in der Kutte, sondern im schlichten dunklen Anzug im Gästetrakt abholte. Hannes machte große Schritte, erzählte von den langen Wanderungen und den Radtouren auf Papua, wenn er Gläubige auch in kleinen Dörfern besuchte. Frido war aber gar nicht so sehr nach Missionsgeschichten zumute. Er fragte Hannes, was eigentlich Christentum und Judentum genau trennt und was sie verbindet. Und ob es denn wirklich stimmt, was ein Klassenkamerad mal gesagt hat, nämlich dass ein Jude immer Jude bleibt, auch wenn er zu einem anderen Glauben übertritt. Hannes war überrascht, sprach von Christus, den die Juden nicht als Sohn Gottes ansehen würden, nicht als Messias, holte jetzt weit aus und noch bevor Frido seine Frage wiederholen konnte, hatten sie den Seehof am nördlichen Ende des Laacher Sees erreicht. Sie hatten gerade Platz genommen, als die Bedienung schon ein Pils und ein kleines Glas Korn oder Wacholder vor Hannes stellte. »Hochwürden zum Wohl«, sagte die stämmige Frau im schwarzen Kellnerinnengewand, und Frido sah sie an und merkte, dass sie »Hochwürden« völlig ernst gemeint hatte. »Was darf ich Ihnen bringen?«, sagte sie zu Frido gewandt.

»Mein Neffe bekommt ein Eis, vier Kugeln, oder auch fünf, oder hättest du lieber ein ordentliches Bier?« Damit setzte Hannes das Glas Schnaps an die Unterlippe und kippte es in einem Zug herunter.

»Das tut meinem Magen gut. Die kochen im Kloster zu fett, das bekommt mir nicht.«

Kapitel 23

1975
Reisepläne

Bölls Roman kannte Frido gut. »Das nationalsozialistische Erbe als literarischer Gegenstand am Beispiel von Bölls Roman *Wo warst du, Adam*« – Frido hätte laut jubeln können, als das Thema des Abi-Aufsatzes an die Tafel geschrieben wurde. Er war sich sicher, dass er jetzt mit all den Beispielen würde punkten können, mit denen ihn sein Vater in den letzten Jahren unablässig traktiert hatte. Er wählte den Gedanken des Umgangs mit nicht tilgbarer Schuld zum Ausgangspunkt der Abi-Klausur. Der Prüfer beurteilte den Aufsatz mit »(noch) sehr gut« (das ›noch‹ war der nicht ganz überzeugenden Behandlung der literarischen Qualität des Romans geschuldet), sodass er sein Abitur am Ende mit der ganz passablen Gesamtnote 2,5 abschloss. Die Schulkameraden, die ihn heimlich, aber nicht nur heimlich »unsern Hausjuden« nannten, ein Spitzname, der einige Jahre zuvor plötzlich aufgekommen war, klopften ihm anerkennend auf die Schulter. »Hat sich doch gelohnt!«, sagten sie und Frido war sich nicht sicher, was sie damit meinten. Er war erst im 12. Schuljahr in diese Klasse gekommen, es war kein echtes Sitzenbleiben gewesen, sondern eher strategisch von seiner Mutter so gewollt, weil er in seiner alten Klasse sicher kein Abitur mit besser als befriedigend geschafft hätte. Er blieb in der neuen Klasse isoliert, war in Deutsch und Geschichte auf »sein« Thema abonniert, das ja eigentlich gar nicht seins, sondern das seines Vaters war. In Herdecke aber wusste jeder und daher auch jeder Mitschüler, dass Herr Professor Rosenbaum (Sigmund hatte vor zwei Jahren den begehrten Titel aufgrund seiner Veröffentlichungen im Bereich der Fremdsprachen-Didaktik erhalten) in Beiträgen und Vorträgen immer wieder die schonungslose Offenlegung menschlicher Verfehlungen im Dritten Reich forderte. Sein Ruf hatte auf Frido abgefärbt, hatte ihn einseitig abgestempelt. Er konnte sich gar nicht dagegen wehren. Sogar Frau Blank, die Geschichtslehrerin, die er eigentlich mochte, hatte ihn prompt in diese Schublade gesteckt. Als sie zu Beginn der 12. Klasse als Halbjahresthema die Entwicklung der Demokratie vorgab und er sich zu einem Referat über Perikles meldete, lehnte sie ab: »Ich denke, du solltest besser später im Halbjahr vortragen. Mit deinen Vorkenntnissen wäre doch ein Referat über die Gefahren der Demokratie durch nationalistische Strömungen viel passender. Ich hatte dich dafür schon vorgesehen.«

Er war froh, als er das Abitur in der Tasche hatte. Er würde die Schule nicht vermissen. Er würde wahrscheinlich nicht einmal Julia vermissen, auch wenn sie zuletzt »offiziell« miteinander »gingen«, was ihn küssen gelehrt und Anerkennung der Mitschüler eingebracht hatte. Er war noch immer Jungfrau, was ihn bedrückte, aber auch das schien ihm jetzt nicht so wichtig. Denn nun, das spürte er, war er frei. Als ihm das Kreiswehrersatzamt dann noch mitteilte, dass er um ein Jahr zurückgestellt sei und frühestens im nächsten Jahr zum Wehrdienst herangezogen würde, schien sein Glück vollkommen.

Am gleichen Abend noch rief sein Großvater an. Frido erzählte ihm, dass er vorerst nicht zum Bund müsste. »Und was machst du jetzt?«, fragte Tono.

»Ich hab da eine Idee, aber ich weiß noch nicht so recht.«

»Dann komm doch mal zu uns, ein Zimmer haben wir für dich im Hotel immer frei. Wir überlegen gemeinsam!«

Frido sagte sogleich zu.

Zwei Tage später saß er im Zug nach Lippstadt. Er war guter Dinge, dort würde nicht nur Tono, sondern auch das Rennrad seines Onkels auf ihn warten für ein paar neue Touren ins Lippstädter Umland. Drei Tage wollte er bleiben, radeln, in die Baggerseen springen und Klarheit in seine Gedanken bekommen. Was Tono wohl zu seinen Plänen sagen würde? Die hatten noch – und da stockte er beim Weiterdenken – eine Fehlstelle, ein kleines finanzielles Loch. Nein, direkt fragen würde er ihn nicht, das wäre unverschämt, es müsste schon von seinem Großvater kommen.

Tono war alt geworden, dachte Frido, als er die Stufen zum Hotel hoch ging, hinter deren Glastür er seinen Großvater schon entdeckt hatte. Er hatte abgenommen, sein Gesicht zeigte mehr Falten, die Haut an Kinn und Hals war schlaff geworden. Aber Großvaters Blick, dachte Frido, war weiterhin wach und – er zögerte bei dem Wort – gütig. Er hatte gerade den Rucksack abgelegt, da führte Tono ihn schon ins Restaurant. »Junge Kerle haben immer Hunger«, sagte er, und Frido kam nicht umhin, vor dem Hauptgericht auch noch eine Suppe zu bestellen, die der Koch selbst an den Tisch brachte. Es war der Mann mit dem Holzbein, Frido brauchte einen Moment, bis ihm der Name wieder einfiel, Jochen, da erkundigte sich der Koch schon nach Rile. »Sagen Sie Ihrer Mutter einen lieben Gruß. Ich denke oft an sie.« Damit humpelte er zurück in die Küche.

»Jochen war so alt wie du jetzt, als man ihn ›zog‹«, sagte Tono. »Ein paar Wochen später war er wieder zurück, keine zwanzig und nur noch ein Bein. Ich glaub', er hat sich damals, als er bei uns anfing, ein wenig in deine Mutter verguckt, kein Wunder.« Tono leerte sein Glas Bier. Frido war froh, als sein Großvater das Thema wechselte und von Tante Karins Pension in Waldliesborn erzählte.

Für den Nachmittag schlug Tono einen Gang zu den Gräbern vor. Vielleicht eine gute Gelegenheit, dachte Frido, als sie im Auto saßen und sein Onkel Manfred sie zum Friedhof fuhr.

»Dein Vater ist immer an der Lippe entlanggelaufen, das hat er schon als Junge getan. Mich zieht es mehr zum Friedhof.«

Frido wusste nicht so recht, was er darauf sagen sollte. Sie gingen still weiter, einen breiten Gang entlang, der von zahllosen Gräbern gesäumt war. »Mich beruhigt, dass ich eines Tages hier liegen werde. Wie meine Emmi und wie Betty, wie mein Vater und meine Mutter. Heimat eben.« Sie waren am Familiengrab der Dellbrücks angekommen und schauten auf den schwarzen, blank polierten Grabstein. »Betty und Emmi fehlen mir weit mehr, als ich immer dachte, Frido. Ich wünsche dir, dass du niemals deine Frau zu Grabe tragen musst.« Tono bückte sich, sehr mühsam, wollte ein paar Blätter aufheben, die aufs Grab gefallen waren; Frido kam ihm zuvor, er war froh, überhaupt etwas tun zu können. Dann war Tono still, faltete die Hände, betete. »Betty war schon ziemlich tüttelig zum Schluss«, fuhr er nach einer Weile fort, »sie verstand nicht, dass jetzt eine junge Generation das Hotel führen müsste, Emmi war da viel gelassener. Aber mit einem hatte Betty recht: Manfred kann es nicht.« Wieder eine Pause, Frido hatte genickt, war sich jetzt aber gar nicht sicher, ob das richtig war. »Wäre besser, wenn Karin das Hotel leiten würde, die macht das mit ihrer Pension sehr gut, das wird bald ein Hotel, die hat viel mehr Schwung als ihr Bruder, die ist wie Rile, von der kann man noch einiges erwarten!« Sie standen eine Weile vor dem Grab, bevor sie weiter Richtung Alter Friedhof gingen. »Aber jetzt sag doch mal, was du vorhast.«

Frido holte kurz Luft. Auf diesen Moment hatte er gewartet.

»Ich hab eine wilde Idee, Tono. Ich spüre seit Langem, dass ich weg will, einfach ganz weit weg.«

Tono schaute ihn von der Seite an, die Stirn in Falten, blieb aber still.

»Ich möchte nach Indien!«

Tono blieb stehen.

»Warum denn Indien?«

»Kann ich gar nicht so genau sagen, Tono. Indien hat sich irgendwie als Ziel festgesetzt.«

»Hast vielleicht was von deinem Onkel, von Hannes, der musste ja auch unbedingt weit weg.«

Sie gingen weiter.

»Was sagt dein Vater dazu und Rile?«

»Ich habe es ihnen noch nicht erzählt!«

Tono nickte, murmelte etwas wie »so, so«, blieb eine Zeit lang still.

»Dein Vater musste weg, und du willst weg.« Wieder eine Pause. »Und was suchst du in Indien?«

Für diese Frage hatte Frido vorsorglich ein paar Argumente gesammelt, aber jetzt rutschte ihm, ohne jedes Nachdenken »Nichts, auf jeden Fall nichts Bestimmtes!« heraus und alle Argumente waren seltsamerweise dahin. Tono suchte seinen Blick.

»Aber du hoffst doch sicher, irgendwas dort zu finden, sonst würdest du doch nicht gleich nach Indien wollen?«

»Ich spüre, ich muss das tun, ich möchte eigene Erfahrungen machen, Menschen aus ganz anderen Ländern kennenlernen, außerhalb von Europa«, seine Argumente fielen ihm wieder ein, »möchte sehen, wie ich mich da fühle, so ohne Eltern, auf mich allein gestellt, ohne Zuhause. Ich möchte unterwegs sein, schauen, was so kommt, wie ich mich in solchen Situationen bewähre.«

Ob das die richtige Antwort war? Tono nickte mit dem Kopf. Frido war nicht ganz zufrieden mit sich. Sein Großvater hatte genau die Frage gestellt, die ihm selbst durch den Kopf ging. Warum Indien? Hesses Buch fiel ihm wieder ein, aber war Siddhartha wirklich sein Vorbild? Sicher war sich Frido damit nicht.

»Das ist doch das Land mit den vielen Göttern, wo einer immer Flöte spielt und ein anderer hat einen Elefantenkopf. Alles ziemlich seltsam, wenn du mich fragst.«

»Es ist nicht die Religion, Tono, die mich dahin zieht.« Sie gingen eine Zeit lang still weiter.

»Also, Amerika, das hätte ich verstanden, auch Frankreich, oder England, wo dein Vater war. Auch Griechenland, die Wiege der Kultur. Aber Indien? Mit dieser Armut, dieser Bettelei, den hungrigen Kindern. Was willst du da? Du willst doch nicht in diesen fürchterlichen Fluss springen, wie heißt der noch?, mit all den Toten, die da auf Flößen verbrannt werden!«

»Keine Sorge, ich bade nicht im Ganges.« Frido lächelte, war sich aber im gleichen Moment gar nicht so sicher. Solch ein Bad wäre doch was wirklich Verrücktes. Tono stoppte den Schritt.

»Komm, lass uns hier abbiegen, hier kommen wir zum Jüdischen Friedhof, zum Grab deiner Großmutter.«

Frido erinnerte sich. Er war vor Jahren das letzte Mal hier gewesen, zusammen mit seinem Vater. Er erinnerte sich an die alten Grabsteine, die zumeist schon sehr verwittert und oft mit hebräischen Schriftzeichen versehen waren, die keiner mehr entziffern konnte. Zum Teil neigten sie sich zur Erde hin, lagen mehr, als dass sie standen. Kaum eines der Gräber war gepflegt, Bäume und Büsche hatten sich breit gemacht, Amseln und Meisen flogen auf, als Tono und Frido auf dem schmalen Weg weitergingen.

»Die Vögel stört hier sonst keiner!«, sagte Tono, »das ist der Geheimgarten des Friedhofs.« Dann standen sie vor einem der wenigen gut gepflegten Steine, auf dem man die Lettern gut erkennen konnte und auf dessen Oberkante ein kleiner Kieselstein lag.

Tilla Rosenbaum
1899–1926
Viel zu früh

Frido las die Inschrift laut vor.

»Ja, deine Großmutter war eine großartige Frau. Ich habe sie sehr gemocht, habe mich lange gefragt, wer wohl Sigmunds Vater war. Dass auch er Jude war, weiß ich von Tilla, aber mehr hat sie mir nicht verraten.«

Frido versuchte, sich auf die Fotos zu besinnen, die Vater ihm vor Jahren mal gezeigt hatte, Fotos von Tilla.

»Du solltest einen Stein oben auf die andere Kante des Grabsteins legen. Das zeigt, dass du dich erinnerst und dass du wiederkommst.«

Abends saßen sie im kleinen Saal beim Abendessen. Manfred war gewohnt mürrisch und schwieg fast die ganze Zeit. Karin war mit ihren Kindern aus Waldliesborn gekommen und stellte Frido, als sie von seinen Plänen erfuhr, ähnliche Fragen wie Tono, bekräftigte dann aber Fridos Absicht. »Mach das, du bist jung, schau dir die Welt an! Die Beatles waren auch in Indien und Allen Ginsberg! Der hat da gleich einige Jahre gelebt, muss ziemlich gut gewesen sein, inspirierend!« Sie lachte ihn aufmunternd an. Er wagte nicht zu fragen, wer denn Allen Ginsberg war. »Ich hab vor zwei Wochen im Fernsehen was über indische Klöster gesehen, das fand ich ganz toll. Man kommt da sicher sehr zu sich. Wird dir guttun.« Als sie sich verabschiedete, steckte sie ihm einen Hunderter zu. »Für dein Abi, für die Reise.«

Tono hatte aus dem Keller eine zweite Flasche Weißwein kommen lassen, »solch einen guten gibt's in ganz Indien garantiert nicht!«, und holte nun lange aus, nachdem Manfred das Stichwort Gandhi geliefert hatte. Frido aber war es jetzt genug mit Indien. Er überlegte, wie er das Thema schnell ändern könnte.

»Tono, hörst du eigentlich noch manchmal diese Lok, deren Pfeifen du immer so gemocht hast?«

Tono schaute ihn mit großen Augen an.

»Du meinst die P 8? Hören tue ich sie immer noch, aber nur in meinem Kopf. Die haben mittlerweile die ganze Strecke elektrifiziert, da fährt gar nichts mehr mit Dampf. Die P 8, das ist vorbei.«

Am nächsten Tag, zum Glück schien die Sonne, fuhr Frido mit dem Rad Richtung Süden, fuhr den Haarstrang hoch, war überrascht, wie sehr er in die Pedale steigen musste, um die vierhundert Höhenmeter zu überwinden, war aber wild entschlossen, auf keinen Fall vorzeitig umzukehren, sprang in Rüthen ins Freibad, schwamm schnell, als würde er gehetzt, und fragte sich, was ihn eigentlich zu dieser Anstrengung trieb, was er sich beweisen wollte. Er hatte keine Antwort, gönnte sich aber auch bei der Rückfahrt keine freie Minute oder gar ein langsameres Tempo. Er kam am späten Nachmittag nassgeschwitzt im Hotel wieder an.

Als er sich am nächsten Tag verabschiedete, übergab ihm Tono zwei Umschläge.

»In diesem«, er zeigte auf den größeren DIN-A4-Umschlag, »ist ein Artikel aus der Zeitung. Die haben in der Stiftstraße jetzt ein großes Schild angebracht zur Erinnerung an die Synagoge. Da steht in dem Artikel auch, dass ein ehemaliger Lippstädter, ein Jude, dies schon vor Jahren angeregt hätte, aber sie erwähnen Sigmund nicht mit Namen. Und im zweiten Umschlag ist etwas für dich. Fünfzig davon sind von Manfred. Pass auf dich auf und renn' keine Kuh um!«

Im Zug öffnete er den Umschlag und begann gleich zu rechnen. Er wusste, was er sich zu seinem 20. Geburtstag nun selbst schenken würde: Ein Ticket für den Magic Bus.

»Du bist ja vollkommen verrückt. Mit 'nem Bus nach Indien? Hat man denn so was schon gehört?« Mutter war entsetzt, als Frido beim Abendbrottisch die Katze aus dem Sack ließ. »Und dann auch noch ganz allein!«

»Ich dachte, du seist dir jetzt sicher, dass du Geschichte studieren willst? Wie Nicki. Wenn ich zwanzig Jahre alt wäre«, Vater stieß mit dem Zeigefinger drei Mal auf die Tischplatte, »ich wüsste, was ich machte. Aber mit 'nem Bus nach Asien: Darauf muss man erst mal kommen.«

»Lasst ihn doch«, sagte Eva, die gerade zu Hause war und fürs erste medizinische Staatsexamen büffelte, »bei uns in Berlin kenn ich einige, die das gemacht haben. Transzendentale Meditation und so was Ähnliches. Mr Tambourine Man. Das muss ganz gut sein. Die kommen mit tollen Geschichten zurück.«

»Ja, bei euch in Berlin!« Mutter hatte sich nie damit abgefunden, dass die ZVS Eva nach dem Abitur an die TU nach Berlin geschickt hatte, diese rote maoistische Kaderschmiede, Hort der Demonstrationen, wie sie die Berliner Uni stets nannte. Dieses Mal kam allerdings nichts weiter, aber er würde Eva noch fragen, was das denn sei, Transzendentale Meditation.

Zu seinem Geburtstag wenige Tage später hatte er weiteres Geld erhalten; gemeinsam mit seinem Sparbuch müsste es jetzt reichen. Im Reisebüro runzelte man die Stirn, er war offenbar der erste Kunde in Herdecke, der ein Ticket für den Magic Bus nach Kathmandu erwerben wollte. Frido wurde unsicher, als er der jungen Frau im Reisebüro das Geld hinblätterte, die dann freundlich nach der Rückfahrt fragte. »Trampen«, antwortete Frido kurz.

Zwei Tage später nahm sein Vater ihn zur Seite. Auch er fragte nach der Rückfahrt, worauf Frido nur mit den Schultern zuckte und sich bemühte, so lässig und unbekümmert wie nur eben möglich auszusehen. Da berührte sein Vater ihn mit der Hand an der Schulter, was Vater sehr selten tat, eigentlich nie. Frido ging gleich in Habachtstellung.

»Ich weiß doch genau, dass du dich für Geschichte interessierst, und du weißt es auch! Natürlich muss es nicht das 20. Jahrhundert sein, muss nicht meine Geschichte sein.«

Frido blickte auf. Was würde jetzt wohl kommen?

»Lass uns doch mal ganz vernünftig darüber reden. Was hältst du davon, wenn du dich in Bochum für Geschichte einschreibst und Anfang Oktober zu Semesterbeginn wieder hier bist?« Frido hob die Augenbrauen.

»Schau nicht so ungläubig! Das sind immerhin zweieinhalb Monate, Frido, das wird doch wohl reichen, auch für Indien!«

Vaters Stimme war lauter geworden, dann aber beherrschte er sich wieder.

»Im Gegenzug zu diesem Vorschlag übernehme ich die Kosten für deinen Rückflug ab Neu-Delhi.«

Frido wollte gleich »Nein« sagen, stoppte sich aber und bat um Bedenkzeit.

Eine Stunde später verließ er das Haus, ging zur Ruhr und folgte dem Fluss Richtung Harkort-See. Es begann zu regnen, aber der Regen störte Frido nicht. Vater mochte nichts Unbestimmtes, das wusste er, Vater wollte ein klares Datum für das Ende der Reise und wollte wissen, was danach kommen würde. Vielleicht hatte Vater sogar Angst, er könne für immer in Kathmandu bleiben. Richtig war, dass er über den Rückweg bislang tatsächlich nicht nachgedacht hatte. Er war sich einfach sicher, dass er mit dem wenigen Geld auskommen, irgendwie überleben und am Ende auch zurückkehren würde. Was brauchte man schon in Indien? Für eine Schale Reis würde es doch wohl reichen. Er sah sich jetzt auf dem Plakat von »Misereor«, wie er vor einer Schale Reis kniete, und musste lachen. Ein paar Enten am Flussufer schnatterten. Lachten sie ihn aus?

Die Regenwolke zog weiter, zaghaft bahnten sich Sonnenstrahlen ihren Weg und verwandelten kleine Streifen auf der Ruhr in Spiegel. Ein sicherer Rückflug! Ganz so schlecht war das nicht, aber der Preis war hoch. Er müsste ein Studium beginnen, das er sich nicht selbst ausgesucht hatte. Sein Lieblingsfach ganz tief in seinem Herzen war seit einigen Monaten Medizin, wie bei seiner Schwester, aber mit seinem Notendurchschnitt war daran nicht zu denken, nicht einmal an der TU in Berlin, überall ewig lange Wartezeit. Auf dem Viadukt, der die Ruhr in weitem Bogen überspannte, fuhr jetzt langsam und laut polternd ein Güterzug. Geschichte war eigentlich ganz okay, hatte er selbst immer wieder als Studienfach erwogen, Vor- und Frühgeschichte, oder Mittelalter, die Zeit von Luther bis Bismarck, die Aufklärung, auf jeden Fall weit weg von Vaters Drittem Reich! Und später bloß nicht an die Schule, nein, wenn Geschichte, dann mit Ziel Journalismus, am besten bei der ZEIT oder bei der SZ oder der Frankfurter. Na ja, ob's dafür reichen würde? ›Man darf seine Ziele nicht gar zu hoch stecken‹, hatte Onkel Hannes bei Fridos letztem Besuch in Maria Laach gesagt, ›immer bescheiden bleiben, bei sich bleiben‹ und dabei hatte er Hände und Arme tief in seiner Mönchskutte vergraben. Wieder kam ihm Tonos Frage in den Sinn: »Was suchst du in Indien?« Da gab es Malaria, warum fiel ihm das jetzt als Erstes ein?, auch die Schlafkrankheit, beides ziemlich unheimlich. Nötig, wirklich notwendig war es nicht, unbedingt nach Indien zu fahren, bis nach Kathmandu.

Aber was waren das für falsche Gedanken! Er bohrte die Hände in die Hosentaschen und kickte mit aller Kraft einen Stein vom Uferweg in den See. Er hatte doch längst die Karte für den Magic Bus in der Tasche. Vater hatte mit seinem Vorschlag nur alles durcheinandergebracht. Typisch Vater! Der musste immer Ärger machen!

Der Güterzug hatte den Viadukt verlassen, es breitete sich wieder Stille aus. Frido erreichte den See, der glatt in der jetzt ungehinderten Nachmittagssonne lag. Nur ein paar Enten schnatterten oder gurrten hier und da. Frido wurde ruhiger, sein Ärger ließ nach. So schrecklich schlecht wäre Schule ja später auch nicht. Frido Rosenbaum, Studienrat für Geschichte. Frido lachte. Hörte sich gar nicht übel an. Und er würde fliegen, zum ersten Mal in seinem Leben fliegen, und zwar von Delhi nach Frankfurt, Langstreckenflug, wahrscheinlich mit Zwischenlandung irgendwo, nicht wie die Klassenkameraden einmal nach Mallorca und zurück. Aber – und da drehten sich seine Gedanken wieder im Kreis – er müsste zu einem Datum zurück in Deutschland sein, das sein Vater vorgab, nicht er! Doch ewig wollte er ja ohnehin nicht in Asien bleiben. Wen meinte er denn dort auch Großartiges zu treffen? Siddhartha vielleicht? Oder eine Wahnsinnsfrau? Ja, vielleicht, eine richtige Wahnsinnsfrau, das wär' schon was, würde sich lohnen. Ihm fiel ein, er hatte von einem Deutschen gelesen, der am Ende seiner Reise in ein indisches Ashram eingetreten war. Indisches Klosterleben war aber bestimmt nicht sein Ziel. Und wenn er am Ende der Reise irgendwas Super-Aufregendes erleben würde, könnte er – er zögerte ein wenig, den Gedanken zu formulieren –, könnte er immer noch Vaters Rückflugticket einfach verfallen lassen. Er sah sich plötzlich, wie er ein Flugticket in kleine Streifen zerriss. War zwar wenig wahrscheinlich, aber die Möglichkeit hätte er! Dieser Gedanke machte alles leichter. Er drehte um und ging in den Ahornweg zurück. Er beschloss, Vater noch ein wenig schmoren zu lassen.

Am nächsten Tag schlug er ein.

»Gott segne dich«, sagte Vater und berührte ihn mit der Hand.

»Aber ich wandere doch nicht aus!« Vater lächelte nur und nahm seinen Arm von Fridos Schulter.

Kapitel 24

1975
Indien

Am 15. Juli, einem Dienstag, sollte die Fahrt beginnen. Der Magic Bus wäre ab 11 Uhr in Köln auf dem Bussteig 12 hinter dem Hauptbahnhof, hatte im Begleitschreiben zu dem Ticket gestanden und »be prepared!« war rot unterstrichen. Frido war schon kurz nach 9 Uhr dort, Evi hatte ihn mit Vaters Wagen nach Köln gefahren, er hatte seine Eltern inständig gebeten, dass nicht sie ihn nach Köln brächten. Aber außer ihm wartete niemand auf dem Bussteig. Er legte den Rucksack ab, nahm den *Siddhartha*-Band heraus und setzte sich in dem kleinen gläsernen Unterstand auf die Bank. Es wurde elf, einige Sonnenstrahlen fanden den Weg durch die Wolken, sodass er jetzt den Anorak ausziehen konnte, dann zwölf, noch immer kein Magic Bus in Sicht. Die tiefe, schwere Glocke vom Kölner Dom schlug laut, wieder bog ein Stadtbus um die Ecke, gelb, mit Bommerlunder-Reklame. Komisch, dachte er, ob die ihn wohl vergessen oder reingelegt hatten? Vielleicht war das alles Betrug mit dem Magic Bus, und die steckten das Geld ein und nichts würde passieren. Er nahm den

Siddhartha-Band wieder auf, war jetzt auf Seite 50 und wusste genau, wie es im Roman weiterging: Siddhartha würde Kamala treffen, die Kurtisane.

Mutter hatte ihm ein paar Brote mitgegeben, und zwischen zwei in Alupapier eingewickelten Broten steckten drei Fünfzigmarkscheine mit einem kleinen Zettel: Notration, deine Mama. Er musste einmal kurz schlucken. Auch Vater hatte ihm gestern Abend noch einen Hunderter in die Hand gedrückt: »Pass gut auf dich auf!« Er biss in das Brot, Leberwurst mit geschnittener Gurke, es schmeckte nach Zuhause, es schmeckte gut. Eine knappe Stunde später war da noch immer kein Bus. Er sah auf das Buch von Hesse, war jetzt auf Seite 81 angekommen: Siddhartha hatte die Stadt wieder verlassen, stand jetzt vor dem Fluss. »Eine schauerliche Leere spiegelte ihm aus dem Wasser entgegen, welcher die furchtbare Leere in seiner Seele Antwort gab«, las Frido. Er hatte damals »Leere« doppelt unterstrichen, hatte überhaupt viel zu viel unterstrichen oder am Rand angestrichen, dachte er jetzt. Eigentlich hatte er keine Lust mehr, weiterzulesen und schaute wieder wie gebannt auf die Einfahrt zum Busbahnhof.

Es war kurz vor halb zwei, als ein alter, rotgestrichener Doppeldecker mit orangefarbenem Schriftzug »Magic Bus« langsam um die Ecke kurvte und sich dem Bussteig 12 näherte. Endlich!, dachte Frido, atmete tief durch und stand auf, als der Bus mit schleifender Bremse vor ihm hielt. »Sorry lad, we are a little late.« Der Busfahrer war vielleicht dreißig, hatte einen roten Bart und trug ein braunes Käppi. »I am Pete, Pete the driver! Get on, we have another guy to pick up in Frankfurt!«

Im Bus begrüßten ihn alle Fahrgäste mit lautem Hallo. Es waren insgesamt 14, wie er schnell zählte, alle zwischen 18 und 25, schätzte er; acht junge Männer in T-Shirts, die meisten in kurzen Sporthosen, sechs Mädchen, von denen zwei, das fiel ihm als Erstes auf, oben herum nur ein Bikini-Oberteil trugen, vier Gitarren verteilten sich auf die Sitze. Im Oberdeck des Busses waren gepolsterte Bänke angebracht, acht Stück zählte Frido, die als Schlafgelegenheiten dienten. Wie man sich nachts eine Bank zu zweit teilen sollte, war ihm ein Rätsel, aber das würde er ja bald erfahren. Sie fuhren aus Köln heraus, Frido hatte neben einem stark bepickelten Jungen Platz genommen, der sich mit »Hi, buddy, I'm Jamie from Manchester«, vorstellte, danach aber erst einmal schweigsam blieb. Als sie auf der Autobahn waren, holte Frido das kleine Heftchen hervor, in dem er wieder die unbekannten Autokennzeichen notieren wollte. Jamie fragte ihn nach ein paar Minuten, was er denn da tue, und wollte ihm im Gegenzug die englische Systematik bei den Autokennzeichen erklären, als eines der Mädchen, es war Annemieke aus Holland, zur Gitarre griff und mit aller Kraft »Ruby Tuesday« zu singen begann. Bei »Goodbye, ruby Tuesday« fiel der ganze Bus in den Refrain ein und Frido merkte, wie er sich erst jetzt, als er mit voller Stärke sang und Annemieke ihn zwei- oder dreimal ansah, entspannte.

»Hey, du hast 'ne gute Stimme!« Annemieke legte die Gitarre zur Seite und schaute ihn an.

»War im Schulchor!«

»Habt ihr da ›Ruby Tuesday‹ gesungen?«

»Aber sicher, nur!« Frido war zufrieden mit seiner Antwort.

»Hab ich euch schon vom letzten Konzert der Stones erzählt?« Mike holte aus und alle lachten, als er Mick

Jagger nachmachte. Gerry, der Älteste unter ihnen, drehte zwei dicke Joints. »Excellent weed, kids«, sagte er mehrfach, »really excellent!« Frido steckte das Kennzeichenheft wieder ein. Er würde es vorerst nicht brauchen.

In Frankfurt kam Wolfgang hinzu, der gleich erklärte, dass er Psychologiestudent sei und bitte nur Wolf genannt werden wollte, und es stieg ein zweiter Fahrer ein, Herb aus London, dessen unverständliches Cockney-Englisch Frido bis Istanbul ein beständiges Ärgernis blieb. Drei Tage später hatten sie mit hereinbrechender Nacht Saloniki erreicht. Pete fuhr den Bus auf einen Campingplatz, damit alle duschen konnten. Keiner hatte Lust, die Nacht bei den warmen Temperaturen auf den viel zu kurzen Bänken im Bus zu verbringen und so folgte Frido den anderen in die nahe Taverne zu Ouzo und Retsina und suchte sich um Mitternacht ein Plätzchen unter einer Kiefer am Strand. Zu seiner Überraschung entschied sich Annemieke für dieselbe Kiefer und fragte ihn rundheraus, warum er denn so scheu sei, er habe sicher eine feste Freundin. Frido bejahte sofort, bereute es aber schon nach wenigen Sekunden. Vielleicht könnte er bei Annemieke ruhig mutiger sein, vielleicht sollte er das mit der Freundin gleich wieder zurücknehmen, denn mit Julia war es ja vorbei. Und Annemieke saß jetzt neben ihm, sie hatte geduscht, roch nach einem Blütenduft, den er nicht bestimmen konnte, irgendwie süß, aber mit einem besonderen Gewürz dabei, war es Nelken?, auf jeden Fall sehr verlockend. Er drehte sich zu ihr hin. Doch Annemieke und er gingen in Saloniki über Küsse, Umarmungen und Anschmiegen nicht hinaus.

Einen Tag später, in Istanbul, hatte der Reiseveranstalter für den Magic Bus in einer sehr einfachen Pension in der Altstadt für zwei Nächte Zimmer gebucht. Frido teilte es mit Jamie und Mark. In den beiden nächsten Tagen, so hatte es geheißen, würde die Weiterfahrt für alle sichergestellt, nicht mehr mit dem roten Doppeldecker-Bus, sondern in Kleinbussen, die Magic Bus vermitteln würde. Diese Unterbrechung war ihm sehr recht. Er nahm sich Zeit für den Besuch der Hagia Sophia, für die große blaue Moschee, für den Basar und für die Zisterne, deren schrecklich teurer Eintritt ihn ärgerte und die drei anderen abhielt, deren unterirdische Säulenpracht ihn aber begeisterte. Als der Magic-Bus-Agent ihnen beim Frühstück mitteilte, dass sich die Abfahrt für Jamie und ihn um zwei weitere Tage verzögern würde, da sie noch keinen Kleinbus für sie hätten, sagte er nur »okay« und beschloss, auch den Topkapi-Palast zu besichtigen, wobei dieser Beschluss von einer deutlichen Stimme begleitet wurde, die ihm sagte, dass er eigentlich keinen Urlaub wie mit den Eltern machen wollte und Paläste doch Elternkram seien. Er ging dennoch in den Palast, genoss die Kühle des alten Gebäudes und merkte, dass er sein Bild der Türkei dringend ändern müsste. Wieso, fragte er sich, hatte er eigentlich die ganze Zeit geglaubt, außerhalb von Europa sei alles eher grob, schlicht, primitiv und anspruchslos?

Am fünften Tag in Istanbul war es dann soweit und Jamie, Sarah, ein neu hinzugekommenes englisches Mädchen mit langem schwarzen Haar, und er fanden in einem VW-Bus Platz, mit dem die lange Etappe bis Kabul bestritten werden sollte. Frido nahm im Pudding Shop Abschied von Annemieke, die ihm erzählte, dass sie mit Rory, ihrem neuen Freund aus Melbourne, weiterfahren würde, der im Beisein von Frido wortreich alle Eide schwur, »his new girl

Annemieke« in seinem Hippie-Bus sicher bis nach Kathmandu zu bringen.

Der VW-Bus gehörte Klaus aus Pforzheim. Er war mit Susanne unterwegs und hatte Magic Bus mitgeteilt, gegen Bezahlung drei Passagiere bis Kabul mit an Bord zu nehmen. Klaus war 24 und Jurastudent in Tübingen, seine Freundin Susanne studierte Politologie. »Ich hab schon lange keinen Bock mehr auf Jura, echt nicht, da turnt mich nichts mehr an!«, hörten die drei, als sie gerade auf die Fähre gefahren waren und jetzt den Bosporus überquerten. »Ich werde diesem Deutschland, diesem total bescheuerten System, nicht als Richter dienen! Ich nicht! Nicht einmal als Anwalt! Die können mich mal.« Jamie und Sarah fragten anfangs noch immer »What did he say?«, gaben das aber bald schon auf.

Frido hatte keine Lust auf eine Antwort. Er war stolz, zum ersten Mal in seinem Leben Europa verlassen zu haben und in Asien zu sein. Und es war so leicht, dachte Frido, eine Viertelstunde auf einer Fähre und schon bist du auf einem anderen Kontinent. Das mit dem bescheuerten System konnte Klaus ihm ein andermal erklären. Jetzt genoss er erst einmal, auf einem anderen Kontinent zu sein. Es gab nur fünf Kontinente, und zwei davon hatte er jetzt schon. Nicht schlecht.

Ihm fiel auf, dass Klaus sehr langsam durch Üsküdar, den anatolischen Stadtteil von Istanbul, fuhr, so als traue er sich nicht recht, als habe er Angst vor dem fremden Asien. Vielleicht aber war es auch nur eine Art von Respekt, dachte Frido, die Klaus dem neuen Kontinent zollen wollte. Vor einem Café an einer Kreuzung saß eine Gruppe von sechs oder acht Männern, die alle Wasserpfeife rauchten. Klaus bremste den Wagen, er und Frido schauten wie gebannt auf die Männer, die sich nicht stören ließen. »Möchte wissen, was die sich da reintun. Nur Wasser wird das nicht sein. So verzückt wie die gucken.«

»Wirkt richtig feierlich«, antwortete Frido, »wie eine Geheimgesellschaft.«

Klaus fuhr wieder an, doch ein wenig von dem Rauch war durch das Seitenfenster in den Wagen gestiegen. Frido schnüffelte, sog den Rauch tief ein. So war es also, dachte er, wenn man einen anderen Kontinent betrat.

Jetzt, auf der E 80 kurz vor Gebze, hatte Klaus seine Scheu überwunden und fuhr normales Tempo. »Das mit dem Studium ist Susi und mir vollkommen egal. Wir setzen aus, schauen mal, was uns das Leben sonst so bietet.« Damit guckte Klaus nach hinten auf den Mittelsitz und strahlte Susanne an, die das Merian-Heft über Anatolien vor sich auf den Knien hatte.

Im roten Magic Bus war es Wolf gewesen, der auf dem Weg nach Istanbul viel von seinen Eltern gesprochen hatte, jetzt war es Klaus. Frido überlegte, ob wohl alle jungen deutschen Männer, die auf Reisen waren, vor ihren Eltern flohen? Susanne beteiligte sich kaum an diesen Gesprächen, die daher eher zu Monologen wurden, denn Frido hatte wenig Lust, über seinen Vater zu reden. Am nächsten Tag, nachdem er schlecht geschlafen hatte, weil Klaus schnarchte und die Luft im VW-Bus bei fünf Schläfern schnell stickig und verbraucht war, fing Klaus gleich wieder an, zitierte die »Reinheit der Rasse«, mit der sein Vater noch immer hausieren ginge. Frido war froh, als er für den Nachmittag den vorderen Sitzplatz mit Susanne tauschen konnte und hinten saß, wo er in Susannes *On the Road* las, in dem sie fast jeden zweiten Satz markiert hatte. Doch schon am nächsten Tag bat Klaus ihn ab

Mittag wieder nach vorn, es war eher eine Aufforderung als eine Bitte, und da Klaus so etwas wie der Kapitän an Bord war, folgte er, hörte Klaus aber nur mit halbem Ohr zu. Er drehte das Seitenfenster hoch, denn es war kälter geworden. Links vor ihnen sahen sie im Hintergrund die schneebedeckte Spitze des Ararat. Noah war hier mit seiner Arche gestrandet, dachte Frido, und lauschte für einen Moment etwas besorgt, aber unbegründet dem Surren des VW-Motors. »Du hättest ihn mal sehen sollen, als die Beate Klarsfeld dem Kiesinger eine Ohrfeige gegeben hat«, setzte Klaus gerade ein. »Da war bei uns der Teufel los. Mein Alter ist ausgerastet.« Das war einige Jahre her, aber die Geschichte kannte Frido. Sein Vater hatte mit Beate Klarsfeld ein paar Mal korrespondiert, ihre Aktionen waren daheim oft Gespräch gewesen, aber ganz anders als bei Klaus. Seltsam, dachte Frido, jetzt sind wir hier im Osten der Türkei, fahren morgen oder übermorgen nach Persien rein, und wieder knallt einem deutsche Geschichte ohne Pause entgegen.

»Wollen wir nicht gucken, ob wir dem Ararat etwas näherkommen?« Frido sah Klaus an. »Gute Idee«, rief Susanne von hinten. Klaus nickte.

Drei Tage später waren sie auf dem Weg nach Täbris von der Nationalstraße abgebogen. Sie hatten am Mittag zwei alte Karawansereien auf der Seidenstraße besucht, waren alle ziemlich verschwitzt und beschlossen, sich für die Nacht eine Unterkunft zu suchen, einmal nicht im Bulli zu übernachten, sondern sich den Luxus von fließend Wasser zu gönnen, einem Bad vielleicht oder einer Dusche. Sarah hatte sich schon in den letzten Tagen um Frido bemüht, der das allerdings erst wahrnahm, als Klaus einmal, während sie wieder vorn im Wagen nebeneinandersaßen, eher beiläufig sagte, »die hat 'n ziemliches Auge auf dich geworfen, Indianer«. Warum er ihn seit ein paar Tagen ›Indianer‹ nannte, wusste Frido nicht, und was er mit Sarahs Interesse anfangen sollte, war ihm auch nicht ganz klar. Klaus spielte den Erfahrenen gleich noch weiter, kramte ein Kondom aus seiner rechten Hosentasche und steckte es ihm zu. »Mach's nicht ohne, Indianer, man weiß nie.«

»Klar«, erwiderte Frido, und setzte »danke« hinzu.

Wenig später diskutierte er hinten im Bus mit Sarah über Emanzipation, dann über Musik, Sarah wusste viel über die Erlebnisse der Beatles in Indien 1968 und wie sehr ihre Musik damals von dieser Reise beeinflusst worden war. Sie sprachen über Warhol und American Pop Art (Sarah studierte Art History am Weymouth College in London), während sie ihm freizügig Joints anbot, an denen er jedoch nur vorsichtig zog. Sie trug, das war ihm gleich aufgefallen, bei der großen Hitze hier im Westen Irans unter ihrem T-Shirt nichts weiter, und wenn sie sich weit vorbeugte, um die Sandale zu schnüren oder etwas vom Wagenboden aufzunehmen, sah Frido durch den Ausschnitt auf ihre Brüste, sah die dunklen Brustwarzen. Er versuchte dann, wegzuschauen, aber es gelang ihm nicht.

In der Pension, in der es nach mehrmaligem Bekunden des Inhabers in der einzigen Dusche des Hauses jede Menge warmes Wasser geben würde, nahmen sich Klaus und Susanne ein Zimmer, und das zweite mit zwei breiten Betten war für Jamie, Sarah und ihn. Bevor es Abend wurde, wollten sich alle das Vergnügen der Dusche leisten, erst Klaus und Susanne, danach Sarah, Frido und zum Schluss Jamie, der diese Abfolge ohne Murren akzeptierte.

Frido lag auf einem der beiden Doppelbetten, das er sich mit Jamie teilen sollte, als Sarah von der Dusche zurückkam. Sie hatte ihr großes Handtuch kunstvoll um ihren Körper geschlungen und hielt es hinten im Rücken mit der Hand zusammen. Frido ließ die Augen nicht von ihr. Als sie sich drehte, öffnete sich das Tuch plötzlich so weit, dass ihr Po unbedeckt war. Stramm und fest und rund, durchzuckte es Frido. Sarah sagte nur: »Dreht euch um«, und fuhr in Hose und Shirt. Jetzt war die Reihe an Frido. Als er von der Dusche kam und die Tür öffnete, sah er Sarah wieder in ihr großes Handtuch eingedreht. »Ich habe Jamie gebeten, sich im Dorf umzusehen und uns eine halbe Stunde allein zu lassen. Dann ist das Duschwasser auch wieder warm.« Sie lächelte Frido an, der sie jetzt mit großen Augen anstarrte. »Kannst den Mund wieder zumachen, komm!«

In dieser halben Stunde in Ilikir verlor Frido seine Unschuld und fühlte sich wie, ja wie? Er lag auf dem Bett und überlegte: Wie der Kaiser von China? Das war zu altmodisch. Wie der Schah von Persien, das machte in diesem Jahr im Iran auch keinen Sinn. War auch egal: Er fühlte sich großartig, stark, erwachsen, ein richtiger Mann! Er sah zu Sarah hin, die neben ihm lag und seinen Blick mit einem Lächeln erwiderte. Es war zwar alles irgendwie schneller gegangen, als er sich immer ausgemalt hatte, aber Sarah hatte gestöhnt und laut und lang »Oh« gerufen. Sie hatte sein Gesicht anschließend mit Küssen bedeckt und »great« gesagt. Es war »great« gewesen, er hatte allerdings das Kondom vergessen. Blöd, war aber nicht mehr zu ändern. Jamie klopfte an der Tür. »Moment!« Er schlüpfte in die Sporthose, Sarah wickelte sich in das große Bettlaken. Jamie würde sie jetzt gemeinsam auf einem Bett liegen sehen, aber so war es eben, und wenn er, Frido, Glück hätte, würde dies nicht der einzige

Sex mit Sarah bleiben. Er formte den Mund zu einem Kuss, Sarah erwiderte, dann rief er: »Okay Jamie, you may come in.«

Drei Wochen später waren sie in Kabul. Sie hatten erst in Teheran und in Nischapur und dann, nach dem Grenzübertritt nach Afghanistan, in Herat jeweils einige Tage Pause gemacht, in sehr günstigen Guesthouses übernachtet, und Frido konnte sehen, wie sehr Jamie darunter litt, auch an diesen drei Orten jeden Abend zu einsamen Spaziergängen verpflichtet zu sein. Die Spannungen unter den fünf stiegen von Tag zu Tag. Der Gesprächsstoff zwischen Susanne, Jamie und Sarah war dünner geworden, Susanne hatte alles, was sie über das Unrechtsregime des Schahs wusste, mehrfach weitergegeben, auch die Feudalstrukturen in Afghanistan noch einmal erklärt, und sogar ihr Spielen auf der Gitarre hatte seine betörende Wirkung verloren. Klaus kaufte an fast allen Orten »wahnsinnig guten Stoff« zu einem Preis, »das hasse nich gesehen«, was dazu führte, dass immer häufiger Susanne den Wagen lenken musste. Als dann in Chaghcharan, eine Tagesreise vor Kabul, plötzlich der Motor beim Beschleunigen ganz hochdrehte, der VW-Bus aber nicht beschleunigte, weil Susanne, wie Klaus lautstark erklärte, irgendetwas falsch machte, Klaus aber zu »stoned« war, um den Fehler zu benennen, erlitt Jamie, der stille Jamie, einen Tobsuchtsanfall, bei dem er Susannes Gitarre mit aller Kraft an die Heckscheibe knallte. Das Motorproblem konnte eine Werkstatt in Chaghcharan in zehn Minuten durch einen neuen Keilriemen beheben, die Reparatur der Gitarre würde länger dauern und wahrscheinlich in Afghanistan gar nicht gelingen. Sie bogen wieder auf die Straße

Richtung Kabul ein, wobei es still blieb im Bus. In Kabul war klar, dass sie sich trennen würden. Susanne und Klaus hatten beschlossen, von Kabul aus weiter ins Bergland zu fahren. Jamie wollte Kabul erst einmal auf sich wirken lassen und ließ sich nicht in die Karten schauen, wie er weiterkommen wollte. Frido und Sarah meldeten sich beim Magic-Bus-Agenten, der einen kurzen Blick auf ihre Kathmandu-Tickets warf und dann gleich sagte »Morgen, 12 Uhr, Bus nach Lahore, drei Tage, Sitzplätze?« Frido fragte, wann denn der nächstfolgende Bus ginge, sie würden doch Kabul gern ansehen, vielleicht in zwei oder drei Tagen? Die Antwort war wirr, es schien, als würde es nach morgen überhaupt keinen Bus mehr nach Pakistan geben, und so sagten beide: »Okay.«

»Sitzplatz drei Dollar extra«, sagte der Agent und hielt die Hand auf. Sarah begann, mit ihm zu diskutieren, gab aber nach kurzer Zeit auf. Sie hatten dann tatsächlich zwei Sitzplätze nebeneinander und ihre Rucksäcke zwischen den Beinen. Wenn er auf die vielen Menschen sah, die in diesem Bus dicht gedrängt bis zu den meist offenen Türen standen, manchmal eine ganze Gruppe Jugendlicher hinten am fahrenden Bus an der Leiter hing, die auf die Gepäckablage auf dem Busdach führte, wusste er, dass die drei Dollar eine sinnvolle Investition gewesen waren.

Der Bus musste lange an der Grenze zu Pakistan warten. Die afghanischen und die pakistanischen Beamten kontrollierten jeden Fahrgast sehr genau, noch am wenigsten Sarah und ihn und die fünf anderen Westler, die über den Bus verteilt waren. Sarah war stiller als sonst und reagierte schnell sauer, wenn Frido sie etwas fragte. Sie stritten lange über die blauen Burkas, mit denen viele

Frauen in Afghanistan und jetzt auch im Bus bekleidet waren. Frido bestand darauf, dass diese langen Schleiergewänder äußerst unpraktisch sein mussten und Sarah widersprach in allem.

»Siehst du nicht, wie schön diese Stoffe sind, wie fein sie fallen, das ist doch Klasse!«

»Bei der Hitze hier im Sommer?«

»Gerade bei Hitze! Das schützt und kühlt.«

»Jetzt sag mir nur noch, dass auch die Augengitter Sinn machen. Schützen wahrscheinlich vor Blitz und Donner!«

»Lass sie doch, wenn sie das hier schön finden!«

»Aber diese Gitter sind aus Pferdehaar oder Eselshaar oder sonst was von Haar, möchtest du die ganze Zeit durch so etwas hindurchsehen? Da ist doch nichts Schönes dran!«

»Die Kleidung ist Teil der Würde dieser Frauen. Da hat kein Mann, auch du nicht, das Recht, sie einfach runterzumachen.«

»Ich mache die Frauen nicht runter, ich finde nur, dass solche Käppis und die Stoffe von oben bis zum Boden höchst unpraktisch sein müssen. Die unterstreichen doch nicht die Würde der Frau!«

»Es sind Schleier, die das Geheimnis der Frauen bewahren. Aber dafür fehlt eben vielen Männern der Sinn und die Erfahrung, und genießen könnt ihr es erst recht nicht.«

Sie waren ein wenig laut geworden, und die beiden Frauen vor ihnen in ihren Burkas drehten sich zu ihnen um. Frido sah in ein schwarzes Augenpaar unter schwarzen Wimpern und mit leuchtenden Iris, die wie Edelsteine auf ihn gerichtet waren. Er verstummte sofort.

»Siehst du, wie viel Kraft die in ihren Augen haben?«, flüsterte Sarah.

Es war Frido klar, dass Sarah und er sich in Lahore trennen würden, und so geschah es auch. Sarah war fest entschlossen, die nächste Etappe zu trampen und erst irgendwo in Indien wieder auf die Dienste von Magic Bus zurückzugreifen. An eine letzte gemeinsame Nacht in einem Guesthouse in Lahore war nicht mehr zu denken, sie verabschiedeten sich mit einem kurzen »Adieu«, ohne Kuss. Am Abend schrieb er über den Abschied einige Sätze in sein kleines Heftchen.

In Lahore war er allein. Das Zimmer im Boarding House teilte er mit einem Franzosen, Lucien, der wenig gesprächig war, morgens lange schlief und nachts erst spät zurückkam. Was in Istanbul der Pudding Shop war, hieß in Lahore das »Take Away«. Aber das Rumhängen war nicht, was ihn reizte. Das ein oder andere Mädchen schon, doch die meisten waren im Pulk, und es wurde viel gelacht und gekifft, irgendwo schrammelte immer jemand auf der Gitarre, einzelne tanzten dazu, alle schienen entspannt, nur er war es nicht. Er blieb für sich, ging in die Badshahi-Moschee, lief durch die Shalimar-Gärten und besichtigte das Jahangir-Mausoleum mit den vier Minaretten und seinem wunderbaren Garten. Er hatte das Gefühl, er suche etwas, aber er wusste nicht, was. Er kaufte eine Broschüre über die Geschichte der Moguln, doch das Englisch des Textes war schlecht, und er legte es schon bald zur Seite.

Als er am Abend ins Guesthouse zurückkam, traf er im Zimmer auf Lucien. »Was hast du da?«, fragte er ihn und wies mit der Hand auf eine Reihe von kleinen Päckchen, die Lucien auf seinem Bett liegen hatte. Lucien schaute nur kurz hoch, und Frido spürte, dass er eine dumme Frage gestellt hatte, die seine Unerfahrenheit aufgedeckt hatte. Jetzt verteilte Lucien die Päckchen auf verschiedene Taschen seines Rucksacks. »Pour mes amis, chez nous, à Toulouse«, sagte er und lachte. Am nächsten Morgen war Lucien schon fort, als Frido aufwachte. Er fand auf dem kleinen Tisch im Zimmer ein paar Gramm und einen Zettel. »Pour toi, mon petit Allemand.« Irgendwie ärgerte ihn das Geschenk, auch das ›petit‹. Und was sollte er mit dem Cannabis jetzt machen? Rauchen, verkaufen, wegwerfen, mit nach Indien nehmen? Am Ende steckte er es in eine kleine Papiertüte und legte diese in sein *Siddhartha*-Buch. Ganz aus Zufall landete es auf der Seite, auf der Siddhartha gerade beim Händler Kamaswami lernt, reich zu werden.

Der Magic-Bus-Agent hatte sich schon seit drei Tagen nicht mehr im Take Away blicken lassen, und eigentlich, dachte Frido, sprach nichts dagegen, auf eigene Faust nach Indien einzureisen. Er holte sich ein Ticket für den Bus nach Amritsar und erreichte am nächsten Vormittag nach kurzer Fahrt die Grenze in Wagah. Auf der indischen Seite empfing ihn ein ganz in Weiß gekleideter Sikh, der seinen Reisepass entgegennahm und aufmerksam das Visum las, bevor er den Kopf wieder hob. Frido sah in das freundliche Gesicht des Beamten, das von einem dicht gekräuselten, leicht grauen Bart umrahmt war und unter dessen weißem Turban grün-braune Augen strahlten. »Welcome home, Friedemann«, sagte der Sikh und schaute von Fridos Pass hoch und ihm dabei geradewegs ins Gesicht. Die drei Worte schlugen ein wie ein Blitz. ›Welcome home, Friedemann‹, wiederholte Frido leise und blieb wie erstarrt stehen. Plötzlich vermischte sich alles. Indien war das Ziel seiner Reise, Indien, das war Siddhartha, war Zeit für sich, bedeutete Zu-sich-Kommen, aber es war doch nicht »home«? Oder doch? Frido musste weitergehen. Der Beamte machte eine freundliche, einladende Geste mit der rechten Hand und Frido betrat indischen Boden.

Fast eine Woche blieb er in Amritsar. Die Backpacker's Lodge war eine schlechte Jugendherberge, Sechserzimmer, die niemand so recht putzte, und bei irgendeinem Essen hatte er einen Fehler gemacht, den er zwei Tage lang bereute, bis sich sein Darm wieder erholte. Das Heft mit den Autokennzeichen war jetzt vollgeschrieben, aber auch die vielen Eintragungen sagten ihm nicht, was er denn eigentlich suchte. Als er im Schreibwarenladen ein neues Heftchen erstand, sprach ihn ein Sikh an, der neben ihm an dem Verkaufstresen stand. Frido schätzte ihn auf Mitte fünfzig und war wieder verunsichert von dem durchdringenden Blick, der auch diesem Sikh eigen war.

»Sie kommen aus Deutschland, nicht wahr?« Frido nickte.

»Ein schönes Land. Sind eure Städte alle wieder heil?« Frido nickte erneut, war überrascht von dem gut verständlichen Englisch des Sikh, das ganz im Gegensatz stand zu dem ansonsten so äußerst schnellen und stets abgehackt gesprochenen Englisch der Pakistani und Inder. Auch die Frage nach den deutschen Städten hatte ihn gewundert, und er sagte ein paar bestätigende, freundliche Sätze.

»Ich bewundere euch, ihr seid an etwas ganz Großem dran, ein vereinigtes Europa! Welch eine Idee! Seid ihr alle dafür, ihr Jungen?«

Frido beeilte sich zu schwören, dass alle in Deutschland die Idee einer europäischen Gemeinschaft gut fänden.

»Wirklich? Auch die alten, die noch vor dreißig Jahren gekämpft haben?«

»Die ganz sicher«, antwortete Frido, »nie wieder Krieg!«

»War Ihr Vater im Krieg?«

»Nicht so ganz, er war damals in England.«

Der Sikh runzelte die Stirn.

»Jude, er hat da überlebt.«

Der Sikh nickte.

»Ich heiße übrigens Ravi. Komm mit, ich zeig dir die Schönheiten unserer Stadt.«

Für einen Moment war Frido unsicher, aber dann nickte er. In Begleitung des Sikh wurde er auf den Straßen kaum noch angebettelt oder angesprochen. Als doch einmal ein junger Kerl sie einige Meter begleitete und Frido um ein paar Rupien anbettelte, stand Ravi plötzlich vor dem Jungen und versetzte ihm eine kräftige Ohrfeige. »Lass dich nicht auf sie ein!«, sagte er zu Frido, »sie versuchen es, aber du bist groß und weiß, du bist ein Sahib, vergiss das nie.« Er schaute Frido direkt ins Gesicht. »Du darfst dich nicht um sie kümmern, blende sie einfach aus. Ich sage dir: Geh durch dieses Indien, ohne sie zu sehen. Wir Sikhs kennen keine Kasten, aber dieses Land wird sie niemals los. Ein Sahib hat sie nicht zu sehen, und glaube mir: Du wirst nichts verändern, auch wenn Mitleid dich packt.« Sie gelangten zum Goldenen Tempel, dem Harmandir Sahib, vor dem Ravi ihm ausführlich erklärte, was es bedeutete, kein Hindu, sondern ein Sikh zu sein. »Wir sind eine eigene Religion, fast 500 Jahre alt, keine Sekte der Hindus, wie viele Europäer glauben. Unser Gründer ist weit gereist, bis er im Punjab seine Heimat fand, unsere Heimat. Guru Nanak wollte keine Hierarchie, er wollte Gleichheit und Freundschaft für alle, ganz anders als die Brahmanen.« Wieder sah Frido das verächtliche Zucken um Ravis Mund, das er schon bei der Begegnung mit dem Bettler an Ravi beobachtet hatte. Er machte Notizen im gerade erworbenen Heftchen und fragte hin und wieder nach, denn er wollte seinem Führer gefallen, der sich so ernsthaft seiner annahm und jetzt auf drei Sikhs wies, die – nur mit einem weißen Lendentuch und dem Turban bekleidet – vor ihnen in den Teich am Goldenen Tempel eintauchten.

»Auch du solltest wie die Pilger hier im Amrit Sarovar baden. Unsere Tempel stehen allen offen. Das Wasser ist heilig, es heilt von allen Krankheiten.«

Frido war ganz sicher, genau dies nicht zu tun, und erklärte Ravi, dass er gerade erst seinen Darm wieder in Ordnung habe. Ravi lächelte. Sie zogen weiter zum Gurdwara Baba Atal und stiegen hoch auf den Balkon unter der Goldenen Kuppel, von wo sie auf die Stadt herunterschauten, auf die Menschen in den engen Gassen, auf die vielen zumeist weißen Turbane, die von oben wie ein Tanz von weißen Kränzen wirkten, für einen Moment musste Frido an die großen, kreisrunden Baisers denken, die er aus der Konditorei Lux in Herdecke kannte. Zwischen den Turbanen versuchten sich Mopeds einen Weg zu bahnen, und von den verstopften Straßen hinter den Gassen klang das Gehupe der Mopeds und der kleinen Tuk-Tuks zu ihnen hoch.

»Ich habe das zerstörte Köln vor Augen«, sagte Ravi plötzlich und fuhr langsam fort, »den zerstörten Dom, die eingestürzten Brücken, die ausgebombten Häuser und die niedergebrannten Stadtteile. Es war ein Jammer.«

»Sie waren 1945 in Köln?«, fragte Frido ungläubig.

»Ich kämpfte mit den Briten gegen die Nazis, war unter den Ersten, die im März 45 den Rhein erreichten. Bei Kriegsende waren wir in Essen.«

Sie stiegen vom Turm herab. Ravi schlug den Weg zum Jallianwala Bagh ein.

»Ich habe den Anblick der deutschen Soldaten, die jetzt unsere Kriegsgefangenen waren und in die Lager marschierten, nie vergessen, sehe noch immer ihre gebrochenen, wütenden und traurigen Augen, aber oft«, Ravi hielt einen Moment inne, »oft blickte aus ihnen Erleichterung und auch Angst. Ich habe aber auch die Fremdarbeiter gesehen, dünne, ausgemergelte Männer aus Russland, Polen, Ungarn, Italien. Die waren so erschöpft, dass wir jeden Moment erwarteten, sie würden gleich wieder umfallen. Es war schrecklich! Ich habe alle Deutschen gehasst!«

Sie gingen schweigend weiter. Die vielen Menschen in den Gassen und schmalen Straßen beachteten sie kaum, Frido fiel auf, dass sie ihnen stets im letzten Moment auswichen, sodass sie ohne Berührung das Denkmal für den Aufstand der Sikhs erreichten.

»So etwas darf nie wieder passieren!« Frido las gerade den Text auf der Gedenktafel für die vielen im Jahr 1919 getöteten Sikhs und er war sich nicht sicher, ob Ravi seinen Satz auf den Zweiten Weltkrieg oder auf das Massaker der englischen Kolonialherren an den aufständischen Sikhs bezog. Als Ravi ihm wenig später bedeutete, dass er jetzt nach Hause zurückkehren müsste, war Frido im Grunde recht froh. Er bedankte sich, überlegte noch, ob der Sikh wohl erwarten würde, dass er ihn auf einen Tee einlüde, als dieser schon seinen Kopf neigte und in Richtung Royal Inn Hotel aufbrach, wo Frido ihn bald in der Menge der Menschen aus den Augen verlor.

Zehn Tage später, Frido hatte noch in Jaipur Station gemacht, war er in Neu-Delhi eingetroffen. Irgendetwas enttäuschte ihn. Vielleicht war es die westliche Anlage der neuen Stadt, die Parks, in denen die Botschaften und ihre

Residenzen untergebracht waren, die relativ breiten Straßen, baumbestanden wie in Europa. Das Boarding House lag allerdings am Beginn der Diwan Hall Road nahe dem Großen Fort in Old Delhi, und diese Straße hatte wieder definitiv indischen Charme, erst recht Sammy's Boarding House, überfüllt und erfüllt vom Geruch der Garküche, die im zur Straße offenen Erdgeschoss untergebracht war und von der neben dem Geruch auch immer wieder eine Wolke von Fliegen und Mücken aufstieg. Das Gehupe der vielen Tuk-Tuks endete auch nach Mitternacht nicht, und Frido schlief schlecht. Tagsüber war das Menschengedränge vor Sammy's so dicht, dass er froh war, in die Parks zu entkommen. Luiz, der im gleichen Zimmer bei Sammy's übernachtete wie er, hatte ihm Camus' *L'étranger* in die Hand gedrückt, und er war überrascht, wie gut er mit den kurzen, prägnanten Sätzen des Romans auf Französisch zurechtkam, als er im Lodhi Garden auf einer Bank mit dem Lesen begann.

»Kommst du mit nach Agra?«

Frido schaute vom Buch auf. Vor ihm stand Elke, er hatte sie vor drei Tagen erstmals in der Pension getroffen, sie war mit zwei Typen unterwegs und war ihm aufgefallen, weil sie eine hübsche, große Frau war. Sie lachte viel und schien einfach mit sich und der Welt zufrieden zu sein. Er hatte sie nie bekifft oder angetrunken erlebt, und sie hatte, wenn sich ihre Blicke trafen, diese stets mit einem Lächeln erwidert. Es war aber nie ein aufforderndes Lächeln gewesen, es waren auch keine langen Blicke. Außer »Hi« und »Wie geht's« hatten sie kaum mehr miteinander ausgetauscht, doch jetzt stand sie vor ihm, allein, ohne ihre beiden Typen.

»Allein im Lodhi Park?«

Sie zuckte nur kurz mit den Schultern, sah dabei auf sein Buch.

»Was liest du?«

»Camus' *Fremden.*«

»Auf Französisch, nicht schlecht. Ich hab nie verstanden, warum er den Araber umbringt. Der hatte ihm ja eigentlich nichts getan.«

»Ich bin noch nicht so weit, bin erst auf Seite 32.«

Sie lachte.

»Also, was ist, kommst du morgen mit nach Agra?«

»Fährst du allein oder mit deinen beiden Freunden?«

»Wie es ausschaut, allein. Frank und Lothar haben sich«, sie zögerte, »erst einmal verabschiedet. Zu dritt, das ging nicht gut, und ich kann sehr gut allein reisen.«

»Okay, ich komme mit.«

Es konnte finanziell eng werden, aber dass Elke jetzt im Park vor seiner Bank stand, erschien ihm wie eine besondere Fügung. Irgendetwas ging von diesem Gesicht aus, von den Augen, dem Blick, dem leicht geöffneten Mund, das ihm sagte: »Fahr mit ihr!«

Sie nahmen den Bus, der auf der Trunk Road nur langsam vorankam. Es wunderte Frido, dass am Rand einer so befahrenen Straße noch immer Arbeitselefanten Lastdienste verrichteten. Elke erzählte, dass sie im letzten Jahr zwei Wochen in einem buddhistischen Kloster in Thailand verbracht hatte. Sie habe Bogenschießen lernen wollen, aber dann gemerkt, dass sie dafür mindestens ein halbes Jahr brauchte. Ihr Lehrer habe nur gelacht: »You need a whole life«, habe er erwidert. Elke lachte. Es war schön, ihr dabei zuzusehen und zuzuhören. Ihr Lachen macht einen glücklich, dachte Frido. Er spürte, wie er in ihrem Beisein wacher war als sonst, wie er aufmerksamer wurde gegenüber allen und allem um ihn herum. Er sah auf die drei Mädchen, die im Gang des Busses standen mit ihren roten Punkten auf der Mitte der Stirn und die immer wieder verstohlen zu ihm und Elke hinübersahen, braune Augen aus einem hellbraunen Gesicht. Sie lächelten schamhaft, als sie merkten, wie unverblümt Frido sie ansah, der jetzt zurücklächelte und seinen Blick wieder auf Elke richtete.

»Bist du mal in einem hinduistischen Tempel gewesen?«, fragte Elke.

»Ja, aber ich komme mit den Elefantenmenschen nicht zurecht, da gefallen mir die Elefanten am Straßenrand besser.«

»Ganesha mögen sie hier besonders gern.«

»Kennst du dich da aus?«

»Oh, Auskennen ist verdammt schwer, aber was mich interessiert, ist, dass sie diese Dreiheit haben, einen Gott als Schöpfer, Brahma, dann Vishnu, der alles erhalten will, und dann auch einen Zerstörer, Shiva, den Vater des Elefantenmannes.«

»Klingt ein wenig wie Heilige Dreifaltigkeit.« Frido versuchte, sich an das Gespräch zu erinnern, das sie vor Jahren am Esstisch geführt hatten, als es um Onkel Hannes' Alkoholprobleme ging und Mutter erzählte, dass Hannes irgendwas über die Dreifaltigkeit verfasst habe. »Mein Onkel ist Benediktiner, ich glaub der hat dazu mal was geschrieben.« Ob das auf sie Eindruck machen würde?

»Mit der christlichen Dreifaltigkeit hat das nichts zu tun, und der Zerstörer-Gott passt da ja nun gar nicht hinein. Nein, diese indische Dreiheit scheint mir ein sehr irdisches Prinzip zu beschreiben, vom Errichten zum Bewahren, zum Widerstreit zwischen Erhalten und

Zerstören. Und nach dem Zerstören kommt ein Neuanfang. Die Götter hier sind recht menschlich, die haben Frauen und Kinder, eher so wie bei den Griechen, eigentlich ganz sympathisch.«

»Aber unübersichtlich.«

Nach sechs Stunden erreichten sie Agra. Je mehr Elke erzählte, desto stärker drängte es ihn, ihr unbedingt nahe zu sein. Er hörte ihr manchmal gar nicht mehr zu, lauschte nur ihrer Stimme, beobachtete ihren Mund, blickte ihr in die Augen, und erfuhr auf diese Weise, dass Elke Jura studiert hatte, seit ein paar Jahren schon für einen großen Münchner Verlag arbeitete, sich eine zweimonatige Auszeit gönnte und auf dem Weg nach Benares war. Nun schlenderten sie mit ihren Rucksäcken auf dem Rücken durch Agra. Frido war erschrocken über den Dreck in der Hauptstraße, er hatte in der Stadt des Taj Mahal gepflegte Straßen erwartet, obgleich er inzwischen hätte wissen müssen, dass eine solche Erwartung Unsinn war. Die drei, vier großen internationalen Hotels waren hinter dicken Mauern abgeschirmt vom Zentrum in kleinen Parks. Elke blieb vor einem leidlich aussehenden Hotel in einer Seitenstraße stehen, vor dem gerade zwei abgemagerte Kühe die Straße überquerten.

»Kann ich mir nicht leisten«, sagte Frido. »Mein Budget lässt nur noch Boarding-Häuser zu.«

»Ist okay, ich lad' dich ein.«

Er machte große Augen. Er hatte so etwas heimlich erhofft, aber jetzt traf ihn dieser Vorschlag doch unerwartet: Was erwartete Elke, und konnte er ihre Erwartung erfüllen?

»Bist du dir sicher? Ich meine, billig ist das nicht.«

Sie lächelte ihn an und ging vor zum Eingang.

Als sie die Tür zu ihrem Zimmer öffneten und er das weiße Doppelbett sah, das den Raum beherrschte, konnte er sich ein »wunderbar« nicht verkneifen. Endlich wieder ein richtiges Zimmer, und das zu zweit und – mit Elke. Er schaute sie von der Seite an.

»Was hältst du davon, wenn wir duschen und uns dann gegenseitig massieren. Nach so einer Fahrt ist Massage das Beste!«

»Ich weiß nicht, ob ich das kann!«

»Ich kann es dir zeigen.«

Gleich am nächsten Morgen machten sie sich auf zum Taj Mahal. Er hatte darüber gelesen, auch Fotos gesehen, aber als sie jetzt durch das große Eingangstor gingen und den Palast vor sich sahen, mit dem Spiegelteich zwischen ihnen und der großen Kuppel des Mausoleums genau in der Mitte dieser perfekt symmetrischen Anlage, blieben sie eine ganze Zeit lang stumm.

Elke und er waren früh da, lange bevor die ersten Gruppen mit Bussen kamen, doch schon jetzt tauchte die Sonne den weißen Marmor in ein Bad von funkelnden Edelsteinen.

»Ein Weltwunder«, murmelte Elke nach einiger Zeit. Sie gingen langsam vor, bewunderten die Spiegelung des Gebäudes im Teich, die vollendete Harmonie der vier Minarette mit der großen und den kleinen Kuppeln und näherten sich langsam den Stufen zum Eingang des Mausoleums.

»Welch eine Kraft dieser Ort hat«, sagte Elke.

»Alles aus Liebe zu einer Frau!«

»Es gibt nun einmal Orte, an denen viel gebetet wurde oder an denen die Liebe besonderes Zeugnis abgegeben hat, und diese Orte haben dann ein Charisma, das ist einfach umwerfend.«

Es waren wirklich Edelsteine, die ihn blendeten. Frido sah, dass der Marmor in Bänder eingefasst war, in denen es nur so funkelte, und auch das Weiß des Marmors selbst war von Edelsteinen durchzogen, die alle der Sonne antworteten. Im Innern stand der schlichte Sarkophag der Königin, Mumtaz Mahal. Sie verweilten lange an der nördlichen Brüstung des Palasthofes, schauten von dort auf den Yamuna-Fluss, der sehr träge dahinfloss, und umrundeten das Mausoleum zur Kau Ban Moschee hin, in deren Eingang ein paar Männer knieten und beteten. Elke drehte sich, blickte auf das Taj und drückte plötzlich Frido ganz eng an sich, umarmte ihn, nahm seinen Kopf in ihre großen Hände und küsste ihn mit einer Leidenschaft, wie er sie an einem öffentlichen Ort nicht erwartet hatte. Er erwiderte die Küsse, erwiderte sacht den Druck der Brust, streichelte ihr Haar, fuhr mit der Hand leicht ihren Rücken hinab. »Lass uns zurückgehen, wir können ja gleich morgen wieder kommen«, flüsterte Frido und Elke lächelte.

Sechs Tage blieben sie in Agra. Frido hatte ohne lange Überlegung entschlossen, Kathmandu fahren zu lassen. Es war ihm wichtiger, so lange wie nur eben möglich mit Elke zusammen zu sein, die ihm allerdings klar gesagt hatte, dass sie am siebten Tag nach Benares fahren würde, und zwar allein. Frido hätte sie auch gar nicht nach Benares begleiten können, denn sein Bestand an Rupien war weiter geschmolzen.

Eines Morgens waren sie sehr früh aufgestanden, Elke hatte ihre Flöte aus dem Rucksack genommen und sie gingen ans Ufer des Yamuna-Flusses, setzten sich auf einen größeren Stein direkt am Wasser und Elke spielte Flöte, spielte eine Melodie, die Frido nicht kannte und ihm improvisiert vorkam. Der Klang der Flöte begleitete die alltäglichen Dinge an diesem Fluss: Frauen wuschen ihre Wäsche, Kühe suchten die Kühlung und standen mit ihren Füßen im Wasser, bewegten sich nur wenig. Einige Meter entfernt von ihnen wuschen sich drei alte Bettler, trugen nur noch einen schmalen weißen Schurz um die Scham, teilten sich ein Stück Seife und sprachen die ganze Zeit kein Wort. Im Hintergrund polterte ein Personenzug über die alte Stahlbrücke, aber schon bald war die Flöte wieder der dominierende Klang. Dann beendete Elke das Spiel, doch ihm war, als hörte er die Musik noch lange weiter.

»Kennst du eigentlich die Geschichte von Kidre?«, fragte sie plötzlich. »An ihn muss ich immer denken, wenn ich an einem Fluss sitze wie hier und ins Wasser schaue.«

»Keine Ahnung, Elke. Kidre kenne ich nicht.«

»Die Geschichte gehört zu den zentralen Legenden des Sufismus.« Elke ließ ihre rechte Hand am Stein entlang ins Wasser des Yamuna gleiten. »Kidre arbeitet als staatlich bestellter Wiegemeister auf dem Marktplatz einer indischen Stadt. Er ist ein angesehener städtischer Beamter. Eines Tages macht er Rast am Fluss, der in vielen Schleifen die Stadt durchfließt. ›Zieh deine Kleider aus und springe ins Wasser‹, sagt plötzlich eine Stimme zu Kidre, und er steht tatsächlich auf, legt sein Beamtengewand ab und springt in den Fluss. Er lässt sich viele Meilen lang treiben, plötzlich wird die Strömung immer schneller, er hat die Gewalt des Wassers völlig unterschätzt und ist jetzt in Gefahr, unterzugehen. Da entdeckt ihn ein alter Fährmann, der an dieser Stelle des Flusses seinen Fährdienst versieht. Der Fährmann lenkt sein Boot durch die hohen Wellen und rettet den vollkommen erschöpften Kidre. Er nimmt ihn mit in seine Hütte, kleidet ihn in ein schlichtes Gewand, und der ehemalige Wiegemeister wird sein Gehilfe, bringt die Menschen in dem einfachen Kahn vom einen zum anderen Ufer, hört den Reisenden zu und verrichtet geduldig seine Arbeit. Doch nach ein paar Jahren hört der Wiegemeister erneut die Stimme, die ihm sagt: ›Zieh deine Kleider aus und springe ins Wasser.‹ Und wie zuvor folgt er der Stimme und lässt sich vom Strom treiben. Nach einigen Stunden steigt er ermüdet an einem Anleger aus dem Fluss. Der Steg führt ihn zu einem kleinen Laden, in dem Lebensmittel und Brot verkauft werden. Der Besitzer des Geschäftes erschrickt über das Auftauchen des nackten Fremden aus dem Fluss, dann kleidet er ihn und fragt ihn, ob er ihm nicht im Geschäft helfen wolle. Der Wiegemeister sagt zu und wird Gehilfe des Krämers, wiegt das Mehl und den Reis, tütet das Getreide ein, backt das Brot, legt das Gemüse aus und verhandelt mit den Zulieferern. Bald spricht sich herum, dass der alte Krämer einen Gehilfen hat, keinen jungen Kerl mehr wie die früheren Gehilfen, sondern erfahren und weise, der gut zuhören kann und gute Ratschläge gibt. Immer mehr Menschen kommen daraufhin zu dem kleinen Laden, kaufen ein wenig, suchen aber vor allem das Gespräch mit dem weisen Gehilfen. Nach einiger Zeit hat der Laden so viele Kunden, dass ein junger Mann das Getreide eintütet und dem Krämer hilft, unser alter Wiegemeister aber als Weiser und Seher im Hinterzimmer des Ladens sitzt, mit den Leuten spricht, zuhört, nachdenkt und Rat gibt.«

»Eine schöne Geschichte«, sagte Frido, »sie erinnert an Hesses Siddhartha.« Elke schüttelte leicht den Kopf und schien enttäuscht. Hatte er was Falsches gesagt? Nahm der Vergleich mit Siddhartha ihrer Geschichte das

Einzigartige, Besondere? Er entschied, sie lieber nicht zu fragen, dachte aber auf dem Nachhauseweg immer wieder an diesen Satz ›Zieh deine Kleider aus und springe ins Wasser!‹. Was sagte der Satz ihm?

Als sich Elke zwei Tage später von ihm verabschiedete, um den Zug nach Benares zu nehmen, krümmte sich sein Magen. Wie elendig wurde ihm dieser Abschied! Er hatte im Hotel zum Frühstück nur ein wenig Reis zu sich genommen, er konnte sonst nichts essen. Verliebtsein und Sex, wenn beides zusammenkam, das war … es waren ihm nur lauter abgenutzte Adjektive in den Sinn gekommen, Wörter, die stumpf blieben. Jetzt auf dem Bahnhof in Agra spürte er nur, wie schmerzhaft es war. Er stand auf dem Bahnsteig, sie am Fenster des Schnellzuges, das Fenster geöffnet, der Blick auf ihren winkenden Arm, der schließlich nur noch ein kleiner Strich in der Ferne war.

Frido ging zurück ins Hotel. Er hatte das Datum für sein Rückflugticket auf den 2. Oktober festgelegt. Übermorgen würde er das Flugzeug besteigen und zurück nach Deutschland fliegen. Er würde Elke sehr vermissen, nicht nur heute Nacht. Sie hatte seine Adresse, er die ihre. ›Zieh deine Kleider aus und springe ins Wasser.‹ In zehn Tagen würde sie wieder in München sein, hatte sie ihm gesagt. Er würde ihr schreiben. Sie hatten ausgemacht, sich in Deutschland wieder zu sehen. Als er versuchte, sie vor seinem inneren Auge aus dem Zug im Herdecker Bahnhof aussteigen zu sehen, gelang es ihm nicht, sich dieses Bild auszumalen. Sie würden sich nicht treffen, schon gar nicht in Herdecke.

Kapitel 25

18. Juni 2018
Bad Waldliesborn

Vielleicht hat er sich doch etwas zu früh auf sein Zimmer begeben. Jetzt liegt er in dem weißen Gästezimmer angezogen auf dem Bett und ärgert sich, dass es ihm nicht gelungen war, beim Abendessen noch einmal das Gespräch auf Hannes zu lenken.

Vera hatte über die Pläne des Hotels gesprochen, dass sie den Westteil ganz neu gestalten mit einem Neubau, mit großem Außenbecken, Whirlpool, zwei Saunen, Liegebereich und sonst was. Sie hatte geschwärmt und er musste sich noch am Abendbrottisch eingestehen, dass er seine Cousine selten so anziehend gefunden hatte wie gerade heute Abend. Hoffentlich übernehmen sich die beiden nicht, denkt er jetzt und spürt, wie Bewunderung in ihm aufsteigt. Ein ganzes Spa wollen sie errichten, zwei Stockwerke und großes Souterrain für Behandlungen aller Art. Das muss ganz schön ins Geld gehen, scheint sie aber nicht zu beunruhigen. Vera hat sicher recht, die Krankenkassen schicken kaum noch jemanden zur Kur, wer jetzt kommt, kommt privat, will in kurzer Zeit Wellness,

Sport, Massagen, Physiotherapie, Entspannung, geräumige Zimmer, erstklassige Küche, gute Weine und zahlt auch dafür, ›und das nicht zu knapp‹, hat Vera gesagt und dabei so unheimlich verführerisch gelächelt, geradezu teuflisch! Und Karin bremst die beiden nicht, das hat er deutlich wahrgenommen, im Gegenteil, sie hat den ganzen Abend ihre Tochter vor Freude nur so angestrahlt. Ob sie das Geld für den Neubau aus dem Verkauf des Hotel Dellbrück nehmen kann? Kaum vorstellbar, das war doch ziemlich runtergekommen, das wird nicht viel gebracht haben. Warum wurmt es ihn jetzt, dass Vera und Rainer so aktiv sind und wahrscheinlich erfolgreich sein werden? Er ist doch sonst kein missgünstiger Typ. Frido schaut zum Schrank mit der Minibar. Er wird sich noch einen Wein oder besser einen Whiskey gönnen müssen, um diese unfreundlichen Gefühle hinunterzuspülen.

Sein Blick fällt auf die C&A-Tüte mit dem Heidebild darin. Er hatte nach seiner Ankunft am Nachmittag den Rucksack auf den Schreibtisch und die Plastiktüte mit dem Heidebild auf die kleine Couch gelegt. Rucksack und C&A-Tüte passen nicht in dieses ganz in Weiß gehaltene Zimmer Nummer 112, denkt er. Die Gäste hier reisen mit anderem, mit großem Gepäck. Er zuckt mit den Schultern, steht vom Bett auf und nimmt das Bild aus der Tüte, achtet darauf, dass nichts aus dem Schlitz rutscht, den er bei McDonald's in die Rückwand geschnitten hat. Seit dem Gespräch heute Nachmittag hat er besondere Lust auf dieses Kuvert, das er im Bild gefunden hat und auf dem »Hannes 1959/60« steht.

Als er das Bild kippt, fällt neben den bekannten Briefen noch ein weiterer Umschlag heraus, ein Luftpostbrief an Tono Dellbrück, aus dem das Viereck, in dem sich die

Briefmarke befand, ausgeschnitten ist. Es ist ein dünner Bogen, eng beschrieben, den er jetzt als Erstes entfaltet.

4. Januar 1958

Lieber Papa,

ich bin wohlauf in Papua und wundere mich selbst, daß ich jetzt schon zwei Jahre in diesem Land lebe. Es geht mir wirklich gut hier, wenn nur eins nicht wäre, was mich tief bekümmert. Über dieses Eine muß ich Dir schreiben: Ich muß nämlich etwas loswerden, was ich niemandem, nur Dir mitteilen kann. Bitte erzähle es nie weiter und vernichte den Brief gleich, wenn Du ihn gelesen hast. Ich schäme mich nämlich für das, was ich getan habe, aber ich kann es nicht allein mit mir abmachen. Es geht nicht.

Ich habe hier etwas angefangen, was nicht richtig ist. Es begann etwa vor einem guten halben Jahr. Ich hatte mich erkältet, war aber dennoch mit dem Fahrrad nach Laguadara, eine knapp 40 km entfernte Außenstation gefahren, um dort die Messe zu lesen, Beichte zu halten und meine Schützlinge zu besuchen. In Laguadara angekommen, fühlte ich mich sehr schwach. Ein älteres Ehepaar, bei dem ich zuvor schon einige Male übernachtet hatte, bot mir Obdach in ihrer Hütte an. Ich legte mich gleich nieder. Ein Mädchen aus dem Dorf half der Alten, machte mir Tee und wenn ich schwitzte, trocknete sie meine Stirn oder fächelte mir mit einem Handtuch frische Luft zu. Ich mochte das Mädchen, das ich zuvor schon ein paar Mal bei der Alten gesehen hatte, es hat ein liebes Gesicht, einen sehr schönen Mund, strahlend weiße wohlgeformte Zähne. In der Nacht wache ich auf und spüre, wie sie mir mit der Hand zart über die Stirn fährt. Dann spüre ich, daß sie nicht wie sonst vor meinem Bett kniet, sondern neben mir liegt. Ich schrecke zurück, aber sie schmiegt sich an mich, ganz weich ist sie, und ich merke, sie ist nackt, völlig nackt. Ihr Körper duftet, sie hatte ihn mit feinem Blütensaft gewaschen. Als ich »Nein« sage, »No, no«, schaut sie mich mit großen Augen an. Sie sagt irgendwas mit »Father Matthew«, das war mein Vorgänger. Ich bin völlig verwirrt, als sich ihr Körper wieder ganz dicht an meinen schmiegt. Tono, Du darfst das niemandem erzählen, aber ich mußte es loswerden. Es war sehr, sehr schön mit ihr, Jafra heißt sie, sie ist vierzehn, sagt sie, aber vielleicht auch jünger oder älter, viele der Wilden hier wissen nicht genau, wann sie geboren sind.

Ich schäme mich, das zuzugeben, aber es ist wahr: Ich habe nur eine Woche später, als meine Erkältung längst vorbei war, wieder das alte Paar in der Außenstation besucht und die Kleine gebeten, mir abends noch mal Tee zu bringen. Als ich auf meinem Bett lag, betete ich zu Gott, daß sie wirklich kommen würde, und betete dann, daß sie nie wiederkommen sollte. Doch sie kam, Tono, und legte sich gleich wieder zu mir. Bitte versteh mich, ich konnte gar nicht anders, ich kann auch nicht mit Paul darüber sprechen, aber vielleicht hat der auf seiner Außenstation etwas ganz Ähnliches. Jafra sagte immer wieder etwas mit »Father Matthew« und nickte dabei. Ich weiß jetzt, daß mein Vorgänger mit Jafras älterer Schwester auch so was tat. Bist Du mir böse, Papa? Haßt Du mich jetzt? Ich weiß, es geht nicht, ich bin Priester, ich bin Mönch, ich müßte unbedingt entsagen, es ist Sünde, ich lebe in der Nachfolge Christi, aber ich kann nicht, ich kann einfach nicht!! Was rätst Du mir? Manchmal übernachte ich in Laguadara und sie kommt nicht, das ist schrecklich, denn jedes Mal sehne ich mich nach ihr. Wenn sie dann kommt, mache ich erst etwas Englisch mit ihr und bringe ihr auch ein paar deutsche Worte bei. Aber dann warte ich schon, daß es endlich Abend wird. Bitte verrate mich nie. Jafra ist mein Geheimnis. Wenn der Prior das erfährt, schickt er mich sofort nach Deutschland zurück. Ich will aber nicht nach Maria Laach. Ich gehöre hierher.

Dein Hannes

»Ein schönes Geheimnis«, denkt Frido, »ein Südsee-Mädchen!« Ein Bild steigt in ihm auf, ein Bild aus Poona, Rashi aus Martinique. Onkel Hannes hat dieses ganz weiche Anschmiegen gespürt, die leichten Bewegungen des Körpers, das Samtene der Haut, das Fließende der Reize. Nicht schlecht, denkt Frido, für einen Mönch, der sonst in der kalten Zelle des Eifelklosters gesessen hätte.

Er fischt das weiße Kuvert hervor, auf das mit Bleistift geschrieben »Hannes 1959/ 1960« steht. Zwei maschinengeschriebene Bögen sind darin, der erste trägt das Datum 2. Dezember 1959.

Lieber Tono,

meinem Weihnachtsbrief an die Familie muß ich noch einen weiteren Brief nur an Dich hinzufügen, wieder einmal ein Brief nur für Dich. Du hast kein Wort über Jafra verloren, denn keiner aus der Familie hat in Euren Briefen irgendeine Anspielung gemacht oder eine Frage gestellt. Ich war mir nicht sicher, ob Du nicht vielleicht Rile einweihen würdest, denn ich weiß ja, daß sie Dir besonders nahe ist.

Also vielleicht hätte ich Deinen Rat befolgen sollen, aber es ging nicht. Ich konnte nicht gleich packen und zurückkommen! Es war auch schon bald zu spät, denn meine Liebe zu Jafra ist nicht ohne Folgen geblieben. Sie hat im Januar dieses Jahres ein kleines Mädchen auf die Welt gebracht:

Giladi, die jetzt bald ein Jahr alt wird. Ja, Tono, ich bin Vater und Mönch!

Giladi lebt mit Jafra und Jafras Eltern in einer großen Hütte in Laguadara unten am Fluß. Ich bekomme das Kind nicht oft zu sehen, da ich meist nur alle zwei Wochen in die Außenstation fahre und das Dorf – zum Glück – ganz allein betreue. Natürlich ist es von der Hautfarbe etwas heller als die anderen Einwohner, doch das fällt nicht sehr auf, denn viele hier sind ziemlich hellhäutig. Ihr Gesicht erscheint mir so wie bei den anderen Kindern hier, aber da sie noch so klein ist, kann man das ja nicht so genau sagen. Es geht mir ganz seltsam mit Giladi, mußt Du wissen, ich hatte sie zwar schon ein paar Mal auf dem Arm, aber eigentlich haben die Männer hier nie ihre Kinder auf dem Arm. Das Dorf hat zu meiner Beruhigung nicht besonders reagiert, als sie merkten, daß Jafra schwanger war. Hier sind so viele Frauen schwanger und keiner scheint sich so recht darum zu kümmern, wer der dazugehörige Mann ist. Als Giladi geboren war, hat mir Jafras Vater ein Holzamulett überreicht. Jafra sagt, das sei ein Zeichen, daß ich zur Familie gehöre. Na ja. Natürlich habe ich Giladi getauft. Das war schön, da war sie mir nah. Im Taufbuch habe ich angegeben: »Vater unbekannt«. Das hat mir ehrlich gesagt wenig ausgemacht.

Anfang des Jahres will uns jetzt der Prior mit zwei Brüdern aus der Zentrale besuchen. Sie kommen für drei Tage »zur Inspektion der Missionsstation«. Das macht mir Sorge! Es könnte nämlich sein, daß sie mit mir auch in unsere Dörfer reisen. Er wird sicher wollen, daß ich ihm aus den Außenstationen berichte und daß ich ihm beichte. Du mußt aber wissen: ich habe meinen Fehltritt noch nicht gebeichtet. Paul und ich nehmen uns gegenseitig die Beichte ab, aber eigentlich sagen wir uns da nichts Besonderes. Ich weiß: Daß ich meinen Fehltritt Paul nicht beichte, macht die gesamte Beichte hinfällig. Ich lebe in Sünde. Ich hasse mich!!!

Wenn ich es dem Prior beichten würde, wird er mich wahrscheinlich nach Hause schicken. Bei Versetzungen ahnen immer alle, daß da irgendwas war. Ich weiß nicht, wie ich da rauskommen soll. Ich habe begonnen, mir neue Gedanken zur Dreifaltigkeit zu machen, zur Bedeutung der Dreiheit und des einen Gottes. Das war schon im Studium ein Thema für mich. Ich schreibe einige Gedanken auf, vor allem zur Bedeutung des Heiligen Geistes. Die Arbeit soll mich ablenken. Und ich glaube, ich komme da weiter. Ich werde den Prior bitten, mir einige Fachbücher zu besorgen. Das wird ihn beruhigen. Manchmal aber glaube ich, daß der Schritt ins Kloster nicht der richtige war. Dann bin ich ganz verzweifelt. Ich weiß einfach nicht mehr, ob man wirklich sein Heil im Glauben, in einer Idee finden kann.

Bitte brich nicht den Stab über mich. Ich wußte nicht, daß es so schwierig sein würde. Wenn Du zurückschreiben möchtest, bitte nur direkt an Poste restante und unter meinem bürgerlichen Namen, nicht an die Station.

Ich wünsche Dir ein gutes Jahr und denke an mich, auch wenn ich ein Lügner bin und mein eigenes Kind verleugnen würde, sollte der Prior es sehen und mich fragen.

Immer
Dein Hannes

Wow!, denkt Frido. Er versucht, sich an Gespräche mit Onkel Hannes zu erinnern, aber so viel war da nie. Er dachte an die Wanderung rund um den Laacher See und die Kornflaschen im Rucksack. Zwei Jahre später hatten sie Riles 50. Geburtstag gefeiert und Hannes hatte ihn zum Cognac verführt. Am nächsten Tag war seine Mutter stinksauer. »Dass Hannes nicht nüchtern geblieben ist, hat niemanden verwundert, aber dass mein eigener Sohn auf der Hoteltreppe zwei Mal stolpert und nicht mehr allein in sein Zimmer kommt, das, Friedemann, ist eine Schande und das zu meinem Geburtstag!« Er hört seine Mutter wieder und erinnert sich an den schrecklichen Kater, an dieses Bett, das sich einfach nur drehte, immerzu drehte. Aber er erinnert sich nicht daran, was er und Hannes gesprochen haben.

Was sein Großvater wohl auf Hannes' Brief geantwortet hat? Frido nimmt den zweiten Bogen zur Hand, wieder maschinengeschrieben. 14. August 1965, liest er, als es klopft.

»Ja?«, sagt er.

»Ich bin's. Karin.«

»Warte, ich mach auf.«

Frido stopft die Briefe schnell wieder in das Versteck hinter dem Heidebild und öffnet die Tür.

»Bitte, Karin, komm rein.«

Karins Augen sind ganz klar, fast ein wenig spitzbübisch schaut sie aus, denkt Frido.

»Ich dachte, du bist vielleicht noch wach und hast Lust, mit deiner alten Tante ein wenig zu plaudern. Wenn man so alt ist wie ich, dauert es abends oft lang, bis man richtig müde ist. Und du hattest heute ein paar Fragen, die …«, sie ließ den Satz unvollendet. »Ich hab übrigens was für dich.«

Erst jetzt entdeckt Frido den weißen Baumwollsack in Karins Hand.

»Ich habe Vera gebeten, Hannes' Manuskript aus dem Koffer zu holen. Hat sie gleich gemacht. Das ist der erste Teil. Es gibt noch einen zweiten, den hab ich noch bei mir.« Damit überreicht sie Frido den Sack, in dem sich ein Aktenordner befand.

»Lass uns in meine Wohnung gehen, Frido. Da stören wir niemanden. Hier im Gästetrakt weiß man nie.«

Frido legt den Beutel neben das Heidebild auf sein Bett. Karin schaut auf das Bild.

»Was machst du denn damit? Solche Bilder hatte Tono im alten Hotel. ›Das beruhigt die Leute‹, hat er immer gesagt. Ich fand Heideszenen stets stinklangweilig.«

»Es ist aus dem alten Hotel.«

»Ehrlich? Aus'm Dellbrück? Du bist ein komischer Kerl. Komm mit, ich kann dir was erzählen.«

Kapitel 26

1989
Poona

Frido lehnte sich zurück. Es war ein altes weißes Ambassador-Taxi, ein Auto, dessen Herkunft aus der Werkstatt von Austin Morris an die einstige Kolonialmacht erinnerte, ein Stück verbliebener Britishness in diesem Land. Der Taxifahrer wies ihn stolz auf die vielen Neubauten hin, die Hochhäuser entlang des Mula-Flusses, fuhr am Yerwada Chowk über die neue Brücke und bog links ein in die Gartenlandschaft des Koregaon Park. Osho, der große Bhagwan, hatte sich einen besonders schönen Teil der Stadt für sein Meditation Center ausgesucht, eine ruhige grüne Wohngegend mit alten hohen Bäumen und viel Schatten. Jetzt, Ende August, war die Regenzeit nahezu vorbei, die Temperaturen stiegen wieder. Er hatte vor, die ersten Tage wie vor zwei Jahren im Sunderban Hotel zu wohnen und im Center zu arbeiten, vielleicht dort ein Zimmer nehmen, einige Monate bleiben, viel erfahren, viel erleben, lernen, lieben, vielleicht aber auch nicht. Mal sehen. Das Taxi bog in die Einfahrt des Sunderban ein.

Eine halbe Stunde später saß er auf der Terrasse im Liegestuhl. Auf dem Rasen vor ihm stolzierte ein Pfau, das Pärchen im Nebenzimmer grüßte freundlich von der Terrasse herüber, beide trugen die rote Robe, die der blonden Frau, wahrscheinlich Schwedin oder Holländerin, sehr gut stand.

Er war wieder da, diesmal für länger, bis Weihnachten würde sein Geld sicher reichen; wenn er im Center arbeiten könnte, würde er wahrscheinlich noch länger bleiben. Warum war er gekommen? Diese Frage hatte ihn auf dem Flug wie schon mehrere Tage zuvor viel beschäftigt, und es fielen ihm nur Antworten ein, die man in jeder Beschreibung des Osho Meditation Resort Center lesen konnte und die ihn schon vor zwei Jahren motiviert hatten: Da findest du einen Weg zu dir, da entdeckst du dein Ich, triffst Menschen, die dir ähnlich sind. Erfahre die Kraft der Liebe, sobald du dich selber liebst. Du hast dein Glück schon in dir: entdecke es, berge es, nutze es! Trau dich! Er musste immer lachen, wenn er diese Ziele las, und zugleich, so wusste er, waren es auch seine Ziele. Er brauchte auf jeden Fall etwas mehr, er zögerte immer, wenn er darüber nachdachte, aber das war es wohl: mehr Sicherheit.

Der Pfau schrie schrill und schritt gravitätisch zur Terrasse neben ihm. Wahrscheinlich hatte auch er die hübsche Blonde entdeckt, die gerade etwas zu laut und irgendwie plump lachte.

Es war dieses Lachen, das fast ein Auslachen war, das ihn zu dem verheerenden Gedanken führte, der seit einiger Zeit seinen Kopf beherrschte: Allzu viel hatte er einer Frau nicht zu bieten! Das nagte, trieb ihn um, machte ihn aggressiv, machte ihn traurig, deprimierte ihn. Mit solch einem Gedanken war er nicht allein, doch das tröstete nicht. Er musste an seine erste Reise nach Indien denken, an den Magic Bus, an den Sikh an der Grenze in Wagah, an den Sikh in Amritsar, an Elke. Vierzehn Jahre war das her, er war damals jung, unerfahren und reichlich unsicher. Und jetzt? Jetzt war er schon 34, nicht mehr ganz so unerfahren, aber immer noch unsicher. Verena hatte ihm die Chance versagt, erwachsen zu werden. Warum hatte sie das getan?

Er bat den Jungen vom Hotel, der an den Terrassen vorbeiging, um einen Pott Tee, Indian Chai, der würde ihm guttun, auch wenn es fast 30 Grad heiß war. Er würde sich erst morgen im Center anmelden, das reichte.

Der Junge brachte die Kanne mit dem Chai, stellte Tasse und Untertasse auf das kleine Tischchen neben dem Liegestuhl, verbeugte sich kurz vor ihm, nahm die zehn Rupien Trinkgeld, verbeugte sich tiefer und ging zur nächsten Terrasse. Er hatte irgendwann gespürt, dass Verena sich nicht mit einem Mann verheiraten wollte, der nur Physiotherapeut, nur Masseur war. Sie hatte es zwar immer weit von sich gewiesen, aber er wusste, ein Mediziner, ein Studierter sollte es schon sein. Er hatte studiert, hatte einen Magister in Geschichtswissenschaft, immerhin. Aber Verenas Vater war Chef in der Inneren in der Klinik in Kiel, was war da schon ein Historiker, der sich als Masseur durchs Leben schlug? Er wäre ja gern Arzt geworden. Nach der Sani-Zeit beim Bund hatte es sogar geklappt und er hatte einen Studienplatz in Medizin in Hannover erhalten. Vater war zwar nicht sehr erfreut, aber doch willig, ihm nach drei Semestern Geschichte nun auch noch ein langes Studium der Medizin zu finanzieren. Zwei Mal war er dann durchs Physikum gefallen. Das war eine düstere Zeit. Er war schon 26, als er das abgebrochene Geschichtsstudium wieder aufnahm, und es war richtig, nebenbei eine Physiotherapie-Ausbildung zu beginnen und als Masseur zu arbeiten. Damit hatte er beim Bund angefangen und es hatte ihm Spaß gemacht. Fünf Jahre später hatte er das Magister-Examen in Geschichte in der Tasche, schrieb Bewerbungen an Verlage, an Stiftungen, an Zeitungen. Nichts. Er belegte Kurse in Bobath-Therapie und Feldenkrais. Kramann hielt viel von ihm, überließ ihm gern die Patienten, die einen akademischen Beruf hatten und von denen gab es in Hannover viele. Das lief gut, auch finanziell. Dann wurde Verena schwanger und wollte das Kind nicht. Er machte ihr einen Heiratsantrag auf Knien, schwor alle Eide der Welt, ewige Treue, und er würde sich um das Kind kümmern. Nichts. »Ich wollte eigentlich schon lang mal mit dir reden …« Da wusste er, dass er keine Chance hatte. Kurz danach hat sie dann tatsächlich abgetrieben. Drei Tage später war er ausgezogen, nach vier Jahren.

Er hatte sich dann ganz auf die Arbeit geworfen, hatte jede Menge Überstunden bei Kramann gemacht und sparte jede Mark, denn er spürte ganz deutlich, dass er jetzt nach dem Ende mit Verena noch einmal nach Poona musste, und dieses Mal müsste es für ein paar Monate sein. Er fuhr nach Hamburg zu Michael, der ihn bei seinem ersten Aufenthalt in Poona in Oshos Philosophie eingeführt und mit dem er sich seitdem ein paar Mal getroffen hatte. Michael gehörte seit Langem der Gemeinschaft der Sannyasins an, und so tauchte die Idee auf, ob nicht auch Frido Sannyasin würde. Zuerst war es nur ein flüchtiger Gedanke, über den er lachte, aber warum eigentlich nicht? Alle Sannyasins, die er in Indien und auch in Deutschland getroffen hatte, waren ruhige, ausgeglichene, liebenswerte, etwas eigenwillige Menschen. Sie schienen dabei zugleich etwas Festes, Sicheres zu haben, auf einem Fundament zu stehen, das ihm fehlte. War es jetzt nicht an der Zeit, in diese Welt vorzudringen, eine Welt, die ihn trotz so mancher Oberflächlichkeiten ansprach, die Werte und Inhalte hatte, die ihm eine Basis versprach? Michael bestärkte ihn. Warum sollte er diese Öffnung, diesen Wunsch nach Sicherheit, Tiefe und intensivem Erleben nicht dadurch bekennen, dass er selbst Sannyasin wurde? Wenige Tage später stand sein Entschluss fest.

Jetzt lächelte die Blonde zu ihm rüber, ihr Typ war in ein Buch vertieft, merkte gar nicht, dass Madame flirtete, der sollte mal besser auf sie aufpassen.

»Hi, I am Judy. You are our new neighbour?« Sie stand auf und kam auf ihn zu. Auch er stand gleich auf.

»Hi, I am Frido from Germany, Friedemann, nice meeting you.«

»You're here for long?«

»Don't know yet, but, yeah, hopefully for a few months.«

»Great, I am Judy or Judith from Denmark. Wir können auch Deutsch sprechen, das ist Mark, mein boy friend, wir kommen aus Aarhus, Jütland.«

Sie lächelte, und gar nicht mehr plump. Mark schaute kurz auf.

»Hi.«

»Hallo.«

Mark hob den Arm.

»Sehen wir uns heute Abend, zu Oshos Vortrag bei White Robe?«

»Glaube nicht, muss mich erst noch registrieren.«

»First time, here?«

»Nein, ich war schon mal hier, vor zwei Jahren, nicht sehr lang.«

»Great!«

»Und ihr, seid ihr schon lange hier?«

»Eine Woche, Mark und ich machen den kleinen Tantra-Kurs, bleiben insgesamt zweieinhalb Wochen. Weißt du schon, was du machen wirst?«

»Nein, nicht so genau, also die üblichen Meditationen auf jeden Fall, und dann will ich mal sehen.«

»Okay, hört sich gut an. We'll meet again.« Damit ging sie zurück auf ihre Terrasse. Tantra-Kurs, da geht es ganz schön zur Sache, dachte Frido. Ob die wissen, was sie tun? Er hatte sich zu Hause auch das Tantra-Seminar überlegt, das lange, das über sechs Wochen ging, nach Sannyas, als Belohnung, und, er gestand es sich ein, auch als Möglichkeit, einer umwerfenden Frau zu begegnen. Er sah, wie Judy ihrem Mark liebevoll durchs Haar fuhr, worauf der sich ihr entgegenreckte und ihr einen Kuss gab. Judy würde in der weißen Abendrobe bestimmt sehr gut aussehen. Vielleicht sollte er doch noch heute zur Anmeldung gehen.

Vier Wochen später war es soweit. Er hatte den Antrag gestellt, Osho hatte ihm einen neuen Namen zugewiesen, Swami Satya Surbhavan. Jetzt kniete er vor der Ma, einer Art »Priesterin«, eine ältere Sannyasin, die ihm die Mala-Kette umhängte. Um ihn herum knieten hundert weitere Menschen, junge und alte, in der Buddha Hall im Zentrum des Meditation Resort. Eine Band spielte langsame festliche Musik, eine Mischung aus Pop und indischen Klängen mit der großen, bauchigen Sitar. Er fühlte, wie ein Schauder seinen Körper durchlief, und meinte, die Kraft, die er spürte, entspringe der kleinen kreisrunden Mala aus Rosenholz, stammte von Osho selbst, dessen

Foto die Mitte der Mala schmückte. Er schaute hoch auf die weißen Segel der Buddha Hall und meinte, durch sie hindurch die Sonne zu sehen, die sein Gesicht leuchten ließ. Er wusste, er würde jetzt mehr Kraft haben für all das, was auf ihn zukommt, und er dankte Osho für diese Gewissheit. 108 Perlen waren an der Schnur der Mala aufgezogen, standen für 108 Meditationen, die ihn von nun an begleiten würden. Er war stark. Auf die Frage der Ma erklärte er, bereit zu sein für das Unbekannte und abzulegen, was er früher war. »Love with all your heart!«, sagte sie. »Make every moment count!« Er nickte. Er war gesegnet, ein Ausgewählter, er war Satya Surbhavan, was so viel hieß wie: die Wahrheit ist das Paradies.

Am Abend gab es die übliche Feier der neuen mit den alten Sannyasins. Mit mehreren von ihnen war er mittlerweile gut bekannt, erst feierten sie im Meditationszentrum an Basho's Pond, nach zehn Uhr, als dort die Lichter verlöschten, zogen sie ins Restaurant des Sunderban. Die Rechnung am Ende war um einiges höher als erwartet. Doch Frido zuckte nur kurz. Schon seit zwei Wochen wohnte er nicht mehr im Sunderban, sondern hatte sich mit Alexandre, einem französischen Postboten aus Nantes, zusammen eine winzige Zweizimmerwohnung an der North Gate Road gemietet, nur zehn Minuten von der German Bakery und fünfzehn Minuten vom Meditationszentrum entfernt. Man hatte ihm einen kleinen Job im Zentrum gegeben, er war zunächst jeden Tag für zwei Stunden am Empfang eingeteilt gewesen, jetzt aber, als Satya Surbhavan, half er bei der ausführlichen Einweisung der neuen Gäste, was ihm weitere Vergünstigungen beim Belegen von Spezialseminaren einbrachte. In Geld wurde hier niemand entlohnt, nur in Form von Kursen und Seminaren und der kostenlosen Teilnahme am Standardprogramm. Aber nachdem er die Wohnung hatte, war er sicher, dass es bis Januar reichen würde.

Er hatte die ersten vier Wochen nach seiner Ankunft sehr viel Disziplin aufgebracht. Nur an zwei Tagen in der Woche gestattete er sich das Ausschlafen bis neun, an den anderen Tagen fand er sich pünktlich um sechs in roter Robe in Buddha Hall zur Dynamic Meditation ein, begann gemeinsam mit hundert, manchmal bis doppelt so vielen Teilnehmern mit der zehnminütigen Atemübung, gefolgt von »Explode«, Strampeln, Schütteln, Kicken, Trampeln, Schattenboxen und lauten Rufen zu schneller Musik, das nach fünfzehn Minuten in zehnminütiges beständiges Hochspringen überging, die wohl anstrengendste Übung des Morgens. Der Coach, der vorn in der Halle die Anweisungen gab, erklärte, dass diese Übung das Sex-Center unterhalb des Bauchnabels befreien würde, doch was Frido vor allem spürte, war der Druck auf seine Knie bei jedem Aufprallen auf dem harten Boden von Buddha Hall. Endlich wurde »Freeze« gerufen, ein fünfzehn Minuten andauernder Stillstand, bei dem man die letzte Position aus der Sprungübung einfror. Hier schummelte er oft, denn eine Viertelstunde lang den rechten oder linken Arm hochzuhalten und ihn wie den ganzen Körper nicht bewegen zu dürfen, war ihm nicht möglich. Danach kam der schönste Teil der Dynamischen Meditation: »Celebrate, dance«. Er schwang hin und her zu den schnellen Rhythmen der sehr eingängigen Musik. Er war kein sehr guter Tänzer, Verena und viele andere Frauen hatten ihn häufig spüren lassen, dass seine Bewegungen nicht sehr elegant waren, nicht so fließend, wie es die guten Tänzer beherrschten, und das hatte Frido stets gehindert, ganz frei nur nach seinen Eingebungen zu tanzen, was er hier mit unheimlicher Freude tat. Manchmal tanzte er auch die Person an, die gerade vor oder neben ihm tanzte, egal ob es eine Frau oder ein Mann war. Manchmal erwiderte die Person für einige Minuten die Kontaktaufnahme, dann ging man wieder auseinander, tanzte wieder für sich.

Danach traf man sich an Basho's Pond, dem Teich nahe der Buddha Hall, dort gab es Chai Tee, und je vertrauter man untereinander war, desto mehr tauschte man sich aus, bewegte noch einmal den einen oder anderen Gedanken, den Osho beim White-Robe-Meeting am Abend zuvor angesprochen hatte, wobei einige Sannyasins durchscheinen ließen, wie erfahren sie waren, dass sie schon in Oregon dazugehörten, als Osho sich noch gar nicht Osho nannte, sondern nur den Titel Bhagwan trug, und einige ältere kannten gar den jungen Bhagwan aus der ersten Poona-Zeit.

Nach dem Frühstück machte er dann weiter: In der Regel mit den Nadabrahma- und Vipassana-Meditationen, wobei letztere mit ihrer Stille und ihren starken Zen-Anteilen ihn besonders beeindruckte. Allein durch die Beobachtung des Atems dem Atem Richtung zu geben, Ströme im Körper in Bewegung zu setzen, Wärme in einzelnen Körperteilen zu erzielen, faszinierte ihn auch noch nach dem zehnten oder fünfzehnten Mal. Und kaum ein Abend brach herein, an dem er nicht zur White-Robe-Zeremonie in die Buddha Hall ging, Oshos Vortrag hörte und danach zur Trommelmusik minutenlang stehend mit allen Gliedern schlackerte, nach einem kurzen »Freeze« sich mit allen anderen in der Halle auf den Boden fallen ließ, dort zehn Minuten verharrte, um zum Abschluss der Zeremonie weitere zehn Minuten lang wild zu tanzen, sich der Musik hinzugeben, die von der kleinen Band gespielt wurde, diese wilde Mischung von Pop und indischen Melodien. Er lebte diese vier Wochen mönchisch. Auch wenn um ihn herum das ewige Spiel heftig wogte, sich so manches Pärchen fand und wieder trennte, und er durchaus beachtet wurde, hatte er für sich selbst diese Barriere errichtet, ohne viel darüber nachzudenken. Nur seine Träume waren heftig erotisch, die meisten zumindest; in den anderen tauchte sein Vater auf.

Nachdem er, wie es unter den Sannyasins hieß, »Sannyas genommen« hatte, also Mitglied geworden war, wurde er allerdings nachlässiger, schlief jetzt meist vier Mal in der Woche aus und ging dann erst um halb zehn zur weniger fordernden Kundalini-Meditation, die auch Lea sehr mochte, ein gerade mal 19 Jahre altes Mädchen aus Tel Aviv. Lea hatte lange schwarze glatte Haare und war nicht nur in der Red Robe und in der abendlichen White Robe eine hübsche junge Frau. Außerhalb des Meditation Center trug sie lange, aber eng fallende Gewänder aus feiner Seide, die ihren schlanken Körper betonten und ihren Gang weich und geschmeidig machten. Er mochte das Wort aus irgendeinem Grunde nicht, wahrscheinlich weil seine Mutter es früher gern gebraucht hatte, aber hier passte es: Lea bewegte sich grazil. Er freute sich, wenn er sie sah, er schaute ihr einfach gern zu, am liebsten, wenn sie neben ihm bei der Kundalini Meditation mit geschlossenen Augen auf dem roten Schal lag und er (die Instruktionen des coach missachtend) die Augen ein wenig öffnete und sah, wie sie in ruhigem Rhythmus atmete, ihr Oberkörper sich ein wenig hob, sich wieder senkte, dann wieder hob. Ein rotes Lichtlein ging an, sie war 19, fünfzehn Jahr jünger als er! Trotz rotem Licht achtete er darauf, sie ganz zufällig in der Bakery zu treffen, wo sie dann gemeinsam einen Kaffee tranken, oder sie verabredeten sich abends, nach der White-Robe-Zeremonie zum Chai an Basho's Pond, an dem sie die sinkende Sonne verfolgten. Love with all your heart, hatte die Ma ihm aufgetragen. Leas große dunkle Augen mit ihren langen schwarzen Wimpern ruhten am Pond auf ihm, doch ihm blieb nicht verborgen, dass sie diese Intensität auch anderen Gesprächspartnern schenkte. Zwei Wochen nachdem er Sannyasin geworden war, Anfang Oktober, lud er sie auf Wein und Pizza ein, abends nach der White Robe im Yogi Tree, und sie sagte zu.

»Bereust du es nicht, gerade jetzt nicht in Deutschland zu sein?« In der *Indian Times* waren zuletzt fast täglich Artikel über die Situation in West- und Ostdeutschland, über den Zug aus Prag, über die Demonstrationen in Leipzig. Im letzten Kommentar hatte der Journalist vom möglichen Ende der Berliner Mauer gesprochen. Frido konnte sich das nicht vorstellen. Auch seine Mutter hatte ihm vor drei Wochen am Telefon von Leipzig berichtet und von ihrer Sorge, ob das alles wirklich friedlich enden würde. Deutschland schien in Aufregung zu sein.

»Nein«, antwortete Frido, »ich glaub, ich bin hier in Poona gerade richtig.« Er nahm ein viel zu großes Stück von der Pizza und spürte, dass er heute Abend keine Lust auf ein Deutschland-Thema hatte.

»Sag mir doch«, fragte er, während er noch kaute, »warum du eigentlich in Poona bist, Lea? Ich meine, du bist so jung, warum gerade Poona?«

Sie überlegte keine Sekunde. »Weil ich die Menschen hier mag. Weil ich viel erfahre, von mir, von Osho, von anderen wie dir. Alle Menschen hier sind freundlich, aufmerksam, lachen gern, kommen aus allen Ecken der Welt. Keiner ist gewalttätig, alle wissen, dass Gewalt nichts löst, alle glauben an eine mögliche bessere Welt und wollen daran mitwirken.«

»Und Bhagwan? Was bedeutet dir Osho?«

Sie blieb eine Zeit lang still.

»Ich habe viel darüber nachgedacht. Meine Mutter hatte mich gewarnt. Sie wollte mich nicht reisen lassen. Sie hatte noch all die Geschichten im Kopf, dass die Mädchen hier zu Objekten werden, dass jeder in Trance über jeden herfällt, alle Männer sich von ihren psychischen Handicaps befreien, indem sie die Mädchen willenlos machen und sie dann vergewaltigen. Ich denke, ihr werdet in Deutschland ähnliche Berichte in den Zeitungen gehabt haben wie wir in Israel. Ich habe sie beruhigt, habe ihr einiges von dem gezeigt, was Osho in den letzten Jahren gesagt oder geschrieben hat. Ich glaube«, sie zögerte eine Weile, »sie hat verstanden, als ich ihr gestern am Telefon sagte, dass ich das Gefühl hätte, einen Vater in ihm zu finden.«

Sie machte eine Pause. Frido überlegte. Auch Alexandre, sein Mitbewohner, hatte ihm vor ein paar Tagen von seinem neuen Vater, Osho, erzählt.

»Als ich so alt war wie du, Lea, habe ich meinen Vater eher loswerden wollen, ich dachte, ich brauchte keinen, auf jeden Fall suchte ich ihn nicht und suchte auch keinen anderen.«

»Weißt du, meinen Vater habe ich nie kennengelernt, er starb im Jom-Kippur-Krieg, als ich drei Jahre alt war. Jetzt werde ich bald zwanzig und Osho zeigt mir einen Weg, ihm vertraue ich. Deshalb will ich Sannyasin sein.«

»Tut mir leid mit deinem Vater, das ist natürlich was anderes.«

»Was suchst du bei Osho?«

Da war sie wieder, die alte Frage. Frido zögerte. So klar wie beim Umhängen der Mala vor zwei Wochen war das schon nicht mehr. Lea blieb still. Es war sicher nicht der Vater, er hatte einen, den er hinlänglich respektierte und mochte. Er brauchte keinen weiteren, er brauchte, ja, was? Sicherheit, Basis, Selbstbewusstsein?

»Ich glaube, Lea, ich suche einfach nur mich. Klingt ziemlich egoistisch, aber an diesem Ort darf man egoistisch sein.«

Sie berührte seinen Arm.

»Und was sagt dir Osho zu dieser Suche?«

Für ihr Alter, dachte Frido, stellt sie ganz schön kluge Fragen. Diese ging mitten ins Eingemachte, denn seine Begeisterung für Oshos Philosophie-Vorträge bei den abendlichen White-Robe-Zusammenkünften hatte in den letzten Tagen ein paar Kratzer bekommen. Da hatte sich eine Kluft aufgetan zwischen dem, was er sich wünschte und erhoffte und was er tatsächlich erhielt. Auch gestern Abend wieder. Nicht, weil Osho jedes Mal mit seinem Rolls-Royce die hundert Meter von seinem Bungalow bis zur Buddha Hall gefahren wurde, um dann die verbliebenen fünf Meter gestützt auf seine Helfer zu seinem Sessel zu steigen, der auf einem erhöhten Podest stand. Das war unwichtig. Dass manchmal tausend Menschen Abend für Abend mit glänzenden Augen auf dem Boden der Buddha Hall saßen, die Ohren weit geöffnet, selbst keinen Laut von sich gaben, dreißig Minuten und länger nur den Worten des großen, oft nuschelnden Bhagwan lauschten und über auch noch so dumme Witze des Meisters lauthals lachten (und Osho liebte Witze, kein philosophischer Vortrag ohne drei oder vier Witze am Ende), dass auch er gebannt da saß, dass er jedes Mal versuchte, recht weit vorn zu sitzen, diese braunen leuchtenden Augen zu sehen, Oshos Stimme wirken zu lassen, die ruhige Art seiner Rede, die Pausen, die Betonungen, die Starrheit des Körpers auf dem großen Sessel, sodass alle Aufmerksamkeit dem Kopf des Meisters und seinen Worten galt. Was war es, was suchte er? Warum wollte auch er, dass ihn der Atemzug dieses Mannes streifte, was versprach er sich? Und was waren das für Gegenstimmen, die in ihm laut wurden, wenn Osho manchmal, wie letzte Woche, sehr allgemein über den Buddha in jedem von uns sprach, den man nur wecken müsste, um das eigene Potential zu entfalten, die Gnade und Schönheit eines jeden Momentes zu spüren und zur inneren Harmonie zu kommen. Lea berührte seine beiden Arme, die er aufgestellt hatte, um seinen Kopf zu stützen.

»Ist diese Frage so schwer?«

»Entschuldige, Lea, aber meine Antwort fällt mir nicht leicht, auch nicht nach sechs Wochen, die ich jetzt hier bin. Ich merke, dass sich da etwas verändert. Osho sagt mir etwas, das ich eigentlich längst weiß. Es geht nicht darum, einer Weissagung, einer Religion, einer philosophischen Lehre zu folgen. Und du hast gehört, wie kritisch er mit dem Christentum, mit dem Papst, mit den Ajatollahs umgeht, aber auch mit den Irrtümern des Sokrates oder Hegels oder mit den Weisheiten des Hinduismus. Eigentlich zerstört er alles und was bleibt? Es bleibt das Ich!«

»Ja, und was ist falsch daran?«

»Da ist nichts Falsches dran, aber das Ich ist nicht so unbeschrieben, ist kein weißes Blatt, steckt in einer Tradition, einer Kultur, einem Elternhaus, einem Gewölbe von Wünschen, Hoffnungen, Brechungen, Niederlagen.«

»Aber genau das will er doch in dir freilegen, all das sollst du doch erkennen und ablegen. Er ermahnt einen jeden von uns, den Weg zu gehen, der uns zu uns selbst führt.«

»Das hat schon das Orakel von Delphi gewollt: Erkenne dich selbst!«

»Du siehst, so falsch kann Osho dann nicht liegen.«

Frido musste lachen.

»Nur mit dem ›Ablegen‹ des alten Lebens habe ich meine Zweifel, Lea.«

Sie hielt einen Moment lang inne, dann schaute sie ihm wieder geradewegs in die Augen, lächelte dabei und setzte noch einmal an:

»Wie hat Osho vor drei Tagen gesagt: Wenn du weißt, wer du bist, dann weißt du auch, was du willst, dann weißt du, was du tun musst!«

Natürlich erinnerte er sich an diese Sätze. Osho hatte etwas angesprochen, das ihn selbstverständlich berührte, das wahrscheinlich jeden berührte, das aber auch eine Binsenweisheit war. Wem es gelingt, Selbsterkenntnis mit dem Willen zum Tun und mit der Umsetzung in aktives Gestalten zu verbinden, gewinnt am ehesten die Sicherheit, die ein jeder für ein zufriedenstellendes Leben braucht. Natürlich war ihm das klar, aber er wusste auch: hier lag sein Problem.

Für heute schien es ihm genug, es war kurz vor Mitternacht, er würde auf jeden Fall die Dynamic Meditation am nächsten Morgen ausfallen lassen.

»Sollen wir zahlen?« Lea nickte. Sie tranken beide den noch übriggebliebenen Wein. Sollte er es versuchen? Würde es etwas sehr Schönes zerstören? Würde es etwas noch Schöneres aufbauen?

»Ich fand unser Gespräch richtig gut, Lea, wirklich bewegend, das hat man nicht immer, auch hier nicht.« Er machte eine kleine Pause. »Bitte versteh' mich nicht falsch, aber glaubst du, dass ich vielleicht noch mit zu dir in die Pension kommen kann?« Er stutzte. Er hatte Sätze gesagt, die schal waren, weil schon oft wiederholt, und er ärgerte sich, dass er auf so abgedroschene Worte verfallen war.

»Du meinst, auf einen Tee oder so!« Sie lachte und sah ihn dabei auf eine Weise an, die sogleich noch größere Sehnsucht nach Berührung, nach einem Kuss, nach ihrer Haut in ihm weckte, wobei ihm ihr Blick bereits verriet, dass dieser Wunsch vergeblich sein würde.

»Weißt du, ich bin zwar auf der Suche nach einem Vater, aber um ganz ehrlich zu sein: nicht nach einem Liebhaber. Ich hoffe, du verstehst das.«

Er traf sich danach noch ein paar Mal mit Lea, bevor sie wieder zurück nach Tel Aviv flog, aber keines der Gespräche wurde noch einmal so wie das im Yogi Tree. Anfang Oktober hatte er so viel als Betreuer der neu ankommenden Gäste gearbeitet, dass ihm jetzt der Tantra-Kurs und auch der Encounter-Kurs offenstand. Im Tantra lernte er gleich zu Beginn Genevieve kennen, Ginny, 38 Jahre alt aus Quebec. Sie war nach Poona gekommen, »um neu geboren zu werden, alles neu zu machen«, hatte aber wenig Bedürfnis, dies zu hinterfragen. Auch mit ihr war Frido im Yogi Tree Pizza essen und stellte schon weit vor 11 Uhr die Frage, ob er noch auf einen Tee mitkommen könnte. Ginny nickte. Es tat ihm gut, obwohl er nicht viel für Ginny empfand. Osho stellte jetzt bei den White-Robe-Zusammenkünften das Thema Gott und Religion in den Vordergrund, wobei Mitte des Monats eine Änderung eintrat. »Osho muss seine Stimme für einige Zeit schonen. Er wird weiterhin bei White Robe anwesend sein, aber habt Verständnis, wenn er nicht jeden Abend selbst redet und wir seinen Vortrag dann per Video einspielen«, erläuterte eine Frau aus dem inneren Zirkel. »Auch wenn Osho schweigt, ist er hier in Buddha Hall jeden Abend bei jedem von uns.« Den ersten der fünf zusammenhängenden Vorträge begann Osho mit Nietzsche. »Er ist ein großer Geist, aber ich kann ihn leicht widerlegen«, begann er und lachte dabei, »denn Gott ist gar nicht tot, er ist nur nie geboren, war nie da, war von Anfang an eine Schimäre, eine Erfindung, die einigen wenigen viel Macht und materielle Erfüllung, allen anderen Elend gebracht hat.« Gut, das war nicht neu, aber es führte Frido wieder auf seinen Gedanken zurück, was denn Religion für ihn bedeutete. Oshos Bekenntnis zu Religiosität als einer persönlichen Erfahrung von Bindung und Transzendenz, die nichts mit Zugehörigkeit zu einer Kirche zu tun hatte, sprach ihn an. Religion ohne Gott! Woraus aber bestand dann die Bindung, was war dieser Drang nach Spiritualität und schließlich nach Sinn? Hätte er Sinn gefunden, wenn Verena das Kind behalten hätte? Wenn er es hätte großziehen können? Sie eine Familie geworden wären? Ginny nannte ihn »mon petit philosophe«, wenn er nach der einen oder anderen Vorlesung in der White-Robe-Zeremonie noch mit ihr einen Gedanken Oshos diskutieren wollte, aber das war nicht ihre Welt. Ginny erklärte ganz unumwunden, dass auch diejenigen in Poona glücklich würden, die gar nicht so sehr in sich hinein hörten, sondern nur sich weit öffneten, mitgingen und auf diese Weise erhielten, was sie brauchten. »Vielleicht sind die hier sogar die glücklicheren«, sagte sie mit einem Lächeln, das Frido ärgerlich fand.

Anfang November überstürzten sich die Nachrichten aus Deutschland. Auch wenn die meisten in Poona nicht gerade politisch aktiv waren, kamen die deutschsprachigen Gäste jetzt doch jeden Abend an Basho's Pond zusammen und teilten einander mit, was sie von zu Hause gehört oder bei CNN im indischen Fernsehen gesehen hatten. Dann ging die Fotoseite der *Times of India* von Hand zu Hand: Trabis fuhren über die Grenzübergänge nach West-Berlin, Menschen umarmten sich weinend, auf der Mauer saßen junge Deutsche aus beiden Teilen des Landes. Osho unterbrach sein Schweigen und sprach abends vom Great Change.

Im November war dann auch ein Platz im Encounter-Seminar frei. Aber Frido kniff. Aggression war im Meditation Center zwar offiziell untersagt, galt aber für wirkliche Encounter-Erfahrung als unabdingbar. Joe, der aus Niederbayern kam, behauptete nach ein paar Bier im Yogi Tree, dass Shiv ihn nicht nur kräftig geschlagen, sondern auch sexuell »genötigt« hätte. Frido fand es schwer, sich das vorzustellen. Shiv war ein 1,65 m großer schlanker 25-jähriger Handelskaufmann aus dem südindischen Kerala, Joe, eigentlich Josef, war 1,90 m, 32 Jahre alt, Bankangestellter und Maibaum-König in Viechtach, der mindestens hundert Kilo auf die Waage brachte. Aber Frido wollte nicht nach Details fragen. Jeder wusste, dass mit Rücksicht oder Vorsicht im Encounter-Seminar nicht zu rechnen war, zu oft würden Teilnehmer ihre altangestaute Wut und ihren Hass auf andere Teilnehmer projizieren, die dann blaue Augen und schlimmere Verletzungen ertragen müssten, aber das sei Teil der Solidarität unter Sannyasins. Denn nur durch das Ausleben von Hassanfällen, Wutausbrüchen und durch die Freisetzung sexueller Blockaden ließe sich der Einzelne reinigen, käme er dem Ideal näher, sich hier vollständig von Altlasten befreien und neu beginnen zu können. Den Reiz dieser Verheißung konnte Frido nicht leugnen. Doch als Djamila, die junge Marokkanerin, eines Nachmittags zu ihm an den Tresen im Begrüßungsraum trat und blaue Flecken an Armen und Beinen zeigte (»and there are more I dare not show you«), sagte er seine Teilnahme bei Encounter ab, bat aber Djamila zu verstehen, dass er niemanden wegen Verletzungen befragen oder gar Teilnehmer anzeigen könnte. Er würde auch ihr nicht empfehlen, das zu tun, setzte er hinzu, fragte sich aber gleich, ob solch ein Hinweis wirklich der richtige war. In Deutschland hätte er Djamila doch sicher etwas anderes geraten. Galt das hier nicht?

Es war Anfang Dezember, als er sich erstmals für drei Tage abmeldete und mit dem Zug nach Bombay fuhr. Es hatte seit Wochen nicht geregnet, und als er am Victoria Terminus aus dem Zug stieg, fühlte er sich unsicher wie ein kleines Kind. Es war schwül, und trotz der Nähe zum Meer regte sich kaum ein Windhauch. Der Bahnsteig war voller Menschen, die dicht gedrängt die zweihundert Meter Richtung Ausgang strömten, überall streiften ihn verschwitzte Hemden oder Saris, einige Menschen, die ihn versehentlich anrempelten, entschuldigten sich hastig, andere waren nur ungeduldig, schubsten ihn oder versuchten, ihn noch schnell zu überholen. Er steckte die rechte Hand in die Hosentasche, um sein Portemonnaie zu schützen, musste jetzt länger warten, weil der Pulk vor ihm sich nicht weiterbewegte, dann wieder ein Stoß, ein Geschiebe, ein Junge stieß ihm den linken Arm in die Seite, eine alte Frau streckte ihm die geöffnete Hand entgegen und bat ihn in diesem Gedränge um ein paar Rupien, blieb dabei über viele Meter eng an seiner Seite, obgleich er beständig den Kopf schüttelte. Ihm war, als hätte er keinen festen Boden unter den Füßen, als würde er schwimmen und dabei die Richtung nicht kennen. Endlich hatte er die Halle des riesigen Bahnhofs erreicht, holte sich nach langem Anstehen am Kiosk eine Flasche Wasser, stand unter der mächtigen Kuppel mit all ihrem neugotischen Zierrat, bevor er durch das große Portal auf den Platz vor dem Bahnhof hinaustrat. Am steinernen Löwen an der Einfahrt blieb er stehen und holte tief Atem. All dieses Gedränge, dieses Gewusel kannte er nicht mehr. Er hatte sich seit drei Monaten fast ausschließlich im Meditation Center bewegt und war nur die paar Straßen zur Wohnung oder zu dem einen oder anderen Geschäft gelaufen. Ihm wurde schwindelig, er atmete wieder tief ein, nahm einen großen Schluck Wasser. Er wusste nicht, was er mit dieser Bombay-Erfahrung anfangen sollte. Schickte sie ihn nach Hause, ins alte Leben zurück? Gut, Hannover war im Vergleich zu Bombay ein Dorf mit der Luftqualität eines Kurortes, während hier die Luft dick war, ein leichter Smog wie Nebel beständig in den Straßen waberte. Oder sandte sie ihn nur so schnell wie möglich in den Koregaon Park zu Oshos Paradies zurück?

Samir, sein indischer Kollege im Center, hatte ihm eine Pension in der Nähe des Bahnhofs empfohlen, die er nach zwanzig Minuten nassgeschwitzt erreichte. Aber was sollte er hier? Er bekam Angst. In Poona hatte Samir ihn auf seinem Moped zum Bahnhof gefahren, da war noch alles in Ordnung, aber hier geriet er ins Trudeln. War er gar nicht mehr in der Lage für ein Leben draußen in der realen Welt? Er hatte doch so gehofft, mehr Klarheit und mehr Sicherheit als zuvor zu spüren. Wo war diese Sicherheit?

Der Sohn des Inhabers der Pension kam auf ihn zu und fragte ihn, ob er ihn durch Dharavi führen solle, »the world's greatest slum, Sir, you've never seen anything like it, Sir«. Warum sollte er einen Slum besichtigen? Kann man überhaupt einen Slum besichtigen?

»No thank you, I go to my room, I think I have to rest.«

Der Sohn kam näher an ihn heran.

»Do you need someone young and pretty to help you with your rest, Sir? I know some pretty girls, I could ask them?«

»No, thank you. I am quite fine with myself.«

Das stimmte zwar nicht, aber der junge Mann ließ jetzt von ihm ab. Frido ging auf sein Zimmer.

Am nächsten Morgen, er hatte gut geschlafen, war allerdings in der Früh nass von Schweiß aufgewacht, ließ er sich von einem Taxi zum Prince-of-Wales-Museum fahren. Gleich als das Taxi von der Hauptstraße in eine Nebenstraße abbog, angeblich um eine schnellere kürzere Route zu fahren, waren sie mitten in einem dichten Gedrängel, das von den Bürgersteigen auf die Straße überschwappte. Bei jedem längeren Halt kamen Kinder an den Wagen und bettelten, halbwüchsige Jungen, die irgendetwas verkaufen wollten, und verkrüppelte Menschen, die jederzeit Gefahr liefen, vom nächsten Wagen erfasst zu werden. An den Straßenrändern standen schmale Verkaufsstände mit Gemüse, Autoteilen, Unterwäsche, Kochtöpfen, Fleisch, ein alter Buckliger saß vor einer uralten Nähmaschine, die er mit den nackten Füßen trat, dazwischen Hunde, Ziegen, auch einige Rinder, alle Tiere abgemagert und alle auf der Suche nach Essensresten im Schmutz der Straße. Der Wagen stand, der Fahrer hupte, wie all die anderen Wagen auf der Straße hupten. Frido hatte einen Stadtplan eingesteckt und versuchte jetzt, sich darin zurechtzufinden. So weit war es doch gar nicht bis zum Museum, das hätte er doch fast laufen können! Als er den Fahrer darauf ansprach, verstand der plötzlich kein Englisch mehr, sagte nur noch »quick way, quick way«. Frido ahnte jetzt, dass er einem alten Taxifahrer-Trick aufgesessen war, lehnte sich im Sitz zurück und schaute gleichgültig auf das Taxameter mit seinen Rupien-Clicks. Wieder fuhr das Taxi ein paar Meter weiter. Neben einem Stand, auf dem Kohl zum Verkauf angeboten wurde, entdeckte er eine junge Frau, die auf einer alten Plane direkt auf der Erde saß. Sie hielt ihr Baby an die Brust gedrückt, es war in einen Lappen gewickelt, der Säugling hatte Durchfall gehabt, die Exkremente lagen noch neben dem dreckigen Rock der Frau. Während der langen Zeit, die das Taxi an dieser Stelle warten musste, strich sie gleichmütig, nahezu entrückt ihrem Baby mit der rechten Hand über das Köpfchen. Der Wagen fuhr wieder an, in einer dunklen schmalen Gasse urinierten zwei Männer an der Hauswand, einige Meter weiter putzten sich andere mit Wasser, das aus einer Pumpe in den Rinnstein floss, die Zähne. An einigen Verkaufsständen lehnten junge Frauen, fast noch Mädchen, in bunten Saris und blickten in die langsam fahrenden und oft stehenden Autos. Er war froh, hinter der Scheibe des Taxis geschützt zu sein, diese wenigen Millimeter Autoglas, die ihn von dem allgegenwärtigen Elend trennten. Hatte er das 1975 bei seiner ersten Indien-Reise auch wahrgenommen, oder hatte er das meiste übersehen? Wie hatte der Sikh in Amritsar gesagt: »Ein Sahib sieht das einfach nicht.« Als das Taxi auf die Einfahrt zu dem alten prächtigen Museumsgebäude zufuhr, er die große weiße Kuppel des Zentralbaus vor sich sah und sich rechter Hand der weitläufige Garten öffnete, atmete er auf. Er hatte vor seiner Abreise gelesen, was den Besucher im Prince-of-Wales-Museum erwartet, in dem die Engländer zu Beginn des Jahrhunderts begonnen hatten, antike indische Kunst zu sammeln. Vielleicht war das ein Weg, die Bombay-Eindrücke in eine andere Ordnung zu bringen. Diese Stadt konnte doch nicht nur ein Ort der Not, der Armut, des Zerfalls sein.

Er durchwanderte die einzelnen Abteilungen, stand lange vor den Skulpturen von Brahma, Vishnu und Shiva und schaute in die beharrlich freundlichen Gesichter unzähliger Buddhas. Doch sie konnten ihn mit ihrer Abgeklärtheit nicht erreichen, ganz im Gegenteil: Er fühlte plötzlich heftigen Widerstand. Während er vor den Statuen stand, hatte er die Gesichter der Straßenhändler, der vielen Bettler, der Mädchen und der abgehärmten Frau vor Augen, Gesichter, die Zeugen tiefster Erniedrigung waren, einer Leiderfahrung ohne Ende. Er hatte in der Bibliothek des Meditation Center erst neulich wieder über Buddha und dessen vier heilige Wahrheiten gelesen, hatte über das Leiden nachgedacht, dessen Ursache für Buddha in unseren Begierden lag, die es zu überwinden galt. Aber auch wenn der Einzelne wie Buddha das Nirwana nur dann erreichen konnte, wenn nichts an ihm haftete, er sich von allem frei machte, alle Begierden in sich abtötete, so blieb die Gemeinschaft davon doch völlig unberührt. Gesellschaftlich würde sich so niemals etwas ändern. Er war selbst überrascht, wie sehr er mit Buddhas »Erwachtheit« ins Gericht ging. War es wirklich »heilige Wahrheit«, irdisches Erleben als unwichtige »Maja« abzutun? Müsste man jetzt nicht vielmehr alle Passivität abschütteln und auf Veränderung drängen? Osho sprach oft davon, dass ein jeder den Buddha in sich wecken sollte, den Leitstern zum persönlichen Glück, der sich durch nichts Äußeres beirren ließe. Doch was ist dann mit dem Elend der Anderen? Sein Kopf brummte. ›Ein Sahib sieht das nicht.‹ Aber Nicht-Hinsehen war doch keine Lösung. Wer konnte denn noch wie Krishna Flöte spielen, wenn in der Stadt die Menschen im Dreck lagen und verkamen? Wo war heute Gott Shiva, der alles Verkommene zerstörte, um etwas Besseres aufzubauen? Er spürte, wie er wieder heftig zu schwitzen begann, obwohl die Räume im Museum einiges kühler waren als die Luft draußen. Er wandte sich Richtung Ausgang, denn da hatte er beim Hineingehen ein Schild »Cafeteria« gesehen, er brauchte jetzt dringend Wasser. Doch auf dem Weg dorthin stoppte er im übernächsten Saal, der voll farbenfroher Bilder hing. Es waren die erotischen Darstellungen der Göttin Parvati und der Devis, deren sexuelle Symbolik überdeutlich war. Frido stand vor einem dieser Bilder und musste an Poona denken. In diesem Moment schämte er sich für diesen Ort, diesen Gral der Sinnsuche, und schämte sich für die Suchenden, die unbeschwert von aller existentiellen Not waren, eher leicht-sinnig und zumeist voll von erotischen Hoffnungen, die die Leere besiegen sollten.

Frido erschrak. Was machte er mit diesen Überlegungen? Er schritt schnell weiter und erreichte nach einer Minute die Cafeteria, wo er eine eisgekühlte Flasche Wasser erstand. Was war mit ihm? Er trank und schüttete ein wenig Wasser in seine linke Handkuppe, mit der er über sein Gesicht fuhr. Das kalte Wasser an Stirn und Wangen tat gut. Er hatte auf Selbsterfahrung gehofft mit einer Art Leitfaden am Ende, einem Hinweis auf Wege für ein befriedigendes Leben. Er hielt die Luft an. Wahrscheinlich tat er Osho schrecklich unrecht, als Sozialrevolutionär Indiens hatte Bhagwan sich nie verstanden und war auch nie als solcher aufgetreten. Für Osho verschwand alle Unbill dieser Welt ganz einfach von allein, sobald nur jeder sein wahres Ich gefunden hätte. Er leerte die Flasche Wasser. Warum musste er jetzt in dieser schwülen Luft von Bombay derart mit Oshos Welt hadern? Er strich sich mit einem Papiertaschentuch die Schweißtropfen vom Hals und fuhr mit der Hand an der Lederschnur entlang zur Mala vor seiner Brust. Was war los mit ihm, dass hier in Bombay alles in Bewegung geriet? Er hatte doch nur einen Ausflug machen wollen!

Er verließ das Museum, lief vor zum Gateway of India, den monumentalen Triumphbogen, las das Schild, auf dem stand, dass hier gleich hinter dem Gateway 1948 die letzten englischen Truppen für den Rücktransport nach Großbritannien eingeschifft wurden, wunderte sich, wie schnell ein Gateway zur letzten Ausfahrt werden konnte, boxte sich durch die Menschengruppen vor bis zur Steintreppe und wollte schon die Fähre zur Insel Elephanta besteigen, als er innehielt. Was wollte er auf der Insel? Er ging zu Fuß zurück zur Mahatma Gandhi Road und nahm von dort ein Taxi zum Hotel. Dieses Mal blieb das Taxi auf der Hauptstraße, wo jetzt am Nachmittag erste Menschentrauben vor den Kinos standen, deren Plakate zweistündige Fluchten in eine bessere Welt versprachen. Am nächsten Morgen reiste er ab und war mittags wieder im Meditation Center rechtzeitig für die nachmittägliche Vipassana-Meditation. Er war erleichtert, als er auf dem roten Schal liegend spürte, wie die Unsicherheit wich.

Kapitel 27

1989/90
Poona
Cleo

Zur selben Stunde, als Frido in Bombay völlig erschöpft aus dem Bahnhof getreten war, stieg Cleo auf dem kleinen Flughafen von Poona aus dem Flugzeug aus Delhi. Cleo kam aus Melbourne, arbeitete dort für eine Kulturstiftung, und wollte bis Ende Januar bleiben. Frido sah sie erstmals zwei Tage nach seiner Rückkehr am Ende der ersten White-Robe-Zeremonie, bei der seine Gedanken kein einziges Mal bei Oshos Vortrag waren. Vielleicht lag es am verunglückten Ausflug nach Bombay, vielleicht am herannahenden Weihnachten oder am kommenden Jahreswechsel. Die körperliche Schwäche in Bombay hatte er überwunden, schob sie jetzt auf die große Schwüle und die Menschenmenge in der riesigen Stadt und betrachtete sein Aufbegehren gegen die Ungerechtigkeit, ja die Unmenschlichkeit des Lebens in Indien wieder mit Abstand. Das überraschte ihn zwar, aber er ging letztlich mit einem Achselzucken darüber hinweg. »Ein Sahib sieht das nicht!« Und in Poona war nun einmal alles heil, zumindest alles Äußere, und alles war vertraut.

Während Osho an diesem Abend über das Unvergängliche dozierte, machte Frido sich Gedanken über die Rückkehr, den Wiedereinstieg in Deutschland. Da wurde in Buddha Hall zu »celebrate, dance« gerufen, und sein Blick fiel auf sie: eine große blonde Frau, schlank, mit langen Beinen, die auch unter der White Robe deutlich wurden. Die Augen schien sie während des Tanzens überwiegend geschlossen zu halten, mit den Armen griff sie immer wieder über sich in die Luft, als hole sie von dort Kraft und Energie in ihren Körper. Ein einziges Mal hatte sie bei einer Drehung kurz seinen Blick gestreift, bevor sie wieder die Augen schloss. Aber dieser Moment hatte einen Stromstoß ausgelöst, der seinen Körper so lebhaft erfasste, dass Frido geschworen hätte, da sei wirklich Elektrizität durch ihn hindurchgefahren. Er selbst tanzte, ohne sich zu drehen, denn er konnte die Augen nicht von ihr lassen. Er hatte in den letzten Wochen viele auffallend hübsche Frauen im Center gesehen, hatte sich oft gefragt, warum gerade Osho so viele schöne Frauen bei sich versammelte, aber die er jetzt hier betrachtete, die ihn magisch anzog, war einfach außergewöhnlich. Welch eine ungeheure Kraft von ihr ausging, sogar in den Ruhephasen, wenn sie einen Meter von ihm entfernt auf dem weißen Tuch lag, jede Bewegung ihres Kopfes, jedes Lächeln, jede Veränderung des Muskelspiels erreichte ihn, wirkte auf ihn.

Nach dem Ende von White Robe folgte er ihr in einigem Abstand zu Basho's Pond, sie ging vor ihm, im Gespräch mit einer dunkelhaarigen Asiatin, die sich am Pond von ihr verabschiedete. Es war eigentlich nicht seine Art, aber hier konnte er nicht anders, er musste sie ansprechen, auch wenn es von hinten war und sie ihn wahrscheinlich noch gar nicht wahrgenommen hatte.

»Kann ich dir einen Chai mitbringen?«

Sie drehte sich um, lächelte, schaute ihn mit großen Augen an.

»Ja, gern, sehr gern.«

»Dann halte du mir einen Stuhl frei!«

›Kann ich dir einen Chai mitbringen‹ sollte für Jahre »ihr« Satz bleiben, aber das wussten Frido und Cleo damals noch nicht. Cleo war neu in der Osho-Welt. Frido zeigte sich als der erfahrene Sannyasin, der die Kraft der Mala und die der Meditationen kannte, der sich aber auch zunehmend mit Fragen konfrontiert sah und mit seiner Skepsis nicht hinter dem Berg hielt. Sie trafen sich zum Chai, besuchten gemeinsam einzelne Meditationen, diskutierten über Oshos Reden und begannen, sich allmählich und in kleinen Stücken über ihr bisheriges Leben auszutauschen.

Fünf Tage nach ihrem ersten Zusammentreffen saßen Cleo und er bei Dario, dem Italiener im Sunderban, wo schon seit Tagen ein Tannenbaum mit fünfzig elektrischen Kerzen aufgestellt war, die in mindestens ebenso vielen Farben abwechselnd leuchteten, und wo aus den Lautsprechern Bing Crosby immer wieder »White Christmas« sang.

»Ich denke, dass viele, die hier hinkommen, allein schon dadurch gewinnen, dass sie sich aufgemacht haben, dass sie innehalten und in sich hineinhören. Und dann ist da Osho mit seinem riesigen Charisma und sagt einem mit all seiner Erfahrung ganz schlichte Dinge: Sei wahrhaft zu dir selbst, folge nicht anderen, sondern schau auf deinen Weg, verfolge deine eigene Leidenschaft, verliebe dich und träume groß!«

Cleo sah ihn mit warmen Augen an, kniff ein wenig die Lippen zusammen, als wollte sie deutlich machen, dass sie durchaus eine kritische Bemerkung zu diesen Sätzen machen könnte. Aber Frido war gerade in Form!

»Und hier nimmst du es ernst und fängst an, in und nach all diesen Meditationen eine Menge in dir zu entdecken. Das kann man sicherlich auch an einem einsamen Ort irgendwo bei euch in Australien in der Wüste oder bei uns in Deutschland auf einer Hallig oder in den Alpen. Nur, da macht man's nicht und da gibt es auch diese Meditationen nicht.«

»Nimm mir nicht zu viel vorweg, Frido, ich bin noch am Anfang, lass mich meine Erfahrungen machen, dafür bin ich hier.«

»Und was hast du dir vorgestellt, was du hier findest?«

Sie lachte. »Nette Menschen, wie dich!« Sie lachte wieder.

Er erzählte ihr an diesem Abend auch von seinen zwei Tagen in Bombay und dass er mit dem Zusammenprall der beiden Welten dort nicht zurechtgekommen sei.

»Es scheint gar keine Verbindung zu geben zwischen dem, was wir hier bei Osho erleben, und wie draußen gelebt wird.«

»Das muss auch nicht sein«, erwiderte Cleo, »ich glaube, dass Menschen, die einigermaßen mit sich ins Reine gekommen sind, mehr verändern können als andere.«

»Bravo, Cleo, das hätte Osho kaum schöner sagen können!«

»Danke für das Kompliment«, Cleo lachte, hob den Kopf, streckte sich ein wenig dabei und schaute nun in vollkommener Ruhe von oben auf ihn. Wie konnte eine Frau nur so wunderbar schauen!

»Magst du mir sagen, was dich davon abhält, dich anzunehmen?«

Frido war verdutzt. Er wollte ausweichen, stotterte etwas von »sehr grundsätzlich«, da berührte sie sanft seinen Arm. Er hielt inne.

»Es hat, glaube ich, mit meinem Vater zu tun. Ich denke, ich bin ihm nicht gerecht geworden.«

»Warum glaubst du das?« Frido erzählte von Vaters »Exil«, seiner Rettung in England, seiner Rückkehr, seiner Suche nach allem, was er über menschliche Verfehlung im Dritten Reich sammeln konnte, seiner Beschäftigung mit dem Thema Schuld.

»Mein Vater hat Probleme mit seiner Identität, und ich denke, dass diese Probleme auf mich abgefärbt haben.«

Er hatte diesen Gedanken noch nie zuvor so klar ausgesprochen. Er hatte ihn noch nie zuvor so klar gedacht. Das musste mit Cleo zusammenhängen. Nun aber erschrak er, dachte, den Satz doch besser wieder zurückzunehmen, denn er klang ihm jetzt, als wollte er die Verantwortung für seine Unsicherheit von sich selbst auf seinen Vater abschieben. Cleo kam ihm zuvor.

»Ich denke, wir sind nie ohne unsere Väter und Mütter und wir müssen wissen, was sie uns mit auf den Weg gegeben haben. Wenn wir uns darüber klar sind, haben wir Chancen, mit dem Ererbten so umzugehen, dass es uns stärkt, statt uns zu schwächen.«

Es genügte ein kurzer Blick, als sie vor der Hoteltür standen. In dieser ersten gemeinsamen Nacht entdeckte er Cleo, fand hier und da auf der Haut kleine Grübchen, feine Härchen, und viele Sommersprossen, genoss ihren Duft, genoss ihre Lippen. Sie kamen fast ohne Worte aus.

Beim Tanzen am Ende der Dynamic Meditation am nächsten Morgen bekam Frido ganz neuen Schwung. Obgleich sich Buddha Hall gegen Weihnachten von Tag zu Tag mehr füllte, weil viele Westler gerade diese Jahreszeit für ein oder zwei Wochen in Poona nutzten, holte Frido weit aus, beschrieb tanzend Hunderte von Kreisen und ein kleiner Blick zur Seite auf Cleo gab ihm jedes Mal neue Energie. Es reichte, wenn er beim Tanzen nur ihre nackten Füße sah. Wie sie mit den Fersen aufkam, abrollte, sie über die Zehen wieder abhob, oder ein Fuß für kurze Zeit ein wenig in der Luft schwebte. Und wenn Frido dann an ihrer Robe entlang zu ihr hochschaute und sah, wie sie ihn ebenfalls beobachtete, wurde ihm heiß unter der roten Robe, er hätte sie am liebsten vor lauter Glücksgefühl von sich geworfen und nackt weiter getanzt.

Abends, nach der White Robe-Zeremonie saßen sie im Yogi Tree oder lieber noch bei Dario, dann hatte Cleo sich ein wenig geschminkt, ein klein wenig Parfum benutzt und eine ganz dünne silberne Halskette angelegt, alles drei, Schminken, Parfum und Schmuck waren im Center ja streng verboten, und er entdeckte Abend für Abend immer noch mehr, roch den zarten Duft von Limetten an ihrer unbedeckten Schulter, betrachtete diese wunderbar glatte, leicht gebräunte Haut, die er, Glückspilz der er war, eine Stunde später küssen durfte. Wenn sie miteinander geschlafen hatten, lagen sie anschließend noch lange engumschlungen im Bett und wenn sie eingeschlafen waren, träumte er von ihr, hörte ihre Stimme, die ihn lockte, hörte ihr helles, argloses Lachen, hörte ihr Schweigen, ihren Herzschlag.

Er hatte Cleos Hinweis aus den ersten Gesprächen ernst genommen und vermied vorschnelle Bewertungen und

Erläuterungen zu einzelnen Meditationen. Er nahm wahr, dass sie sich erst einmal ganz auf Osho einlassen wollte, wie sie gierig nach den Meditationen wurde, wie sie die Mischung von intensiver Bewegung und Zen-Stille genoss. Und er spürte auch, dass sie sich bei all diesen Erfahrungen nicht von ihm entfernte, was seine größte Angst war. Er glaubte ihr allerdings nicht, wenn sie behauptete, erst die Kurse hier gäben ihr langsam das Selbstvertrauen zurück, das sie durch die Scheidung von Jeremy verloren hatte. »Ich kann mich wieder neu öffnen, kann mich«, sie lächelte, »dir öffnen.«

In einer der Seitenstraßen der North Main Road hatte Frido einen Schmuckhändler entdeckt, der auch selbst Schmuck herstellte. Er hatte das starke Bedürfnis, Cleo zu Weihnachten etwas Besonderes zu schenken, und so richtete er es eines Nachmittags ein, dass sie beide die Straße hinunterschlenderten und fast zufällig vor der kleinen Auslage des Händlers stehenblieben.

Sie blieben längere Zeit still, der Händler, ein kleiner Mann mittleren Alters, war bereits an sie herangetreten, als Cleo mit den Augen auf eine Brosche wies, die einen Kranich darstellte, ganz in Silber gefasst und mit einem Gefieder aus feinen Jade-Plättchen.

»Tolles Stück«, sagte Cleo, »ist kein Storch, ist ein Kranich, ein zart-grüner Kranich, sieht wirklich gut aus.«

Frido nickte nur, sagte eher beiläufig »nicht schlecht«. Der Händler hatte Cleos Blick verfolgt und hob nun die Kranichbrosche vorsichtig vom Samttuch ab und wollte sie schon Cleo auf die Hand legen. »Nein, nein, wir schauen nur.«

»Ich habe sie selbst gefertigt«, sagte der Händler und wies mit dem Kopf nach hinten in seinen Laden, wo Frido den

Tisch mit Werkzeug, allerlei Perlen, kleinen Silberstreifen und Kettchen sah. »Der Kranich hat in Indien eine besondere Bedeutung. Ich glaube, er würde zu Ihnen beiden passen.« Er lächelte leise, wiederholte diese Sätze noch einmal, wobei er vor allem auf Cleo schaute, und Frido bemerkte, wie ein helleres Licht die Augen des Händlers füllte.

Einen Tag später kehrte Frido zu dem Händler zurück. Er handelte mit ihm, aber er wusste, er war ungeschickt darin, und der Händler beteuerte, dass die ganze Einfassung der Brosche aus hochwertigstem Silber sei und die besonders reinen zartgrünen Jadeplättchen keine weitere Reduktion möglich machten. »Ich habe tagelang daran gearbeitet, Sir, tagelang. Ein Meisterstück!« Der Mann wusste, dass sein Kunde kaufen würde, und wiederholte in seinem Staccato-Englisch: »You'll make her happy, Sir, very happy indeed, she will always love you, Sir, love you all your life, Sir, till you die, Sir! Make her happy!«

Frido hob die Hand und gab fast das ganze Geld, das seine Mutter ihm zu Weihnachten via Western Union nach Indien geschickt hatte, für den Kranich.

»Wunderschön«, sagte Cleo leise, fast andächtig, als sie die Brosche am Weihnachtsmorgen im Hotelzimmer in ihre linke Hand legte. Dann begann sie zu weinen, schämte sich für die Tränen, lief ins Badezimmer, schnäuzte, kam zurück, benahm sich wie ein kleines Mädchen. »Es ist solch eine Überraschung!« Damit fiel sie Frido um den Hals, weinte wieder, bedeckte sein Gesicht mit kleinen Küssen und wurde erst allmählich etwas ruhiger. Frido war erstaunt. Die sonst so starke Cleo hatte er zuvor nie so erlebt und es tat ihm gut, sie jetzt ganz fest in den Arm zu nehmen. »Das Symbol des Glücks und der Langlebigkeit«, flüsterte Cleo, »ich liebe dich.«

Drei Tage später saßen sie zum Frühstück in der German Bakery. »Ich glaube, ich bin eine ziemlich verwöhnte Tochter«, meinte Cleo und rührte in ihrem Milchkaffee. »Mein Vater hat mir vor Jahren erzählt, er habe sich einen Sohn gewünscht, den er gern ›Caesar‹ genannt hätte, aber so kam nun eine Tochter, und die erhielt den Namen Cleopatra.« Sie lachte. »Er hat mich verwöhnt, aber er hat auch immer ein wenig Caesar in mich gesteckt, ich warne dich also doppelt vor Caesar und Cleopatra in mir, beide willensstark, bis zum Tod.« Cleo lachte wieder. Sie trug die Brosche auf der linken Seite ihres schwarzen Pullovers, und wenn sie lachte, bewegte sich der Kranich ein wenig mit ihrem Busen, sodass es Frido schon vorkam, als setze der Vogel zum Flug an.

»Da muss ich mich als Friedemann ja wahrlich vorsehen.« Cleo lachte noch stärker, aber Frido merkte, dass der Satz, den er eher wegen des schönen semantischen Gegensatzes der Vornamen gesagt hatte, in ihm nachklang. Dabei war noch gar nicht klar, wie es nach ihrer beider Rückkehr weitergehen konnte, aber er spürte die Energie, die Cleo so selbstverständlich ausstrahlte. Cleo wusste, wie sie Wollen in Taten umsetzte.

»Weißt du, Cleopatra war sehr selbstbewusst und wir Australier gelten in der Welt als ›tough cookies‹, als Menschen, die eine Menge aushalten und nach einer Niederlage schnell wieder oben schwimmen, wir lassen uns nicht kleinkriegen!«

»Was sagt uns beiden das?«

»Wenn wir wirklich was Gemeinsames wollen, dann werden wir es schaffen.«

Neujahr feierten sie zuerst im großen Kreis nach White Robe. Osho, der auch dieses Mal still der Zeremonie beigewohnt und sein eigenes Video mitverfolgt hatte, war unter lautem Klatschen zu seinem Auto getragen worden. Danach tanzten und feierten die Teilnehmer an vielen Stellen des Meditation Center, tanzten in Gruppen und sangen. Frido und Cleo machten sich kurz vor Mitternacht auf ins Hotel. Cleo hatte eine Flasche Champagner aufs Zimmer bringen lassen, und als die Uhr zwölf schlug, sagte Frido nur: »Ich glaube, 1990 kann ein ganz entscheidendes Jahr werden!«

Cleo hatte ihren Rückflug nach Melbourne auf Mittwoch, 24. Januar festgelegt, was Frido als Zeichen für das Ende auch seines Aufenthalts nahm. Er ließ sein Ticket auf den gleichen Tag ausstellen, Cleo würde über Bombay zunächst nach Sydney, er über Delhi nach Frankfurt fliegen. Je näher der 24. Januar rückte, desto deutlicher wurde ihm, dass die Zeit in Poona nach rund fünf Monaten nun ihr Ende finden konnte. Dass er sich zugleich aber auch von Cleo würde verabschieden müssen, schob er weg, solange es ging, verdrängte es. Alles, was er sich von Poona erhofft hatte, war in Cleo Wirklichkeit geworden. Er war jetzt bereit zu Veränderungen, auch zu ganz großen. Es war ihm, als lebte er in einem anderen Aggregatzustand. Jetzt war da jemand, dem er ohne jede Überlegung oder gar Anstrengung alle Aufmerksamkeit und Achtsamkeit, die Osho anmahnte, widmete. Jetzt war da die Leidenschaft, die ihn träumen und kreativ werden ließ. Er hatte seine Wurzel gefunden, aus der heraus er würde blühen und einen anderen Menschen zum Blühen bringen können. Osho würde sagen, da sei nun doch ein Buddha in ihm erwacht, er sei geweckt und würde nicht mehr verschwinden. Frido beließ es nur zu gern bei diesem Bild.

Im Januar fiel ihnen zum ersten Mal auf, wie oft Osho bei White Robe die Augen schloss. Sein Vortrag war jetzt kürzer als sonst und endete mit: »Sorry, my friends, no joke tonight.« Wurde ein Video statt des Vortrags eingespielt, machte er am Ende, wenn alle klatschten, nicht die übliche Verbeugung und zeigte nur ein breites, dankbares Lächeln. Er war unbeweglicher, er schien weit weg zu sein. Am 19. Januar, einem Freitag, waren sie nachmittags auf dem Weg zur Kundalini-Meditation, als sie beide plötzlich das Gefühl hatten, irgendetwas Bedrückendes läge in der Luft. Sie meinten, die anderen um sie herum flüsterten oder schwiegen mehr als üblich, was manchmal geschieht, wenn sich ein Unwetter ansagt, wenn der Luftdruck fällt und die Menschen reagieren, ohne zu ahnen oder gar zu wissen, dass ein Unwetter droht.

Am Abend kamen sie früher als sonst zu White Robe in Buddha Hall, die sich schnell mit mehr als 500 Freunden füllte. Sie blickten auf den noch mit einer Plane abgedeckten Sessel des Meisters und warteten auf das Geräusch des Rolls-Royce, der den Meister jeden Abend zu den White-Robe-Zeremonien brachte, als jemand aus dem inneren Zirkel, Oshos Arzt, ebenfalls in White Robe das Podium betrat.

»Liebe Freunde: Osho hat heute Nachmittag unsere Erde verlassen.« Ein kurzer Moment der Stille, dann streckten alle die Arme hoch, diejenigen, die wie Frido und Cleo auf dem Boden saßen, erhoben sich, und nun erscholl aus allen Kehlen wie auf Kommando der Ruf: »Osho« und wieder »Osho« und noch einmal »Osho!«

Der Arzt verlas Oshos letzte Worte: »Es ist immer eine besondere Erfahrung im Leben eines Schülers, wenn der Meister seinen Körper verlässt. Jetzt, wo der Meister geht, gibt er euch sein letztes Geschenk.« Wieder erschollen von allen Seiten laute Osho-Rufe, einige weinten, einige lachten. Der Arzt fuhr fort: »Osho will, dass ihr alle ohne Kummer, ohne Sorge, sondern fröhlich seid: Osho wird immer bei uns bleiben, wird immer bei uns sein! Heute Morgen noch hat er mir gesagt: ›Mein Tod verleiht meinen Schülern erhöhte Intensität. Ohne die Last meines kranken Körpers ist meine Präsenz noch viel stärker. Ihr werdet es fühlen, ihr werdet es an euch erfahren. Ich bin stärker und mächtiger als je zuvor.‹«

Frido schaute in Cleos Gesicht. Wieder begannen die Osho-Rufe, zu denen fast alle ihre Arme hoch in die Luft streckten. Nur wenige verharrten still, weinten, riefen wieder Osho, nicht in Trauer oder gar Verzweiflung, sondern wie in gesteigerter Erwartung. Der Arzt trat erneut ans Mikrofon.

»Wir werden seinen Leichnam gleich in diese Halle bringen und gemeinsam mit euch zum Fluss tragen, wo wir ihn noch heute Abend verbrennen werden. Ihr wisst, dass diejenigen, die beim Aufstieg der Asche des Meisters dabei sind, um eine besondere spirituelle Gnade bereichert werden. Es ist euer Tag. Seid fröhlich! Celebrate!«

Zwei Stunden später begann der Trauerzug von Buddha Hall zu den Burning Ghats, den Verbrennungsstätten, drei Meter hohen und gut ein Meter breiten Metallständern am Ufer des Mula-Flusses. Sechs Mitglieder des inneren Zirkels trugen den in weißes Leinen und einer festlichen Robe gehüllten und mit Blüten verzierten Leichnam auf ihren Schultern. Mitten unter den jetzt tausend Anhängern, alle in weißer Robe gekleidet, gingen Frido und Cleo. Viele hatten Gitarren oder Trommeln dabei und immer wieder stimmte jemand das Lied »Burning on the funeral pyre, stepping into the holy grail« an, dessen Text leicht zu merken war, sodass auch Cleo und Frido mitsangen. Die beiden sprachen wenig miteinander, spürten, dass dieser Tag ein ganz besonderer war, herausgehoben von allen anderen Tagen, herausgehoben für immer. Einige Freunde warteten bereits am Fluss. Sie hatten zusammen mit anderen Helfern Zweige, Reisig und Holzscheite im vordersten Burning Ghat aufgeschichtet. Die hölzernen Lagen waren insgesamt fast zwei Meter hoch. Als der Trauerzug die Begräbnisstelle erreichte, hoben die Träger gemeinsam mit weiteren Mitgliedern des inneren Zirkels Oshos Leichnam in die Höhe und legten ihn behutsam auf die oberste Holzschicht, wo sie ihn mit trockenen Zweigen und Reisig bedeckten. Dann entzündeten sie das Feuer an der untersten Lage, während nun die Band zu spielen begann. Schnell loderten die Flammen auf, fanden ihren Weg durch die einzelnen Schichten. Die Band spielte die gleiche Musik, die sie sonst in Buddha Hall spielte, eine Mischung aus populären Melodien, westlichen gemeinsam mit östlichen Harmonien und Rhythmen. Die meisten fingen an zu singen, umarmten einander, und der Trauerzug begann zu tanzen. Einer rief dem nächsten zu, Osho wäre niemals tot, Osho wäre immer da, Osho wäre unsterblich, und sie alle, die sie dies am Ufer des Mula-Flusses erlebten, wären ihm auf immer ganz besonders verbunden. Auch Frido und Cleo begannen, sich im Rhythmus zu wiegen, sie spürten, wie die Situation sie überwältigte, sie geradezu fernsteuerte. Sie tanzten, weinten, lachten, und wenn die Musik beim Höhepunkt einer Melodie plötzlich stoppte, stießen sie mit der riesigen Menschenmenge laute Osho-Rufe aus, zu denen sich jedes Mal unzählige Arme gen Himmel streckten. Es war Frido, als würde es ihn nach oben ziehen. Plötzlich standen sie nur wenige Meter vor dem Burning Ghat. Frido sah, wie Ascheteilchen langsam in die Luft stiegen und auf ihn und Cleo herabregneten. Es war heiß, so nahe vor dem Scheiterhaufen, vor dem Frido jetzt mit weit geöffneten Augen realisierte, dass hier des Meisters Körper brannte und sich auflöste. Oshos Asche fiel auf seine Haare und Schultern. Während alle sich drängten, um nahe am Feuer zu sein, um noch einmal die Nähe des großen Bhagwan zu spüren, war ihm, als wäre er in Trance, als wäre alles unwirklich, es war ein Moment zwischen Traum und Ekstase.

Gegen zwei Uhr nachts gingen sie in Cleos Hotel zurück. Keiner wollte reden, erschöpft sanken sie in tiefen Schlaf. Alles, was er in diesen fünf Monaten erlebt und erfahren hatte, war durch den Tod des Meisters noch einmal verstärkt oder erhöht worden.

Während sie beim Frühstück am nächsten Morgen noch versuchten, das Erlebte zu beschreiben, zu erklären, ihre eigene Überwältigung zu deuten, rückte jetzt die eigene Heimreise in den Mittelpunkt ihrer Gespräche: Der Moment des Abschieds stand bevor. Am Abend des 23. Januar saßen sie noch einmal bei Dario.

»Ich weiß nur eins, Frido: Wir müssen uns die Chance geben. Wir müssen alles dafür tun!«

»Wie wäre es denn, wenn du nach Deutschland kommst? Mir ist klar, Cleo, ich muss dich wiedersehen, aber ich weiß nicht, wie ich in fünf Monaten nach Australien aufbrechen soll.« Er hielt inne. Die Vorstellung, ein Wiedersehen könnte an so banalen Dingen wie Geld- oder Urlaubsmangel scheitern, erschien ihm absurd. »Ich glaube schon, dass meine Eltern oder meine Schwestern mir das Geld leihen würden. Ich hab nun einmal all mein

Erspartes in die Monate hier in Poona investiert. Zum Glück, sonst hätte ich dich nie getroffen.« Wieder zögerte er. »Aber Kramann wird sich schwertun, mich gleich wieder einige Wochen freizustellen. Er wird mich entlassen.«

Cleo schaute ihm geradewegs in die Augen, erst still, dann redete sie, ruhig und überlegt. »Lass uns zwei, drei Monate abwarten. Du bist zurück in Hannover, ich in Melbourne. Aber wenn Anfang Mai noch alles so ist wie jetzt, kommst du im Sommer zum Mount Warning. Die Kosten für den Flug trage ich, glaub' mir, das ist kein Problem. Mein Vater übernimmt das, wenn ich ihm sage, wie glücklich ich mit dir hier war. Das mit diesem Kramann musst allerdings du klären. Abgemacht?«

Frido nickte.

»Und noch etwas. Versprich mir, dass wir ehrlich bleiben. Wenn einer von uns unser Treffen im Sommer nicht mehr will, sagst du es mir und ich sage es dir.«

Am nächsten Morgen verabschiedeten sie sich auf dem Flughafen in Poona. Frido sah der Maschine nach, die Cleo nach Bombay brachte, bevor er selbst die Außentreppe zu seinem Flugzeug nach Delhi hinaufstieg.

Kapitel 28

1990
Byron Bay

»Ich werde dich nie wieder verlassen!«, war das Erste, was er stammelnd vorbringen konnte, als er in den Armen von Cleo versank. Er hatte während des Fluges immer wieder versucht, sich diese Szene vorzustellen, wie sie vor dem Ausgang stehen würde, er auf sie zulief, sein Gepäck hinter sich herzog und dann vor ihr stehen würde, und stets war der Film in seinem Kopf an dieser Stelle gerissen, hatte gerade noch Cleos Kopf festgehalten, ihr Lächeln in Zeitlupe, und war dann einfach stehengeblieben. Und jetzt weinte er, vergrub sein Gesicht im Kragen ihrer Jacke, spürte ihre Hand auf seinem Nacken, die ihn streichelte, und hob dann langsam den Kopf. Da schauten sie sich an, küssten sich und er murmelte ein zweites und ein drittes Mal, »ich werde dich nie wieder verlassen«. Da nahm Cleo seinen Kopf, drückte ihn mit ihrer Hand zu sich hin. Es war ein gieriger, langer Kuss, fordernd, er spürte, wie ihr Oberkörper bebte, sah, dass sie die Augen geschlossen hatte, und er wusste, er war angekommen.

Frido war tatsächlich »gesprungen«. Kramann hatte ihm gekündigt, »einen Mitarbeiter, der immer nur Urlaub haben will, kann ich nicht gebrauchen«. Am 4. Juli 1990 war er in Düsseldorf ins Flugzeug gestiegen, wo er wenig Ruhe fand. Er musste in Singapur umsteigen und konnte auch in der Quantas-Maschine keinen Schlaf finden. Er hatte zudem einen unbeliebten Mittelplatz im Flugzeug erwischt, war nervös, übermüdet, wusste kaum, wohin mit seinen langen Beinen, und hatte offenbar das Mitleid der älteren Dame links von ihm geweckt, die ihm nun immer wieder Süßigkeiten aus ihrer Schokoladenbox anbot.

»Take some, my dear, they will calm you down.«

Das »take« klang wie »teik«, daran würde er sich gewöhnen müssen.

Endlich hatte das Flugzeug in Sydney zur Landung angesetzt, endlich waren die Passformalitäten erledigt und er stand am Gepäckband, endlich kam sein Koffer und er war zum Ausgang gerannt.

Als sie am nächsten Tag einen Spaziergang zum berühmten Opera House machten, Hand in Hand die Stufen zum Eingang hinaufgingen, wo ein kühler Wind über den Platz fegte, stoppte Cleo plötzlich, stellte sich auf die Zehenspitzen und flüsterte ihm ins Ohr.

»Es wird auch mal Sturm geben, Frido, aber wir werden das schaffen.«

Frido war sich in diesem Moment sicher, der glücklichste Mensch auf Erden zu sein. Er überlegte kurz, ob er nicht vor ihr auf den Stufen niederknien und ihr einen Heiratsantrag machen sollte. Aber das war ja Blödsinn, das geschah vielleicht in alten amerikanischen Filmen. Doch wie könnte er ihr zeigen, welch Glücksgefühl ihn gerade ergriff? Wenn doch nur ein Flugzeug erscheinen und »I love you, Cleo« in den Himmel sprayen würde! Aber auch das geschieht nur in Filmen und so drückte er nur ihre Hand, drückte sie sehr lange und sehr kräftig und setzte ein paar Sekunden später »wir schaffen das« hinzu.

Am Tag darauf fuhren sie nach Brisbane zu Cleos Eltern. Cleos Vater war ein kräftiger, großer Mann mit vollem weißen Haar und dichten Augenbrauen, der ihn freundlich musterte, während er die Eiswürfel in seinem Weinglas rührte. Jacob Miller war ein Mann, der Vertrauen und Kraft ausstrahlte, keiner, der lange zögerte, der ohne Zweifel selbstbewusst war, sicher konservativ, und der, wie Frido an jeder Geste von Jacob sehen konnte, seine Tochter über alles liebte.

»Da ist ja eine Menge los bei euch in Deutschland«, sagte er. »Jetzt, wo ihr wiedervereinigt seid, ist der Zweite Weltkrieg endgültig vorbei. Eine große Chance für dein Land, und da kommst du nach Downunder, in die langweiligste Ecke der Welt! Cheers and Welcome!«

Sie stießen miteinander an.

»Ich bin so glücklich zu sehen, wie gut es Cleo wieder geht, seit sie dich kennengelernt hat.« Cleos Mutter hob ihr Weinglas. »Please, call me Honey.«

Frido verbrachte die Nacht im Gästezimmer, klopfte ein paarmal an die Wand zum Nachbarzimmer, in dem Cleo schlief, die das Klopfen erwiderte, aber in ihrem Zimmer blieb. Dann schlief er ein, schlief tief und fest, bis am nächsten Morgen Cleo vor ihm stand mit einer Tasse in der Hand: »Darf ich dir einen Chai mitbringen?«

Zwei Tage später fuhren sie nach Mount Warning, wo Cleo eine cabin, eine Art Holzhütte, für zwei Monate gemietet hatte. Am Mount Warning hatte sich eine

Gruppe junger Alternativer niedergelassen, viele Alt-Hippies darunter, Umweltschützer, die von der Etablierung einer grünen Partei wie in Deutschland redeten, Künstler, die auf ihren Durchbruch hofften oder ihn kategorisch ablehnten, Eltern, die ihre Kinder frei von staatlichem Zwang und staatlichen Schulen erziehen wollten, Sonnenanbeter, Nudisten, Adventisten, Sannyasins und viele Philosophen, Pädagogen und Weltenbummler. Einige kamen für ein paar Wochen, andere blieben Jahre. Cleo und Frido blieben keine zwei Wochen.

In den ersten Tagen mischten sie sich unter die vielen, hörten von ihren Wünschen und Hoffnungen, diskutierten mit ihnen über Reformen und Alternativen, über spirituelle Erfahrungen, ganzheitliche Lebensentwürfe, religiöse Erleuchtungen und transzendentale Erwartungen. Aber während all das auf Frido einströmte, war es doch weit entfernt von dem, was in ihm selbst vorging. Es dauerte ein wenig, bis er dieses schleichende Unbehagen deuten konnte. In Mount Warning wiederholte sich, was er schon die letzten Wochen in Poona verspürt hatte: diese Sonderwelt war sympathisch, aber wenig erwachsen. Er fühlte, dass er mit Cleo darüber sprechen müsste, hatte aber Angst, sie zu enttäuschen, denn schließlich hatte sie Mount Warning für seinen Einstieg in Australien gewählt. Am Abend standen sie auf dem Platz in der Mitte des »Dorfes«, hatten mit vielleicht fünfzig weiteren Bewohnern einen Kreis um ein großes Feuer gebildet, und während sie noch die letzten Sonnenstrahlen spürten und um das Feuer kreisten, sangen sie wie schon an den vorangegangenen Abenden gemeinsam zum Sonnenuntergang, der in seiner Farbenpracht geradezu übernatürlich wirkte. Am nächsten Morgen weckte Cleo Frido weit vor Sonnenaufgang. Sie hatte nur »komm« zu ihm gesagt, und sie gingen schweigend aus dem Dorf hinaus, stiegen beständig bergan in Richtung Gipfel, als langsam vor ihnen die Sonne aufging. Sie hielten an, blieben still, spürten beide, wie dieser Moment sie überwältigte.

»Hier beginnt ein neuer Tag, Frido, ein Tag, auf den wir vielleicht seit Jahren gewartet haben, ohne es zu wissen. Als wäre es unser Tag, nur unser Tag!«

Frido war verdutzt und fragte sich, was nach solch einer Ankündigung wohl kommen würde.

»Na, lass uns mal nicht übertreiben«, antwortete er, war aber mit dieser Antwort unglücklich, sie klang doch allzu ernüchternd.

Jetzt war die Sonne ein voller gelber Kreis, umrandet noch von einer zarten orangen Linie. Sie blieben still, fühlten die Wärme auf der Haut ihrer Gesichter, spürten, wie diese Wärmestrahlen sie mit dem funkelnden Stern verbanden, dessen unbegreifliche Energie gerade dabei war, die orange Linie aufzulösen. Da unterbrach Cleo das Schweigen.

»Frido, ich will dich nicht enttäuschen, schließlich habe ich dich hierhin geführt, aber ich glaube, Mount Warning ist es nicht länger. Ist nicht einmal mehr eine Utopie, ist nicht das Neue, nicht das Nächste, das ich suche. Mir ist das gestern Abend deutlich geworden und die Sonne heute Morgen will es mir bestätigen: Der nächste Schritt ist ein anderer.«

Sie zögerte eine Weile und fuhr dann fort. »Ich glaube, es ist ganz einfach: wir beide sollten uns nicht länger in Sonderwelten bewegen, sondern uns in einen gemeinsamen Alltag stürzen, uns …«, sie überlegte einen Moment, »der Realität stellen.«

Das war es also, er hatte nicht falsch gelegen, sie hatte dasselbe gespürt. Er ließ sie ein wenig warten, es kam gar ein wenig Ärger in ihm hoch, denn wieder einmal hatte Cleo die Führung übernommen. Wenn das nächste Mal eine Wende anstand, wollte er derjenige sein, der sie als Erster ansprach. Er nahm sie in den Arm. »Willkommen, Realität«, und küsste sie.

»Ich werde in Melbourne kündigen. Ich denke, wir sollten uns an der Ostküste was aufbauen, einen richtigen Neuanfang starten.«

Zwei Tage später fuhren sie nach Brisbane zurück. Beide spürten, dass sie anders als in Poona und auch anders als in den ersten gemeinsamen Tagen in Australien jetzt am Beginn einer neuen Zeit standen. Sie spürten die Energie, die sie durchflutete. Wohin diese Kraft sie führen würde, war ihnen nicht klar, nur dass sie sie gemeinsam vorantrieb.

»Was für eine wunderbare Frau du gefunden hast!« Mutter drückte erst Cleo, dann Frido an sich, bevor sie am Abendbrottisch Platz nahmen. Sie waren im Sommer 1991 erstmals gemeinsam nach Deutschland geflogen und nun schon seit drei Tagen bei Rile und Sigmund im Ahornweg in Herdecke. »Du hast solch ein Glück gehabt, Frido! Nur schade, dass ihr in Australien leben müsst.«

»Wir werden oft nach Europa kommen, Rile, da kannst du sicher sein«, sagte Cleo, und sie hatte es auf Deutsch gesagt, um ihrer Schwiegermutter entgegenzukommen. Cleo hatte ihr Dissertationsthema eingereicht und einen Tag vor der Abreise nach Deutschland noch erfahren, dass die Southern Cross University es angenommen hatte. »Über die ›Darstellung der Minerva in der spätrömischen

Malerei‹ kann ich nun einmal nur forschen, wenn wir oft nach Europa kommen«, fuhr Cleo fort.

»Allzu viele Minerven wirst du in Herdecke allerdings nicht finden und bestimmt keine spätrömischen«, setzte Sigmund ein, der gerade eine Flasche Wein entkorkte.

Frido war erleichtert, wie schnell sein Vater angesichts von Cleo aufgetaut war. Cleo wollte gern ihr Deutsch ausprobieren, das sie jetzt seit einem Jahr an der Hochschule in Palm Beach lernte, aber Vater war gleich ins Englische gewechselt. »You know, it's a language I like a lot, it's the language of those who let me survive the war.« Zu seiner aufgeräumten Stimmung hatte aber auch beigetragen, dass Cleo gleich am ersten Abend eher beiläufig erwähnte, dass auch ihr Vater, Jacob, Jude sei, wobei sie gleich einschränkte, dies stünde allerdings nur auf dem Papier und sie selbst gehöre eigentlich gar keiner Kirche mehr an. Dennoch hatte Vater noch zwei oder drei Mal nachgefragt. Er wollte vor allen Dingen wissen, ob die Tatsache, dass ihr Vater Jude war, nicht doch ihre Kindheit und Jugend beeinflusst hätte.

»Sie haben mich ziemlich prüde erzogen, wenn du das wissen möchtest!«, worauf sie beide laut lachten.

»Und hat Jacob selbst jemals Nachteile gehabt, weil er Jude ist?«

»Ich wüsste nicht, Sigmund. Jude zu sein ist in Australien nichts Besonderes.«

Frido vermutete, dass sein wohlgelaunter Vater dennoch weiterhin mit dem Physiotherapeuten haderte, der als Magister der Geschichte jetzt in einem so jungen, geschichtslosen Land lebte. Frido sprach ihn unverblümt darauf an, als sie zu viert einen Spaziergang an der Volme entlang machten und die beiden Frauen einige Meter auf dem schmalen Wanderweg hinter ihnen gingen. »Nun kann man über die historische Bedeutung von Australien in der Tat nicht viel sagen, außer dass es britisches Straflager war«, antwortete sein Vater, lachte aber dabei und berührte ihn kurz mit dem linken Arm an der Schulter. »Es ist richtig, dass du deinen Weg gehst und nicht meinen. Und du gehst ihn mit Cleo. Wer hätte das geglaubt, als du in dieses komische Poona aufgebrochen bist!«

Frido blieb lange still. Sein Vater sollte nicht spüren, wie sehr ihn diese Sätze bewegten.

Einen Tag später, Frido hatte mit Laura, Nickis kleiner Tochter, einen Ausflug in die Eisdiele unternommen, war er gerade ins Haus zurückgekehrt, als er aus dem Wohnzimmer Vater und Cleo im Gespräch hörte. Es war Vaters Thema.

»Nein, Cleo, es hat nichts mit Rache zu tun. Ich möchte auch die Menschen gar nicht vorführen, die damals schlimme Fehler gemacht haben.«

»Aber du rührst in ihren Wunden.«

»Das mag sein, aber es ist eher meine Wunde.«

»Du meinst, weil du damals deinen besten Freund verloren hast, nicht wahr?«

»Oh, hat Frido dir das erzählt?«

»Ja, und ich denke, so etwas musste für dich fürchterlich sein, ein Albtraum!«

»Es ist nicht wegen Nick, oder nur zum Teil. Ich habe überlebt, Cleo, während Millionen von anderen Juden nur ihres Glaubens wegen umgebracht wurden. Womit habe ich mein Überleben verdient? Ich glaube einfach: Ich habe etwas gutzumachen!«

»Und das machst du, wenn du jetzt aufdeckst, wo und wie einzelne Deutsche Juden gekränkt haben? Wo sie sich an ihnen bereicherten, wie sie sie verraten haben?«

»Ich benenne Täter und Opfer, ich nenne sie beim Namen. Ich will, dass diese geschundenen, gequälten und am Ende ermordeten Juden nicht vergessen werden. Ich will einfach, dass so etwas nie wieder passiert! Und als ich damit anfing, als Frido noch ein kleiner Junge war, da war unser Land drauf und dran, diese unliebsame Geschichte möglichst zu vergraben, zu vergessen. Das ist jetzt, 1991, besser als vor dreißig Jahren!«

»Vielleicht muss man manchmal vergessen können, Sigmund, muss man einen Strich unter die Vergangenheit ziehen dürfen, um sich mit aller Kraft dem Jetzt und der Zukunft zuzuwenden!«

»Da widerspreche ich dir ganz und gar! Nein, Cleo, ich halte es mit William Faulkner: ›Die Vergangenheit ist nicht tot, sie ist nicht einmal vergangen‹.«

Jetzt war Cleo still. Frido war sich unschlüssig, ob er vom Flur ins Wohnzimmer gehen sollte, da hörte er, wie Cleo offenbar aufstand, und als er ins Zimmer trat, sah er seine Cleo, wie sie sich zu Sigmund, der im Sessel saß, niederbeugte und ihn umarmte.

Zurück an der Gold Coast begann Frido – neben seiner Arbeit als Masseur – am Medical College in Palm Beach eine Ausbildung zum Osteopathen, die er 1993 abschloss. Es gefiel ihm, dass er jetzt einen akademischen Abschluss in der Heilkunde vorweisen konnte. Im gleichen Jahr erhielt er vom Foreign Language Department der Southern Cross University die Anfrage, ob er nicht zwei Kurse in Deutsch unterrichten könnte. Frido hatte den Verdacht, dass Jacob bei diesem Angebot einmal wieder seine lenkende Hand im Spiel hatte. Anfang 1994 rief dann der Dekan der Faculty of Humanities an und bat ihn, ein Seminar zu »European History of Unification and Re-Unification« zu übernehmen: »Der eigentlich dafür vorgesehene Dozent fällt aus, eine Studentin hat ihn wegen sexueller Belästigung angezeigt«, sagte er, »und Sie haben doch ein Master's Degree in Geschichte von einer deutschen Universität.« Frido willigte gleich ein, schrieb am Tag darauf seinen Eltern einen langen Brief, in dem er ganz beiläufig die Dozentur erwähnte, und verbrachte ganze Nächte damit, das Seminar vorzubereiten.

Zum Weihnachtsfest 1993 waren sie wieder in Herdecke. Sie hatten eine besondere Nachricht im Gepäck, waren sich nur nicht sicher, wann sie diese verkünden sollten. Sigmund und Rile hatten für den ersten Feiertag alle Familienmitglieder in den Zweibrücker Hof zum Mittagessen eingeladen, und das erschien ihnen als guter Zeitpunkt. Als der Kellner gerade die Teller der Hauptspeise abgeräumt hatte, räusperte sich Frido, aber Sigmund hatte das Räuspern überhört.

»Ich wollte euch noch erzählen«, begann Sigmund, »dass ich mich vor zwei Wochen mit einem Künstler in Köln getroffen habe, der mich sehr beeindruckt hat.«

»Darf ich aufstehen, Mama?«

»Pscht, Laura, Opa erzählt uns gerade was.«

Sigmund warf Nicki einen dankbaren Blick zu.

»Er heißt Gunter Demnig und hat eine ganz schlichte aber ebenso großartige Idee. Er hat vor einem Jahr eine Messingplatte, so groß wie ein Pflasterstein, vor dem Kölner Rathaus in den Boden eingelassen und auf dieser Messingplatte erinnert er an die Deportation der Sinti und Roma 1942 aus Köln. Ein Stolperstein, der jedem auffällt, der vors Kölner Rathaus geht.«

»Nicht schlecht«, sagte Martin, Evas Mann, »aber dass man damit Aufmerksamkeit erzielt? Nehmen das die Fußgänger überhaupt wahr?«

»Offenbar schon, und es ist nur der Anfang, Martin. Dieser Demnig plant, sechs Millionen Stolpersteine in Europa zu verlegen, für jeden Juden, der umgebracht wurde, einen Pflasterstein aus Messing. Ist das nicht genial?«

»Wie will er das denn hinkriegen?« Evi schaute ihren Vater skeptisch an.

»Ich war bei ihm und habe ihm gesagt, er solle in Lippstadt anfangen. Ich führe ihn zu den Häusern, wo die Ostheimers wohnten, die Löwenbergs, die Cohns, Harrys alte Tante, die damals nicht mit nach Kolumbien ging, und zu all den andern, die deportiert wurden, und wir würden überall dort einen Stein ins Pflaster legen mit den Namen und den Lebensdaten.«

»Ob du das genehmigt bekommst?« Evi blieb skeptisch.

Mutter räusperte sich jetzt. Sie hatte längst bemerkt, dass Frido und Cleo etwas loswerden wollten, und sie hatte eine bestimmte Vermutung.

»Sigmund, lass uns darüber zu Hause weitersprechen. Ich glaube, Frido wollte auch noch etwas erzählen.«

Alle schauten auf Frido, der, ohne es beabsichtigt zu haben, jetzt aufstand, mit seiner rechten Hand die linke von Cleo berührte und dann nur einen Satz sagte: »Cleo und ich möchten im Frühjahr heiraten.«

Zunächst Stille, dann ein langer vernehmbarer Atemzug von Rile: »Wunderbar.«

»Großartig.«

»Lasst euch umarmen.«

Der ganze Tisch geriet in Bewegung. Alle wollten die beiden berühren, Evi und Nicki küssten Bruder und zukünftige Schwägerin, Rile wischte sich Tränen aus den Augen, Sigmund warf seinem Sohn ein bestätigendes Kopfnicken zu.

»Oh, Schokoladeneis mit Sahne!« Es war Paul, Nickis achtjähriger Sohn, der sie mit diesem Satz alle wieder zur Ordnung rief, und die Kellner konnten die Nachspeise servieren.

Als Frido und Cleo im März 1994 im Registry Office in Brisbane alle Papiere für ihre Heirat einreichten, fühlten sie sich als Lieblinge der Götter. Einen Monat zuvor hatte Cleos Vater angerufen, er habe zufällig ein Haus in Byron Bay entdeckt, das zum Kauf stünde: Fünf Zimmer, 12-Meter-Pool im Garten, breitblättrige schlanke Paperbark-Bäume und Palmen am Gartenrand, in der Ferne das Rauschen des Ozeans, der in zehn Minuten erreichbar war.

»Ist vielleicht nicht schlecht für ein junges Ehepaar«, meinte Jacob noch, »wollt ihr euch das nicht mal anschauen?«

Drei Wochen später stand Frido im Garten des Hauses, das seit diesem Tag und dank einer großzügigen Unterstützung von Jacob und Honey das Ihre war. »Es ist sicher alles nur ein Traum«, sagte er halblaut zu sich selbst. Cleo und er würden in wenigen Wochen heiraten und sie hatten ein Zuhause an einem der schönsten Orte Australiens. Er kniff sich in den Arm. Er hatte das alles nicht verdient. Er war jetzt 39 und hatte die großartigste Frau der Welt. »Was muss ich tun, lieber Gott, um dieses Glück zu erhalten?« Hatte er »lieber Gott« gesagt? Sei's drum. Er arbeitete wie Cleo zwei Tage in der Woche an der Southern Cross University und würde ab nächstem

Monat an den anderen Tagen für Jameson and Cloud die neue Zweigstelle in Byron Bay aufbauen. »Das wird nicht immer leicht werden«, murmelte er, aber er wusste, dass er diese Herausforderung würde meistern können.

Anfang Juni heirateten sie. Es war das erste Mal, dass Fridos Vater und Mutter sie in Australien besuchten. Beide waren erschöpft, als sie am Flughafen in Sydney in den Wagen stiegen und Frido sie nach Brisbane fuhr.

»Es wird übrigens nach der standesamtlichen Registrierung eine Trauung nach jüdischem Ritus geben.« Frido hatte diesen Satz eher beiläufig gesprochen, war sich aber sicher, dass er Wirkung haben würde. Er hatte sich nicht getäuscht. Sigmund und Rile waren zuerst völlig überrascht. »Wie das?«, fragten sie.

»Es ist der Wunsch von Jacob. Er möchte eine kirchliche Hochzeit. Wir haben ihm viel zu verdanken und da haben wir eingewilligt. Den Gefallen wollen wir ihm tun.«

Vater war außer sich vor Freude. Er fragte gleich zwei Mal: »Ist das wirklich wahr? Das ist ja wunderbar!« Und dann hatte Vater plötzlich geweint. Frido hatte ihn ganz selten weinen gesehen und war verstört. Da saß sein Vater neben ihm im Auto und weinte lange und laut. Vielleicht rührte das Weinen ja auch von der Erschöpfung des langen Fluges her. Er war unsicher, ob er nicht besser einen Rastplatz ansteuern sollte, da wurde Vater ruhiger. »Es ist unglaublich, einfach unglaublich.« Mutter hatte wenig Verständnis für Vaters unbändige Freude.

Es war eine großartige Hochzeitsfeier zwei Tage später mit rund vierzig Gästen im Garten des neuen Hauses. Sie feierten mit den Eltern, ein paar weiteren Verwandten, Kollegen, Freunden und Freundinnen von Cleo, einigen

Kollegen von Jameson and Cloud, den beiden neuen Nachbarn mit ihren Kindern und ein paar Gästen, die Cleos Eltern zur Feier gebeten hatten. Rabbi Isaac Kahn war aus Mullumbimby nach Byron Bay gekommen und rührte alle, als er um Gottes Segen für Friedemann und Cleo bat. Er verkürzte auch im Folgenden den Namen des Bräutigams kein einziges Mal zu Frido. Seine Großeltern, so erzählte er nach der Trauung, seien 1935 über Umwege nach Australien gekommen, hätten mit ihm immer wieder Deutsch gesprochen, sodass er wüsste, was der Name Friedemann bedeute. Cleos Vater hatte den besten Caterer der Stadt beauftragt, die Speisen zu bereiten, koschere für den Rabbi und weitere jüdische Gäste und nicht koschere für die meisten anderen. Fridos Eltern machten keinen Hehl daraus, wie sehr das Haus in Byron Bay sie beeindruckte. »Du hast ganz schön was geschafft«, sagte Vater, als sie einen Moment allein am Pool standen, »gratuliere, mein Sohn!«, und Frido konnte sehen, dass Vater es ernst meinte.

Am Tag nach der Hochzeit saßen sie zu sechst nach dem Frühstück am Gartentisch zusammen. Und nachdem sie den vergangenen Tag hatten Revue passieren lassen, überraschte Vater nicht nur den Businessman Jacob mit Fragen zu Industrie und Handel in Australien. Frido spürte, dass Vater sich auf diese Wirtschaftsthemen vorbereitet hatte. An Cleo war es, sich zu wundern, wie gründlich Jacob und Honey von Sigmund und Rile wissen wollten, was sich in den letzten vier Jahren nach der »reunification« in Deutschland getan hatte und ob die Wiedervereinigung auch tatsächlich in den Köpfen der Menschen vorankäme.

»Sind die Russen noch immer eine Bedrohung?«, war Jacobs Frage, die eine lange Diskussion nach sich zog.

»Wie werden sie mit dem Verlust der Großmacht umgehen?«

»Unsere Kinder heiraten, und es scheint, als gäbe es jetzt eine Zukunft ohne Streit zwischen den beiden Großmächten, ohne Aufrüstung, ohne Angst«, warf Honey ein und ihr Gesicht spiegelte die dabei empfundene Freude. »Wann hat es das zuletzt gegeben?«

Sie fragten auch nach Vaters besonderer Geschichte. Vater Miller war offenbar vorbereitet, er erzählte von Raul Hilbergs jüngstem Buch über die Situation der Juden 1933 bis 1945, das er gerade gelesen hatte. Frido bekam Angst. Wenn Vater jetzt loslegte, wäre er kaum zu stoppen. Aber Vater schaute nur kurz auf seinen Sohn und lächelte.

»Ich glaube, Jacob, ich habe meine Familie ein manches Mal überfordert, insbesondere wohl meinen Sohn.« Das waren neue Töne, dachte Frido, was würde jetzt kommen? »Aber ich bin mir sicher, dass es wichtig ist, die lokale Geschichte dieser Zeit in Dörfern, in Kleinstädten, in Großstädten zu erforschen und mitzuteilen. Was Hitler und seine Vasallen beschlossen haben, ist das eine. Wie der Bäcker vor Ort, der Pfarrer, der Kneipenbesitzer, der Bürgermeister gehandelt haben, das hat mich interessiert, hat mich bewegt und bewegt auch die, die heute jung sind.«

Honey und Jacob stellten noch weitere Fragen und Jacob berichtete von ein paar Beispielen, über die er in Hilbergs Buch gelesen hatte, aber Frido spürte, wie souverän Vater die Situation beherrschte, wie er kurz und nüchtern antwortete, nichts kämpferisch Verbissenes hatte und das Gespräch schließlich geschickt auf neue Pfade lenkte, die in einer längeren Diskussion über richtige Erziehung mündeten, an der sich alle beteiligten. Frido bewunderte auch seine Mutter, die nur ab und zu die Hilfe ihres dolmetschenden Sohnes brauchte, ansonsten über einen erstaunlichen Wortschatz und grammatikalische Sicherheit im Englischen verfügte. Er empfand Stolz auf seine Eltern.

All das ging Frido durch den Kopf, als er am Abend des Tages nach der Hochzeit allein im Garten des Hauses stand und plötzlich zu beten begann, wie seine Mutter es ihm vor vielen Jahren beigebracht hatte. Er wusste, es war ein Missbrauch Gottes, wenn er dessen Existenz immer wieder verleugnete, sich dann aber doch plötzlich wie ein Kind an ihn wandte. Den Gedanken schob er schnell beiseite. Er hatte so sehr den Wunsch, Dankbarkeit zu bezeugen. Er hatte dieses Glück nicht verdient. Er verband das Gebet aber auch mit einer Bitte, mit seinem größten noch offenen Wunsch: Seit einem Jahr versuchten sie, schwanger zu werden. Sie waren beide 39, und sie wussten, dass nicht mehr viel Zeit bleiben würde. Wenn der liebe Gott ihm und seiner Cleo noch einen Wunsch erfüllen könnte, dann doch bitte diesen.

Kapitel 29

2004
Sigmunds Tod

Frido saß mit Cleo und Manuel in der ersten Reihe ganz vorn. Links neben ihm saß seine Mutter, aufrecht wie immer, links neben Mutter Nicki und Evi mit ihren Männern und Kindern, hinter ihnen Riles Geschwister, Manfred und Karin mit ihrer Familie. Das Kirchenschiff war gut gefüllt, Frido hatte gemerkt, wie seine Mutter ruhiger wurde, als sie gemeinsam durchs Hauptportal nach vorn in die erste Reihe schritten. Durch die blau und rot getönten Kirchenfenster im Chor von St. Philippus fand die Vormittagssonne ihren Weg zu den ersten Bankreihen. Während sich die Orgel zu den Abschlusstakten aufschwang, spürte Frido die Wärme im Gesicht. Die Sonne ließ die Köpfe der Trauernden hell leuchten, als wolle sie der Schwere des Moments ein wenig Leichtigkeit leihen. Pfarrer Heinemann ergriff das Wort, schaute auf Mutter, auf Nicki, Evi und ihn.

»Sigmund Rosenbaum war im wahrsten Sinne des Wortes ein Rechtschaffener. Er suchte all die, die in Deutschlands schwerer Zeit menschlich blieben, aber er war auch unerbittlich gegen diejenigen, die das Menschliche verraten hatten. Sigmund Rosenbaum war selbst ein Vertriebener, der das Dritte Reich nur überleben konnte, weil man ihn als Jungen nach England schickte, wo er in einer christlichen Familie Asyl erhielt.« Frido wartete darauf, dass Heinemann das Wort Jude in den Mund nehmen würde, er konnte doch nicht umhin, irgendwann in seiner Ansprache zu erwähnen, dass Vater als Jude auf die Welt gekommen war. »Doch 1949 kehrte er zurück, zurück in ein zerstörtes Deutschland. Er wurde, was er als Kind und Jugendlicher schon immer war: Katholik, heiratete seine Jugendliebe, Maria Dellbrück, die ihm drei Kinder schenkte.« Heinemann machte eine Pause, schaute lange auf Rile. »Der Verstorbene war einer derjenigen, die dieses Land wieder aufbauten, die Werte schufen, nicht nur materielle, sondern vor allem geistige Werte. Ich kenne Lehrer, die mittlerweile schon pensioniert sind, und die von ihm, von Professor Rosenbaum, Anfang der fünfziger Jahre in Dortmund unterrichtet wurden. Wenn man diesen Lehrern zuhört, weiß man, welch ein großartiger Professor der Verstorbene war. Sigmund Rosenbaum hat Generationen von Lehrern geprägt. Und er blieb dabei ein Suchender, getrieben von der Frage, wie konnte das geschehen, wie konnten so viele Menschen sich damals an jüdischen Mitbürgern vergreifen, und was muss geschehen, dass sich so etwas nie wiederholt?« Zu ›jüdischen Mitbürgern‹ hat er sich jetzt durchgerungen, dachte Frido, aber dass Vater selbst einer war, im Grunde immer Jude geblieben war, wenn auch nicht im praktizierenden Sinne, will ihm nicht über die Zunge.

Es war am Ende schnell gegangen. Mutter hatte im Mai angerufen, es sei ein Leber-Karzinom entdeckt worden, drei Tage später sagte sie, dass Metastasen in der Niere und sogar an der Bauchspeicheldrüse entdeckt worden seien. Frido ahnte, was das bedeutete, entwarf mit seinem Kollegen Howard einen Plan für den Sprachunterricht am College, besorgte Vertretungen für die physiotherapeutischen Behandlungen und flog zwei Tage später nach Deutschland. Er blieb zehn Tage. Vater lag in Bochum, im Uniklinikum, er wohnte im elterlichen Haus im Ahornweg in seinem alten Zimmer. Es waren gute zehn Tage, Vater war gut ansprechbar und verhehlte nicht, dass er die Diagnose und deren Folgen kannte.

»Ich bin 81, Frido, ich habe ein volles Leben und sehr viel Glück gehabt! Da kann man gehen.«

Von dem alten Herrn kann man bis zum Schluss noch was lernen, dachte Frido und verdrängte den Gedanken, wie er selbst wohl mit einer solchen Situation umgehen würde. Aber er war auch erst 49, und nicht 81. Vater und Mutter waren nach der Hochzeit noch drei Mal zu ihnen nach Australien gekommen. Er sah Vater jetzt, während Heinemann sprach, wieder vor sich, wie überwältigt er war, als er erfuhr, dass die Trauung nach jüdischem Ritus stattfinden würde. Ein Jahr nach der Hochzeit waren seine Eltern wieder in Byron Bay, dieses Mal gemeinsam mit Nicki und ihrem Mann Klaus, und der Grund war Manuel. Vier Monate nach der Hochzeit war Cleos Regel ausgeblieben. Als Frido vierzig wurde, waren Cleo und er Eltern.

Das Willkommensfest für Manuel fand im Mai 1995 im Haus in Byron Bay statt. Vater Miller hielt eine Rede und sein Vater folgte. »Ich frage mich oft«, sagte er, »ob sich das Leben nicht doch in Zyklen abspielt. Da ist in Europa, in der Alten Welt, meine Mutter Tilla, sie ist Jüdin, und ich weiß aus einem ihrer Briefe, dass auch mein Vater Jude war. Ich weiß so gut wie nichts von ihr, da sie früh starb, aber mich beschäftigte immer wieder der Gedanke, man habe ihr Unrecht getan. Einen Beleg dafür gibt es nicht, außer dass mein Vater sie sitzen ließ. Als meine Mutter bei Tono im Hotel arbeitete, war es ihr sicher gut gegangen, dafür stand Tono ein. Doch wie ihr wisst, hätte man meine Mutter einige Jahre später in meinem Land, in Deutschland, ermordet und mich als Heranwachsenden sicher auch. Aber ich hatte einen Schutzengel: Tono, Riles Vater bringt mich in Sicherheit. Ich hatte das mit nichts verdient. Dass es dennoch geschah, dafür will mir nur das große Wort von der ›Gnade Gottes‹ passen.« Sigmund machte eine kurze Pause, schaute jetzt nach rechts auf Rile. »Dann heirate ich nach dem Krieg die beste Frau der Welt und bin fortan katholisch. Doch meines Sohnes Sohn ist nun in der Neuen Welt wieder das, was ich am Anfang war, Jude. Ihr mögt denken, so wichtig ist das doch heute alles gar nicht mehr, aber für mich wird ganz unvermutet und ohne jedes Zutun von mir etwas rund. Ich habe jetzt, wo ich auf den kleinen Manuel blicke, das Gefühl einer, bitte verzeiht mir, einer gewissen Heilung.« Sigmund blieb einen Moment still, drehte den Kopf in Richtung der Wiege, in der Manuel schlief. »Da schläft euer Sohn, mein Enkel, Manuel, also Immanuel, und dieser Name heißt: Gott ist mit uns. Ich habe noch einmal nachgesehen: Immanuel ist die Verheißung des Propheten auf Rettung der Israeliten. Mir ist dabei deutlich geworden, dass ich ganz tief in mir wohl immer gefühlt habe, ich hätte die Religion meiner Eltern verraten, hätte meine Mutter selbst verraten, als ich zunächst für ein paar Jahre methodistisch und dann katholisch wurde.« Sigmund schaute jetzt auf Frido, und es war ein warmer, glücklicher Blick, der Frido ungemein berührte. »Frido hat mich schon in seinen jungen Jahren oft gefragt, warum ich mich denn immer schuldig fühlen müsste. Und er hatte recht mit dieser Frage. Wie oft habe ich mir selbst gesagt, dass ich durch meine Rettung vor den Nazis doch keine Schuld auf mich geladen habe. Dann habe ich bei meinen Recherchen erfahren, dass sich Juden, die kurz vor der Deportation, vor der sicheren Vernichtung standen, oft vor ihren Nachbarn geschämt haben, geschämt, weil sie Juden und nicht Arier waren. Sie fühlten sich deswegen schuldig und baten den arischen Nachbarn und Freund um Verzeihung. Was für eine perverse Situation, dass das Opfer kurz vor der Schlachtbank sich als schuldig bekennt und sich schämt! Ich hab's nicht glauben wollen.« Sigmund unterbrach seine Ansprache. Die Finger seiner rechten Hand bewegten sich, er rieb den Daumen immer wieder an den Spitzen der drei Mittelfinger. Dann suchte seine Hand die von Rile, die neben ihm saß, ihm jetzt ihre linke Hand öffnete und Sigmunds Hand in der ihren aufnahm. »Die Schuld, die ich verspürte und die Frido so oft ärgerte, war zunächst die gegenüber meinem Freund Nick, der in Deutschland sein Leben ließ, und dann erschien mir Schuld als die richtige Antwort auf die Gnade Gottes, der mich als einen der wenigen hat überleben lassen. Aus diesem Gefühl heraus wurde es mir wichtig, den Opfern gerecht zu werden, an sie zu erinnern, ihnen ihre Würde zu geben, und die Täter nicht von ihrer Verantwortung zu befreien, sondern sie zu verfolgen. Das hat mir sehr geholfen, Frido.« Wieder eine kleine Pause. Frido war es fast ein wenig unheimlich, dass sein Vater in seiner Rede so oft auf ihn Bezug nahm. Er überlegte, ob er wohl antworten sollte. Da fuhr sein Vater gleich wieder fort: »Jetzt, wo Manuel da ist, wir ein jüdisches Willkommen gefeiert haben, spüre ich, dass ich meiner Mutter etwas wiedergutgemacht habe, und ich bin selbst überrascht, wie stark, wie entlastend dies auf mich wirkt.« Sigmund hielt noch einmal inne. »Vielleicht läuft das Leben eben doch in Zyklen. Und das ist nicht das schlechteste. Es beruhigt, weil Zyklen uns zeigen, dass nichts endgültig ist. Und so bitte ich: Gottes Segen sei alle Zeit mit Manuel und mit euch, Cleo und Frido!«

Einige Sekunden lang lag Stille im Raum, dann begann Jacob als Erster zu klatschen, Honey und Rile fielen ein, und Frido hatte das Gefühl, sein Vater habe eine Abschiedsrede gehalten. Er stand auf, ging mit seinem Glas Wein auf ihn zu, und als sie voreinander standen, sahen sie, dass sie beide Tränen in den Augen hatten. Frido und Sigmund umarmten sich lang.

Frido hatte vor drei Wochen mit Vater noch einmal über die Rede vor neun Jahren in Byron Bay gesprochen, und auch im Krankenhaus bestätigte Vater: »Es hat sich etwas gerundet, und ich kann beruhigt gehen. Rile hat die Mädchen, hat drei Enkelkinder in Deutschland und eins in Australien, sie ist nicht allein. Und ihr habt Manuel, Immanuel.« Nach einer Pause fuhr er fort: »Ich hätte allerdings noch gern Manuels Bar-Mizwa erlebt, keine Not-Bar-Mizwa wie damals in Wadebridge«, und dabei lächelte Vater, und er hatte vergessen, ihn zu fragen, was es denn mit der Not-Bar-Mizwa von damals auf sich hatte. Jetzt in der Kirche erinnerte er sich auch, dass Mutter einige Monate nach dem Besuch in Byron Bay zu Manuels Willkommen geschrieben hatte, Vater sei viel ruhiger und gelassener geworden, das hinge wohl mit dem Alter zusammen, aber sicher auch mit Manuel. Dessen

Bar-Mizwa würden sie in vier Jahren nun allerdings ohne Vater feiern müssen. Aber Frido tröstete sich damit, dass die Eltern vor zwei Jahren noch einmal den weiten Flug auf sich genommen hatten und mit ihrem siebenjährigen Enkel nach Cairns gefahren waren, um dort mit Manuel allein ein paar Tage Urlaub zu machen.

Nach dem Trauergottesdienst in der Kirche folgte eine große Schar von Freunden, Nachbarn, Kollegen Sigmunds Sarg zum Grab auf dem Friedhof. Nicki und Frido stützten Rile. Nachdem der Sarg hinabgelassen war, verneigten sie sich und schritten zur Seite. Rile schluchzte und bebte am ganzen Körper. Frido hatte Angst, sie könnte zusammenbrechen. Dann gingen alle Trauergäste zum Grab vor, häuften ein wenig Erde auf eine bereit stehende Schaufel und warfen die Erde dem Sarg hinterher, bevor sie einzeln Rile, Nicki, Evi und ihm kondolierten. Da fiel Frido ein, dass er in der Tasche seines Mantels die Fotografie von Nick hatte, die Vaters Freund in Uniform 1944 zeigte. Vater hatte ihn im Krankenhaus gebeten, dieses Foto in sein Grab zu werfen, es möge dort mit ihm ruhen. So bat Frido Evi, die Mutter zu stützen, während er noch einmal zum Grab schritt, sich noch einmal verbeugte, die Fotografie aus der Tasche nahm, sie ins Grab fallen ließ und zwei Schaufeln Erde hinterherwarf.

Kapitel 30

2010
Lourdes

Sie gingen langsam über die Brücke auf die andere Seite des Flusses zu den mächtigen Eisenständern, die übersät waren von großen und kleinen Kerzen. Mutter hatte den Wunsch geäußert, noch einmal in der Abendstimmung dieses lauen Junitages zur Grotte vorzugehen, wollte aber nicht warten, bis die große Marienvesper auf der Wiese begann. Die Eisenständer erinnerten Frido an die Burning Ghats in Poona. Das war jetzt zwanzig Jahre her. Es war Mutters Wunsch gewesen, dass er mit ihr nach Lourdes fahren möge. Tono habe oft von Lourdes gesprochen, wo er Anfang der sechziger Jahre einmal eine Woche verbracht hatte und wo er die kleine Madonna in Weiß mit der blauen Schärpe erworben hatte, die seit Jahrzehnten auf Mutters Nachttisch stand.

Er hatte gezögert, aber Honey hatte ihm zugeredet.

»Es wird dir guttun, dich um Maria zu kümmern. Manuel ist bei uns in sicheren Händen. Flieg du nur!«

Es war dennoch falsch gewesen. Es war der zweite Flug nach Deutschland nach Cleos Tod. Obwohl ein

Dreivierteljahr seitdem vergangen war, kam es ihm vor, als wäre alles erst ein paar Tage oder Wochen her.

Und nun waren sie seit drei Tagen da. Die Junisonne war nicht zu kräftig, es kam stets ein kühlender Wind von den Pyrenäen herunter, Mutter war mit ihren fast 87 besser zuwege, als er erwartet hatte, und das Hotel Belfry war sauber, gut geführt und lag zentral am Rande des Heiligen Bezirkes. Die Stadt war keine Stadt: Ein Souvenirladen nach dem anderen, die heilige Bernadette in immer gleicher Gestalt in Plastik, Ton, Porzellan, Wachs, Glas, mit oder ohne Innenbeleuchtung, Kanister für das heilige Lourdes-Wasser, Kerzen in allen Größen, Teller, Becher, Wanduhren, T-Shirts. Wäre doch nur Cleo bei ihm, sie hätten über diesen Kitsch gelacht und sich gemeinsam gewundert, dass der Katholizismus im 21. Jahrhundert dieser Form der Verehrung weiterhin huldigte, für die Frido nur das Wort heidnisch hatte. Aber Cleo war nicht bei ihm, Cleo lag auf dem Friedhof in Byron Bay, 15 Gehminuten vom Haus entfernt, das so still geworden war.

»Ich wundere mich, Frido, was die mit all den Kerzen machen. Das ist doch eine Riesenverschwendung. Wohin mit dem vielen Wachs?«

»Da werden nachts Reinigungstrupps kommen, die die Kerzen und all die Wachsreste entsorgen, die Ständer säubern und am nächsten Tag geht alles wieder von vorn los.«

»Tono war damals so von Lourdes angetan, ich versteh's nicht.«

»Das beruhigt mich, ich hatte schon Angst, du würdest das vielleicht mögen.«

»Dieser Billigkitsch ist einfach nur schrecklich, so schrecklich wie die vielen heruntergekommenen Hotels und Pensionen. Aber was mich ergreift, ist, wenn ich wie heute Mittag die Menschen in der Messe sehe, Menschen mit Behinderungen, mit Schmerzen, im Rollstuhl, wenn wir alle singen ›Ave, ave, ave Maria‹. Das geht mir zu Herzen.«

Mutter summte das ›Ave‹, das in dem Lied ganz anders betont wurde als im Deutschen, nämlich auf der zweiten Silbe mit langgezogenem ›é‹.

»Ich habe nicht alles genau verstanden, was der Priester über die Liebe von Maria und die Liebe des ›Seigneur‹ gesagt hat, mein Französisch ist eben nicht über das der Marienschule hinausgewachsen, aber beim Lied habe ich das Vertrauen gespürt, die Kraft, die das Lied als Vertreterin des Glaubens schenkt.«

»Wobei wir beim therapeutischen Effekt des Glaubens wären.«

»Das magst du so nennen, Frido, es klingt so klug, so entmystifiziert, Glaube als Therapie. Aber es geht mir um die Kraft, ja um den Sinn, den der Einzelne aus dem Glauben für sein Leben bezieht. Auch wenn der Glaube selbst ein Geheimnis bleibt, bleibt die Wirkung. Da waren viele in der Basilika, für die das Leben nicht gerade schmerzfrei war.«

»Schmerzfrei ist es für keinen und so einfach ist es mit dem Sinn nun wirklich nicht, bestimmt nicht mit dem Sinn des Schmerzes.«

Er hatte keine Lust, mit Mutter jetzt über Sinn zu sprechen. Was für einen Sinn machte es, wenn eine wunderbare, großartige Frau in den besten Jahren Brustkrebs bekommt? Welcher Sinn blieb jetzt für ihn? Poona erschien vor seinem inneren Auge, die White-Robe-Zeremonie am Abend, und er sah sich, wie er weit ausladend tanzt und wie die Ma ihm die Mala umhängt.

»Ich sag ja auch nicht, Frido, dass es einfach ist, vor allem nicht für diejenigen, die früh ein Schicksal ereilt, eine Behinderung, ein Unfall, eine schwere Krankheit, aber derjenige, der weiß, dass Gott ihm eine Aufgabe gegeben hat, ihn eingebunden hat, der tut sich leichter, empfindet Selbstbewusstsein, wenn er diese Aufgabe gut erfüllt, sogar Selbstbewusstsein gegenüber Gott. Das ist nicht schlecht fürs Leben.«

So ganz weit weg war das, was Mutter da gerade sagte, nicht von dem, was er damals bei Osho gesucht hatte.

»Es ist das Geheimnis von Bindung, Mutter.«

Sie waren an der Rotunde mit der Statue der Heiligen Bernadette in der Mitte angekommen.

»Ich habe mir im letzten Jahr große Sorgen um dich gemacht, ich weiß, wie sehr du Cleo geliebt hast.«

»Es war die Hölle.«

»Ist es besser?«

»Etwas. Ich habe Hilfe bekommen. Ich wusste nicht mehr, wer ich war und was ich wollte oder sollte. Ich sah nur noch das Loch, eigentlich war mir außer Manuel nichts mehr wichtig.«

Sie hatten die Basilika im Rücken, sahen links die Schilder »Confession« mit ihren Pfeilen zu den einzelnen Kapellen, in denen Priester saßen, die in der jeweils angeschlagenen Sprache die Beichte abnahmen. Mutter schaute in Richtung »Confession/Beichte deutsch«, schüttelte aber dann den Kopf. »Ich hatte mal überlegt, hier zur Beichte zu gehen, aber ich denke, das muss ich nicht!«

»Ich weiß nicht, wie schwer du in den letzten Jahren gesündigt hast.«

Mutter stieß ihn sachte in die Seite.

»Kommt ja doch wieder etwas Humor bei dir auf.«

Sie schritten eine Weile still weiter Richtung Pont Saint Michel. Mutter ging recht langsam, was mühsam für ihn war. Er wusste, er sollte das Joggen wieder aufnehmen.

»Glaubst du, dass Sigmund das Judentum etwas bedeutet hat?« Die Frage überraschte Frido.

»Ich wundere mich, dass du mich das fragst, Mama. Ich hätte immer gedacht, du wüsstest darüber viel besser Bescheid als ich. Ich glaube, dass Vater die jüdische Religion nicht viel bedeutet hat. Vielleicht änderte sich das, als wir jüdisch heirateten und dann Manuel kam und beschnitten wurde. Aber das Judentum als«, er überlegte eine Weile, »als Seinszustand, als große historische Menschheitsgeschichte, als kulturelle Form, das war wohl immer in seinem Kopf.«

»Er sagte eigentlich nie, ich bin Jude, vielleicht sagte er es auch nicht, um mich nicht zu verletzen, er sagte nur, ich war Jude, und natürlich wusste ich, dass ihm das etwas bedeutete.«

Sie blieb einen Moment lang still.

»Ich bin mir ziemlich sicher, dass dein Vater keine wirkliche religiöse Heimat hatte. Wenn wir darüber sprachen, sagte er, ›jetzt bin ich katholisch, und das ist, wie es ist‹. Aber auch das hat ihm nicht viel bedeutet.«

»Ich glaube, er hat sich seine geistige Heimat selbst geschaffen. Da warst einmal du, und da waren auch wir Kinder, aber vor allem hatte er für sich eine Aufgabe entdeckt, die er mit geradezu biblischem Eifer betrieb.«

»Diese Aufgabe bereitete mir oft Mühe, und manchmal denke ich, dass ich damit hätte besser umgehen sollen. Aber es war nicht einfach, wenn er wieder einmal in einer Stadt recherchiert hatte, und dann ganz deprimiert zurückkam, weil man auch dort den Cohns, den Levis, den Silberhaars ihre Würde genommen, sie verletzt und gedemütigt hatte. All diese Geschichten notierte er, längst bevor oral history modisch wurde. Später ist das dann systematisch erforscht worden, und Sigmund hatte seinen Anteil daran. Aber mir ging es oft auf die Nerven, ich hasste es, wenn er wieder bedrückt an seinem Schreibtisch saß.« Mutter machte eine kurze Pause, seufzte, hatte offenbar für einen Moment eine ganz konkrete Situation vor Augen. »Ich freute mich jedes Mal mit ihm, wenn er erzählte, dass in dieser oder jener Kleinstadt ein paar Menschen lebten, die damals trotz Nazi-Terror Juden geholfen, sie manchmal sogar gerettet hatten, die menschlich geblieben waren in dieser schweren Zeit.«

»Eine wirkliche Aufgabe für sich zu finden, das ist nicht schlecht. Das hat Vater gut gemacht.«

»Er hat es ja immer heruntergespielt, aber dass er mit fünfzehn nach England musste, hat ihn natürlich sehr geprägt. Ich denke, ihm wurde da bewusst, dass Heimat eben nicht unbedingt ein Ort ist, wie für die meisten von uns, sondern etwas«, Mutter zögerte, »was man sich selbst schaffen kann, vielleicht auch schaffen muss.«

»Ist denn für dich Heimat ein Ort, Mama?«

Mutter blieb stehen.

»Du stellst Fragen. Als ich heranwuchs, war meine Heimat ganz klar das Hotel. Ich liebte es. Manchmal ging ich einfach nur durch die Gänge mit all den Türen und dachte mir, hinter jeder Tür ist ein Geheimnis, hinter jeder Tür ist ein Weg, den ich gehen könnte. Und ich dachte mir, dass ich einige dieser Türen später öffnen und die verschiedenen Wege gehen würde.«

»Ein schönes Bild, Mama.«

»Aber ich bin nicht so viele Wege gegangen.«

»Und die religiöse Heimat?«

»Das ist schon das Katholische, das weißt du. Ich bin meinem Vater und meiner Mutter dankbar, dass sie mir diesen Weg gezeigt haben. Der Glaube hat mir viel Sicherheit gegeben, Frido, auch wenn du das nicht verstehst. Ich habe den lieben Gott angefleht, er möge Sigmund beschützen, als er in England war, und er möge ihn heil ins Hotel zurückkommen lassen. Ich habe manchmal an Gott gezweifelt, wenn der Krieg so aussah, als könnten wir nie wieder zusammenkommen, aber es hat geholfen, mit diesem Gott zu sprechen. Ich habe so viel Kraft daraus bezogen.«

»Sprichst du heute noch mit ihm?«

Mutter lachte. Sie hatten die Brücke erreicht, bogen nach rechts ab.

»Wenn ich ehrlich bin, flüstert er mir heute in Lourdes beständig zu, ich solle das alles hier bloß nicht ernst nehmen, das sei schrecklicher Menschentand, damit habe er nichts zu tun.«

»Scheint ein ganz vernünftiger Gott zu sein.«

Sie nickte und lächelte dabei.

»Wie ist das bei dir, Frido? Wo bist du zu Hause?«

Sie hatten das Belfry erreicht. Die junge Frau an der Rezeption lachte ihnen entgegen und hielt gleich die beiden Schlüssel in der Hand.

»Ich würde gern vor dem Abendessen mit meinem Sohn auf der Terrasse noch ein Glas Wein trinken. Wenn Sie da einen Tisch für uns reservieren könnten?« Mutter hatte in ihrem tadellosen Schulfranzösisch gesprochen, Frido erinnerte, dass sie ja oft erzählt hatte, sie hätte gern Französisch studiert, es wäre ihr Lieblingsfach in der Schule gewesen.

»Bien sûr, Madame, je vais réserver la table tout de suite.«

Fünfzehn Minuten später saßen sie auf der Terrasse, die Abendsonne hatte nicht mehr viel Kraft, aber es reichte, und Mutter hatte eine Jacke angezogen.

»Zum Wohl«, sagte sie und hob ihr Glas.

Frido hätte die halbe Stunde vor dem Abendessen auch allein auf seinem Zimmer verbringen können. Aber er wollte seine Mutter nicht enttäuschen, die ganz selbstverständlich über die Gestaltung des Abends allein bestimmte, ohne ihn zu fragen.

»Ich weiß, dass dir meine Frage nach deiner Heimat schwerfällt.«

»Weil ich sie verloren habe, Mama. Meine Heimat war Cleo. Ich wusste, dass für mich Heimat der Mensch sein würde, den ich liebe, der meine Liebe aufnehmen kann und mich liebt. Erinnerst du dich noch an Verena? Ich dachte damals, mit ihr könnte es klappen. Dann ging das auseinander, es war keine gute Zeit für mich. Aber ich habe großes Glück gehabt, als ich ein Jahr danach in Poona Cleo traf. Ich konnte mich binden, für mich war das die Rettung!« Frido machte eine Pause. »Neunzehn glückliche Jahre in Australien, Mama. Und jetzt?« Mutter blieb still, nahm ein paar Nüsse aus einem Glas, das die Bedienung zum Wein hinzugestellt hatte. »Vielleicht sollte ich noch einmal nach Poona fahren«, Mutter schaute etwas erschrocken hoch, »aber das ist alles Unsinn, man kann sein Glück nicht wiederholen.«

»Für eine Mutter ist es immer hart, ein Kind in schwieriger Situation zu sehen. Als ich letzten Herbst deine Nachricht bekam und wir alle ahnten, dass es bei solch fortgeschrittenem Stadium nicht mehr lange dauern würde, habe ich mich gefragt, ob du danach vielleicht nach Deutschland zurückkehren würdest, habe das aber schnell wieder verworfen, du hast ja drüben deine beiden Berufe. Wobei ich mir Manuel auch auf einer deutschen Schule vorstellen könnte.«

»Das sehe ich überhaupt nicht. Warum sollte ich jetzt nach Deutschland zurückkehren?«

»Hast du wirklich enge Freunde in Australien?«

Mutter stellte gute Fragen, das musste man ihr lassen.

»Ich hatte immer den Eindruck, wenn du so erzähltest, dass ihr beide sehr auf euch zentriert wart. Aber vielleicht habe ich das falsch beobachtet.«

»Nein, das ist richtig. Aber es ist bestimmt kein Grund, Australien den Rücken zu kehren.«

»Lass uns reingehen, es wird jetzt doch kalt. Und Hunger bekomme ich auch.«

Gerade als sie ins Restaurant hineingingen, schallte vom Heiligen Bezirk der erste Gesang der Abendprozession zu ihnen herüber. »Ave, ave, ave Maria.«

»Ein schöner Anblick ist es ja schon«, sagte Mutter, »wenn Tausende von Menschen sich mit ihren Kerzen zur Lichterprozession versammeln. Vielleicht sollten wir morgen doch hingehen.«

Kapitel 31

19. Juni 2018
Bad Waldliesborn

»Das kannst du besser als ich. Wenn man die 85 überschritten hat, lässt die Kraft in den Händen nach.« Karin drückt Frido Weinflasche und Korkenzieher in die Hand.

Frido ist nicht mehr müde. Irgendwas wird Tante Karin wohl im Schilde führen, wenn sie ihn zum Gespräch in ihre Wohnung bittet, denkt er.

»Warum interessiert dich gerade Hannes?«, fragt sie.

»Ich habe mich ein paar Mal gewundert, warum er Missionar in Papua geworden ist, was ihn wohl außer Landes getrieben hat.«

»Ich habe mich immer mehr gefragt, warum mein Bruder so plötzlich zurückgekommen ist. Heimweh nach Maria Laach hatte er bestimmt nicht.«

Frido nickt. Karin weiß offenbar nichts von dem Geheimnis in Papua, diesem kleinen Mädchen namens Giladi, das jetzt, Frido rechnet schnell, fast sechzig Jahre alt ist.

»Ich habe Onkel Hannes mal in Maria Laach besucht. So ganz unglücklich schien er mir da nicht.«

»Dann hatte er dich sicher auch gebeten, ihm für sein Magenleiden zwei Flaschen Korn mitzubringen.«

»Kann schon sein!« Frido lächelt.

»Kurz bevor deine Mutter starb, ist sie noch mal hier gewesen. Rile machte sich Sorgen um dich. Seit Cleos Tod hättest du dich sehr verändert, sagte sie, du seist still und depressiv. Sie hatte Angst, du könntest vereinsamen.« Sie nimmt einen kleinen Schluck von ihrem Rotwein.

»Kommst du gut zurecht?«

Frido zögert. »Ehrlich gesagt, ich komme zurecht, aber nicht gut.« Er macht eine Pause und trinkt auch einen Schluck. »Ich weiß nicht, ob es bis zu dir durchgedrungen ist, aber Cleos Mutter ist letztes Jahr gestorben und Cleos Vater mussten Manuel und ich daraufhin gleich ins Heim bringen, seine Demenz war ziemlich fortgeschritten. Er ist Honey ein halbes Jahr später gefolgt.«

»Das erleben wir bei unseren langjährigen Gästen im Hotel sehr oft. Als Paar geht es noch, aber als Einzelperson geht es dann nur noch bergab.«

»Danke, Karin!«

»Ich meinte nicht dich, sei nicht so empfindlich. Du bist 63, da geht es noch bergauf.«

»Glaubst du das wirklich?«

»Ja, bei mir ging es zumindest nicht bergab. Weinflaschen öffnete ich noch bis vor Kurzem selbst.«

Für einige Zeit bleiben beide still. Dann fasst sich Frido ein Herz.

»Du hast doch sicher irgendwas, was du mit mir besprechen willst?« Frido senkt den Kopf und schaut sie von unten an. Karin lächelt.

»Ich wollte mir mit meinem Neffen eigentlich nur die Zeit vertreiben, wollte dich missbrauchen für meine senile Schlaflosigkeit.« Frido merkt, dass Karin die Gesprächsführung nicht abgeben möchte. Wahrscheinlich ist sie als Mutter oder Schwiegermutter nicht so leicht zu ertragen, denkt er. »Aber wenn du schon fragst: Als ich vor drei Wochen von Vera hörte, dass du kommen würdest, ging mir eine Idee durch den Kopf.« Sie macht eine kleine Pause. »Was hältst du von Vera und Rainers Plänen?«

»Du meinst mit dem Hotel?«

»Ich meine den neuen Wellness-Bereich, Spa, wie sie das nennen.«

»Ist bestimmt die richtige Entscheidung, bringt Gäste, die Luxus wollen, die mehr Geld haben und mehr davon ausgeben.«

»Ich denke auch, es ist das Richtige fürs Astoria. Wir werden mit weitem Abstand die Nummer eins am Ort. Wir hätten das schon vor ein paar Jahren machen sollen. Es ist längst überfällig.«

Frido nimmt einen weiteren Schluck. Auch wenn Karin nicht die ideale Schwiegermutter wäre, gefällt ihm ihre Entschlossenheit.

»Vera hat ein langes Gespräch mit der neuen Psychologin hier geführt. Die beiden sind mittlerweile befreundet. Die Dr. Paulsen ist jung, hat ganz vernünftige Ideen, hat auch mal einen ganzen Nachmittag mit mir gesprochen. ›Ganzheitlichen Ansatz‹ nennt sie das, was sie vorhat. Sie hat bereits einen der beiden Orthopäden hier im Boot. Die Paulsen denkt an eine Verbindung von traditioneller Medizin mit psychologischen Gesprächen, sie nennt das Coaching. Ein Wellness-Arrangement, das ich mir für einen gewissen Gästekreis sehr gut vorstellen kann.«

Karin denkt doch nicht etwa an ihn?

»Da soll es übrigens auch Floating geben, kennst du das? Das hat mir Vera erklärt, ist was ganz Verrücktes, eine halbe Stunde lang schwebst du in warmem Salzwasser in einer völlig dunklen Kammer. Und durch diese Erfahrung im Dunkeln kommt dann alles Mögliche in dir hoch, sagt sie. Verrückt!«

»Ich kenne Floating, Karin, das gibt's schon lange.«

»Ja, bei euch in Australien. Hier bei uns wird das alles im neuen Spa stattfinden. Die sind sich schon ziemlich einig. Die Paulsen wird im Spa Mieterin. Coaching, Relaxing, Restarting, das wird der Werbespruch, muss ja heute alles Englisch sein.«

Sie denkt an ihn, das ist wohl klar.

»Also, um es kurz zu machen: Ich weiß von deiner Mutter, dass du in Australien eine erfolgreiche Praxis hattest und sicherlich noch hast, und dass du eine Reihe verschiedener Therapien bei Krankengymnastik und Massagen kennst, die hier vielleicht noch nicht so geläufig sind. Wir brauchen für das neue Spa eine erstklassige heilgymnastische Abteilung, auch für all die, die von der Paulsen gar nicht therapiert werden wollen, die aber die klassischen Rücken- und Nackenprobleme haben und deswegen kommen.« Sie unterbricht für einen Moment, schaut ihm in die Augen und sagt dann ganz leise und eindringlich: »Ich fänd's großartig, wenn du, Riles und Siggis Sohn, das machen würdest.«

Frido ist still. Er schüttelt leicht den Kopf, um sich zu vergewissern, dass er nicht träumt und sich auch nicht verhört hat.

»Du meinst, ich soll Byron Bay verlassen und nach Deutschland zurückkehren?«

»Ich meine, du solltest es prüfen!«

»Das ist ja verrückt!«

»Wirklich?«

»Weißt du, heute Morgen schickt mir Manuel eine Mail, dass er als Doktorand am liebsten nach Berlin gehen würde, er hat da einen möglichen Doktorvater ausgemacht und hofft, dass er den überreden kann. Heute Abend fragst du mich, ob ich …« Er lässt den Satz unvollendet. »Weiß Vera von deinen Plänen?«

»Nein, sie hat nur selbst vor drei Tagen mal ganz beiläufig gesagt, ›wär' doch was für Frido‹. Ich habe dazu nichts gesagt, denn es ist manchmal besser, wenn gewisse Ideen von ihr kommen und nicht von ihrer Mutter.«

Wieder bleiben beide für einige Zeit still. Einen richtig klaren Gedanken zu fassen, gelingt Frido nicht.

»Das alles überrascht mich total. Ich kann mir das nicht vorstellen, ich bin 63, Karin, nicht vierzig.«

»Das ist kein Argument, das weißt du.«

Frido nimmt einen größeren Schluck. Das ist doch völlig unrealistisch, das denkt sich eine sechsundachtzig Jahre alte Tante aus, die sich gar nicht vorstellen kann, was das bedeutet. Er lebt seit 1990 in Australien, er hat dort seinen Beruf, seine Freunde, seinen Sohn, sein Haus. Gut, die Seminare in Geschichte hat man ihm schon vor vier Jahren weggenommen, da hat man jetzt qualifiziertere Lehrkräfte, hat der Dekan gemeint. Aber beim Sprachunterricht in Deutsch gibt er noch immer sein Seminar zu German Grammar, und das soll auch noch lange so bleiben! Die Praxis läuft seit drei Jahren auch wieder ganz ordentlich. Und alles andere dort, das schöne Haus, das Meer, der Friedhof. Da kann er doch nicht einfach die Koffer packen! Was stellt sich Karin denn vor?

Karin bleibt still, nippt an ihrem Glas.

»Wann soll der Neubau fertig sein?« Eigentlich hatte er gleich kategorisch ›Nein‹ sagen wollen. Doch die Frage nach der Fertigstellung war automatisch gekommen, sie klingt jetzt, als käme er ins Grübeln.

»Rainer ist ehrgeizig. Wir versprechen unseren Weihnachtsgästen den vollen Betrieb im neuen Spa, und Frau Paulsen wird ab Januar ihre Praxis bei uns im Haus haben.«

»Das ist nur noch ein halbes Jahr!«

»Rainer hat noch weitergehende Pläne. Das alte Dellbrück. Die Stadt will das Hotel an uns zurückverkaufen. Sie brauchen das Heim für die Flüchtlinge nicht mehr und Rainer und Vera überlegen ernsthaft, das Dellbrück als kleines, feines Stadthotel wieder zu eröffnen. Vera ist ganz wild darauf.«

»Lohnt sich das denn?«

»Rainer meint, ja. Den Unternehmen in der Stadt geht es gut. Er hat ein Gespräch mit dem Rektor der neuen Fachhochschule gehabt. Der hat ihm gesagt, dass sie immer Probleme hätten, Gäste unterzubringen, die für ein oder zwei Wochen kommen, manchmal für länger und Seminare halten. Der hat Rainer richtig beschworen, das alte Dellbrück bloß wiederaufzubauen, es liegt so günstig zur Hochschule.«

»Das sind ja tolle Pläne!«

»Na ja, es hätte nicht mehr die alte Größe, es wäre nicht mehr das frühere Dellbrück, und ich hoffe nur, die Leute erinnern es nicht als Manfreds Hotel, aber der ist schließlich seit fünfzehn Jahren tot. Nein, es wäre ein Neustart mit altem Namen. Zwölf Doppelzimmer sind im Gespräch, mehr nicht, und das Restaurant wollen die beiden auch wieder öffnen. Ach, weißt du, manchmal wünschte ich mir, ich wäre zwanzig Jahre jünger, wäre so alt wie du. Ich hätte noch so viel Lust!«

Frido schaut Karin an. Ihre Augen leuchten, der Mund ist leicht gespitzt, sie strahlt eine Energie aus, dass Frido gar nicht umhin kann, ihr mit einem breiten Lächeln zu begegnen.

»Das glaube ich dir sofort, Karin!«

»Also denk einfach mal drüber nach. Sprich morgen mit Vera und Rainer, die wollen dir ja ohnehin den Neubau zeigen.«

»Ich glaube nicht, dass das etwas für mich ist, Karin, aber ich denke drüber nach.«

Sie trinken ihre Gläser aus. Karin sieht ihm mit festem Blick in die Augen. Sie ist doch ganz wie Mama, denkt er.

»Gute Nacht, Karin.«

»Gute Nacht.«

Es wird keine gute Nacht für Frido. Er wacht oft auf, er träumt von einem Haus, das durch einen Tornado zerstört wird. Er träumt von Tono, der ihm etwas über eine Lokomotive erklären will, aber sie kommen nicht weiter, Tono steht nur immer da mit erhobenem Zeigefinger und immer wieder hört er das Pfeifen von Lokomotiven, versteht aber seinen Großvater nicht. Dann wacht er auf, nass verschwitzt, liegt im Bett und versucht, seine Gedanken zu ordnen. Er wird mit Rainer und Vera den Neubau besichtigen, aber mehr wird daraus nicht werden. Er hat die australische Staatsbürgerschaft, hat das große Haus in Byron Bay, das seine Alterssicherheit ist. Er hatte nie vor, noch einmal nach Deutschland zurückzukehren. Und dabei wird es bleiben.

Am nächsten Morgen joggt er durch den Kurpark, macht einen langen Bogen aus dem Ort heraus über kleine Straßen an den Feldern entlang, und ist erst nach neun im Speisesaal zum Frühstück. Vera holt ihn ab und gemeinsam mit Rainer gehen sie hinüber zum Neubau. Das Richtfest war vor drei Monaten. Rainer erläutert die Technik des großen Beckens im Erdgeschoss, er sieht die Schleuse zum Außenbecken, die Räume für die Saunen und Duschen, die beiden Krafträume, den geplanten Wintergarten als Ruhebereich, dann gehen sie in die beiden Obergeschosse, die zukünftigen Behandlungszimmer sind groß, alles macht einen großzügigen Eindruck, denkt Frido, und er weiß, das macht immer einen guten Eindruck auf Kunden. Überall laufen Handwerker herum, die gerade vor allem an den Fenstereinfassungen arbeiten, an den Kabelschächten hantieren. Er spürt, wie stolz Rainer auf das entstehende Werk ist.

»Ich habe gehört, ihr habt sogar vor, das alte Hotel Dellbrück in der Stadt wieder zu beleben.«

Rainer lacht. »Hat dir Karin das erzählt? Ganz spruchreif ist das noch nicht, aber es ist durchaus möglich. Und ihr bedeutet es viel, sie ist da aufgewachsen, es war ihr Reich.«

Ob Rainer ihm die gleiche Frage stellen wird wie Karin? Als sie zurück ins Astoria gehen, ist sich Frido sicher, dass die entscheidende Frage kommen wird. Aber Rainer erzählt von den Außenanlagen mit dem großen Becken, dem Whirlpool, den Saunen, berichtet von dem Bach, den er um ein paar Meter verlegen möchte, sodass fünfzehn Meter seines Laufes über das Spa-Grundstück führen mit Wassertret-Becken und einigem Naturkram, der Frido nur mäßig interessiert. Dann berichtet Rainer von Frau Dr. Paulsen, von der Fusion von Coaching und Gymnastik, Innenschau und Dynamik, Selbsterfahrung und Körpererfahrung.

»Ihr müsst die Gäste tanzen lassen«, wendet Frido ein, »und ich meine nicht langsamer Walzer oder Rumba zur Kurkapelle, sondern schnelle Rhythmen, vielleicht etwas Exotisches, Indisches dazu, eure Gäste müssen sich verausgaben, bevor sie entspannen dürfen.« Er lächelt in sich hinein, aber auch zu seinem Schwager hinüber, der stehen bleibt und sich ihm direkt zuwendet.

»Wir brauchen einen versierten Leiter für den Gesamtbereich Spa. Wir brauchen jemanden, der sich nicht in Rückenmassagen erschöpft, sondern der das Spektrum draufhat, einen Osteopathen, der gemeinsam mit der Paulsen, mit 'ner Menge neuer Ideen und mit unserer Küche das Wort Kuraufenthalt völlig neu füllt.«

Frido bleibt still.

»Vera und ich möchten dich bitten, darüber nachzudenken. Ich habe deine Bewertungen in Byron Bay im Internet gelesen, habe gesehen, was ihr in eurem Studio alles anbietet. Wir können dir ein Gespräch mit Anna Paulsen vermitteln. Völlig unverbindlich.«

Damit lässt er ihn stehen, und Frido verharrt in der Tat eine Zeit lang in abwartender Stellung, bevor er sich auf sein Zimmer begibt. Das ist doch alles Unsinn, denkt er, als er die Treppe in den ersten Stock hinaufsteigt.

Eine Stunde später meldet er sich bei der Rezeption für das Mittagessen ab. Er will allein bleiben. Er nimmt den nächsten Bus in die Stadt, fährt bis zur Endstation Hauptbahnhof, geht am alten Hotel vorbei, ist dankbar, dass nicht Djad oder Herr Hildebrand gerade in diesem Moment aus der Tür treten und läuft am Dreifaltigkeitshospital vorbei zur Lippe. Am alten Freibad nimmt er den Uferweg, den alten Treidelpfad, der über Kilometer den Lauf der Lippe begleitet. Die Mittagssonne meint es gut, zum Glück hat er sein Käppi eingesteckt, weiß, mit dem Schriftzug ›Koala‹. Aus dem Hintergrund hört er die Geräusche eines schnell dahinfahrenden Intercity, sieht kurz die rote Lok, die den Zug Richtung Westen zieht. Sollte er wirklich nach Deutschland zurückkehren? In die Stadt, in der sein Vater geboren wurde? Er könnte das Haus in Byron Bay verkaufen. Mit dem Erlös und dem Erbe von Cleos Eltern hätte er auch in Deutschland eine Alterssicherheit. Aber das ist ja schon alles viel zu konkret! Dennoch beginnt er zu rechnen. Im Hintergrund pfeift wieder eine Lok, kurz und hell. Will er denn überhaupt noch einmal etwas aufbauen? Kann er überhaupt Teil eines Familienbetriebs sein? Will er in seinem Alter diese Verantwortung? Er geht immer weiter. Nur einige wenige Menschen begegnen ihm. Nach zwei Stunden, er sieht schon den Kirchturm des nächsten Dorfes lippeabwärts, kommt ihm ein schwarzer Kahn, entgegen, halbvoll mit Lippesand. Der Kahnführer ist alt, trägt trotz der Wärme einen blauen, langen Kittel. Er drosselt den Diesel. »Soll ich sie rübersetzen? Der Anleger ist gleich da vorn.« Er zeigt flussabwärts. »Dann brauchen Sie nicht bis zur nächsten Schleuse laufen!« Frido nickt. »Gut, setzen Sie mich rüber!« Er weiß nicht, warum er den Vorschlag des alten Mannes überhaupt annimmt, er hat noch gar nicht an den Rückweg gedacht. Er denkt vielmehr, dass er noch einiges vor sich hat, und dann sieht er plötzlich Elke, wie sie am Yamuna-Fluss in Agra sitzen, sie ihm die Geschichte von Kidre erzählt, und wie sie sagt: »Zieh deine Kleider aus und springe in den Fluss.«

Die wichtigsten Personen

Lippstadt

Antonius (Tono) Dellbrück, Hotelier
Emmi, seine Frau
Johannes (Hannes), ihr ältester Sohn, später Pater Lukas
Maria (Rile), ihre Tochter, später Sigmunds Frau
Manfred, ihr jüngerer Sohn
Karin, ihre jüngere Tochter
Betty, Tonos Schwester

Tilla Rosenbaum, Kaltmamsell des Hotels
Sigmund Rosenbaum, Tillas Sohn
Dr. Brauer, Sigmunds Klassenlehrer
Harry Rosenthal, Sigmunds Freund

Wadebridge

John und Linda Leyland, Sigmunds Gasteltern
Nicholas (Nick), Sigmunds Freund
Robert, Sigmunds jüngerer Freund
Lionel Hastings (Lion), Kunstlehrer
Elsie, Sigmunds Geliebte
Joan, Sigmunds Freundin

Herdecke / Poona / Australien

Friedemann (Frido), Sigmunds und Riles Sohn
Nicola (Nicki) und Eva, ihre Töchter
Elisabeth Kramer, Sigmunds Geliebte
Cleo, Fridos Frau
Manuel, ihr Sohn

Danksagung

Ich danke meinem Freund Horst, Swami Shunyam Surbhavan, für unsere Freundschaft, unsere Gespräche in Poona und an anderen Orten, meinem Freund Jörg für seine wohlmeinende Kritik einer früheren Fassung des Romans auf unserer Reise von Moskau nach Wladiwostok. Ich danke dem Lektor des Osburg Verlages, Herrn Bernd Henninger, für seine hilfreichen Anregungen und sein feines Sprachgefühl und meinem Verleger Wolf-Rüdiger Osburg, dass er von Anfang an an dieses Buch geglaubt hat.

Michael Göring
Spiegelberg
Roman
337 Seiten
Gebunden
20,00 € (D) / 20,60 € (A)
ISBN 978-3-95510-104-6
Erschienen im Frühjahr 2016

Wie stark sind die Ketten unserer Vergangenheit? Wer könnten wir sein, wenn wir sie sprengten?

Martin steht vor der Entscheidung seines Lebens: Soll er die Professur in Boston annehmen? Einfach alles hinter sich lassen und in der Ferne glücklich werden? Da zwingt ihn der Tod seines Jugendfreundes Wolfgang in eine andere Richtung. Der Besuch in der alten Heimat wird zu einer Zeitreise in die Vergangenheit. Hier, in der Siedlung Spiegelberg, hatte alles begonnen. Sieben Freunde, Freunde fürs Leben. Die 60er und 70er: wilde und in vielerlei Hinsicht katastrophale Jahre zwischen Gewalt, Zurückweisung und sprachlosen Eltern, noch erfüllt von den Schrecken des Krieges. Martin erkennt, dass ihn sein Ursprung bis heute gefangen hält.